secession

Emmanuelle Bayamack-Tam

ICH KOMME

Roman

Aus dem Französischen übersetzt von Christian Ruzicska

Emmanuelle Bayamack-Tam

Ich komme

Roman

Dieses Buch erscheint im Rahmen des Förderprogramms
des Institut Français.

Die Originalausgabe erschien unter dem Titel
»Je viens«.

Erste Auflage

Übersetzung: Christian Ruzicska
Lektorat: Malte Fabian Rauch
Korrektorat: Peter Natter
www.secession-verlag.com

Gestaltung und Satz:
Erik Spiekermann & Marco Stölk, Berlin
Herstellung:
Renate Stefan, Berlin
Druck und buchbinderische Verarbeitung:
Friedrich Pustet, Regensburg

Papier Innenteil: 100g Fly 05
Papier Vor- und Nachsatz: 115g Fly 05
Papier Überzug: 130g Munken Lynx
Gesetzt aus Lyon und FF Din
Printed in Germany
ISBN 978-3-906910-14-7

EIN ANFANG IM LEBEN

(CHARONNE)

Verstärkungskraft
Verborgen und in tiefer Spur
Gleich einer Heckwelle unter Wasser
Gleich einem dunklen Gesang –
Ich komme

HENRI MICHAUX,
»Agir, je viens«, Angesichts der Riegel

EINER DER GROSSEN VORTEILE der Verwahrlosung durch die Eltern äußert sich darin, dass sie die Kinder daran gewöhnt, sich für belanglos zu halten. Einmal erwachsen, werden sie sich diese Gewohnheit zu eigen gemacht haben und leicht handzuhaben sein, einfach zufriedenzustellen, wunschlos schon mit nichts. Umgekehrt wiederum werden diejenigen, die mit dem irrigen Gefühl großgeworden sind, sie wären was, die emotionalen Ansprüche ins Unendliche steigern, sich beim geringsten Verstoß empören, und keine Ruhe geben, bis sie Euch die Existenz versaut haben. Probiert es aus.

Ich erkenne auf den ersten Blick einen Erwachsenen, dessen Kindheit unbemerkt verlaufen ist, begann doch meine eigene mit einer brutalen Aussetzung. Da ich noch keine drei Tage alt war, bin ich deswegen niemandem böse, vor allem meiner biologischen Mutter nicht, zu deren Entlastung gesagt werden darf, dass sie mich gar nicht kannte. Hätten wir Zeit gehabt, eine Verbindung aufzubauen, sie hätte mich womöglich behalten. Und reden wir gar nicht erst von meinem Vater, oder besser, reden wir nur von ihm, um ihm die Absolution leichter erteilen zu können: Kannte meine Mutter mich gar nicht, so legte er in meinem Leben nur das Vorüberziehen eines Kometen hin – zugegeben, kein einziger Komet würde jemals knapp an der Küste zwischen Krypta und Gebärmutterschleim entlangrauschen, aber mir ist sonnenklar, wovon ich rede, und ich halte daran fest.

Bei meiner zweiten Aussetzung bin ich sechs Jahre alt, ein ausreichend fortgeschrittenes Alter, um sich von nichts täuschen zu lassen. Am Tisch in diesem Dienstzimmer der Kindersozialhilfe mögen die Erwachsenen noch so sehr ihre Worte wählen, sich in Umschreibungen und gedämpftem Gemurmel verlieren, wobei die einen nicht sagen wollen, was die anderen nicht hören möchten, so geht's doch nur darum, sich darauf zu einigen, dass meine Adoption ein Misserfolg sei. Dass ich gegenteiliger Meinung sein könnte, bitte, das interessiert wirklich niemanden: Es möchte gar scheinen, ich sei die Einzige, die sich gebunden hat und auch die Einzige, die sich in einer Beziehung entfaltet, für die meine Eltern kaum ausreichend harte Worte finden, um sie schlechtzumachen:

»Wir können einfach nicht mehr.«

»Wir sind am Ende.«

»Würde man nicht denken, wenn man sie so sieht, was? Sie wirkt nett, aber sie hat es geschafft, uns in einem Jahr das Leben komplett zu versauen.«

Und ja, sie haben nicht besonders lange gebraucht, um ihre Illusion nach einer Adoption mit großem Tamtam, einem Musterding, bei dem sich alle Welt über meinen kleinen herausgeputzten und aufpolierten Kopf hinweg gratulierte, in den Wind zu schießen – und zwar in einem Maße, dass meine Mutter sich heute seitens der Ware getäuscht wähnt, sie, die bei meinen unfrisierbaren Haaren nichts zu erreichen vermag, und das ist nur eine der zahlreichen Klagen, die sie gegen mich auspackt:

»Sie macht noch ins Bett, können Sie sich das vorstellen?«

»Wir fragen uns sogar, ob sie es nicht absichtlich macht, um uns zu nerven, um uns noch mehr Arbeit aufzuhalsen.«

»Als ob wir nichts anderes zu tun hätten, als ihre Laken zu waschen, ihr Bett neu zu richten ...«

Ja, in Wirklichkeit haben sie tatsächlich nichts oder fast nichts anderes zu tun, meine Eltern, deren eigene Eltern sie jeglicher Sorge um Lebensunterhalt enthoben haben. Ihre beruflichen Aktivitäten beschränken sich darauf, mit im Normalfall und glücklicherweise dann doch stets abgetriebenen künstlerischen Schöpfungen zu liebäugeln, und wenn ich auch mit sechs Jahren keinen Schimmer habe von der Arbeitswelt, so ist es mir doch keinesfalls entgangen, dass meine Adoptiveltern im Idealfall untätig sind, ganz abgesehen davon, dass ich seit geraumer Zeit nicht mehr das Bett nässe.

Es ist zu heiß in diesem winzigen Dienstzimmer. Man hat mich auf einen Stuhl gepflanzt, dessen geflochtene Sitzfläche mein zartes Fleisch irritiert; genau gegenüber einem an der Tür fixierten Standspiegel, der leicht verzerrend wirkt. Ich erblicke mich in ihm, unerwünscht und steif im gesmokten Kleid, von dem meine Mutter der Meinung war, es wäre gut, mich damit auszustaffieren, um den Leuten vom Heim der Kindersozialhilfe zu beweisen, dass sie die Regeln der Kindermode beherrsche und ich ein kleines Mädchen sei, um das man sich kümmert. Unglücklicherweise spannt mein massiver Oberkörper die hübsche Faltenkrause am Brustlatz bis zum Bersten auf, während die Träger aus englischer Spitze in die Polster überzähligen Fleisches schneiden, die ich zwischen Achselhöhle und Schlüsselbein aufweise. Womit gesagt ist, dass der Effekt von Fassungslosigkeit verpfuscht ist, den meine Mutter mit ihrem tadellosen Kleidchen erzielen wollte.

Ich schwitze. Das passiert häufig bei kleinen Mädchen, wenn sie schwarz sind und fett – und damit berühren wir das eigentliche Motiv der Enttäuschung meiner Eltern, auch wenn sie dem, selbst mit dem Kopf auf dem Richtblock, nicht zustimmen würden: Ich bin schwarz. Eher sachverständige Leute wären sich darüber sofort im Klaren gewesen, aber bitte, zum Zeitpunkt meiner Adoption wies ich eine eher olivfarbene Blässe auf, die der winterlichen Abschirmung geschuldet war. Da ich im Übrigen immer schon Sommersprossen hatte, konnte ich gut und gern als Weiße durchgehen. Wenn Ihr dem noch das tägliche Flechten meines Haars seitens einer capverdischen Erzieherin hinzufügt, dann versteht Ihr, warum meine Eltern heute von meiner Verwandlung verblüfft sind, diesem gemeinen Hokuspokus, der ihre elfenbeinfarbene Miniaturausgabe in eine pummelige, dunkelhäutige und kraushaarige Kreatur verwandelt hat.

Denn ich habe sie nicht nur über meinen Hauttyp hinweggetäuscht, sondern, einmal adoptiert, fing ich an, ungeheuer fett zu werden. Meine Grazilität, die zarten und kränklichen Züge meines Gesichts, sie waren einer Unverträglichkeit gegenüber Gluten geschuldet, die meine Mutter auf der Stelle entdeckt hatte, sie selbst eine wahre Spezialistin auf dem Gebiet der Diäternährung und ihrerseits allem gegenüber allergisch, was herauszufinden ich nicht sonderlich viel Zeit benötigte. Heute, da ich all meine Verdauungskräfte wiedererlangt habe, lässt mich ein Nichts Speck ansetzen, Gluten inbegriffen. Ich darf nunmehr alles essen und verzichte darauf auch nicht. Tatsächlich schlage ich mir, sobald meine Eltern mir den Rücken zugekehrt haben, und sie haben die Tendenz, ihn mir häufig zuzukehren, schamlos den Bauch voll. Essen ist die Lust meines Lebens, aber ich lasse nichts davon durchscheinen, denn Lust und Essen sind in meinem neuen Heim verrufen.

Meine einsamen Vergnügen erklären wahrscheinlich, warum ich mit kaum sechs Jahren drohe, die Kräuselfalten meines Kleides zu sprengen, und nun im Spiegelbild diese fleischigen Waden und aufgedunsenen Wangen aufweise, die Régis und Gladys entsetzen, ohne dass sie es wagen würden, vor der Direktorin des Heims darauf Bezug zu nehmen. Weder meine Fettleibigkeit noch meine afrikanische Herkunft bilden zulässige Gründe meiner Rückgabe, sie haben es gut verstanden und bemühen sich, clever zu spielen, indem sie zwischen rein erfundenen Geschichten und Zeugenaussagen lavieren, die sie sich aus dem Internet gezogen haben – denn im Hinblick auf diese entscheidende Unterredung, haben sie sich einer ernsthaften Dokumentationsarbeit sowie einigen

Trainingssitzungen unterzogen, wobei sie die Leichtfertigkeit und Grausamkeit besessen haben, mich an ihnen teilnehmen zu lassen:

»Und schau mal hier, das ist nicht schlecht: Das Gör da, die haben es mit sieben adoptiert, zusammen mit seinem kleinen zweijährigen Bruder. Mit dem kleinen Bruder läuft es sehr gut, aber das Mädchen hört einfach nicht auf, ihnen zu verstehen zu geben, dass es niemals darum gebeten hatte, adoptiert zu werden und dass es nach Eritrea zurück möchte. Wir müssen eigentlich auch nur so was erzählen, was meinst du? Dass Charonne uns jeden Tag mitteilt, dass sie zurück in ihr Land wolle.«

»Aber Charonne ist in Frankreich geboren, nicht in Eritrea!«

»Eritrea kann uns egal sein. Es geht darum, dass sie uns bei jeder Gelegenheit einhämmert, sie wolle zurück ins Heim. Und wer weiß, vielleicht ist sie ja doch in Eritrea geboren, was wissen wir schon?«

»Wenn es darum gehen sollte, zwischen uns und den eritreischen Lagern zu wählen, und sie wählt dann die eritreischen Lager, ist das alles andere als gut für uns. Sie werden denken, wir würden sie schlecht behandeln.«

»Hier, lies mal das, schau: Da ist ein Vater, der berichtet, wie ihr Sohn die Vorhänge ihres Zimmers angezündet hat. Und er war noch nicht einmal drei Monate bei ihnen!«

»Viele adoptierte Kinder scheinen Pyromanen zu sein.«

»Sollen wir es damit versuchen? Mit Pyromanie? Wir können kein Kind behalten, das uns in Gefahr bringt, das wäre ja noch schöner!«

In der Furcht vor dieser imaginären Gefahr erbeben sie, sie werden rot, sie sind kurz davor, sich zu verkrampfen.

»Ganz abgesehen davon, dass sie sich selbst auch in Gefahr bringt. Tatsächlich haben wir ja Angst um sie, Angst, dass sie sich heftig verbrennen möchte, wenn wir mal andersartig beschäftigt sind.«

»Das wäre schrecklich, dieses kleine Mädchen, das man uns anvertraut hat, und das sich dann selbst verbrennt.«

Sie erbeben noch einmal, aber nun vor lauter Schreck und aus Mitleid mit mir. Nun gut, mit mir, das ist zu viel gesagt, denn dieses Ich besitzt nicht mehr Wirklichkeit als die Fehler und Missetaten, mit denen sie es beladen. Mein wahres Ich, es erbebt auch, aber vor Traurigkeit und Ungläubigkeit angesichts dieses furchtbaren Szenarios, das sie vor ihrem Computer aushecken.

»Ist das nicht zu dick aufgetragen, dass sie Feuer gelegt haben soll an den Vorhängen? Ist sie nicht zu klein, um so etwas anzustellen?«

»Ein Feuerzeug zu bedienen, dazu ist sie längst fähig.«

»Wir könnten auch behaupten, dass sie uns beleidigt.«

»Wir werden schrittweise vorgehen: Wir beginnen mit den täglichen Beleidigungen, mit der Weigerung, uns anzublicken, uns zu berühren, mit der Tatsache, dass sie nicht bei uns bleiben möchte, dass sie versucht hat, abzuhauen, und dann, falls ihnen das nicht reichen sollte, dann sprechen wir auch die Pyromanie an. Wie findest du das?«

Régis findet, dass es perfekt sei, und kaum war ihr Tag gekommen, breiten sie auch schon ihren nachgeplapperten Blödsinn vor der Direktorin des Heims der Kindersozialhilfe aus. Als sie bei der Geschichte mit der kriminellen Brandstiftung angelangt sind, lasse ich mich vom geflochtenen Stuhl heruntergleiten und platziere mich zwischen ihre düsteren und wolligen Rücken – denn man muss wissen, dass meine Adoptiveltern sich sommers wie winters einmuffeln bei dem vergeblichen Versuch, ihre innere Kälte auszugleichen. Ich greife nach ihren jeweiligen Händen, der von Gladys, die sich an die

Tischplatte klammert, und der von Régis, die weich in seinem Schoß liegt, und führe sie dann, vor dem Expertenauge für kindliche Liebe der Direktorin an meine prallen Wangen.

Gladys und Régis zucken vor Überraschung zusammen und die Frau Direktorin beugt ihren Oberkörper hinüber über den Schreibtisch, einer schlichten, auf Böcken liegenden Glasplatte, der sie von meinen Eltern trennt, als wollte sie sich zu uns gesellen, als wollte sie dem berührenden Bild beitreten, das ich taktisch zusammengestellt habe. Sie faltet ihre Beine auseinander, räuspert sich, moduliert einen Seufzer, lässt auf ihr Urteil warten, auf die Formel, die meinen Eltern möglicherweise ihre Freiheit zurückerstattet:

»Ich glaube ...«

Ich fühle deutlich, wie Gladys Fingernägel sich ins Fleisch meiner Wangen graben. Die Frau Direktorin betrachtet plötzlich mit großem Interesse ihre eigenen Nägel, als gäbe es mit einem Male nichts Wichtigeres, als deren ausgefeilte Ovale abzuschätzen und ihren perfekten Glanz, eine beinahe appetitanregende karamellfarbene Lackschicht.

»Ich glaube, Sie haben nicht ganz verstanden, was eine Volladaption bedeutet. Und außerdem hatten Sie ja die gesamte Dauer der Umstellung, um Ihr gegenseitiges Einverständnis zu klären, nicht wahr?«

Bingo, ich habe gewonnen, ich kehre zurück nach Hause. Meine Eltern machen ein langes Gesicht, aber sie irren sich. Sie wissen es noch nicht, aber ich rette sie vor sich selbst und dem furchtbaren, kleinen inzestuösen Tête-à-Tête, das ihr Leben vor meiner Adaption dargestellt hat.

Régis und Gladys werden noch so viel dagegenhalten können, sie sind Bruder und Schwester. Dass es keine Blutslinie zwischen ihnen gibt, ändert nichts an der Sache. Bei der Hochzeit ihrer jeweiligen Eltern waren sie zehn und elf Jahre alt, womit sie also gemeinsam aufgewachsen sind. Merkwürdigerweise haben sie ihre kindliche Vertrautheit und ihr gemeinsam Erlebtes als angemessene Voraussetzung für eine Liebesbeziehung zwischen Erwachsenen betrachtet.

Heute, da ich selbst erwachsen bin und meine Eltern gut kenne, glaube ich sagen zu können, dass die geistige und emotionale Trägheit diese widernatürliche Vereinigung erklärt: Und ja, warum sich überhaupt noch die Mühe geben, in der Ferne zu suchen, wo sie doch einen gefälligen Partner unter ihrem eigenen Dach hatten, jemanden, mit dem ein geheimes Einverständnis und unmittelbares Verstehen bereits etabliert waren?

Wahrscheinlich liebten sie einander und lieben sich noch immer, aber das entschuldigt nichts und vor allem keinen Inzest. Indessen waren sie in ihrer Unschuld schmerzhaft darüber verblüfft, dass ihre Bindung steril ausfallen sollte, sahen dafür aber keinerlei ursächlichen Zusammenhang am Werk, gaben sich größte Mühe, sich fortzupflanzen, bevor sie sich dann schließlich für eine Adoption entschieden.

Gladys ist die Tochter von Nelly, Régis der Sohn von Charlie, und diese ganze kleine Familie auf *i* findet es unglaublich schade, dass mein Vorname dieser gleich- und wohlklingenden Abfolge soeben ein Ende gesetzt hat. Zu ihrem Unglück ist mein Vorname die einzige Sache, die ich von meiner biologischen Mutter habe, vorausgesetzt, dass sie auch wirklich die Autorin jenes Zettels ist, den man mir zwischen Body und Pyjama festgesteckt hatte: »Ich heiße Charonne.«

Zu meinen Anfangszeiten bei ihnen, als meine gesamte Familie auf *i* sich aktiv dafür aussprach, dass ich umgetauft werden sollte auf den Namen »Alice«, hätte ich selbst diesem unnützen Vermächtnis den Laufpass geben können, aber nein, ich hielt daran, ich klammerte mich daran fest. Trotz all meines guten Willens zur Integration wollte es mir scheinen, dass man mir dies doch zumindest zugestehen konnte, diese beiden Silben, die mich immer schon bezeichnet haben, und die eines Tages vielleicht ihre Erklärung finden sollten.

Während ich auf die Zeit dieser Erklärung warte, bewahre ich die gutmütigen Rundungen meines Vornamens inmitten all dieser spitzen Vokale, die permanent um meine Ohren pfeifen, wohnen doch sämtliche *i* unterm selben Dach, Nelly und Charlie auf der ersten Etage, Gladys und Régis auf der zweiten – die Küche und das Wohnzimmer im Erdgeschoss dienen als gemeinsame Räume.

Nach ihrem vergeblichen Versuch, sich meiner zu entledigen, bringen meine Adoptiveltern mich also zurück in die Nummer 27b auf dem Boulevard du Belvédère, in dieses Haus, das ich mindestens so sehr liebe wie die vier Bewohner. Seine willkommene Kühle empfängt mich schon beim Eingang, dem einzigen Raum, der nicht mit achteckigen Kacheln, sondern mit großen, gelbgrauen Blümchenfliesen ausgelegt ist. Während Gladys und Régis grummelnd in ihre elterliche Suite dort oben unterm Dach zurückkehren, begebe ich mich in die Küche. Nelly ist bereits dort, auf ihrem hohen Hocker einem aufgepflanzten Vogel gleichend:

»Ah, bist du wieder da? Haben sie dich behalten?«

»Na klar.«

Mit größter Vorsicht unternimmt sie es, von ihrer Hühnerstange herabzusteigen. Ihre Hand hebt an, meine beiden wollenen Bommeln zu streicheln, die mir als Zöpfe dienen.

»Hast du Hunger?«

Ich sage aus Gewohnheit und um Nelly, die es liebt, mich zu füttern, nicht zu enttäuschen Ja, in Wahrheit aber ist heute doch auch kein einziger Trost zu erwarten, weder vom Essen, noch von irgendetwas oder irgendjemandem: Die Traurigkeit ist viel zu groß und ich bin viel zu klein. Meine Adoptivgroßmutter wirbelt in ihrem Wickelkleid aus dunkelblauen und roten Rauten herum, hopp, die Nutella im Einbauschrank, hopp, die Packung Apfelsaft, hopp, die buttrig glänzende, zopfförmige Brioche: In kürzerer Zeit als man es aussprechen kann, steht alles vor mir auf dem großen dunklen Holztisch. Innerhalb eines Jahres hat meine Großmutter gelernt, mich zu verstehen und sie weiß, was ich liebe.

»Wie viele Scheiben willst du?«

Da ich mit der Antwort zögere, bemerkt sie endlich meinen erschütterten Gesichtsausdruck und fällt über mich her, Starenflug, der sich in den Hafer stürzt, entsprechend der Boscher-Methode, dem kolorierten Handbuch, mit dessen Hilfe sie es unternommen hat, mir das Lesen beizubringen. Erneut wagt ihre Hand die Berührung meiner Stirn, meiner Wangen, meiner Ohren mit einer leichten, aber unruhigen Liebkosung. Ohne etwas zu sagen, richtet sie ihre berühmten blauen Augen auf mich, diese Augen, die so viele Männer haben erschaudern lassen mit ihrem himmelblauen Schimmer und Saum aus dunklen Wimpern, wie sie bei einer Blonden so wundersam sind. Die meinen schwimmen plötzlich in schweren Tränen, die mir die Wangen hinunterlaufen und meine kleine Großmutter erschrecken, diesen Vogel, dem gegenüber ich mit heftigen Emotionen für gewöhnlich sparsam umgehe. Sie zieht mich an sich heran, drückt mich gegen das Rautenkleid und ergießt sich in beruhigendes Gurren:

»Ich weiß, ich weiß. Sie sind zu dumm, was soll man machen. Aber ich, ich bin sehr froh, mein Zicklein, dass du da bist.«

Ich wische umgehend meine Tränen trocken, lege meinen Kummer für später zur Seite und frage:

»Können wir uns deine *Paris Match* ansehen?«

»Willst du nicht ein wenig essen?«

»Nein, ich will erst die *Paris Match* anschauen.«

Sie seufzt, als hätte sie es satt, zum tausendsten Mal ihre alten Hefte durchzublättern, aber das ist reine Koketterie. Sie liebt es ebenso sehr wie ich, und sie zögert keine Sekunde, einen ordentlichen Stapel herbeizuschleppen, und ihn auf den zuvor sorgsam abgeputzten Tisch zu legen.

»Nimmst du keine Handschuhe?«

»Aber gewiss doch, für wen hältst du mich?«

Sie besitzt Handschuhe aus Ziegenleder, betörend schön, sehr fein, eine zweite Haut, die sie stets überzieht, um ihre alten Magazine zu handhaben. Ohne das, sagt sie, würden die Seiten am Ende grau werden und kaputtgehen, und das, das ist ausgeschlossen. Es muss erwähnt werden, dass es sich um Sammlerstücke handelt, Nummern, die aus den 50er oder 60er Jahren stammen, und in denen sie auf den ersten Seiten auftritt, Nelly Chastaing zu ihren Glanzzeiten, ein Glanz, von dem ich nur die sterbenden Flammen auffange, der es aber dennoch nicht versäumt, mich zu blenden. Nelly kann sich noch so sehr auf die achtzig zubewegen, sie bewahrt, was anderen den Kopf verdreht.

Auf dieser Nummer vom März 1962 trägt sie ein mit einem doppelten Perlensaum verziertes Twinset in einem pulvrigen Fuchsienrot. Damals war ihr, so viel ich weiß, jeglicher Schatten eines Kummers oder einer Enttäuschung noch fremd: Sie war stets schön, glücklich, gefeiert, und das sieht man den Fotos an, auf denen sie mit weißen, wohl aneinandergereihten Zähnen strahlend offen lacht. Die Reportage zeigt sie in den Armen von Fernand, ihrem ersten Ehemann, dem klugen

Entdecker ihrer nixenartigen Schönheit und ihres natürlichen Talents. Er, er lächelt ebenfalls, aber mit weniger perfekten Zähnen und einem spöttischen Ausdruck, der wahrscheinlich des Fotos wegen aufgesetzt ist: Nelly und Ferdinand haben von Anfang an verstanden, die Legende zu verkaufen, die da wollte, dass er der pfiffige Manager eines eben erst seines ländlichen Lebens mit all seinen feuchten Auen und den sich neigenden Gräsern entrissenen Kindes war. Dass Nelly aber die Tochter eines Kaufmanns aus Toulon ist und immer schon zwei Schritte vom Cours Lafayette entfernt gelebt hat, das kam dann eben in ihrer offiziellen Biografie gar nicht erst vor. Eine weitere, auf den Juni 1958 datierte Bildreportage zeigt sie mit nackten Füßen in einem Flussbett oder ausgestreckt im wilden Gras, und zwar für eine fingierte Rückkehr zu den Quellen, die sie heute Tränen lachen lässt:

»Sie hatten von mir verlangt, dass ich mich im Stroh wälze, kannst du dir das vorstellen? Und dass ich neben einer Ziege posiere und behaupte, dass ich Herden gehütet hätte, als ich klein war!«

»Ich mag Ziegen, Ziegen sind freundlich.«

»Da irrst du dich gewaltig, Ziegen sind äußerst boshafte Tiere. Man muss ihnen nur in die Augen schauen, um es zu verstehen. Hast du jemals schon die Pupille einer Ziege gesehen?«

»Die was?«

Mit leicht zittrigem Zeigefinger zeigt sie auf ihre eigenen Augen, die so viele andere zum Weinen gebracht haben, all diese schüchternen und schließlich abgewiesenen Liebhaber, all diese allein zugunsten von Fernand und Charlie ausgeschalteten Verehrer – denn sie hatte, sagt sie, nur zwei Männer in ihrem Leben, was mir heute, da ich alt genug bin, um darüber zu urteilen, sowohl zu viel als auch zu wenig erscheint.

Dass man sich nicht täusche, ich bin für die gelebte Exklusivität von Liebesbeziehungen, wie meine Eltern schließlich auch, die nie mit jemand anderem geschlafen haben; wenn es einem aber nicht gelingt, sich an einen und ausschließlich einen Partner zu halten, dann doch bitte gleich die Vielzahl: Zwei, das macht keinen Sinn, drei auch nicht, vier auch nicht, all diese mittelmäßigen Spielstände, die niemals ausreichen, um sich weder eine Vorstellung von der körperlichen Liebe zu machen, noch von der Liebe überhaupt. Mit drei oder vier Liebhabern für großzügig gerechnet fünfzig Jahre sexueller Aktivität, läuft man Gefahr, dass man sich verzettelt, ohne jegliche Garantie, dass dieses Verzetteln nutzbringend sein oder man aus ihm irgendeine Lehre ziehen könnte.

»Siehst du, dies hier, das ist die Pupille: das kleine schwarze Rund.«

Ich schiebe die *Paris Match* von mir, die buttrig glänzende Brioche, und selbst die Vorstellung einer Ziege mit senkrecht stehenden Pupillen und Unheil bringenden Absichten: Ich bin müde und möchte diesen an Gefühlen reichen Tag beschließen. Kinder kennen gleich den Toten große Schmerzen, Schmerzen, die sie verblüffen, können sie doch weder deren Sinn noch deren Ende absehen.

Nelly geht mit mir hinauf bis in mein Zimmer. Meine Eltern haben es vorgezogen, mich auf der ersten Etage unterzubringen, anstatt mich ihre lichtdurchflutete Brautsuite mit ihnen teilen zu sehen. Ein Kinderzimmer hätte die Aufteilung ihres Lofts unterm Dach verunstaltet, diesen Raum, den sie selbst geschaffen haben, indem sie bei dem vergeblichen Versuch der Vereinfachung und Klärung ihrer kleinen, dunklen Existenz Zwischenwand um Zwischenwand niedergerissen haben. Ich verkünde, dass ich schlafen gehen werde, und beginne, mich auszuziehen, mir das gesmokte Kleid über den Kopf zu streifen und es auf den Aubusson-Teppich mit Lilienmuster gleiten zu lassen.

»Aber es ist erst sechs Uhr! Und du hast noch nicht einmal gegessen!«

Ausnahmsweise werde ich zu Bett gehen, ohne gegessen zu haben, das wird mir nicht schaden. Ich werde mit dem Kopf voran unter die Blümchensteppdecke kriechen und dabei deren wattierte Zartheit empfinden, werde das Licht schemenhaft durchscheinen sehen, und wie ein Feldhase in meiner Grube sein, selig, geschützt, kurz vor dem Winterschlaf. Die großen Schmerzen werden warten, bis ich selbst groß bin.

Während ich mein Vorhaben umsetze, murrt und wühlt Nelly ein wenig umher, hebt mein Kleid auf, klopft ein Kopfkissen zurecht, zieht die Vorhänge zu und reicht mir schließlich eine Stoffpuppe mit Leinenzöpfen:

»Hier, nimm die: Sie wird mit dir schlafen.«

»Sie kann nicht schlafen, schau: Sie hat die Augen offen.«

Und tatsächlich sind sie ihr direkt aufs Leinengesicht gemalt, im selben Blau wie bei Nelly, doch für immer aufgerissen. Auch die Zöpfe sind blau, ebenso das ärmelfreie Kleid mit seiner Bauchtasche, das Damenhütchen mit seinem Spitzenvolant und die mit Spitze befransten Socken. Diese Puppe ist das erste Geschenk, das meine Adoptivmutter mir bei meiner Ankunft hier gemacht hat. Sie hatte sie mir feierlich hingehalten:

»Hier, die gebe ich dir. Sie hat mir gehört, als ich klein war, sie heißt Alice.«

Da Alice der Vorname ist, den man mir verpassen wollte, sah ich die Puppe auf Anhieb schief an und traf die Entscheidung, bis zu meinem letzten Atemzug Charonne zu heißen.

In Unkenntnis über meine Abscheu und den Widerwillen, den ich gegen diese Rivalin mit ihren weichen, langen Beinen und ihren Augen, die ebenso aufgemalt und ausdruckslos sind wie ihr Lächeln, nähre, steckt Nelly sie unter die Decke, damit sie mir im Unterschlupf Gesellschaft leiste, in welchem ich doch allein sein möchte.

»Nein, ich will die nicht! Nimm sie weg!«

»Aber was machst du denn da, Charonne! Willst du dich nicht richtig hinlegen? Du wirst vor Hitze vergehen da drunter!«

Hör an, vergehen, das ist eine gute Idee! Da ja eh niemandem wirklich daran gelegen ist, dass ich lebe, angefangen bei derjenigen, die mir vor inzwischen sechs Jahren das Leben geschenkt hat und die sich mitnichten fragt, wie ich wohl weitermache. Nellys Stimme dringt wie von fern und abgedämpft von der Dichte der provenzalischen Steppdecke zu mir:

»Raus da jetzt, aber sofort! Willst du, dass ich zur Ziege werde?«

Schon wieder die Ziegen, das ist eine fixe Idee. Aber ich kann selbst auch eine sein, kann ihren bockigen Eigensinn haben, ihr hochmütiges Kinn, die gehörnte Stirn, die in der Erde beziehungsweise in gesteppter Baumwolle wühlt, als ginge es darum, in ihr die bunt durcheinandergewürfelten großen und kleinen Schmerzen zu bestatten, die Schwierigkeit, zu sein, und die noch größere, nichts zu sein.

Nelly lässt mich schließlich in Frieden, ich darf beruhigt sein: Niemand wird kommen, um zu prüfen, ob ich in meinem improvisierten Bau nicht mangels Sauerstoff zu Tode gekommen sein mag. Ich werde ein gutes Stück später wieder erwachen, verschwitzt, zerzaust, und zwar hinein in diesen Sommernachtstraum, der mich bis heute verfolgt. Ich werde aus dem Bett steigen, mit dem Ziel, in die Küche zu gehen und mir dort ein Mitternachtsmahl zu kredenzen, wie ich es manchmal mit den Resten des Vorabends tue, so unersättlich wie ich bin – niemals zufrieden, nennen es meine falschen Eltern. Nur, dass ich, anstatt die wunderliche Treppe tapsend hinabzusteigen, für einen Moment im Flur der ersten Etage zwischen dem Zimmer meiner Großeltern, ihrem Bad und Büro herumirre. Und an die Tür dieses Büros habe ich soeben geklopft, angetrieben von ich weiß nicht welcher Lockung, die der brütenden Hitze geschuldet sein mag, den Schreien der Viecher im nahegelegenen Zoo, meinem eigenen Kummer ohne Gegenmittel, oder irgendwelchen kindlichen und genialen Intuitionen – denn mir wird geantwortet; wider alle Erwartung ruft eine schwache, aber sichere Stimme durch die mit Leder überzogene und von grünen Bronzeleisten verzierte Tür hindurch: »Treten Sie ein!«

Das lasse ich mir nicht zweimal sagen und dringe in dieses Zimmer vor, das ich kaum kenne. Wenn ich zweimal im Jahr meinen Fuß hier hineingesetzt habe, dann war das gleich das Ende der Welt. Das Ende der Welt, zweifellos bin ich dort, sind wir beide dort, ich und jener Unbekannte, der träge Charlies Ottomane besetzt, ein hochherrschaftliches Möbelstück, das er von seiner Mutter hat. In dem vertraulich ausgestrahlten Licht einer turmalinblauen Nachtlampe erkenne ich ein ausgemergeltes Gesicht, das seinerseits ebenfalls bläulich ist, sowie eine Hand, die sich mir entgegenstreckt und für einen Augenblick in der qualmigen Luft innehält, bevor die Stimme sich dann erhebt:

»Aber wer bist du denn?«

»Charonne.«

»Charonne, soll das ein Vorname sein?«

Ja, es ist einer, danke, dass Sie Notiz davon nehmen. Es ist sogar derjenige, den ich hartnäckig wider alle elterlichen Angriffe verteidigt habe, wider sämtliche Versuche, mich von ihm zu lösen, obgleich er doch das Einzige ist, was mir von meiner wahren Mutter geblieben ist, jener, die mich mangels Kenntnis meiner Person nicht geliebt hat.

Der Unbekannte stemmt sich auf einen Ellenbogen, um mich besser fixieren zu können, und ich halte seinem inquisitorischen Blick stand. Nach diesem Tag, den ich hinter mir habe, nach dieser zweiten weitaus schlimmeren Aussetzung als der ersten, kann mich kein einziger nächtlicher Besucher, kein einziges blaues Gespenst in Angst und Schrecken versetzen.

»Und du, wie heißt du?«

»Roger. Aber du kannst mich Coco nennen.«

»Bist du ein Freund von Nelly und Charly?«

»Das kann man so sagen.«

»Wohnst du hier?«

»Ja. Und du?«

Hier zu wohnen, nun, das ist gewiss meine Absicht, aber kein einziges sechsjähriges Mädchen entscheidet selbst weder über sein Leben noch über seinen Wohnort, und was mich betrifft, liegen die Dinge viel zu kompliziert, als dass ich mich dieser nächtlichen Erscheinung öffne. Er zerdrückt ingrimmig in einer mit Goldstreifen verzierten und bereits bedrohlich mit Kippen überfüllten Bonboniere seine Zigarette und fährt mit seiner Einvernahme fort:

»Kannst du lesen?«

Auch hier, was antworten? Die farbenfrohen Tafeln der Boscher-Methode fallen mir sofort ein: Kindliche Reigen, zurück von den Feldern, Klatschmohn, der sich mit reifen Ähren mengt, während ich schwerfällig unter Nellys Zuchtrute die Silben vortrage: Toto war stur. Papa hat Toto bestraft. Trotz seines Eigensinns, scheint Toto ein braver Junge zu sein, das Kleine isst sein weichgekochtes Ei, Maman näht wieder und wieder Dédés Mäntelchen: Ich kann, was man mir unter die

Nase hält, noch so sehr enträtseln, ich spüre doch, dass mir ein wichtiges Geheimnis entgeht:

»Ein wenig kann ich lesen.«

»Wie alt bist du?«

»Sechs.«

»Ich habe mit vier lesen können.«

Er macht es sich wieder auf der Ottomane bequem, als wäre er von seinen Kindheitserinnerungen in den Bann gezogen. Trotz der erstickenden Hitze trägt er über seinem Hemd eine Jacke, ein bräunliches Wollgewebe in Fischgrätenmuster, ein altersloses Kleidungsstück, alterslos wie er selbst.

»Das nächste Mal bring mir ein Buch mit, ja, würdest du das tun?«

Ich lasse mich darauf ein und kehre zurück in mein Zimmer. Unfähig, wieder einzuschlafen, hieve ich mich auf die schmiedeeiserne Brüstung, die einen winzigen Balkon abgrenzt, drei Reihen Terrakottafliesen, zwei Geranien, ich, festgekrallt an den Gitterstangen, die mir jedes Mal staubige Rostabdrücke auf den Fingern hinterlassen. Dieser Balkon ist mein Aussichtspunkt, mein Observierungsposten in der Takelage. Ich verbringe dort Stunden über Stunden, eingelullt vom Lärm des Boulevards und dem Rauschen der Blätter der Kastanienbäume – ganz abgesehen von der Kakophonie, die der zoologische Garten sporadisch entfesselt, und zwar tagsüber wie auch nachts, all dies Gezische, Gefauche und Elefantengeschrei, von dem Nelly und Charlie behaupten, dass sie es nicht hören würden:

»Bist du dir sicher, mein Zicklein? Denn es gibt im Zoo schon lange keine Tiere mehr, weißt du …«

»Seit 1987, um genau zu sein«, fügt Charlie bekräftigend hinzu, und hebt dabei einen weisen Zeigefinger in die Luft, wie er es bei jeder Äußerung tut, ganz gleich, was er von sich gibt.

Ich gebe mir gar nicht mehr erst die Mühe, sie über ihren Irrtum aufzuklären, weder bei diesen noch bei so manchen anderen Punkten. Sie sind taub wie Tonköpfe, diese beiden armen Alten, weigern sich aber energisch, sich Apparate anlegen zu lassen, und ziehen es vor, sich gegenseitig mit der Vorstellung eines dichtgemachten Zoos und verschwundener Tiere zu unterhalten.

In der blassen Nacht, die auf meine zweite Aussetzung folgt, höre ich sie, und zwar eindeutig, die Tiger, die Elefanten, die Panter, die Adler; ich glaube, sogar etwas von ihrer Trostlosigkeit und ihrem Zorn zu verstehen, aber ich kehre zurück ins Bett und lehne Alice gegen ihr Kissen, bevor ich unter meine Wühlmulde gleite. Morgen früh wird mich Nelly der Regel entsprechend vorfinden: ein kleines Mädchen wie es sich gehört, und keine aus seinem Bau hervortretende wilde, heißhungrige, unbändige Bestie. Ich schlafe über einer Liste guter Vorsätze ein, darunter der, weise zu sein, lesen zu lernen, und zwar so schnell wie möglich, und niemandem gegenüber auch nur ein Sterbenswörtchen von meinem nächtlichen Besucher zu erwähnen. Aber na bitte, mit dem Lebensschwung des Erwachens vergesse ich mein Schweigegelübde. Schlimmer, ich koche, ich will in allerhöchster Eile mit meinen Großeltern über ihren rätselhaften Gast sprechen, und kaum sitze ich am Frühstückstisch und lasse freudetrunken meine Beine über den Sessel baumeln, entfährt es mir:

»Ich habe den Monsieur gesehen, heute Nacht!«

»Welchen Monsieur denn, mein Zicklein?«

»Den Monsieur von Charlie!«

Nelly stößt darüber ihre Tasse Tee um, jene Tasse, die sich um ein Spiel zarter, die knittrige Krone der Mohnblume imitierender Ranken erweitert, ein Geschenk aus Ladakh, das ihr Gladys und Régis mitgebracht haben, jene großen Reisenden, die sich stets viel lieber auf Trekkingtouren begeben, auf Safarireisen, auf Kreuzfahrten, auf Kamelwanderungen, als ruhig zu Hause zu bleiben und bei ihren Eltern für den Rest derer Tage zu leben, ganz abgesehen davon, dass sie nun ein kleines Mädchen haben, das all ihre Fürsorge verlangt, aber siehe da, genau das ist zu viel für sie, diese Mühen, die sie für andere aufbringen müssten: Der Freude des Familienheims ziehen sie hundert Mal lieber die Unerbittlichkeiten des Himalayas vor, den gesattelten Rücken eines Kamels, und die diversen Costa Concordias.

»Der Monsieur von Charlie?«

Er ist da, ausgerechnet er, Charlie. Und wenn er seine Tasse nicht umstößt, so wirkt er dennoch nicht weniger erstaunt und wütend:

»Was erzählt die da? Welcher Monsieur?«

Ich lasse mich weder von seinem zänkischen Ton noch von seinem Blick aus der Fassung bringen, mit dem er mich durchbohrt.

»Es gibt einen Monsieur, der im Arbeitszimmer schläft. Ich habe ihn heute Nacht gesehen.«

»Und warum sagst du, dass es der Monsieur von Charlie ist?«

Tja, das stimmt, warum eigentlich? Nelly wischt ihren Tee mit zittriger Hand auf, und ich suche nach einer Antwort, die ihre Erregung beruhigen könnte, aber nein, ich finde keine. Vielleicht eine ähnliche Darbietung von Eleganz? Er war gebügelt und gestriegelt, mein nächtlicher Besucher. Mir schien sogar, ich hätte Manschettenknöpfe an ihm glänzen sehen. Nun, in dem engen Zirkel meines Umgangs ist Charlie der einzige Mann, der welche trägt. Silberne Spitfires, rotgoldene Geneva oder Sphere mit zweifarbigen Posamenten, für jegliche Gelegenheit die passenden Stücke, und wenn ich hier das

Kapitel der Outfits meines Großvaters eröffne, ist damit nicht zugleich gesagt, dass ich es auch eines Tages werde abschließen können. Anstatt zu argumentieren, verschlinge ich einen ersten Bissen vom Croissant, den ich kaue, wie man es mir beigebracht hat, um dergestalt zu zeigen, dass ich ein kleines, wohlerzogenes Mädchen bin und es bedauere, unüberlegt gesprochen zu haben. Wir müssen nur zu etwas anderem übergehen, ein Thema finden, das niemanden erschreckt:

»Können wir die Boscher-Methode vornehmen? Ich habe Lust zu lesen.«

Charlie murrt vollkommen verständlich und auf eine für mich anzügliche Weise. Der Vorteil bei meinen Großeltern besteht darin, dass sie alles aussprechen, was ihnen in den Sinn kommt. Lüge, Verbrämung und Schamgefühl überschreiten inzwischen sämtliche Sachkenntnisse, die gemeinsam mit dem Rest zur Neige gehen: dem Fleisch, der Knochensubstanz, dem Haar, dem Zahnschmelz. Sie sprechen alles aus und benötigen, um zu reden, nicht einmal mehr einen Gesprächspartner. Hält man sich auch nur in ihrer Nähe auf, kann man von ihrem ungeordneten Innenleben alles aufschnappen, diesem sich fortwälzenden Strom müßiger und häufig verdrossener Gedanken. Das mag für Nelly noch durchgehen, die sich im Vollbesitz ihres Geistes befindet, Charlie jedoch, der den seinen bereits langsam zu verlieren beginnt, vergisst jedes dritte Mal, dass ich seine Enkeltochter bin und begrüßt mich von daher mit ratlosen Formulierungen:

»Aber was hat die denn hier zu suchen, diese Negerin?«

Das Haus, in das ich vor inzwischen einem Jahr gekommen bin, um in ihm zu leben, ist ein Haus aus Glas, nichts verschleiert sich hier noch, der Rassismus ebenso wenig wie andere Sachen. Nelly kann ihren Ehemann noch so sehr abkanzeln, »aber ich bitte dich, das ist Charonne«, er wird doch rückfällig mit seinem senilen Eigensinn und seinen Witzen zwischen Negerkuss und Mohrenkopf aus dem vergangenen Jahrhundert, die mich nicht weiter stören. Und man schaue genau hin, ich bin nicht wirklich schwarz, meine Farbe entzieht sich jeglicher Festlegung, ich habe meine eigene Vorstellung bezüglich dieser Frage, die Vergewaltigung meiner ruandischen Mutter durch meinen belgischen Vater, eine Vorstellung, die in meinem Kinderhirn ja gerade erst aufkeimt.

Mit meinen sechs Jahren habe ich nur das Gefühl, dass es für die ganze Welt besser sei, wenn ich heller wäre, wenn mein Haar in flachsblonden Strähnen herabfiele und meine Augen unmittelbar auf den gespannten Stoff meiner Wangen aufgemalt wären und zwar im gleichen Blau wie die von Nelly oder dem des Scheinmohns aus dem Himalaya, das sie auf ihre noch immer bebenden Lippen aufträgt – aber was habe ich da nur gesagt, das sie in diesen Zustand versetzten konnte? Und Charlie beruhigt sich ja auch nicht, er, der außerhalb seiner Wahnschübe so liebenswürdig ist und mit mir eine zeitlose Galanterie kultiviert, die mir schmeichelt und mich begeistert.

Sie sind alt. Ich trete zu spät in ihr Leben. Sie vermögen ihre Erregung nicht mehr zu verbergen, ihre Stimmungen nicht mehr in Schach zu halten, ihre Sprache nicht zu drosseln. Ich trete nach der Verbrämung hinzu, nach der Scham, nach der *self-control*. Ihnen bleiben die guten Manieren, aber auch nur so gerade eben und unter der Voraussetzung, dass zuvor nichts die sichere Monotonie ihres Tagesablaufs gestört haben mag.

Noch immer voller Wut gegen die Negerin, schleicht Charlie spürbar steifen Schrittes immer wieder um den Tisch. An der Knopfleiste seiner Jacke hat er das Ziffernblatt einer Uhr festgeschnallt, eine winzige, rot emaillierte Anstecknadel aus der Region sowie zwei betresste Ordensbänder, aber der damit geschaffene ordenskundliche Eindruck hält dem näheren

Blick nicht stand. Trotz der affektierten Steifheit seiner khakibraunen Jacke wird man ihn nicht wegen illegalen Tragens einer Uniform arretieren: Alles ist ordnungsgemäß, weil nichts es ist. An gewissen Tagen ist dem so, da lebt er in seiner militärischen Einbildungskraft, in seiner gegenstandslosen Parade, er, der nicht einmal am Algerienkrieg teilgenommen hat. An solchen Tagen ist er eher verkleidet als gekleidet, seine antiquierte Eleganz weicht Aufmachungen, für die Nelly sich ein wenig schämt: Seemannsleinenhosen mit roten Streifen, Reederblazer, Kriegerblousons oder Jacken mit steifen Epauletten, ordensgeschmückte Barette sowie andere Medaillen aus Talmigold.

Und Gott weiß, was er sich selbst erzählen mag, wenn er im großen Aufzug die Prachtstraße abschreitet, begleitet von einem Negerlein, das an seinem Schoßzipfel hängt. Das ist eine von Charlies guten Seiten: Er sträubt sich nicht dagegen, mich auf seine Gesundheitsspaziergänge mitzunehmen – nun gut, Gesundheit, das ist schnell dahingesagt, denn er kann noch so sehr die hygienischen Wohltaten seiner Spaziergänge ins Feld führen, sie bestehen im Wesentlichen doch aus einem methodischen Ablaufen der Kneipen im Viertel. Hochgehievt auf einen Barhocker, leiste ich zweifellos meinen Beitrag zu seinem klaren Erfolg, kennt doch jeder Charlies rückständige Meinungen über Immigration und ethnische Herkunft. Aber er scheint seine Schadenfreunde an den scharfsichtigen Scherzen zu haben, deren Gegenstand wir darstellen, er und ich, dort, in diesen Kneipen, die allesamt dem Front National ergeben sind.

»Ja aber Charlie, wo hast du denn die da gefunden?«

»Hast du etwa vergessen, sie zu waschen?«

»Ist das deine? Haste deinen Schwanz mal in ne schwarze Muschi gesteckt?«

»War's geil? Ging rein wie in Butter, was, alter Sack?«

Wie man sieht, ist das Niveau ausgesprochen hoch. Charlies Freunde müssen der Meinung sein, dass ich genauso dumm wie schwarz bin – denn natürlich sehen sie mich als solche, unfähig wie sie sind, die Subtilitäten einer Rassenmischung zu erfassen. Das mag bei mir noch durchgehen, die ich gerade mal sechs bin und kaum irgendwelche Vorstellungen davon habe, was eine Unterhaltung zu sein vermag, wie aber nur kann Charlie, dieser erhabene Bourgeois, der von guten Patern aufgezogen wurde, bei jedem Satz so viele Schwänze und Muschis akzeptieren, ob nun schwarz oder nicht? Ich habe keine Ahnung. Laut Nelly hat er sich sehr verändert und raunt ihr seither ganze Salven an Obszönitäten zu, was er in den ersten Jahren ihrer Ehe niemals gemacht hätte.

»Er war ausgesprochen prüde, stell dir vor. Ich habe ihn sogar ein wenig aufklären müssen.«

Und doch, bei ihrer ersten Zusammenkunft waren Nelly und Charlie keine Grünschnäbel mehr: Er war vierzig und sie dreiundvierzig. Ganz abgesehen davon, dass jeder von ihnen bereits ein Kind hatte: Gladys, die Miniaturausgabe ihrer Mutter, und Régis, der ganz im Gegenteil zur nordischen Schönheit seines Vaters mit einer hitzigen Verführungskraft ausgestattet ist – was nicht verhinderte, dass sie ein hübsches Paar abgaben und eine spektakuläre, neu zusammengesetzte Familie.

»Die Leute haben sich umgedreht, ja, ja, wirklich. Man will es kaum glauben, wenn man Gladys und Régis heute so sieht, aber sie waren einfach sensationell.«

Was meinen Vater betrifft, so habe ich keine Ahnung, aber wir berühren hier, was das Drama im Leben meiner Mutter ausmacht: Nachdem sie zunächst ein kleines Mädchen von atemberaubender Schönheit gewesen ist, wurde sie zu einer x-beliebigen, ja geradezu unattraktiven Jugendlichen und dann Erwachsenen. Die Pubertät hatte gewirkt, wie sie es manchmal tut, wenn sie einen glänzenden Schwan in eine hinkende Ente verwandelt. Da ich die von Nelly liebevoll gepflegten und mit Legenden versehenen Fotoalben durchgeblättert habe, kann ich die Verwandlung bezeugen. Mit vier, mit sieben und noch mit neun Jahren war Gladys geradezu fulminant: Ihr silberglänzendes Haar fiel in Stufen über ihre Schultern, ihre Augen verjüngten sich an ihren Schläfen, und ihre Nase ging sichtbar aus einem von Gott geschmiedeten Plan hervor. Abgesehen davon, dass sie jedes Mal, wenn das Objektiv auf sie gerichtet ist, strahlend lächelt und sich dabei glücklich ihres Charmes und all dessen, was ihr die Zukunft bereithält, bewusst ist. Zwei Jahre später, zack!, entstellt eine massige und rotgesichtige Jugendliche sämtliche Schnappschüsse ihres persönlichen Albums. Die Veränderungen lassen schwer auf etwas rückschließen, noch schwieriger sind sie zu benennen, aber die Katastrophe hat stattgefunden. Die zierliche Silhouette, die zarte Hautfarbe, das aschfarbene Blond, die Klarheit und Lebhaftigkeit des Blicks sind einem bleifarbenen Teint gewichen, einem erloschenen Auge, glanzlosem und gekräuseltem Haar, einem Kuhnacken, tief liegenden Brüsten, und einer nicht vorhandenen und von Nelly, deren ästhetische Grundbegriffe der Belle Époque entspringen, als abstoßend empfundenen Taille. Dabei muss man wirklich anerkennen, dass sie selbst in Sachen Taille und auch bei allem anderen von der Natur verwöhnt worden ist: Nelly, heute vierundachtzig Jahre alt, ist noch immer auf ideale Weise blond und schlank. Sicher, ihr Blond ist in nicht geringem Maße den Kunstgriffen ihres Friseurs geschuldet, was aber den Umfang ihrer Taille betrifft, so kann ich bezeugen, dass alles echt ist: Kein Hüftgürtel und auch kein Korsett, schlicht eine Hungerdiät, gegen die sie seit ihrer Menopause nicht verstoßen hat.

»Nach fünfzig Jahren, meine arme Charonne, kommt uns alles zugute: einen Kuchen anzuschauen reicht, und hopp, schon hast du 500 Gramm zugenommen!«

Sie wirft mir einen brutalen Blick zu – von jener Brutalität, zu der sie fähig ist, die einen aber wohl immer überrascht bei einer Frau, die ihr Umfeld ans Gurren und gezierte Benehmen gewöhnt hat. Ich kann mich noch so sehr auf meinem Stuhl winden, den Kopf senken und ein wenig vor mich hin summen, ich weiß doch sehr genau, was sie mit ihrem spitzen Blick taxiert: Meine eigene Taille, die unter dem Fett verschwunden ist, meine Waden, die dreimal so dick sind wie die ihren, und das Herunterhängen meiner Bauchwülste unter dem T-Shirt. Möchte man eine klinische Bilanz ziehen, dann ist meine verpfuschte Adoption ein wahrer Erfolg: Meine Eltern haben aus einem leidenden und bleichen Kind ein vor Gesundheit nur so erstrahlendes Mädchen mit prallen und leuchtend roten Wangen gemacht. Aber bitte, anstatt sich darüber zu freuen, hören sie nicht auf, mir all diese durchschlagenden Zeichen körperlichen Wohlergehens vorzuwerfen: meine Korpulenz, mein dichtes Haar und die gefährliche Pigmentierung meines Teints. Es ist im Übrigen die ganze auf *i* endende Familie, die sich verbündet, um meine Fettleibigkeit niederzuschreien. Es muss festgehalten werden, dass sie alle vier von beneidenswerter Schlankheit sind, was bei Nelly schon fast Kachexie bedeutet. Was Gladys betrifft, so zieht sie den bestmöglichen Vorteil aus einem schweren Knochenbau und einer besonders stark ausgebildeten Muskulatur – geschuldet den Schwimm- und Tenniskursen, die man sie während ihrer gesamten Kindheit wohlmeinend hat wahrnehmen lassen, und über die sie sich heute bitter beschwert:

»Ihr hättet daran denken können, oder etwa nicht?«

»Woran denken können, mein Herz?«

»Dass Ihr mich zu viel Sport habt treiben lassen. Das hat mein Wachstum gehemmt. Ich bin in die Breite gegangen anstatt mich zu verfeinern.«

Und es stimmt, dass sie kurz ist, gedrungen, mit anormal großgewachsener Delta- und rückseitiger Oberschenkelmuskulatur, aber ohne einen Funken Fett, und das, das muss man wirklich anerkennen.

»Aber du hast das geliebt! Du warst doch diejenige, die immer noch mehr wollte!«

»Ich war klein. Es wäre an Euch gewesen, mich zur Vernunft zu bringen und Maß halten zu lassen.«

Aber meine Mutter ist eine wütende Frau. Sie ist auf die ganze Welt sauer, angefangen bei ihrer eigenen Mutter, die dafür nun zur Rechenschaft gezogen wird, ihrer Entwicklung zu große Bedeutung zugemessen zu haben, ihr zu viele kulturelle und sportliche Aktivitäten vorgeschlagen zu haben, zu viele Reisen ins Ausland, zu viele Aufenthalte beim Wintersport, zu viele Feinschmeckerrestaurants.

»Wenn ich nur daran denke, dass ihr mich ins Grand Véfour geschleppt habt, obwohl ich noch nicht einmal acht war!«

»Wir haben es gut gemeint, mein Herz.«

Es stellt sich heraus, dass laut Gladys der Leidensweg bereits mit ihrem uterinen Leben begonnen hatte:

»Du bist sechs Monate lang im Bett geblieben! Meinst du, es sei gut für ein Baby, in einem Fruchtwasser zu baden, das sich niemals bewegt? Niemals die Bewegungen seiner Mutter zu spüren? Durch ewiges Stagnieren muss es durch und durch übelriechend geworden sein, ja sogar toxisch!«

»Vor dir hatte ich bereits fünf Fehlgeburten: Es war Dr. Laugier, der mir geraten hatte, im Bett zu bleiben. Man hat mir sogar eine Cerclage gelegt, stell dir nur vor: ansonsten hätte ich dich verloren, wärest du nie geboren worden.«

Bei dieser Aussicht füllen sich Nellys Augen mit Tränen. Aber diesen Augen, die so viele Männer in den Ruin geführt haben, war es noch nie gelungen, Gladys zu rühren, sie, die sie nur eine fade Version dieser berühmten Pupillen geerbt hat, deren Blau sich bei ihr in einer brühigen Nuance färben – ganz abgesehen davon, dass ihnen unentwegt Bitterkeit eingespritzt wird.

»Und wenn ich nur daran denke, dass du mich nicht einmal gestillt hast!«

»Weißt du, das machte man damals eigentlich nicht so wie heute. Ich weiß nicht, wie ich es dir erklären soll, es war weniger in Mode, ganz einfach. Und dann wollte dein Vater nichts davon wissen: Er hatte Angst, dass mir das die Brust lädiert.«

Bei dieser Erinnerung wird Nelly rot und räuspert sich ein wenig. Das bekommt ihr einfach nicht gut, da Gladys es für untragbar hält, der Eitelkeit ihrer Mutter und dem erotischen Leben ihrer Eltern geopfert worden zu sein. Umso mehr, als die Erwähnung ihres Vaters einen weiteren Klagegrund wieder lebendig werden lässt:

»Mein Vater, reden wir also über meinen Vater! Bist du dir eigentlich darüber im Klaren, dass er bei meiner Geburt beinahe sechzig war? War es nicht vollkommen unverantwortlich, mit diesem Greis ein Kind zu zeugen? Kein Wunder, dass ich Probleme habe! Meine einzigen Erinnerungen an ihn sind die, als er mit diesem Dings da, mit diesem Stent in der Kehle im Krankenhaus lag. Und dass er mit einer furchtbaren Stimme zu mir sprach. Ich hatte eine Heidenangst!«

Erbarmen für Fernand, den mit sechsundsechzig Jahren ein Kehlkopfkrebs hinweggerafft hat, basta. Gladys ist viel zu sehr damit beschäftigt, es sich selbst gegenüber geltend zu machen. Nelly hat ihren ersten Ehemann sehr geliebt, und wenn ihr andere Erinnerungen geblieben sind als die an einen Invaliden mit Stimmprothese, dann schluckt sie diese schwermütig hinunter: Ich bin es, mit der sie darüber sprechen wird. Meine gesamte Kindheit wird eingelullt sein von der Legende vom schönen Fernand, Liebling der Frauen, der durch die eheliche Liebe noch verfeinert wurde, Talententdecker und wagemutiger Manager, eingefleischter Lebemann und Freund der Großen dieser Welt. Ich fühle, dass ich ihn gern getroffen hätte, ich, diesen Fernand, der bedauerlicherweise 1903 geboren wurde, was ihm kaum Chancen eingeräumt hatte, seine Tochter aufwachsen zu sehen und eine noch geringere, mich eines Tages kennenzulernen.

Wie jedes Mal, ergießt sich Gladys in eine ganze Reihe an Vorwürfen, alles geht dabei drauf und nichts ist verzeihlich, es beginnt mit dem verfrühten Tod ihres Vaters und endet mit der neuen Ehe ihrer Mutter, wobei auch diese viel zu früh stattgefunden hat – ganz abgesehen von den besonderen Klavierstunden, den Kindermädchen, den Praktika beim Strandsegler, den Wochenenden in der Normandie, den zauberhaften Weihnachtsfesten und den ausgewogenen Mahlzeiten, all diese Sorgen, all diese Aufmerksamkeiten gegenüber ihrem eigenen Kind, die es so miserabel auf das Leben vorbereitet und so wenig zum Glück fähig gemacht haben. Und wenn ich es auch bereits gesagt haben sollte, ich wiederhole es dennoch: Nichts ist besser als die elterliche Vernachlässigung; man glaubt es ja mit Liebe zu tun, und das Ergebnis, nun, man verzärtelt, man verpfuscht, man behindert mehr als alles andere.

Und da haben wir zumindest eine Gefahr, der ich bei Gladys und Régis entkomme, selbst wenn ich anerkennen muss, dass sie sich nach ihrem missglückten Versuch meiner Zurückerstattung verhältnismäßig gern dazu entschlossen hatten, mich zu behalten. Das ist das Gute bei Depressiven: Ein Nichts schlägt sie nieder, die Niederlage lässt sie im Vorhinein resignieren, und man kann mit dem Verschwinden ihres Willens rechnen, um den eigenen obsiegen zu lassen, was ich mir auch nicht habe nehmen lassen. Mit sechs Jahren und von Charlies unanfechtbaren Freunden aufgeklärt, wusste ich bereits, dass ich ausreichend viele Stigmata angesammelt hatte, um ihnen nicht auch noch Entschlusslosigkeit hinzuzufügen: Schwarz, fett, adoptiert, und zwar gerade noch rechtzeitig, musste ich zumindest Entschlossenheit und Optimismus an den Tag legen.

Auf seine Weise grenzt der Boulevard du Belvédère zwei Menagerien ab. Auf der Seite des Parks die Raubtiere und Raubvögel, auf der Straßenseite selbst die Aneinanderreihung der Cafés, in die Charlie mich gewöhnlich mitschleppt, und die von Bestien frequentiert werden, die kaum weniger begriffsstutzig und vielleicht weitaus fleischgieriger sind als die ersten – und die Gesellschaft all dieser reißenden Bestien hat mir schließlich ausreichend Nachsichtigkeit bei sämtlichen Fehlern der Unmündigkeit eingehämmert wie bei Egoismus, Pedanterie und Eitelkeit, die übrigens bei meinen Adoptionsverwandten stark repräsentiert sind. Was bei Nelly noch durchgehen mag, da ihre Karriere zur Eitelkeit neigte, sie aber doch recht wirksam gegen ihre Neigungen ankämpft; die anderen sind weniger entschuldbar, aber ich verzeihe ihnen dennoch: Wenn sie sich auch noch so sehr anstrengen, furchtbar zu sein, dumm und hundsgemein, sie werden doch den Stammkunden aus dem *Palace,* dem *Napoleon III* oder dem *Long-champ-Triomphe* nicht das Wasser reichen können, allesamt Etablissements, deren prätentiöse Namen wohl als Warnung dienen sollen, als Ansporn, sämtliche Hoffnung fahren zu lassen, bevor man ihre engstirnigen Kreise betritt, und zwar an welchem der tausend Orte im Empyreum auch immer ohne jegliche Möglichkeit himmlischer Navigation.

Ich bin sechs Jahre alt, zehn Jahre, dreizehn Jahre, Charlie verliert seinen Kopf, ich aber bin im Vollbesitz des meinen und er ist ebenso wohl gestaltet wie vollständig, ungeachtet der anzüglichen Kommentare, die er auf sich zieht:

»Schau an, hast du dein Affenweibchen immer noch dabei?«

»Wie unartig die doch ist!«

»Sag ma', bei der da wirst du's aber schwer haben, was ne Heirat angeht!«

»Sie geht zur Schule? Die haben es ernsthaft geschafft, ihr das Lesen beizubringen? Die Lehrer von heute, die können wirklich was!«

»Ach was! Die kann nicht 'mal sprechen!«

»Bis auf die Zeichensprache, wenn sie ihre Banane will!«

»Ihren Negerkuss!«

»Du weißt ja, der Zoo liegt gleich um die Ecke: du musst sie nur zu ihren Brüdern und Schwestern bringen!«

Gut, gut, ich übertreibe ein wenig, ich verdichte in einem einzigen Dialog die im Laufe der Jahre ausgeschwitzten Bemerkungen, die sie mit gedämpfter Stimme in Momenten abgeben, da sie meinen, ich würde ihnen, weil viel zu beschäftigt damit, meine Schokolade zu schlabbern oder meinen klebrigen Strohhalm zu lutschen, nicht zuhören. Nur dass sie ebenfalls taub sind und vertrottelt, was zur Folge hat, dass sie grölen anstatt zu flüstern, und zwar trotz der Ellbogenstöße und verschämten Lacher derer, die von der senilen Demenz noch nicht erfasst sind. Nein, ich übertreibe letztendlich nicht, denn sie haben es tatsächlich gesagt und Senilität entschuldigt rein gar nichts. In solchen Fällen ist die Haltung von Charlie unvorhersehbar. Bald eilt er mir auf zweideutige Weise zur Hilfe – was im Großen und Ganzen heißt, dass Neger unter aller Liga spielen, nur meine Enkelin, die bildet die Ausnahme, welche die Regel ihrer Minderwertigkeit bestätigt; bald grinst er dümmlich und wackelt ein wenig mit dem Kopf über seinem fünften Glas Pastis, bald ist er wie abwesend, sein Blick trübe, seine Sprache verhindert, und da heißt es dann, dass ich all meine Überzeugungskraft werde aufbringen müssen, damit wir nach Hause gehen können.

Im Laufe der Zeit ist aller Welt klar geworden, dass er mich braucht, wenn er mit seinen kleinen Spaziergängen und Alkoholtouren weitermachen will. Denn von nun an ist er gut und gerne fähig, sich aus Versehen vor einen Bus zu werfen oder sich seiner Brieftasche berauben zu lassen, seines Siegelrings, seiner Armbanduhr. Da es ihm zuliebe geschieht, ertrage ich ohne zu murren die Anzüglichkeiten seiner Freunde, die keine sind, und die sich immer weniger Zwang auferlegen, um sich über ihn lustig zu machen oder seine legendäre Verschwendungssucht auszunutzen. Zum Glück bin ich da, um auf der Hut zu sein, um die Brieftasche wieder an ihren sicheren Ort zu tun, um den Runden, von denen er sagt, dass er sie zahlen will, Einhalt zu gebieten, um all jene mit Blicken zu strafen, die ihn auf erniedrigende Weise frotzeln:

»Na, Charlie, wie geht's? Kannst du das Ding noch heben, oder ist's vorbei damit?«

»Hast du dir heute Windeln angelegt? Dass dir noch mal so ein Unfall wie letztens passiert, das muss ja nicht sein!«

Ihr Gelächter krächzt, ihre Pupillen leuchten, aber ganz ohne Freude. Sie haben die Freude durch dieses abgefeimte geheime Einverständnis ersetzt, das sich auf unsere Kosten entfacht. Unter ihnen sind einige kaum jünger als mein Großvater und ebenso wie er von Hirnerweichung und Inkontinenz bedroht. Vielleicht nehmen sie es ihm übel, dass er die schaurige Vorwegnahme dessen ist, was sie sein werden, aber die Angst ist ebenso wenig eine Entschuldigung wie der gesamte Rest.

»Und deine Frau, was ist aus der geworden? Hat sie dich noch nicht sitzen lassen?«

»Ist doch nur Nelly, mach ihm hier mal keine falschen Versprechungen!«

Keiner von ihnen kennt meine Großmutter, die ihren Fuß noch nie in die Cafés gesetzt hat und nur sehr selten im Viertel spazieren geht, aber jeder von ihnen weiß, dass es sich um Nelly Chastaing handelt: Sie gehören sogar jener Generation von Männern an, die angesichts ihrer Filme und Fotografien, ihrer strahlendblonden Haarpracht, ihres herrlichen Lächelns, ihres wahnsinnigen Charmes und ihrer unerreichbaren Klasse Schleim absonderten. Und das ist es vielleicht auch, was sie, zusätzlich zur Bedrohung, die er verkörpert, Charlie nun bezahlen lassen: Die Tatsache, dass er vor inzwischen mehr als 40 Jahren das Rennen gemacht hat, als er mit der hübschesten, reichsten und berühmtesten Witwe Frankreichs in den Hafen der Ehe eingelaufen ist.

Nicht, dass man Charlie der Käuflichkeit anklagen könnte: Er selbst war reich, Erbe einer Marseiller Druckerei, die er mit viel Würde in den Ruin geführt hat, ohne dass er seine Altvorderen darin entmutigt hätte, ihm sukzessive ihr gesamtes Vermögen zu verschreiben. Nellys Geld war dabei nur die Kirsche auf der Sahnetorte. Diese beiden haben von ihrer Rente gelebt und aus ihren eigenen Kindern gefährliche Müßiggänger gemacht. In den Augen der falschen Freunde meines Großvaters kann ich auch das Folgende lesen: Die Braut, die Kirsche, die Sahnetorte, das alles war viel zu schön im Leben ihres Kumpels, und es sollte nicht passieren, dass er diese Welt verlässt, ohne zuvor nicht auch ein wenig Unglück geleckt zu haben. Charlie, dieser Unschuldsengel, erkennt Bosheit einfach nicht. Er war weder mit Vulgarität noch mit Gemeinheit in Berührung gekommen. Alle Welt war alle Zeit über nett zu ihm gewesen, ganz im Geiste des Gesetzes, das da will, dass die Schönen und Reichen systematisch besser behandelt werden als die anderen. In diesem Sinne liegen die Gäste des *Palace* und des *Triomphe* gar nicht mal so falsch. Sie wollen ganz einfach ein wenig soziale Gerechtigkeit wiederherstellen, getreu ihrem eigenen Maß, in ihrem engen Kreis, der vermutlich höllisch ist. Einziger Sohn, vergöttert nicht nur von seinen Eltern, sondern auch von seinen Onkeln und kinderlosen Tanten, die angesichts dieses letzten Sprösslings ihrer blutleeren Linie voller Bewunderung erblühten, war Charlie für lange Zeit ausschließlich entzückten Gesichtsausdrücken begegnet, zärtlichen Umarmungen und bewunderndem Gurren. Seine Fehler waren stets als charmant abgetan worden, und es hatte sich niemand finden wollen, der ihm sein mittelmäßiges Studium und seine unheilvolle Leitung eines familiengeführten Druckereibetriebs, der ja doch florierte, bevor er dessen Führung übernahm, vorgeworfen hätte.

Sein erster Verdruss widerfuhr ihm im Alter von mehr als 40 Jahren, als seine Frau ihn verließ, für nichts, für niemanden und ohne ein Wort der Erklärung, dafür aber mit einem zehnjährigen Jungen auf seinem Arm. Da er aber nicht lange gehadert hatte, um sich wieder unter die Haube zu bringen und obendrein auch noch einen Star geehelicht hatte, der zwar ein wenig aus der Mode gekommen, aber dennoch ein Star war, wiegt diese einzige Enttäuschung kaum, wenn es sich darum dreht, ihn unter den Glücklichen dieser Erde einzureihen oder eben nicht. Seine Freunde aus dem *Palace* haben auf jeden Fall nicht lange mit ihrem Urteil warten und ihn mittels vieler anzüglicher Witze, perfider Andeutungen und herabwürdigender Sticheleien den Preis zahlen lassen für diese unverschämte Günstlingswirtschaft der Fortuna.

Ich bin neun Jahre alt, zwölf Jahre, sechzehn Jahre. Meine Rache wird auf sich warten lassen, aber sie wird furchtbar sein und keiner dieser Kümmerlinge wird sich nach ihr wieder erheben. Im Augenblick schelte ich Charlie, ich zahle, was wir konsumiert haben, und bemühe mich, ihn Richtung Ausgang zu zerren:

»Komm, wir machen einen Gang durch den Park.«

Dieser Park ist mein Königreich, und ein wenig auch das von Charlie. Seit meiner Ankunft im Hause *i* hat er sich aufgeopfert, um mich darin spazieren zu führen, zum Spielplatz zu bringen, mein Hinabgleiten auf der Rutsche und meine Höhenflüge auf der Schaukel zu überwachen, wenn er mich nicht zur Imbissbude schleppte, um eine Cola zu trinken. Er ist es, der mich den Zoo hat entdecken lassen, diesen angeblich verschwundenen Zoo, der jedoch seine Wirklichkeit wiederfand, sobald ich mit meinem Großvater die Alleen durchschritt und mich ängstigte wegen der Tiger, schieflachte wegen der Schimpansen, hingezogen fühlte zu den Zicklein, mit denen ich mich wegen meiner Großmutter identifizierte, der es nie an unabänderlich zärtlichen Kosenamen aus der Welt der Tiere fehlte, mein Zicklein, mein Mäuschen, mein Küken, mein Kätzchen.

Ich mag diesen Zoo, aber es ist der ganze Garten, der mit seinen Alleen, seinen Liegewiesen, seinen Buchsbaumhecken, seinen Wasserbecken und Fontänen zu meinem ständigen Lehnsgut geworden ist. Während Charlie auf einer Bank eindöst, renne ich rasend schnell und blindlings kreuz und quer, ich klettere über Absperrungen, ich grabe mich ins Dickicht, ich scheuche die halbverwilderten Katzen auf, die karitative alte Damen und Kinder meines Typs turnusmäßig füttern, die für sie das Fett vom Schinken oder einzelne Bisse vom Steak, die kaum zerkaut sind, zur Seite gelegt haben. Manchmal überrasche ich anstelle der Katzen Nutten oder Junkies, die mir einen übermüdeten Blick zurückwerfen, bevor sie sich wieder um ihre kleinen Geschäfte kümmern. Ich wage mich auch auf die Statuen riesiger Stiere, die über einen schwindelerregenden Wasserfall hinausragen. Grün vor Moos, sind sie gefährlich glitschig, und ich finde mich meinerseits überdurchschnittlich häufig im Wasser planschend wieder, das zwischen ihren mächtigen Flanken steht. Jahre später werde ich, als ich die Camargue mit ihren Salzteichen, ihren rosafarbenen Flamingos und Pferdeherden kennenlerne, einen Gedanken zu diesen Seeausflügen zwischen den vier Steinstieren des Palastes haben: Nichts ist klein, wenn man es selber ist, weder die Schmerzen, noch die Pfützen grünen Wassers.

Manchmal bringt mich Charlie nach Hause, manchmal bin ich es, die ihn an der Hand zieht, während er entlang der Prachtstraße herumfantasiert, aber wir kehren auf jeden Fall mit Beginn der Nacht zurück und sind vollkommen verschwiegen bezüglich unserer jeweiligen Abenteuer und ihrer Wildheit. Während des Abendessens, wenn ich seinen Blick auf mir ruhen fühle, schneide ich eifrig mein Fleisch klein oder tauche unter den Tisch ab, um meine Servierte wiederzuerlangen. Ich möchte über sein Gesicht mitnichten die Schatten der Scham und Verblüffung huschen sehen. Ich möchte mitnichten, dass er auf dem meinen ablese, dass ich mich von nichts täuschen lasse, weder von der Grausamkeit seiner Kneipenfreunde, noch von deren Gefälligkeit, und auch nicht von seiner Erregung, sich mit den unteren Schichten gemein zu machen – denn mit seinen mehr als 80 Jahren besucht er noch immer völlig fassungslos die Cafés und lässt sich von Maurern und Schweißern in Rente auf den Schenkel klopfen, er, den seine

Mutter niemals hatte zur Schule schicken wollen, und der dem Militärdienst ebenso entkommen ist wie jeder anderen Möglichkeit, mit der er seiner Herkunft hätte entfliehen können. Armer Charlie, der vom Leben nichts anderes kannte, als das, was eine Handvoll zarter und höflicher Erwachsener ihm beigebracht hat: Es war an der Zeit, dass ich auftauchte.

Ich erwähne den Monsieur von Charlie nicht mehr, aber ich denke dennoch an ihn und hoffe, ihn wiederzusehen. Da er so wirkt, als würde er der Lektüre Bedeutung beimessen, bestimme ich meine Ausbildung als Vorbedingung unseres Wiedersehens und gehe Nelly damit auf die Nerven, die Dinge voranzutreiben, entwickeln sie sich doch für meinen Geschmack nicht schnell genug in meiner ersten Klasse.

Es muss erwähnt werden, dass ich in der Schule, mehr als alles andere, meine Gedanken schweifen lasse. Mein Blick verliert sich hinter den Fenstern, die zum Park führen und hin zu den Erinnerungen, in denen ich Wildkatzen zähme, die niedrigen Äste eines Walnussbaums reite oder mich auf einen steinernen Stier schwinge, der vor lauter grünem Schlamm ganz klebrig ist. Und außerdem ist Nelly eine weitaus bessere Lehrerin als meine, die im Übrigen ein Lehrer ist mit im Nacken zusammengebundenem Haar, und hinterm Zaumzeug gebleicht, ein Mann, so sarkastisch wie rotglühend, der den ganzen Tag auf seinem Handy herumklimpert und nicht gewillt ist, sich stören zu lassen. Wir haben gelernt, uns anständig zu benehmen, wir, die Schüler, wodurch alles ganz ordentlich läuft. Von Zeit zu Zeit legt er uns eine unlesbare, weil fotokopierte Reihe an Übungen vor, spult mit müder Stimme eine Lektion herunter, oder regt zu irgendwelchen Handarbeiten oder Sportaktivitäten an, die es ihm erlauben, über die Zeit ihrer Dauer zu verschwinden. Ich bin sechseinhalb Jahre alt, als Nelly triumphierend die Boscher-Methode zuklappt:

»Du kannst lesen, bravo mein Liebling!«

»Bist du dir sicher?«

»Aber gewiss doch. Schau, du wirst das hier jetzt ganz allein lesen. Ich werde dir nicht helfen.«

Ihr Zeigefinger verweist mich auf ein Dutzend Verse, die von einem beunruhigenden Sammelbildchen illustriert werden: Ein kleines Mädchen, das im Begriff ist, über eine unschuldige schwarz-gelbe Schnecke zu gehen. Für die Dauer einiger schwindelerregender Sekunden betrachte ich diese vollkommen unergründlichen Unterlängen, und dann lege ich los:

Wo willst du, kleines Schnecklein, heute Abend hin?
Fast hätt' ich dich zermalmt mit schwerem Schuh
Da aber sah ich's glänzen, dein rosa Muschelding
Was hast du nur, aus Angst willst dich zusammenzieh'n?
Ganz furchtsam scheint's, ziehst du dein Näslein ein.
Schmollst du gar? Jetzt aber reicht's!
Des Stillstands Zeit genug, nun soll Erregung sein:
Schön Schnecklein, zeig sie mir, der beiden Fühler dein.

Es muss gar nicht erst erwähnt werden, dass mir diese fröhlichen Verse völlig unklar bleiben, der vorletzte mit seiner gewagten Inversion insbesondere, aber uff, ich habe alles gelesen, in einem Zuge und ohne Fehler, worüber Nelly eiligst meine Eltern in Kenntnis setzt. Vor ihnen und zum zweiten Mal versuche ich die triumphierende Lektüre der »kleinen Schnecke«, aber sie werden bei dem »aus Angst willst dich zusammenzieh'n« von einem Lachkrampf erfasst, ein Ausdruck, in dem sie anscheinend eine unwiderstehliche erotische Andeutung erkennen, was zur Folge hat, dass ich aufhöre, zwar ein wenig betreten, aber dennoch zufrieden: So selten sehe ich sie lachen, dass ich mich nicht darüber beschweren werde.

Gladys gratuliert mir schließlich lebhaft, und zögert nicht, mir eines ihrer alten Bücher zu schenken. Sie hat ein Händchen dafür, mir ihre Kindheitserinnerungen anzudrehen, ihre Stoffpuppe, ihren Plüschaffen, ihr Playmobil, alles Relikte, die sie mit genau dieser Idee der Weitergabe aufbewahrt hatte. Das Buch ist mit rauem Leinen bespannt, auf dem der Titel in Goldbuchstaben zu lesen steht: *Petruschka*. Unter dem gnadenlosen Auge meiner Mutter mime ich Dankbarkeit, aber ich hätte sehr viel lieber mit weniger Seiten angefangen, weniger Zeilen und mehr Bildern, auch wenn *Petruschka* doch mit einigen Illustrationen versehen ist.

Am selben Abend noch gehe ich mit diesem großen Buch zu Bett, in dem ich voller Ehrfurcht blättere, ohne mich jedoch zu bequemen, es vom Blatt runterzulesen. Ich warte darauf, dass es Nacht wird und das gemeinsame Schnarchen meiner Großeltern einsetzt. Meist muss ich nicht besonders lange ausharren, da sie wie die Hühner zu Bett gehen und einschlafen. Sobald dies geschehen, sause ich und klopfe an die Tür des Büros, in das noch einmal einen Fuß zu setzen ich mich seit jener Nacht gehütet habe, doch auch wie in jener Nacht, antwortet mir eine Stimme und ich trete ein. Er ist da, schläft mit angezogenen Beinen auf der Ottomane mit den eingewobenen Lilienmustern.

»Ah, da bist du ja.«

»Ja, ich bin's. Ich kann lesen!«

Er wirkt nicht besonders beeindruckt von dieser Neuigkeit, aber ich halte ihm *Petruschka* dennoch unter die Nase:

»Liest du mir daraus vor?«

»Ich dachte, du kannst lesen!«

»Gut, dann lesen wir beide ein wenig. Du fängst an.«

Er beginnt, und er liest gut, hervorragend sogar:

Sankt Petersburg, Nacht aus Nebel und Frost
Eines Tages werden deine Augen viele Tränen vergießen,
Da dein Mund den Geschmack von Salz kennen wird.

Ich betrachte das Buch über seine Schulter hinweg, ich bemühe mich, ihm ein wenig zu folgen, hier und da ein Wort wiederzuerkennen, dann gebe ich recht schnell auf und lasse mich davontragen bis hin zu Petruschkas schändlichem Ende unter den Säbelhieben des zorneswütigen Mauren.

»Jetzt hast du gar nicht gelesen.«

»Nein.«

»Weißt du noch wie ich heiße?«

»Coco.«

»Mein vollständiger Name lautet Coco von Kolchis.«

Er schließt das Buch, glättet gedankenschwer den Umschlag und gibt es mir dann zurück.

»Nijinsky.«

»Was?«

»Er war es, der Petruschka erschaffen hat.«

»Hat er die Geschichte geschrieben?«

»Nein. Er war es, der die Rolle des Petruschka im Ballett getanzt hat. Kennst du Nijinsky nicht?«

Sein Gesicht ist blau, seine Schläfen ausgehöhlt, und seine Hand knickt elegant über dem Aschenbecher ab, wenn er in ihm seine x-te Zigarette ausdrückt.

»Ist er ein Freund von Charlie?«

»Charlie Sigues?«

»Nein: Charlie Meuriant.«

»Ich kenne keinen Charlie Meuriant.«

»Und Nelly, kennst du die?«

»Nicht im Geringsten.«

»Aber das letzte Mal hast du mir erzählt, dass du die beiden kennst. Und außerdem siehst du Nelly ähnlich.«

Es stimmt. Er ist schön, schön wie sie. Dieselben hohen Wangenknochen, dieselben kristallklaren Augen, dieselbe Nasenform, kurz und gerade. Und was eigentlich hat er hier zu suchen, wenn er sie gar nicht kennt?

»Warum isst du nicht gemeinsam mit uns?«

»Ich esse niemals, mein Liebling.«

»Und warum darfst du rauchen? Nelly möchte nicht, das im Haus geraucht wird.«

Er schaut mich an, ohne mir zu antworten, wirkt aber so, als stelle er sich eine Frage. Der Rauch schwebt zwischen uns, verwischt seine klaren Gesichtszüge, bevor er sie gänzlich meinem Blick entzieht. Seine Stimme dringt wie von ferne zu mir durch:

»Das nächste Mal bring ein anderes Buch mit.«

»Ein Buch für Erwachsene?«

»Wie du magst. Das hier war sehr gut.«

»Einverstanden: Ich bringe ein anderes.«

Einmal im Bett, nehme ich mir Petruschkas Geschichte wieder vor:

Ah, ah, ah
Der Mensch da,
ist seltsam, mir wird klamm,
schlug dem wer auf dem Kopf,
dem grausen Mann?

Und da nun, während ich schwerfällig für mich selbst lese, findet die Erleuchtung statt: Ich kann lesen, und das hat nichts zu tun mit der mühsamen Entzifferung der Gedichte aus der Boscher-Methode, nichts zu tun mit den ungern vermittelten

Lektionen meines Lehrers. Ich bin Petruschka, der leidenschaftliche Hampelmann, der gänzlich hoffnungslose Liebhaber der schönen Holubischka, die vom Magier bewegte und vom Mohr verdroschene Marionette; ich tanze, ich weine, ja sterbe und am Ende erwache ich auf dem Dach des Theaters zu neuem Leben.

Am nächsten und den darauffolgenden Tagen fahre ich damit fort, meine Entdeckung der wahren Lektüre voranzutreiben und büffle in der Bibliothek, die meine Eltern mir willfährig aus ihren Büchern und anderen neueren zusammengestellt haben. Die Verzauberung hält an, hält mich aber nicht davon ab, von der Vorstellung dieses Mannes beunruhigt zu sein, der niemals isst, und ganz vorsichtig wage ich mich damit an meine Großmutter:

»Stirbt man, wenn man nicht isst?«

»Am Ende stirbt man, ja. Aber man kann sehr lange ohne Essen auskommen.«

»Länger als eine Woche?«

»Ja, sicher, mindestens einen Monat. Aber warum fragst du mich danach, mein Zicklein? Du willst doch wohl nicht etwa eine Diät machen?«

»Du selbst machst ja eine.«

»Ich bin alt, du, du bist klein: Kleine Mädchen machen keine Diät.«

Das entspricht nicht der Meinung des Kinderarztes. Wegen meines Übergewichts aufgesucht, hat er zu einer Einschränkung der Kalorien geraten, eine Maßnahme, die Nelly unmenschlich findet und die sie schamlos verwirft, indem sie mir jedes Mal Nachschlag auftischt und mich zwischen den Mahlzeiten mit Süßigkeiten vollstopft, wo sie doch selbst nur widerwillig und mit langen Zähnen isst, um ihre Figur eines jungen Mädchens beizubehalten.

»Und die Tiere, sterben die, wenn sie nicht fressen?«

»Aber ja doch, die Tiere sind wie wir. Sie benötigen Nahrung.«

»Nicht, wenn sie Winterschlaf halten.«

Charlie schaltet sich in die Unterhaltung ein und wagt sich in einen Vortrag über die Griechische Landschildkröte, die von Oktober bis März schlafen kann, ohne Nahrung zu sich zu nehmen.

»Im Grunde genommen bereiten sie sich schon vorher darauf vor, sie hören schrittweise mit der Nahrungsaufnahme auf, da ihr Verdauungstrakt vollkommen leer sein muss, wenn sie beginnen, Winterschlaf zu halten. Andernfalls laufen sie Gefahr, einen Pilz zu bekommen und daran zu sterben.«

»Aber schlafen sie wirklich? Kann man sie nicht aufwecken?«

»Ich glaube, sie werden ab und an ein wenig wach. Vor allem, wenn die Temperatur ansteigt.«

Vielleicht hält mein blaues Gespenst ja eine Art Winterschlaf, eine seichtere und leichter umkehrbare Lethargie als jene der Griechischen Landschildkröten. So wie das Haus überheizt ist, was weder die Absenkung der Körpertemperatur noch das Senken der Herzschlagfrequenz erleichtern dürfte, so viele Vorgänge schildert Charlie in allen Einzelheiten und mit jenem Enthusiasmus, zu dem ihn gewisse Themen stimulieren. In solchen Augenblicken findet er seine gesamte intellektuelle Schärfe wieder, von Gedächtnisverlust kann da keine Rede sein, und verblüfft seine Zuhörerschaft mit der Präzision eines ebenso enzyklopädischen wie überflüssigen Wissens.

»Ich möchte auch Winterschlaf halten.«

»Aber warum denn, mein kleines Häslein?«

Ich habe keine Ahnung, ob die kleinen Häslein Winterschlaf halten, aber während ich versuche, mich meinen perplexen

Großeltern gegenüber zu erklären, nimmt mein Vorhaben Gestalt an: Schlafen, über Monate, jahrelang, meinen Stoffwechsel verringern, von meinen Fettreserven leben und nicht aus dem Schlaf erwachen, bevor meine Verwandlung vollständig ist: Schlank geworden, groß geworden, blass geworden wegen der Stallpflicht, endlich der Liebe würdig, die meine aktuelle Erscheinung nicht hervorzurufen vermag.

»Wie Dornröschen meinst du? Kennst du die Geschichte?«

Ja, ich kenne sie, aber ich wünsche mir, dass man sie mir noch einmal erzähle, was dazu führt, dass ich in der Folgenacht meinen Fastenmeister wieder antreffen werde, und zwar mit den Perraultschen Märchen unterm Arm.

Es waren einmal ein König und eine Königin, die waren so verdrossen, dass sie kein Kind hatten, so sehr verdrossen, dass man's nicht zu beschreiben vermag. So gingen sie in alle Ecken und Enden der Welt; Gelübde, Pilgerfahren, kleinere Devotionen, alles wurde ins Werk gesetzt, und nichts hat geholfen.

Na bitte, das bin ich, das ist meine Geschichte: Meine Eltern haben ebenfalls alles versucht, und wenn sie auch niemals irgendwelche Pilgerreisen oder Devotionen welcher Art auch immer unternommen haben, so bezweifle ich doch nicht, dass sie ihre Rituale und ihren persönlichen Aberglauben hatten, um ihr Schicksal zu bannen, das sich gegen Gladys Uterus oder aber Régis' Spermatozoen wandte – ich weiß es nicht und ich will es auch nicht wissen, aber ich stelle fest, dass sie aufgrund dieser Sterilität noch immer erzürnt sind und meine Ankunft in ihrem Heim sie nicht aufheitern konnte. Damit sie endlich einmal aufhören zu schmollen, dafür bräuchten sie ein Kind ihres eigenen Blutes.

Coco führt mit halblauter Stimme seine ausdrucksstarke Lesung fort, indem er die Prophezeiungen der Hexe krächzt, die erquickenden Worte der Fee wispert, den Erlass des Königs verkündet und sich an exakt jener Stelle unterbricht, wo sich die Prinzessin leichtfertiger Weise der Spindel der alten Spinnerin bemächtigt.

»Ich mag diese Zeichnungen nicht.«

Wie soll ich ihm beibringen, dass ich sie toll finde? Dornröschen, von Disney gesehen, das ist schon ein Festakt rosaroter Korsagen, mauvefarbener Röcke, funkelnder Diademe, roter Rosen und gotischer Spitzbögen, kurzum, ein Universum, das durch und durch meinen Sehnsüchten entspricht. Um Eindruck bei ihm zu schinden, verkünde ich triumphierend:

»Dornröschen habe ich als Barbie-Puppe!«

Offensichtlich kennt er Barbie-Puppen ebenso wenig wie ich Nijinsky, aber darauf kommt es nicht an, wir brauchen keine gemeinsamen Freunde, um einander Freund zu sein. Er macht mit seiner Lektüre an jener Stelle weiter, wo sich die Prinzessin an der Spindel sticht, und ich kann noch so sehr wissen, dass alles gut ausgehen wird, ich schaudere doch in Erinnerung an die Wahrsagung:

Sie wird sich in die Hand stechen und daran sterben.

Kein Glück, Coco hält erneut inne und wendet mir sein schönes blaues Gesicht zu:

»Ich glaube, ich werde es wie die Prinzessin halten: Ich werde mich auch stechen.«

Ich klatsche vor Freude bei dieser ebenso wenig zu erwartenden wie nachvollziehbaren Idee. Kinder kennen große Schmerzen, aber sie kennen auch wahnsinnige Wonnen. Er entnimmt seiner Tasche ein Etui aus rissigem Leder, öffnet es und zeigt zu meiner Bewunderung auf einen länglichen Gegenstand, der auf violetten Samt mit allerschönster Wirkung gebettet liegt.

»Ist das dein Füller?«

»Das ist eine Spritze.«

Ich betrachte das mit einer Skala versehene Glas, den Druckkolben aus massivem Silber, die dünne Nadel, und starre offenen Mundes voller Bewunderung:

»Wirst du dich damit stechen?«

»Ja, aber mit ist es lieber, wenn du nicht dabei bist.«

Ich entsinne mich plötzlich, dass ich ihm etwas zu essen mitgebracht habe.

»Möchtest du etwas Kuchen?«

»Ich habe dir bereits gesagt, dass ich nichts esse.«

»Wenn du nichts isst, wirst du sterben.«

»Ich bin bereits tot.«

Er komplimentiert mich mit anmutiger Geste hinaus, das wieder verschlossene Etui schwebt unruhig in der Luft, huhhuh, auf Wiedersehen, mach bloß, dass du davonkommst, Charonne.

»Ich möchte sehen, wie du dich stichst.«

»Nein, dass willst du nicht, glaube mir.«

»Ich habe schon gesehen, wie sich Leute Nadeln setzen, weißt du. Im Park. Im Gebüsch.«

»Ein guter Ort dafür, aber ich bevorzuge doch meinen Komfort.«

»Nelly wird das nicht gutheißen: Sie mag keine Rauschgiftsüchtigen.«

»Woher weißt du, dass ich rauschgiftsüchtig bin?«

»Weil du dir eine Nadel setzt und weil du tot bist.«

»Du bist mir zu intelligent.«

»Wirst du bluten?«

»Ein wenig blutet es immer.«

Ich möchte gern bleiben: Blut, das interessiert mich einfach, und Blutslinien noch mehr, ich, die ich mit niemandem eine teile und mich frage, womit ich sie ersetzen könnte.

»Lass mich zuschauen. Ich werde brav sein, ich werde nichts sagen.«

Auch er sagt nichts, aber er gibt klein bei, richtet sich auf der Ottomane auf, entlockt seiner Tasche ein kleines zerknittertes Päckchen und einen Löffel, der auf mich wirkt, als würde er direkt aus dem Prunkservice meiner Großeltern stammen. Er erhebt sich und geht bis zur kupfernen Wasserschale, die Gladys und Régis aus Marokko mitgebracht und eigenhändig in diesem eindeutig orientalisch anmutenden Zimmer platziert haben.

Habe ich bereits erwähnt, dass meine Eltern Industrielle waren und auf dem Gebiet der Dekoration wirklich begabt? Unglücklicherweise halten sie sich für Künstler und würden sich umgehend angegriffen fühlen, wollte ihnen wer auch immer eine Umschulung zum Innenarchitekten raten. Wie viele andere auch, verfehlen sie ihre wahre Natur aus Borniertheit und intellektueller Faulheit. Sie sind selbst schuld, ich werde sie nicht beklagen, obwohl sie mir das Leben zur Hölle machen mit ihrer Unzufriedenheit bei allem und jedem, angefangen bei mir selbst.

Coco kommt zurück mit etwas Wasser in einer Tasse, die ebenfalls dem Geschirrschrank meiner Großeltern entnommen ist, woraus folgt, dass er im Haus umherwandert und sich leiht, was ihm nützlich scheint, bevor er zurück ins Büro geht und sich verbirgt.

»Das ist Nellys Tasse!«

»Ach ja? Was du nicht alles sagst ...«

Er mag noch so sehr den Unschuldigen mimen, ich erkenne den Himalayamohn doch wieder, den ich bereits erwähnt habe, und der sich aufs Wunderbarste den Umständen fügt, auch wenn ich dies erst Jahre später begreifen werde. Coco ist das egal, er geht ganz in seiner Handlung auf, sprich dem Verwässern braunen Puders auf dem Löffel und dem Erhitzen der Mischung mithilfe eines hübschen, schwarz lackierten Feuerzeugs.

»Ach Mist, ich brauche Watte. Ich habe keine mehr.«

Darauf soll's nicht ankommen, ich laufe ins Bad auf der ersten Etage und bringe Coco eine ganze Packung bunter Wattebausche, die einzigen, derer Nelly sich für ihr abendliches Abschminken bedient. Nachdem er seinen kleinen Filter konstruiert hat, wirft mir Coco einen unentzifferbaren Blick zu:

»Bist du sicher, dass du bleiben willst? Nichts daran ist wirklich interessant, weißt du. Und außerdem habe ich nicht vor, dir irgendwelche Ideen in den Kopf zu pflanzen ...«

Ideen, die liefert er mir bereits, angefangen bei der eines verlängerten Winterschlafs, eines vegetativen Lebens auf der Ottomane, mit meinen in die Wärme des seinen gedrückten Körper, mit kurzen gemeinsamen Wachpausen ab und an, sodass wir uns unsere Träume gegenseitig erzählen und diverse Eindrücke miteinander austauschen können. Da ich mich damit begnüge, ihn intensiv anzusehen, stößt er einen verzweifelten Seufzer aus und zieht den Inhalt auf dem Löffel in die Spritze ein.

»Los, hilf mir. Drück mit deinen Hände, so.«

Von meiner Bedeutung durchdrungen und aufgeblasen vor Stolz, umspanne ich seinen fleischlosen Bizeps, während er die Nadel in die Vene drückt, die ich hervortreten lasse. Zwischen den schwarzen Stricheinteilungen erhebt sich ein Halm roten Blutes, der rasch verwirbelt und verschwindet. Die Zeit hält inne, Coco richtet seinen traurigen und müden Blick auf mich:

»Vergiss dies nie, Petruschka.«

Und hopp, schon schickt er das braune Wasser und rote Blut in seine blaue Vene, bevor er zurück auf die Kissen fällt. Ein Lächeln entspannt seine erschütternden Gesichtszüge zur Ebenmäßigkeit, während er für mich murmelt:

»Ich habe Angst, dass mir vor Herrlichkeit der Schädel birst.«

Ich gehe, ich trage die Erinnerung an sein ekstatisches Gesicht ebenso mit mir davon wie das Versprechen der Wonnen und Geheimnisse Erwachsener, die zu entdecken mir das ganze Leben bleibt.

Wie so häufig, werde ich mich nun mit meinen Ellenbogen auf die gusseiserne Brüstung stützen, die mich vor dem Fenstersturz bewahrt, vor dem Fall auf den Asphalt, vor dem dunklen Fleck, der sich um meinen Kopf ausbreitet, den Schreien der Passanten und den Sirenen der Ambulanz. Ich werde bald sieben sein, und glaubt es mir oder auch nicht, aber die Vorstellung von Suizid hat mich bereits berührt. Wenn da nicht das unausgesprochene Versprechen von Coco von Kolchis wäre, und wenn ich mich nicht mit einer Mission betraut fühlte, wenn ich keine Familie hätte, die es vor sich selbst zu retten gilt, vielleicht hätte ich bereits den Sprung getätigt, der ein Leben ohne Liebe von einem unbegreiflichen Jenseits trennt. Das wird wohl nicht für immer so sein: Das wird wohl solange dauern, bis meine Eltern das Glück begreifen, das ihnen zufiel, da sie mich adoptierten, und auch das Drama, das mein Verlust bedeutet. Gladys und Régis, sie müssen einfach Blut fließen sehen, sie müssen ein für alle Mal ihren guten Namen damit beschmutzen, und es muss auch das meine sein, dieses Blut, das nicht das ihre ist und das sie davon abhält, mich zu lieben.

Ich bin sieben Jahre alt, zehn Jahre, fünfzehn Jahre. Der Boulevard du Belvédère hat niemals aufgehört, seine Ströme an Passanten sowie seine Gerüchte unter meinen Fenstern vor sich her zu treiben gleich einer schönen Donau, einer Spree, einem Rhein, dessen Gold in greifbarer Nähe glänzt. Denn das Viertel, in dem ich aufwachse, und in dem Charlie vor mir aufgewachsen ist, es entzieht sich der Stadt, gehört ihr nicht mehr an, verstößt gegen ihren Wunsch nach Lethargie und sich treiben zu lassen hin zum Meer, um inmitten ihres Herzens eine kleine Enklave *Mitteleuropas** zu bilden, ein grüner und eleganter Strom, den ein Palais von fast schon habsburgischer Manier überragt, fern von Sankt Petersburg, aber so fern nun auch wieder nicht, weniger fern, als wenn ich in der Nähe des Hafens lebte oder in den nördlich an die Hügel sich schmiegenden Vierteln.

Die Botschaft des Meeres, ich werde Zeit benötigen, um sie zu vernehmen. Wenn sie mich erreichen wird, werde ich alles andere als ein Kind sein, und sie wird mich bereit finden, sie zu empfangen und andere Straßen hinunterzueilen als die meinen, ohne das unliebsame Anstandsgetue meines Großvaters, um so unliebsamer, als inzwischen ich diejenige bin, die für ihn den Anstandsdackel spielt, und er mir meinen Weg hin zum Hafen verzögert, zu seinen Quais, seinen Schiffsbrücken, seinen Hafenbarkassen ohne Getue und Schick, und zu seinen Verkehrsströmen unter einem wie sonst nirgends weiten Himmel.

---

* Im Original Deutsch

Das Leben geht weiter, zwischen meinem Haus aus Glas und der Schule, wo ich Präsenz zeige, ohne dass mich je irgendetwas berührt, die Lektionen ebenso wenig wie eine Geste oder ein Blick. Das Leben läuft anderswo ab, und es ist ausreichend schwierig, als dass ich ihm noch Matheübungen hinzufügen würde oder die Schlichtung kindlicher Konflikte.

Wie auch immer, in der Schule liebt man mich ebenso wenig, also besser mich auf die Kräfte des *Bleak House* konzentrieren, als zu versuchen, die Zuneigung meiner Schulkameraden und Lehrer zu gewinnen, die ein ums andere Jahr wechseln, sich aber systematisch darauf einigen, mich zu fett und unverblümt merkwürdig zu finden. Und auch ihnen gegenüber erwähnte ich nichts von Coco von Kolchis, nichts vom Zoo, den allein ich zu sehen und zu hören vermag – ganz abgesehen davon, dass mein Großvater in seiner Operettenuniform über den Boulevard defiliert, und meine Großmutter einen Starkult gekannt hat, an dem alle irgendwie teilhaben, ohne auch nur einen Bruchteil ihrer Talente und ihres Charmes zu kennen.

Auf der Mittel- und Oberschule bin ich eine Jahrmarktserscheinung, ein fettes Mädchen, das für gewisse Leute stets zu schwarz und für andere nie schwarz genug sein wird. Wohlgemerkt, ich könnte meine Mischform ins Feld führen, aber da ich, abgesehen von meinen eigenen Fantastereien zur interethnischen Vergewaltigung auf diesem Gebiet mir keiner Sache sicher bin, halte ich lieber die Schnauze, und das trifft sich gut, weil es genau das ist, was man von mir erwartet. Selbst wenn mein Schweigen irritiert, so bewertet man es doch stets im Vergleich zu meinen wenigen Äußerungen als gut, zieht jenes diesen vor, besitzen sie doch die Gabe, empörte Minen auszulösen, verzweifelte Grimassen oder betreten wirkende schiefe Gesichter, was sowohl für meine Mitschüler gilt wie auch für die Mitglieder des Lehrkörpers. Ich halte meine

Schnauze, aber selbst das ist noch zu viel gesagt, wenn ich den tolldreisten verbalen Ausfällen glaube, die sie entfacht, seit ich ganz klein bin, die angeblichen Freunde von Charlie mussten diesbezüglich nur den Bann lösen.

Aber was ist nur mit ihr, mit meiner Schnauze? Das ist im Wesentlichen die Frage, die ich meiner Großmutter am Ende einer Woche stelle, in der ich mehr Kränkungen abbekommen habe als üblich. Gegen alle Gewohnheit halten wir uns in ihrem Zimmer auf. Nachdem sie Charlie in die Sonntagsmesse geschickt hat, fährt sie mit ihrer Morgentoilette fort, die mich unweigerlich vor Verehrung und Bewunderung glückselig macht. An ihrem Frisiertisch sitzend, hebt sie kritisch eine Augenbraue, und hopp, schon geht alles wieder von vorn los mittels vieler Lotions Florales, Anti-Faltencremes, Anti-Erschlaffungscremes, Anti-Oxidationsmittel und solchen gegen braune Flecken. An dieser Stelle legt sie eine Pause ein und eröffnet ein Selbstgespräch, das zugleich zärtlich wie auch kritisch ist und bei dem sie sich schilt und dazu ermuntert, weitere Pflegemittel zu verwenden, weitere Peelings, weitere Masken gegen Müdigkeit und weitere Mesotherapie-Sitzungen samt zugehöriger Faltenglättungen mit Goldfäden, wie sie diese bei ihrer Hausdermatologin regelmäßig praktiziert.

In die Ecke auf den Fransenhocker platziert, der mir zugeteilt ist, verliere ich kein Wort und verharre bewegungslos auf ihm. Mit den Pflegemitteln einmal fertig, verteilt sie nacheinander auf der mit feuchtem Schwämmchen aufgetragenen Make-up-Schicht das mit einem Pinsel hingewedelten losen Puder, dann Wimpernstrich, silberne Lidschatten, Kajal, fuchsienroten Blush und schließlich Wimperntusche, die wie Vogelspinnenbeinchen um ihre verlaufenen Pupillen wirkt. In diesem Zustand betrachtet sie sich nun mit liebenswürdigerem Auge, aber es muss präzisiert werden, dass sie ihre Brille noch nicht aufgesetzt hat und ihr alles in einer schmeichelnden Unschärfe erscheint, verwischte Falten ebenso wie verringerte Ptosis, was möglicherweise eines der Geheimnisse zum Glück ist.

Sie zieht über ihren zerbrechlichen Schultern den verzierten Morgenmantel zurecht, den ich schon immer an ihr kannte, und beginnt in ihrem dünnen Haar einige Thermo-Lockenwickler anzubringen, um dergestalt ihrem Gesicht ein schmeichelhaftes Volumen zu verleihen, hier und da noch eine Korkenzieherlocke, ein bauchiges Ponny und hinten etwas aufbauschen, dort, wo es notwendig ist, um die Haut des Schädels zum Verschwinden zu bringen, diesen rotglänzenden Affenarsch, der sich trotz der Hilfe des Friseurs und der täglichen Sorge, die Nelly ihrer Frisur widmet, vergrößern wird.

Im Spiegelbild bilden ihre verwelkten, zittrigen und rotgetünchten Backen einen komischen Kontrast mit der jugendlichen Bündigkeit meiner eigenen Züge, meiner schokoladendunklen Haut, die auf Nase und Wangen von kleinen braunen Hagelpunkten übersät, aber aller Schminke bar ist, was Nelly zuhöchst tadelt:

»Du solltest auf deine Sommersprossen etwas Puder auftragen. Und etwas Lidschatten, Wimperntusche, Lippenstift. Du achtest nicht genug auf dich, Charonne.«

Und doch bin ich in bester Gesellschaft, so wie ich hier von Erwachsenen umgeben bin, die sich selbst verwöhnen, sich selbst zuhören, sich verderben und dabei offen bekunden, dass die ersten Pflichten eines Menschen diejenigen sich selbst gegenüber sind. Ich würde ja gern, aber um besagte Aufgaben erfüllen zu können, müsste ich so sein wie alle Mitglieder der Familie auf *i:* leidenschaftlich an mir selbst interessiert. Nun aber hat man mich gelehrt, mich selbst für wertlos zu erachten, was kein geringer Vorteil ist in der Schlacht des Lebens, mich aber, was die Sorgfaltspflicht der Person, also mir selbst gegenüber, betrifft, in Richtung Fahrlässigkeit drängt. Man muss sich schon sehr lieben, um sich selbst morgens wie abends so viel Zeit zu widmen. Ich habe weder diese Liebe noch diese Zeit.

»Was ist eigentlich los mit meiner Schnauze?«

Nelly lacht und lässt ihre Zähne aufblitzen, die sie noch immer vollständig besitzt, zwar ein wenig vergilbt und vom Alter freigelegt, aber das ist bei Weitem besser als das, was mir ein dentaler Panoramablick in den Mund ihrer Altersgenossen zu sehen erlaubt, angefangen bei ihrem Ehemann, der seit einigen Jahren auf ein Gebiss zurückgreifen muss. Und auch da muss noch eine Relativierung her, da seine falschen Freunde aus der Bar, wenn sie derb lachen, nichts anderes zu enthüllen haben als wackelige Stümpfe und bläuliches Zahnfleisch.

»Aber warum fragst du mich das denn, mein Zicklein, mit deiner Schnauze ist alles in bester Ordnung.«

Wenn mit ihr tatsächlich alles in bester Ordnung wäre, so wäre ich nicht dauernd angehalten, Schönheitsmaßnahmen zu ergreifen: Die Haut bleichen, das Haar entkrausen oder eine extreme Diät beginnen, womit wir uns weit jenseits aller üblichen Schminke oder einfacher Frisurwechsel befinden. Habe ich erwähnt, dass ich einen verwirbelten Dreadlock-Wirrwarr zur Schau tragen werde, um alle damit zu nerven? Was den Kleidungsstil betrifft, habe ich lange Zeit zwischen einer Boubou und einer Abaya gezögert, wobei letztere der Vorzug eigen war, dass man mich für eine Fundamentalistin halten und ich somit an der Einschüchterung der Dummköpfe mitwirken konnte.

Heute verfolge ich eine ganz andere Linie und verberge von meiner Körperfülle nichts mehr, sogar auf die Gefahr hin, mit einem Pornostar verwechselt werden zu können: Ledershorts, schwindelerregende Absätze, enge, ausgeschnittene, tief dekolletierte Ajour-Oberteile, und das alles eben, damit man meine überwältigenden Brüste sehen kann, meinen erhabenen Bauch, mein speckiges Rückgrat, meine monumentalen Oberschenkel, und meine herkulischen Waden, die in letzter Sekunde von vergleichsweise zerbrechlichen Knöcheln gerettet werden.

Die Typen geifern darüber schwerfällig, manchmal sogar buchstäblich. Und Charlies falsche Freunde, so dahinsiechend und kränkelnd sie auch sein mögen, sie bilden nicht die Ausnahme der Regel, die da will, dass Männern bei meinem Vorbeigehen die Zunge rausrutscht. Es ist mir egal: Was ich erregen will, das hat nichts mit Begierde zu tun, sondern mit der vollständigen Akzeptanz, der Anerkennung dessen, was ich bin, sämtliche Wunderlichkeiten inbegriffen. Von welchem Nutzen sollten mir die Knüppel auch schon sein, die ich in den Unterhosen all dieser Angsthasen zum Erstarken bringe, wo anderweitig mein Sozialleben pure Nichtigkeit ist?

Ich habe keine Freunde, nicht einmal solche, die man in den sozialen Netzwerken gewinnt; keine Eltern, oder so gut wie keine; auch keinen Großvater, nein, nur eben eine Großmutter. Denn Charlie kann meiner noch so sehr benötigen, er beruhigt sich doch nicht bei der Vorstellung, dass ich ganz offiziell seinen Familiennamen trage und die Erbin dessen sein werde, was an Resten vom Vermögen der Familie übrig bleibt – schöne Reste, die Nelly, so habe ich mir sagen lassen, wohlweislich zusammen mit jenen ihres ersten Mannes und den insgesamt vierzig Jahren Gage samt allen möglichen Verwertungsrechten angelegt hat.

Und ja, ich werde diejenige sein, der dieser schöne Batzen Geld nach dem Tode meiner Eltern zukommen wird, was wohl noch eine ganze Weile dauern wird angesichts ihrer Lebenshygiene, die auf Bäderwesen und Vegetarismus beruht, ganz abgesehen von den Yoga-Übungen, denen sie sich mit Eifer hingeben, womit nur gesagt sein soll, dass ihnen wahrlich keine Zivilisationskrankheiten auflauern und sie vermutlich den Rekord an Langlebigkeit brechen werden.

Meine Großmutter geht müden Schrittes auf ihren Ankleideraum zu, dieses Zimmer, in dem ich so viele glückliche Momente verbracht und Damenblusen auf- oder Halstücher auseinandergefaltet und Schachteln, in denen sich Pelzmützen befanden oder Golfhandschuhe, geöffnet und mich an Nellys pudrigem, opulentem und atemberaubendem Geruch ergötzt habe.

Aber ach, nie habe ich mir auch nur etwas aus ihrer Garderobe herauspicken können. Ich war immer entweder zu klein oder zu fett oder beides zugleich. Was bei den Tüchern und Hüten noch egal gewesen wäre, beim ganzen Rest jedoch, bei den Röcken, den Kleidern, den Jacken, den Tuniken, den Mänteln, diesem gesamten hochherrschaftlichen Ankleidezimmer, all diesen Vintage-Stücken, mit denen auch ich hätte bestechen können, bei denen habe ich bereits zwölfjährig die Nähte zum Platzen gebracht.

Nelly inventarisiert ihre Kleider mit einem Adlerblick, scharfsichtig und prüfend, sucht nach der perfekten Bekleidung, der einzigen, die an diesem Sonntag im Mai überzeugen kann. Einen havanafarbenen Hosenanzug lässt sie links liegen und wählt einen lavendelblauen glatten Rock und eine cremefarbene Bluse. Auf ihrer Steppdecke sitzend, zieht sie sich hautfarbene Seidenstrümpfe über die ausgemergelten und varikösen Beine. Ich helfe ihr beim Rock und knöpfe ihre Bluse zu, während sie ungeduldig seufzt. Nie bin ich schnell genug für sie und immer viel zu ungeschickt. Ich bin daran gewöhnt, Verärgerung hervorzurufen, was mich aber nicht daran hindert, ein weiteres Mal aufs Thema zu sprechen zu kommen:

»Was ist los mit meiner Schnauze?«

»Sag nicht ›Schnauze‹. ›Schnauze‹ sagt man bei Tieren.«

»Ich bin hässlich.«

»Aber nein, ganz und gar nicht! Im Gegenteil, du bist sehr hübsch. Und du wärest noch hübscher, wenn du nur meine Ratschläge befolgen wolltest.«

»Meinst du, dass ich ein Star werden könnte, so wie du?«

»Du meinst Schauspielerin?«

»Ja. Oder Sängerin.«

»Gesungen habe ich auch ein wenig.«

»Ich weiß, Du hast mich Lieder anhören lassen.«

»Aber Chansons waren meine Sache nicht.«

Sie seufzt melancholisch, aber ich habe keine Lust auf eine x-te Zusammenfassung ihrer berühmten Karriere: Ich habe Lust, dass über mich gesprochen wird, endlich einmal. In diesem Augenblick platzt Gladys ins Zimmer ihrer Eltern herein, ohne sich zuvor die Mühe gegeben zu haben, anzuklopfen, so sehr geht sie von dem Prinzip aus, dass sie diese niemals stört, und dass deren Zeit allein ihr gehört, was vollkommen den Tatsachen entspricht.

Auf dem Gebiet des Kleidungsstils steht Gladys im diametralen Gegensatz zu ihrer Mutter und ihrem Stiefvater, die beide tagtäglich gebügelt und geschniegelt auftreten. Sie lebt in Jeanshosen, T-Shirts aus angenehmer Baumwolle, kastanienbraunen oder kakifarbenen Vliesjacken, und sie bewahrt sich davor, ihre Couperose mit Puderquastenschlägen zu kaschieren oder ihre kurzen und blonden Wimpern mithilfe von Tusche hervorzuheben. Man muss wohl annehmen, dass wir trotz mangelnden genetischen Materials dennoch etwas gemeinsam haben, eine gleiche Abscheu gegen alles Künstliche, ein und denselben Willen, so genommen zu werden, wie wir sind – und ich möchte umso mehr davor warnen, dass bei mir dieser Wille sehr weit gehen kann. Ich weiß nicht, was ich bin, aber das, was ich bin, möge keine einzige Anfechtung erleiden müssen!

Meine Mutter ist da, mit nackten Füßen auf dem Aubusson-Teppich mit cremefarbenen und roten Plattstichen, und wirkt ein wenig beleidigt:

»Hast du Charlie gesagt, er soll Kuchen kaufen?«

»Mein Liebling, du weißt doch selbst, dass er sonntags immer Kuchen kauft, ob bei Regen oder Sonnenschein.«

»Ja, aber warum rede ich mir bei euch denn überhaupt noch den Mund fusselig? Warum reden Régis und ich uns bei euch überhaupt noch den Mund fusselig?«

Unbeirrbar bemüht sich Nelly, ihre deformierten Füße in ihre Pumps zu schieben, die zu schließen ich ihr behilflich bin und also deren goldene Schnallen schmerzhaft enger ziehe, ohne auf die Krampfadern Rücksicht zu nehmen, die Schwielen oder den *hallus valgus,* all diese Übel, die unabwendbar die Füße der Alten befallen und zum Ziel haben, ihnen jegliche Eitelkeit zu verbieten, nur dass meine Großmutter nicht zu jenen gehört, die allzu schnell vor den Beeinträchtigungen des hohen Alters kapitulieren. Worüber sich ihre Tochter allerdings vergeblich den Mund fusselig redet, ihre x-te Philippika gegen die Sonntagskuchen, das zu hören hat Nelly nicht die geringste Lust. Sie würde sehr viel lieber weiterhin mit mir plaudern, über Schminke und künstlerische Berufung sprechen, aber gut, damit ist's nun vorbei, Gladys hat beinahe Schaum vor dem Mund und Nelly gibt mit einem Seufzer nach:

»Was hat er denn mitgebracht? Eclairs? Himbeertörtchen?«

Gladys verschlägt es beinahe die Sprache, denn dieses Problem liegt, und jeder im Raum weiß es genau, an der von Charlie vollzogenen Kuchenauswahl, sondern daran, dass wir nun unser sonntägliches Mittagessen mit dieser süßen Note beenden werden müssen, die Gladys nicht nur als überflüssig, sondern als rein kriminell verurteilt:

»Ihr könnt essen, was ihr wollt, bei eurem Alter ist sowieso schon alles verloren, aber ich erinnere euch daran, dass Charonne bereits schwere Gewichtsprobleme hat!«

Nelly richtet ihren erschöpften Blick auf mich und lässt beruhigende Mundgeräusche vernehmen, um so zu verstehen zu geben, dass Cremegebäck mit Mandelsplitter und Cremeschnitten aus Blätterteig noch nie jemanden getötet haben, aber Gladys beabsichtigt nicht, sich so einfach gewinnen zu lassen:

»Aber Mama, was nur habt ihr eigentlich in eurem Schädel? Wisst ihr nicht, dass dieser ganze Zucker und dieses ganze Fett extrem schädlich sind? All diese nutzlosen Kalorien, die ihr den ganzen lieben langen Tag in euch hineinschlingt?«

»Mein Liebling, du hast es bereits sehr gut zum Ausdruck gebracht, Charlie und ich, haben nicht mehr sehr lange vor uns: Was aber Charonne betrifft, da macht ein Kuchen mehr oder weniger ...«

»Und was ist mit mir? Mit Régis? Wir essen gemeinsam mit euch, wenn ich dich daran erinnern darf, und ihr hört einfach nicht auf, uns diese viel zu reichhaltigen Gerichte zu servieren. Gestern erst Osso buco, vorgestern Entenauflauf mit Kartoffelpüree und heute, was erwartet uns heute, Schmorbraten vielleicht, oder Kalbsfrikassee?«

Es stimmt, bei meinen Großeltern wird gut gegessen. Sie haben eine Angestellte, die sich sowohl um den Haushalt als auch um die Küche kümmert, was Charlie aber nicht davon abhält, sich regelmäßig wegen bestimmter Spezialitäten aus der Provence, den *Pieds paquets* etwa, einem Gericht aus Schafspansen und -haxen, oder gefüllten Tomaten, oder einer *Soupe au pistou,* einer mit Basilikum und Knoblauch verfeinerten

Gemüsesuppe, an den Ofen zu stellen, wogegen keine einzige einsichtige Person aber auch nur etwas zu sagen haben dürfte; aber bitte, sollte der gesunde Menschenverstand die meistgeteilte Sache der Welt sein, dann wurde meine Mutter bei dessen Aufteilung vergessen, und so mag der Abend noch so sehr den Tag loben, sie wird umso gehässiger, je schöner das Lob.

Mein Vater und sie müssen nur zweimal täglich ihre Füße unter den Tisch stellen, um an diesem köstliche Vorspeisen aufmarschieren zu sehen, raffiniert zubereitete meisterhafte Hauptgerichte, ganze Käse- und Dessertvariationen, an denen sich Nelly und Charlie im Übrigen nur mit bemerkenswert peinlicher Sparsamkeit bedienen. Anstatt ihnen nachzueifern und sich hier ein wenig gefülltes Gemüse, dort ein Häppchen Fleisch herauszupicken, setzen Régis und Gladys sich wutentbrannt zu Tisch, wenn sie nicht mit ihrer Schale dampfender Polenta ankommen oder ihrer Quinoa-Salatplatte, Lebensmitteln, bei denen es meinen Großeltern niemals wirklich gelungen war, herauszufinden, warum sie überhaupt existieren. Es herrscht Krieg zwischen den Welten, bürgerliche Küche gegen militante und von den Stützpfeilern der Weisheit untermauerte Orthorexie. Aber warum zum Teufel setzen sich meine Eltern weiterhin an den Tisch der Familie? Ich habe keine Ahnung.

Es muss erwähnt werden, dass sie selten zwei Monate am Stück in Marseille verbringen, das Gras ist ja doch viel grüner in Ländern, wo es gar nicht wächst, Kenia etwa, oder Bhutan oder Namibia, bevorzugte Reiseziele von Gladys und Régis, diesen eingefleischten Globetrottern und begeisterten Anhängern einer Einschränkung von Kalorien, was einzuhalten ihre gemeinen Eltern ihnen nicht ermöglichen. Denn dass wir uns recht verstehen, es handelt sich für sie dabei um eine Religion, um Dogmen, von denen sie felsenfest überzeugt sind: Man ist, was man isst, und alles, was man nicht isst, ist der Gesundheit zuträglich. Was aber wiederum nun mich betrifft, so werde ich erst an dem Tag anfangen zu glauben, dass die persönliche Entwicklung mit der Ausschaltung von Fleisch, Zucker und Milchprodukten einhergeht, an dem meine Eltern nicht mehr länger diese Ausstrahlung ständiger Unzufriedenheit aufweisen. Bis das geschieht, nehme ich mir Nachschlag, und zwar eher zweimal als einmal, da mich Essen glücklich macht. Und wenn es zu fasten gilt, dann wäre mir die drastische Version von Coco von Kolchis lieber, denn wenn man nur halbe Sachen macht, führt einen das zu nichts, meine Eltern sind dafür der lebende Beweis. Monodiäten, Darmspülungen, kalorienarme Ernährung, das ist zwar alles recht hübsch, aber wenn man nicht gerne isst, so gibt es nichts Besseres als vollkommene Enthaltsamkeit, vorsätzlichen und anhaltenden Verzicht gegenüber jeglicher Nahrung, ein saisonbedingter Entzug, aus dem man, wie die Griechische Landschildkröte, energetisch und wild hervorgeht.

Gladys und Régis sind dazu nicht fähig. Sie begnügen sich damit, mit Magneten Ausschnitte aus Zeitschriften zur Fäulnis der Darmflora am Kühlschrank zu befestigen, die dazu dienen sollen, uns Entsetzen einzujagen, aber das ist vergebliche Liebesmüh, da sich meine Großeltern bezüglich der Ernährung jenseits und abseits aller vernünftigen Sichtweisen befinden.

Auf diesem Gebiet findet die Wiederkehr alles Verdrängten statt, mit inbegriffen die merkwürdigsten Lehren, wie sie geradewegs aus jenen Lappen ihres Hirns hervordringen, die den Reptilien noch am nächsten sind: Sie schlürfen Eier aus, sie schlucken jeden Morgen ein Glas Milch hinunter, ziehen keine Mahlzeit ohne Fleisch in Erwägung und kein Abendessen ohne Suppe, und sie essen Pflaumen, damit »es durchrutscht«, denn mit der Zeit haben sie eine Phobie vor Darmverstopfung entwickelt, die sie zu den schlimmsten Zuständen treiben kann, die ein Wort mit fünfundzwanzig Buchstaben bezeichnet, das ich auf Wikipedia gefunden haben, das ich mir aber unmöglich habe merken können, da ich diese mit Besessenheit verfolgte Fixierung auf Verdauung und Exkremente herzlich wenig teile, die anscheinend alle ergreift, die ein gewisses Alter überschritten haben.

Und die falschen Freunde von Charlie stehen ihnen bei dieser Frage in nichts nach und beschreiben lustvoll die geringsten Verkrampfungen ihrer launenhaften Eingeweide, ohne auch nur im Mindesten auf meine Anwesenheit Rücksicht zu nehmen. Ich glaube, mir sind ihre negrophoben Schmähreden lieber als ihre jammernden Betrachtungen zur Leistungsfähigkeit ihres Schließmuskels oder der Konsistenz ihres Stuhlgangs. Abgesehen davon, dass die Entzündung der Prostata dazu beiträgt, dass man sie häufig auch noch ihr schmerzhaftes und häufiges Wasserlassen erwähnen hört, und es ist ihnen dabei vollkommen gleichgültig, dass ich mich nun mitten unter ihnen, ja, sogar ihnen gegenüber befinde, von Angesicht zu Angesicht, mit meinem Grimmdarm in bestem Zustand, mit all meinen natürlichen, durch und durch dynamischen Schließmuskeln voller Spannkraft – und meinem Zartgefühl einer Jungfrau. Ans Zartgefühl, an die Neigung der Jugend zum Ekel und zur Erbitterung haben sie nur noch eine verschwommene Erinnerung, und ihr Drang, sich in dieser Zurschaustellung von Harn- und Verdauungskrankheiten auszutauschen, ist weitaus stärker als das, was ihnen an Höflichkeit und Scham geblieben ist. Ein Glück, dass ich unter all den Organen ausgerechnet einen soliden Magen besitze, denn die Gespräche rühren manchmal ans Unerträgliche und Charlie bleibt dem nichts schuldig.

Meine Eltern halten sich noch halbwegs, aber auch nur so gerade eben, und ich bin mir sicher, sind die Sechzig einmal überschritten, werden sie der Versuchung erliegen, die Funktionsfähigkeit ihrer am wenigsten noblen Eingeweide ausschweifend zu kommentieren. Wenn ich diesbezüglich nach den Alten urteile, die mich umgeben, und ihrer sind es viele, so gibt es bei meinen Großeltern, ihren Freunden und den Stammkunden des *Palace* ein Übel, das ebenso häufig vorkommt wie die Arthrose, die Augenlidptosis oder die Hirnerweichung, wobei die einen nicht ohne Nebeneffekt auf die anderen sind – und wenn das Alter ein Schiffbruch ist, so möge man wissen, dass das, was dem vorausgeht, weitaus mühsamer zu beobachten ist als der eigentliche Untergang. Mir ist es wurscht: Ich werde mich vorher umbringen und meinen Nächsten so die herabwürdigende Zurschaustellung meines innersten Inneren ersparen.

Gladys tobt noch immer, aber Nelly ist viel zu sehr damit beschäftigt, sich in eine Wolke aus Parfüm zu hüllen, um dem Aufmerksamkeit zu schenken, zwei Zische von *L'Heure bleue* hinter die Ohren, einen in den Nacken, und ein weitaus umfangreicheres Zerstäuben auf die Kleidung, das lavendelblaue Halstuch und den cremefarbenen Kragen, hopp, und schon ist man geschützt gegen die bakteriologischen Angriffe, denn eines ihrer reptilienartigen Glaubensmuster besteht in der Vorstellung, dass das Parfum sie vor all diesen üblen Krankheiten schütze, welche die Leute mit sich rumschleppen und bei jeder Gelegenheit ausspucken, sollten sie nicht gar versuchen, diese einem heimlich beim Handschlag oder mit einem aufgedrückten Wangenküsschen unterzujubeln. Übrigens ist es Zeit, zum Essen zu kommen, und so steigen wir die Treppe aus ungleichmäßigen sechskantigen Terrakottafliesen im Gänsemarsch hinunter, um uns Charlie und Régis anzuschließen, die von lauter Unterzuckerung schon ganz mürrisch geworden sind. Dergestalt zeigt sich die Inkonsequenz meiner Eltern: Es käme ihnen gar nicht in den Sinn, eine Mahlzeit ausfallen zu lassen.

Marguerite, wobei dies nicht ihr richtiger Vorname ist, serviert uns ohne überzogenen Diensteifer, bewegt sich schleppendes Schrittes und stellt die Servierplatten mit einer beinahe unverschämten Barschheit auf den Tisch. Ich zweifle nicht daran, dass sie uns gegenüber unausgesprochene Klassenklage hegt, aber ich glaube, bei ihr ein zusätzliches Motiv an Erniedrigung und Groll auszumachen, bedenkt man die erbärmliche Meinung, die sie im Allgemeinen von Ausländern und insbesondere von Schwarzen hat. Dass sie selbst in Manila geboren wurde und gerade erst ihre Einbürgerung erhalten hat, vermindert mitnichten das scheelsüchtige Grauen, das ich ihr einflöße. Nicht selten kommt es vor, dass sie mir in ihrem abgehackten Französisch zusteckt, dass ich mein Glück nicht verdiene und dass meinen Großeltern, diese Unschuldigen, in gar nicht allzu langer Zeit bezüglich der Ungehörigkeit meiner Anwesenheit im Schoße dieser guten französischen Familie ihre Augen aufgehen werden. Ahnt sie eigentlich, wie ungemein teuer ich mein Glück bezahle, in dieser Opulenz aufzuwachsen und von gebildeten und höflichen Erwachsenen umgeben zu sein? Ahnt sie, wie sehr ich in dieser Wüste schreie, in der allein Nelly mir ab und an ihre Zärtlichkeit und Aufmerksamkeit gewährt?

Ohne einen Blick auf Marguerite zu werfen, nehme ich mir Nachschlag von der Geflügelleberterrine, die sie nicht ohne zu murren aufgetischt hat – und ich werde mit dem Zucchinigratin, der Käseplatte und der Kuchenauswahl, nichts Geringerem als einer *Tarte au citron* und einer *Éclair au café*, mit der Charlie den Familientisch großzügig ausgestattet hat, ebenso verfahren. Und falls irgendwer daran was auszusetzen hat, meine Mutter etwa, diese Anhängerin der Kousmine-Diät, oder auch Marguerite, für die ein wahrer Schwarzer ein Somalier am Rande der Unterernährung ist, so möge er an diesem Tisch reden oder sich für immer in Schweigen hüllen – aber natürlich schweigt hier jeder. Meine Mutter begnügt sich damit, in ihrer Budwig Creme zu rühren, und Marguerite zieht seufzend vom Acker.

Diese Sonntagnachmittage sind immer ein wenig kritisch, da sie uns so untätig sehen, wobei die einen von uns in einem der beiden Salons oder auf der schmalen Terrasse, die mit drei bemoosten Stufen in den Garten führt, auf die anderen treffen. Dieser Garten, so winzig er auch sein mag, umfasst dennoch einen kleinen Teich, in dem Goldfische schwimmen, von denen einige unerklärlicherweise schwarz sind, sowie eine Art halb zerfallenen Taubenschlag, zu dem man auch über die Glasveranda auf der ersten Etage Zugang hat, ein Raum, der von einem überbordenden Gummibaum in Besitz genommen wurde. Wird es von Nutzen sein, wenn ich präzisiere, dass ich mich dieser Pflanze und ihrer Leidenschaft, mit der sie wider das angelaufene Glas anwächst, sehr nahe fühle? Neben Coco und den Goldfischen, die auch schwarz sein können, hat mir der Gummibaum auf der ersten Etage Momente absoluter Verlassenheit geradezu erspart. Jetzt, da ich groß bin, ziehe ich aus seinen holzigen Zweigen und glasierten Blättern weniger Trost; weniger Trost auch aus den im Wasser gezogenen Windungen meiner kleiner Freunde: Einem Aufwogen der Rückenflosse, einem Erzittern ihrer konvexen und schuppigen Flanken, einem Schlag ihrer Schwanzflosse und hopp, eine Wendung; brechen wir hier ab, ihr kleines Leben ähnelt ja doch allzu sehr dem meinen.

Mit Coco hingegen unterhalte ich eine andauernde Beziehung und besuche ihn regelmäßig im blauvernebelten Büro. Ich versorge ihn weiterhin mit Büchern, aber nach den russischen Märchen waren es dann an den Ecken abgestoßene Taschenbücher aus der Bibliothek meiner Großeltern, die zugleich auch jene meiner Urgroßeltern väterlicherseits ist, deren Zutun ich problemlos erkennen kann: In Leder gebundene und mit Goldschnitt versehene Hagiographien, unterschiedliche politische Denkschriften, ganz abgesehen von Barrès, Kipling, France, einer ganze Serie an Werken, auf deren Vorsatzblatt Daten und Namen auftauchen, die weit zurückliegen und mit der Feder in Schönschrift verfasst worden sind. Nelly ihrerseits hat die Regale mit Sagen und Kitschromanen gefüllt. Was Charlie und meine Eltern betrifft, so haben sie in ihrem ganzen kleinen stumpfen Leben wohl noch nie ein Buch gelesen, wenn ich ihren Ausbrüchen an Widerwillen und Überraschung Glauben schenken darf, die ihnen umgehend widerfahren, sobald sie mich in meine Lektüre vertieft sehen, denn um das Leben zu wagen, nun, dafür gibt es nicht nur Goldfische und fette Pflanzen.

Coco, dies muss anerkannt werden, empfängt bereitwillig meine eklektische Auswahl, und so schreiten wir von Bernanos zu Mazo de la Roche, ohne dass er dagegen etwas einzuwenden hätte. Ich habe es bislang noch nicht gewagt, ihm Autoren der Gegenwart vorzuschlagen, aber es muss dabei auch erwähnt werden, dass abgesehen von mir niemand in diesem Hause jemals auf die Idee gekommen wäre, eine Veröffentlichung aufzuschlagen, die nach den 1970er Jahren erfolgt ist. Und im Übrigen halte ich mich meist an das, was ich in der Familienbibliothek auffinde, wobei ich den Titeln traue und besonders den manchmal verblassten Illustrationen: Oh, *Le Disciple* von Paul Bourget, diese Herren mit Zylinder und Kneifer, wie sie in eine heftige und leidenschaftliche Unterhaltung vertieft sind! Oh, *Climats* von André Maurois, mit seinem fliederfarbigen Einband, der Silhouette eines Pärchens im Hintergrund, und im Vordergrund das zum Teil verborgene Gesicht eines Gatten, den ganz offensichtlich die Qualen der Eifersucht heimsuchen! Coco hat mir gegenüber nicht verheimlicht, dass er Gedichte Romanen vorzieht, aber ich kann noch so sehr suchen, meine Familie auf *i*, sie hält sich an Prosa ...

»Schau mal, ob sie nicht was von Dickens haben.«

»Von wem?«

»Charles Dickens. Du wirst sehen, das ist sehr gut, es wird dir gefallen.«

Er hat recht, *Bleak House, Hard Times, The Battle of Life,* das ist mein Leben und das ist für mich gemacht. Denn die Zeiten, die ich durchmache, sie sind schwierig, ich muss dafür kämpfen, dass meine Existenz in diesem herben und finsteren Hause anerkannt wird; dafür kämpfen, dass ich von diesen meiner kleinen Person gegenüber grausam gleichgültigen Erwachsenen weder verhöhnt noch verfälscht werde. Glücklicherweise hat Dickens auch *The Message from the Sea* geschrieben, was mir Grund zu warten gibt und die Hoffnung auf etwas anderes als die nächste Mahlzeit und den Beginn der Ferien.

Die Botschaft des Meeres dringt wie ein verschwommenes oder kryptisches Zeichen in Schüben zu mir vor. Eigenartigerweise trifft es mich direkt im Solarplexus oder im Unterbauch, was dazu führt, dass ich auf meinem Stuhl die Schenkel zusammenpresse oder mir die Hand auf die Brust lege, dort, wo zwei prächtige und kürzlich erst aufgekeimte Brüste drohen, den viel zu feinen Stoff des T-Shirts zum Platzen zu bringen. Ich vernehme die Botschaft, weiß aber nicht, was mit ihr anzufangen ist, und öffne mich wegen dieser Ungewissheit schüchtern gegenüber Coco. Hätte ich eine Mutter, keine Frage, dass sie die erste Adressatin meiner Befragungen wäre, aber die meine, sie befindet sich in Bhutan oder in Patagonien, und selbst wenn sie hier ist, dann ist sie es nicht für mich. Sie zieht es vor, eigenhändig das Parkett ihres Lofts zu schleifen und zu versiegeln, die Mauern ihres Badezimmers zu kalken oder aber einen Kurzfilm über die OvaHimba Namibias zu drehen, anstatt ihre einzige Tochter zu erziehen, da diese eben nicht wirklich ihre Tochter ist, sondern die Frucht eines barbarischen Aktes, der weit entfernt von unserem düsteren Haus verübt wurde, die Vergewaltigung einer jungen Ruanderin durch einen belgischen Militär, denn so lautet der Schluss, zu dem ich aufgrund der wenigen mir zur Verfügung stehenden Daten gelangt bin. Meine Adoptiveltern haben nichts mit meiner Anschauung zu tun, und genau das ist es, was ihnen nicht gelingen will, mir zu verzeihen.

Wären Régis Spermatozoen dynamischer gewesen, wäre Gladys Gebärmutter aufnahmefreundlicher gewesen, wir wären nicht da, wo wir heute sind. Ich würde im Heim irgendeiner Kindersozialhilfe vor mich hin vegetieren, und meine Eltern würden Nachkommen nach ihrem Bilde hätscheln, lauter kleine ungehaltene Gladys und lauter kleine Régis, bar allen Charmes. Aber anstatt dass sie mir wegen dieses Programmwechsels dankbar sind, anstatt dass sie sich an dem erfreuen, worin sich die Wege Gottes als unergründlich erweisen, stehen sie da und ziehen mir eine Fresse, da ich dem, was sie sich erträumten, schlicht und einfach nicht entspreche. Wissen sie denn nicht, dass die meisten Leute sterben, weil sie in ihren albernen Wünschen nach Stabilität, Behaglichkeit und Sicherheit erhört wurden? Nein, sie wissen nichts, und sollte ein Lichtstrahl drohen, ihnen diesbezüglich die Augen zu öffnen, dann ziehen sie rasch rasch den Vorhang zu, und dies vor lauter Angst, gezwungenermaßen einräumen zu müssen, dass alles bestens läuft, dass das Leben sie verdorben hat und dass mein Einzug in ihr Heim, weit davon entfernt, ein Unheil zu sein, eine unschätzbare Chance darstellt. Und so sollte ihnen auf keinen Fall ein Grund zur Beschwerde und Wehklage genommen werden; die eingebildeten Unglücksfälle machen sie glücklich – was also bloß tun, als ihnen mitnichten jemals zu wünschen, auf wahres Unglück zu treffen?

Es ist also eher Coco von Kolchis als meine armen Eltern, dem gegenüber ich die vom Meer eintreffende Nachricht erwähne, diese Botschaft, die aus den Untiefen und Schwingungen in meinem Unterbauch aufsteigt, dort kaum vernehmbar ihre rätselhafte Weisung anschlägt, ihre Anweisung, ich möge bereit sein. Es versteht sich von selbst, dass ich mich bereithalten möchte für alles, was gefordert werden mag, aber einige Erhellungen wären mir schon lieb, damit ich nicht auf die Katastrophe zusteuere.

Coco hört mir zu: Niemand hat mir je so zugehört, wie er es tut, aufgestützt auf einen Ellbogen, seine Augen im Halbdunkel weit aufgerissen, während seine Hände geistesabwesend damit beschäftigt sind, eine Craven A aus dem Päckchen zu ziehen oder sie in der Bonbonniere auszudrücken. Wer versorgt ihn mit Zigaretten, wer leert die Bonbonniere, wer lüftet von Zeit zu Zeit das Büro? Marguerite?

»Wer ist Marguerite?«

»Das Hausmädchen.«

»Ihr habt ein Hausmädchen?«

»Ja. Sie kümmert sich um den Haushalt, das Bügeln und die Küche. Eigentlich heißt sie Marikit, aber meine Großeltern konnten sich nie daran gewöhnen. Und wir haben einen Gärtner, der alle zwei Wochen kommt. Und als ich klein war, hatte ich ein Kindermädchen. Sogar mehrere Kindermädchen, sie sind aber nie lange geblieben.«

»Nun ja, die Meuriants stellen Ansprüche.«

»Wir sind reich. Du kennst Marguerite gar nicht? Kommt sie niemals ins Büro?«

»Abgesehen von dir kommt nie jemand ins Büro. Erzähl mir mehr vom Signal.«

»Von welchem Signal?«

»Deinem Signal vom Meer.«

»Habe ich dir doch schon gesagt. Manchmal empfange ich es, manchmal überhaupt nicht. Es sagt mir, dass ich mich auf etwas vorbereiten soll.«

»Warum sagst du, dass es vom Meer her kommt? Wegen Dickens?«

»Ich habe bislang nur *Bleak House* gelesen und *David Copperfield*. Ich spüre nur, dass es etwas mit dem Hafen zu tun hat, den Inseln, den Fähren, mit all dem eben.«

»Du wirst vielleicht eine Reise antreten?«

»Ich müsste zumindest mal beginnen, das Viertel zu verlassen.«

Tatsache aber ist, dass es mir nicht gelingt. Sobald ich den Boulevard Belvédère hinuntergehe, sobald ich in Blicknähe der Cinq-Avenues bin, mache ich unaufhaltsam kehrt, so, als würde ich, unter einem unsichtbaren Kuppeldach lebend, an dessen Grenzen abprallen; als könnte ich an ihm nur meine Stirn anlehnen, als könnte ich dem Luftwiderstand nur meine Gesichtszüge entgegenhalten, mehr aber nicht. Das Leben jenseits davon entflieht mir, und ich verharre in meinem imaginären Viertel, seinen wienerischen Straßen, seinen byzantinischen Kuppeln, seiner Sternwarte, seinem Jardin d'Acclimatation, seinen Ausflugslokalen, die weder die blaue Donau säumen noch den Rhein, der sein schimmerndes Gold mit sich führt. *Vergiss dies nie, Petruschka.*

Und doch, ich spüre es ja, ich müsste vergessen; ich spüre genau, dass ich die vom Meer her kommende Botschaft nur deswegen so schlecht erfasse, weil ich eben zwischen Petruschka, dem Mädchen mit den Glasaugen, der Schneekönigin und Hans Brinker aufgewachsen bin, obwohl das Mittelmeer doch am Ende der Straße lag. Nach den Cinq-Avenues hätte ich nur den Boulevard de la Libération hinuntergehen, an Chapitre vorbei, und dann die Canebière nehmen müssen, um zum Hafen zu gelangen. Nicht, dass ich es nie gemacht hätte, nein, nein, ich habe Nelly häufig ins Centre Bourse begleitet, oder in die Galeries Lafayette, die sie noch immer Les Dames de France nennt, und in deren Abteilungen ich mich hinter ihr herschleppte, während sie Taschentücher kaufte oder Hauskleider, die anderswo nicht zu finden waren. Ich wartete ungeduldig darauf, dass sie ihre Einkäufe eines anderen Jahrhunderts beendet haben sollte und der Augenblick gekommen war, dass wir ins Plauchut gingen, wo Nelly sich damit begnügte, an einem Macaron zu lutschen, während ich mich mit deren Nusstorten vollstopfte.

Coco hört mir geduldig zu, wie ich für ihn die Straßen dieser Stadt entfalte, die er noch nie gesehen hat, Rue Consolat, Rue Longue-des-Capucines, Boulevard d'Athènes ... Geboren in Reims, gestorben in Paris, war er zwischenzeitlich so gut wie nie verreist, wenn ich seine zahlreichen regungslosen Reisen als Lotophage einmal außer Acht lasse. Und was auch sollte es ihm schon nützen, Marseille zu kennen, wo er ja wie wir in einer Aargauer Zwingburg lebt, einem Mayerling, das sein transparentes Kuppeldach bis heute vor der Tragödie bewahrt hat, einer Schneekugel, deren Flocken noch nie von irgendwem aufgewirbelt wurden, und die unter Glas ihre unwandelbare und blühende Ordnung erhält, zu Lasten der Wirklichkeit und wahrscheinlich auch des Lebens?

Coco kennt nichts von der namenlosen Stadt, die die meine ist; er hat keine Ahnung vom Schicksal, das mir schlägt und mich in diesem *Mitteleuropa** der Märchen hält, das zugleich bis ans Mittelmeer reicht und bis an die emaillierten Kuppeln von Sankt Petersburg, aber seine Ahnungslosigkeit hält ihn nicht davon ab, mich mit den besonnenen Ratschlägen Erwachsener zu überschütten:

»Meiner Meinung nach hat die Botschaft etwas mit deinem Liebesleben zu tun.«

»Ich habe gar keines!«

»Wie? Überhaupt keines? Nicht einmal ein kleiner Flirt?«

»Ein kleiner was? Ich habe noch nicht mal einen Jungen geküsst.«

»Wie alt bist du noch mal? Siebzehn? Dann leg mal los: Jetzt ist die Zeit, wo das anfängt.«

»Ich würde ja gern. Aber den Jungs, den gefalle ich einfach nicht.«

Er schaut mich kritisch, aber wohlwollenden Blickes an.

»Das ist aber merkwürdig. Du bist hübsch, auf deine Art – eine seltsame Art, das muss gesagt sein.«

Die Reimser des 20. Jahrhunderts hatten wahrscheinlich nicht so häufig die Gelegenheit, Mädchen meiner Art zu sehen, weshalb ich ihm die Vorbehalte verzeihe, die er über meine Anmut formuliert. Und außerdem weiß ich, wie ich aussehe. Ich bin fett, ich habe blaue Lippen, Sommersprossen, die meine olivfarbene Haut verhageln, und von ihren Wurzeln an gezwirbelte Haare, die zwanzig Zentimeter von meinem kleinen maurischen Kopf abstehen. Selbst die Marseiller des 21. Jahrhunderts tun sich mit meiner Schnauze schwer, so, wie sie sich auch mit meinem Körper schwer tun, meinen zyklopischen Schenkeln, meinem Hottentottenhintern, meinen

* Im Original Deutsch

Trizeps eines Jahrmarktsherkules, meinem junonischen Bauch, und meinen Brüsten, meinen Brüsten vor allem, Bug, der die Passantenströme teilt, und mir bald Anzüglichkeiten sondergleichen einbringt, bald Ausrufe oder Nachgepfeife, das noch schwieriger zu interpretieren ist, und in das höchstwahrscheinlich ebenso viel Bewunderung einfließt wie entsetzte Fassungslosigkeit. Es muss gesagt werden, dass sie in einem derartigen Ausmaß voll geworden sind, dass ich mit einer Brustverkleinerung liebäugle, die meines Erachtens umso wichtiger ist, als ich alles, was auch nur von nah oder fern einem Büstenhalter gleicht, verabscheue.

Marikit lässt sich nicht davon abhalten, bei meinem Vorüberschreiten ihre aufgerissenen Augen zu verdrehen, auf meine Brust zu schielen und ungefällige Kommentare auf Filipino zu murmeln, begleitet vom ein- oder zweimaligen Schlagen des Kreuzes, vollführt in aller Eile über ihrer ausgemergelten Brust. Diese alberne Gans hatte ganze zwanzig Jahre, um sich zu integrieren, aber nein, sie muss die Schlaue mimen mit einem Idiom, das nichts und wieder nichts bedeutet, und das sage ich bei aller Objektivität, wo ich Fremdsprachen doch liebe und man ganz schön auf der Hut sein müsste, um mich beim Ethnozentrismus in flagranti zu erwischen, mich, die ich so sehr unterm allgemeinen Rassismus zu leiden habe, den meine Haut, meine Lippen, die ins Blaugräuliche gehen, und meine korallenhaften Dreadlocks hervorrufen. Was die Brustwarzen betrifft, ahne ich bei Marikit eine eigene Unzulänglichkeit, die einen erheblichen Anteil ihrer Wut ausmacht, und ich stelle fest, dass sie wütender denn je ist, sobald meine schwarzen Warzenhöfe unter dem hellen Baumwollstoff eines T-Shirts hindurchschimmern, ein dem Kontrast geschuldeter Effekt, den ich mir nicht versage und den ich ausgesprochen erregend finde. Aber bitte, da haben wir's, die meisten Leute ertragen keine Erregung. Sie macht sie jähzornig anstatt sie in die Freudenspirale der Fleischeslust einzuführen.

Ich kann nicht kategorisch behaupten, dass ich Marikit errege, bei der es nicht unwahrscheinlich ist, dass sie auf die sechzig zugeht, ohne je von irgendeinem Körper ergriffen worden zu sein. Nein, bei ihr erregt meine Brust nichts als neidische Missgunst, von der sie meint, sie ginge mit ihrer Religion konform, hat sie doch noch nie was von Religion im Allgemeinen und vom Katholizismus im Besonderen verstanden, von dem ich behaupte, und zwar im Gegensatz zu ihr, eine tiefe Kenntnis zu besitzen.

Man sieht es, zwischen mich und die vom Meer kommende Botschaft haben sich soeben viele aufklärungsfeindliche Kräfte geschaltet, und genau dies versuche ich auch meinem blauen Gespenst begreiflich zu machen, ihm, dessen gespenstischer Status es zur Transparenz, zum schwachen Widerstand, ja sogar zur idealen Empathie verurteilt.

»Ist sie denn verheiratet, deine Marikit?«

»Ja klar. Es ist ihr Mann, der sich um den Garten kümmert, er heißt Homobono.«

»Klingt programmatisch ...«

»Ja, nur dass es sich umgekehrt verhält, er ist genauso fies wie seine Frau.«

Ich werde mich hier nicht über Homobono ausbreiten, der, ebenso mürrisch und kleinlich wie seine Gattin, tatsächlich schlecht benannt ist. Sie waren wie dafür gemacht, in den Hafen der Ehe einzulaufen, und wenn ich kein Urteil spreche über ihre körperliche und geistige Ähnlichkeit, so bilden sie doch ein ebenso inzestuöses Pärchen wie meine Eltern, nur dass aus ihrer Verbindung sechs Kinder hervorgegangen sind: Liberato, Chérie, Divina, Mirasol, Liwayliway und Flordeliza; mit einem einzigen Jungen darunter, Liberato, der sich immer wieder einmal auf beunruhigende Weise in meinem düsteren Haus blicken lässt.

Ich kann nichts beweisen, aber ich habe ihn mehr als nur einmal aus dem großen Salon heraustreten sehen, und zwar mit verschlagener Miene und einem merkwürdig ausgebeulten Rucksack. Nun aber ist genau dieser Salon dasjenige Zimmer, in dem meine Großeltern, die Unschuldigen, einen Großteil ihrer patrimonialen Reichtümer lagern: Silber in Hülle und Fülle, handsigniertes Geschirr, Gemälde irgendwelcher Künstler aus der Provence, die ihrer Rahmen benommen und in den Schränken angehäuft sind, Fotografien mit Widmungen von Stars aus den Jahren nach dem Krieg, gestärkte Decken und Taschentücher aus feinstem Leinen. Ich unterstelle Liberato kleine, kaum wahrnehmbare Diebstähle: Hier mal ein Kupferstich, hier mal ein Medaillon oder ein Jade. Wenn wir uns über den Weg laufen, schenkt er mir ein ebenso kurzes wie charmantes Lächeln, in dem ich aber ein wenig Arroganz und Heimtücke ausmachen zu können glaube: »Na komm schon, denunzier mich, Négrita«, denn so lautet der Spitzname, den seine Mutter mir verpasst hat, und ich glaubte verstanden zu haben, dass die Philippinen auf diese Weise ihre schwarze Bevölkerung bezeichnen, eine Ethnie, die in die Wälder abgeschoben und zu einer prähistorischen Lebensweise verdammt wird.

Marikit und Homobono, die kaum heller sind als ich selbst, ziehen aus dieser winzigen Nuance ein enormes Überlegenheitsgefühl, wo ja die Negritude, wie jeder weiß, nicht nur eine Sache von Melanin ist. Übrigens bin ich in Marseille, wo jeder Einwohner mindestens einen arabischen, italienischen, armenischen, komorischen oder griechischen Vorfahren aufweist, nur selten diejenige mit der schwärzesten Haut und dem schwärzesten Haar, was aber noch nie jemanden davon abgehalten hat, mich als dreckige Negerin oder Bamboula zu beschimpfen; und ich stelle mir vor, dass dies genauso für Manila gilt, eine Stadt, in der niemand wirklich weiß ist, wo aber jeder sofort einen Schwarzen zu erkennen vermag.

Zu Liberatos Entlastung muss ich zugeben, dass er seinen Eltern und Schwestern in nichts ähnelt, die sämtlich auf dem nämlichen bescheidenen Modell gründen und mit dem nämlichen rabenschwarzen Haar ausgestattet sind und mit dem nämlichen galligen Teint. Er ist von mittlerer Größe, neigt aber zu Übergewicht, was ihm zumindest ein uns gemeinsames Merkmal verleiht, wo er doch schon keines mit seiner eigenen rachitischen Familie teilt, von der er sich auch noch durch erstaunlich helle, hervortretende Augen unterscheidet, ganz abgesehen davon, dass er sich den Schädel rasiert, aber mitnichten so braun wirkt wie die sieben anderen.

Dass Marikit einen Fehltritt begangen haben mochte, würde mich bei der gegebenen Absonderlichkeit ihres Erstgeborenen nicht wirklich verwundern, der im Übrigen ja auch ihr einziger Junge ist, was die ehebrecherische Vermutung bestätigt. Ein orgastisches sexuelles Verhältnis begünstigt eher die Y-Spermatozoen, das ist weitläufig bekannt, und Homobono gehört nicht zu den Typen, die ihre Frau zum Höhepunkt bringen, der Beweis dafür sind Chérie, Divina, Mirasol, Liwayliway und Flordeliza, die meine Großeltern wie Sonderzubehör einspannen, wenn sie sie empfangen, eine ganze Reihe Mädchen mit in Wellen gelegten Zöpfen und versiegelten Mündern, die möglicherweise ebenso bigott sind wie ihre Mutter, wenn ich ihre eigene Art beurteilen soll, vor lauter Schreck bei meinem Vorüberschreiten das Kreuz zu schlagen.

Coco liebt es, mich über unsere ganze philippinische Dienerschaft im Allgemeinen und über Liberato im Besonderen sprechen zu hören:

»Bist du dir sicher, dass er den Zweck nicht erfüllen könnte?«

»Den Zweck wofür?«

»Na, für dich! Es wird Zeit, dass du einen Jungen triffst, oder?«

Ich breche bei dieser ulkigen Idee in schallendes Gelächter aus, denn Liberato ist kein Junge sondern ein reifer Mann, hatte ihn Marikit doch schon im zarten Alter bekommen; kurz und gut, ich schätze ihn auf mindestens fünfunddreißig, was abstoßend ist, denn ich habe von den Alten, mit denen ich für meinen Geschmack ausreichend umgeben bin, die Schnauze voll – selbst meine Eltern gehören mit ihrem Tee aus Klettenblättern und ihren übereinander getragenen Schichten an Thermokleidung dazu.

»Fünfunddreißig, das ist doch nicht alt.«

»Er hat eine Glatze.«

Coco interessiert sich schlagartig nicht mehr für die Unterhaltung und beginnt an seinem Lederetui zu nesteln, Zeichen für mich, dass es Zeit ist zu gehen, denn mit Ausnahme unseres denkwürdigen ersten Mals hat er mir nie mehr erlaubt zu bleiben, wenn er sich einen Schuss setzte.

Ich gehe, aber ich muss zugeben, dass ich von nun an, so stark ist der Einfluss des Prinzen von Kolchis auf meinen schwachen Kopf, Marikits Sohn mit anderen Augen sehe. Bei der erstbesten Gelegenheit strenge ich also eine Unterhaltung mit Liberato an, der gekommen ist, um seinem Vater bei der Gartenarbeit zur Hand zu gehen, wie er es inzwischen immer häufiger tut. Unterhalb eines wuchtigen Schneeballstrauches kniend, bietet er schamlos zehn Zentimeter einer von dunklem und dichtem Haar durchwucherten Gesäßspalte dem Blick dar. Seine Glatze glänzt unter der Junisonne und sein T-Shirt klebt an seiner Haut mit einer Schweißrippe gotischer Schwingung von so klarer Zeichnung, dass ich zunächst meine, es handle sich um einen Aufdruck. Während ich einen Blick über seine Schultern werfe, wird er meiner gewahr und verbreitert sein immerwährendes kleines Lächeln, indem er seine Lippen über herrliche Zähne schürzt, da, wo sein Vater nur eine Reihe an Elfenbeinstümpfen enthüllt. Nein, diese beiden können nicht gleichen Blutes sein, der Kontrast zwischen ihnen ist zu deutlich. Homobono, klein, mager, braun, mit seinem klein ausgefallenen Jivaro-Kopf, seinen schmalen Händen, seinem rasierten Bart, seiner strengen Mine; Liberato, mit seinem massigen Oberkörper, seiner schimmernden Behaarung, seinen schwellenden Lippen und seiner ewigen Fröhlichkeit.

»Guten Tag, Charonne.«

»Na, wie geht's?«

Für gewöhnlich reagiere ich nicht auf seine zu unterwürfigen Begrüßungen. Kurz und gut, ich blicke ihn kaum an, kenne ich ihn doch schon ewig und halte nicht besonders viel von seiner honigsüßen Art, seiner betonten Höflichkeit und seinen zweideutigen Blicken. Er hat sich so sehr an mein Schweigen gewöhnt, dass er einen Augenblick lang zögert, bevor er seine starken, erdigen Hände emporschwingt:

»Ganz gut, danke, ich bin mitten bei der Arbeit, aber es geht gut.«

Ich könnte dies als eine Art Abfuhr interpretieren, hau ab, du siehst doch, dass ich beschäftigt bin, aber sein schmeichelndes Lächeln und seine verliebten, komplizenhaften Blicke laden ganz im Gegenteil dazu ein, mich ihm zu nähern und mich neben ihn auf die weiche Erde zu knien, wobei unter den wutentbrannten Blicken Homobonos alles andere stehen und liegen bleibt.

Habe ich erwähnt, dass Homobono und Marikit ihren Erstgeborenen abgöttisch lieben? Sie sprechen zu ihm ausschließlich mit vor Zärtlichkeit und Ehrerbietung tremolierender Stimme, werden dabei selbst ruhiger, sie, die ihre Zeit damit verbringen, in ihren spitzen und schrillen Stimmen zu lästern und zu wettern; beide dieselbe Stimme, etwa auch dies ein weiterer Beweis ihrer inzestuösen Vereinigung?

Während Liberato mir halblaut etwas über die einander gegenübergestellten Vorteile dieser oder jener Düngemittel erzählt, während er geistesabwesend trockene Blätter einer Fuchsie entfernt, überläuft mich schlagartig ein wollüstiger, beinahe schwindelerregender Schauder. Er riecht gut, nach Moschus, nach Tier, und der geöffnete Winkel seiner Schenkel in unserem Gehege, der Anblick seiner blassen Haut, übersät von rehbraunen Haaren, jagt mir ein derart brutales Begehren ein, dass ich in Schluchzen ausbreche, und zwar ebenso zu meinem eigenen großen Erstaunen, wie auch dem von Homobono und von Liberato, der meine Hand oberhalb eines Büschels Stiefmütterchen ergreift, um sie kräftig zu streicheln:

»Alles ist gut, Charonne, mach dir nichts draus!«

Aber was weiß er denn schon, er, was hier alles gut ist? Er ist ja nicht mit fünf Jahren von Leuten adoptiert worden, die daraufhin ihre Meinung änderten; er ist ja nicht zwischen dementen Achtzigjährigen und gleichgültigen Fünfzigjährigen aufgewachsen; er hat ja nicht als einzige Freunde nur ein heroinsüchtiges Gespenst und Goldfische. Ich entziehe meine Hand der seinen, aber willenlos, ohne Überzeugung, nur damit er nicht meint, dass man mich so einfach haben und aus einem Moment Schwäche seinen Vorteil ziehen könnte. Zudem fasse ich mich schon wieder, ich trockne mir die Augen, säubere mir die Nase, und versteife mich gegen einen erneuten Strom unverständlicher Erregung. Dennoch bleibe ich da, knie mit ihm auf der frisch umgegrabenen Erde. Er löst sein T-Shirt von seiner feuchten Haut und bewegt es ein wenig, um seinem starken Rückgrat Luft zuzufächeln, sodass mir sein Geruch noch einmal den Atem nimmt.

»Heiß, was?«

Empfindlich gegenüber seiner Bemühung, die Stimmung entspannen zu wollen, rücke ich auch mit einem Kommentar übers Wetter raus, woraufhin Homobono beginnt, uns in seiner Mischung aus Französisch und Filipino zu schelten, welche die Gabe besitzt, mich aufs Äußerste zu reizen. Liberato muss meine Gereiztheit teilen, da er sich mit einem Satz erhebt und mir mit aller Höflichkeit seine erdige Pfote reicht, an die ich mich mit nur umso mehr Dankbarkeit klammere, als sein Vater sich mit diabolischer Energie darangemacht hat, umzugraben und dabei kleinere Brocken Erde und trockene Grasnarben nach mir schleudert.

Liberato schleppt mich Richtung Küche und setzt mich mit einer bestimmten Geste an den großen Bauerntisch, den meine Eltern vor fünf oder sechs Jahren aufgetrieben und restauriert haben. Er bewegt sich mit einem leichten Hin und Her, öffnet und schließt den Kühlschrank, bedient sich an den Einbauschränken:

»Willst du Cola?«

Seit wann benimmt er sich so, als wäre er hier zu Hause? Ich habe es mir so zur Gewohnheit gemacht, seine Gegenwart zu meiden, dass ich bislang gar nicht die Gelegenheit hatte, seine Ungeniertheit zu bemerken. Er stellt mir ein angefülltes Glas vor die Nase und die Reste dessen, was von den Sonntagskuchen übriggeblieben ist, einen vollen Bissen davon bereits im Mund, was ihn aber nicht davon abhält, mit mir Konversation zu betreiben:

»Meine Mutter hat mir erzählt, dass du ein wahrer Bücherwurm bist.«

»Ach ja? Was meint sie damit?«

»Anscheinend steckst du andauernd deine Nase in Bücher.«

»Nicht immer.«

»Was treibst du so, wenn du nicht liest?«

»Ich spritze mir Heroin.«

Ein verblüfftes Schweigen folgt dieser völlig erlogenen Erklärung. Ich weiß nicht, was mich reitet, sicherlich mache ich mit diesem Mann alles falsch, heule erst in seinem Schoß und verkünde dann dieses unglaubwürdige Hobby; ich weiß nicht was mich reitet, möglicherweise der uneingestandene Wunsch, ihn bei der Vorstellung, die er sich von mir machen muss, zu destabilisieren, jener Vorstellung einer *Negrita,* die ihr Glück ebenso wenig ermisst, wie sie es verdient, ein armes kleines, viel zu reiches und verwöhntes Mädchen, Erbin sowohl der Neurosen ihrer Familie als auch ihres Vermögens, wobei er wahrscheinlich nicht weit davon entfernt ist, dies als Beraubung zu betrachten, vorausgesetzt, dass er diesbezüglich die nämlichen Vorstellungen hat wie Marikit. Vielleicht habe ich auch an Coco von Kolchis gedacht, wie er so auf sein Sofa mit damastartig gewebten Blumen gepflanzt ist und die Stunde seiner rituellen Injektion erwartet, den Augenblick, da er sich eine weitere Blume geben wird, der dunkle Halm, die flüchtige Entfaltung im gestrichelten Glaskolben, dann der große Schlaf, da sämtliche Insassen des Schlosses vom nämlichen Schicksal geschlagen und für alle Ewigkeit einschlummern. Ein wenig von alldem liegt in meinem Schweigen und meiner augenblicklichen Verwirrung, Liberato aber zerstreut mein Unbehagen, indem er freudvoll auflacht:

»Und Koks, magst du das? Ich habe auch MDMA. Komisch, ich habe alles bis auf Heroin, ich kenne niemanden, der es nimmt, du bist die Einzige.«

»Ich nehme es gar nicht, ich hab' das aus Spaß gesagt.«

Er wirkt derart enttäuscht, dass ich spornstreichs nachlege:

»Ich habe aber einen Freund, der sich's spritzt. Er wohnt hier, ja, oben im Büro. Er heißt Coco.«

»Ach ja? Bist du dir sicher? Marikit hat mir nix erzählt ...«

»Aber na klar bin ich mir sicher.«

Ich bin mir keiner Sache sicher, und vor allem nicht der Existenz des Prinzen von Kolchis, von dem meinen Großeltern gegenüber zu sprechen ich mich füglich zurückgehalten habe angesichts ihrer Erregung beim einzigen Mal, als ich es versuchte. Aber ja genau, das ist jetzt die Gelegenheit zur Erprobung des Wirklichkeitsgrades meines so blauen, im Rauch seiner Craven A und den duftenden Illustrationen meiner slawischen Märchenbücher so ätherischen Gespenstes.

Liberato und ich klettern, so schnell es uns unsere jeweilige Korpulenz erlaubt, die Treppe hoch, und ich sehe mich gezwungen, festzustellen, dass er trotz seines Alters ebenso flink ist wie ich – welchen Alters eigentlich?

»Wie alt bist du?«

»Sechsunddreißig. Warum?«

»Deine Mutter hat dich superjung bekommen.«

»Meine Mutter hat mich überhaupt nicht bekommen. Ich meine, wenn du mit meiner Mutter Marikit meinst.«

»Was?«

»Ich bin adoptiert worden.«

Die Koinzidenz verschlägt mir den Atem. Wenig fehlt, dass ich vor der Tür zum Büro schon wieder in Schluchzen ausbreche, und allein der tröstende Gedanke an meinen imaginären Freund hält mich vor dem verführerischen Gefälle des Kummers und der geteilten Rührung zurück.

Ich klopfe. Niemand antwortet, was voraussehbar war, aber ich öffne dennoch leicht die Tür. Zum ersten Mal seit elf Jahren ist das Zimmer leer, makellos aufgeräumt und frisch gelüftet:

Seit Ewigkeiten hat niemand mehr hier drin geraucht, geschweige denn sich einen Schuss gesetzt.

»Wo steckt dein Kumpel?«

»Keine Ahnung.«

»Gibt es ihn überhaupt?«

»Offensichtlich wohl nicht.«

Er erblickt den kleinen runden Tisch, den ich immer mit Büchern und Aschenbechern voller Kippen überfüllt gesehen habe:

»Nanu! Das ist ja merkwürdig.«

Er grapscht nach einem Gegenstand, den ich nicht wirklich identifizieren kann.

»Was ist das?«

»Schwer zu erklären. Es ist eine Art philippinischer Talisman. Marikit lässt die jedes Mal machen, wenn sie in ihr Heimatland zurückkehrt.«

Er zeigt mir ein Stück gegerbtes und in sich gefaltetes Leder:

»Mach es nicht auf, ich glaube, das bringt Unglück. Es birgt Kräuter, Puder und was weiß ich noch alles, und es ist mir auch schnurz, da ich nicht dran glaube, meine Eltern aber nehmen es sehr ernst. Wenn Marikit es hier hingelegt hat, dann weil sie meint, dass es in diesem Büro schlechte Schwingungen gibt, oder eine unheilvolle Präsenz.«

Coco, unheilvoll? Marikit muss wirklich einen missratenen Geist haben, dass sie sich dafür verwendet, ein Zimmer zu purifizieren, in dem ich die glücklichsten Momente meines Lebens verbrachte, seit ich das Alter erreicht habe, ein Urteil über mein Leben fällen zu können. Ich blicke auf die Ottomane, ihre jadegrünen Kissen mit Ton in Ton gestickten Lilien, ihren aus dunklem Holz gearbeiteten Rahmen, ihre ausgesägten Füße, und mich überkommt die unwiderstehliche Lust, mich auf ihr hinzuwälzen, wie ich es während elf Jahren regelmäßiger

Besuche nie habe tun können. Hopp, gedacht, getan. Liberato blickt mich mit amüsiertem Lächeln an:

»Brauchst du Gesellschaft?«

»Nein, ganz gewiss nicht.«

Aber ja doch, gewiss, ja, ich träume davon. Hätte ich mir diesen Prinzen aus blauem Lotus erfunden, wenn ich nicht verzweifelt eines Freundes bedurft hätte? Liberato kommt und kreist wie ein Löwe im Käfig, während ich an den Kissen rieche, voller Hoffnung, an ihnen ein Hauch von Cocos Geruch wiederzufinden, das Lavendel seines Parfüms und den Tabak seiner Craven A.

»Alles klar soweit? Gehen wir? Ich lade dich auf einen Drink ein.«

Ich erhebe mich voller Bedauern. Ich weiß nicht, ob ich Lust habe, mich mit diesem dicken Kerl in der Öffentlichkeit sehen zu lassen, noch, ob ich ihm gegenüber irgendwas zu sagen habe, und gleichzeitig ist es ja nicht so, als stünde ich vor der Qual der Wahl bezüglich irgendwelcher Beschäftigungen, wo ich doch nicht zu jener Art Mädchen gehöre, die ihre Zeit mit ihrem Handy oder im Internet verbringen.

Einmal vor der Tür, lässt mich Liberato den Boulevard überqueren und über die Gatter des Parks klettern. Von da an bin ich es, die anführt: In Richtung meiner persönlichen Camargue, der vier den Wasserfall überragenden Stiere, auf die wir uns rittlings setzen.

»Es ist merkwürdig hier. Kommst du häufig her?«

»Als ich jung war, ja. Jetzt weniger.«

Er lacht hell auf:

»Ja, stimmt, inzwischen bist du richtig alt.«

»Ich weiß, wovon ich rede.«

»Wir wissen immer, wovon wir reden, das ist das Problem.«

Er lässt mich zufriedenen Blicks nicht aus dem Auge:

»Ich wollte schon lange ein wenig mit dir reden, Charonne.«

Ich strecke mich auf dem Nacken meines riesigen Stiers aus und genieße die Wärme, die vom Stein aufsteigt, vom Becken und vom Rasen weiten unten. Mag es an Liberatos Anwesenheit oder an der Nähe des Boulevard Longchamps mit seinen von den Windböen bewegten Platanen liegen, mich erreicht die Botschaft des Meeres plötzlich mit noch nie dagewesener Deutlichkeit, was dazu führt, dass ich mich aufrichte, unruhig und verwirrt. Um zu täuschen, beginne ich, meinen Begleiter mit indiskreten Fragen zu bedrängen:

»Du also auch ... du bist also auch adoptiert worden? Wie kann das sein? Marikit und Homobono wirken nicht wie Leute, die adoptieren. Und die Mädchen, sind die von ihnen?«

»Ja, die Mädchen sind von ihnen. Es bin nur ich.«

»Aber deine Eltern sind nicht unfruchtbar: Warum haben sie dich dann adoptiert?«

»Das ist eine lange Geschichte.«

»Ich liebe Geschichten. Coco las mir immer welche vor.«

Trotz der vom Meer kommenden Botschaft, die mir im Wesentlichen sagt, weder länger Geschichten anzuhören noch zu erzählen und mich für das wahre Leben gewappnet zu halten, werde ich jetzt nicht auf eine kleine angemessen romanhafte Biografie spucken, und irgendetwas sagt mir, dass Liberato ein guter Erzähler ist. Er richtet sich seinerseits auf, streckt sich lange und legt dabei einen riesigen Bauch frei, der jedoch weniger speckig ist als der meine und den ich neugierig anstarre:

»Magst du meinen Bauch?«

»Ich kann nicht genau sagen, ob du wirklich fett bist oder nicht. Du wirkst, ich weiß nicht, fest?«

Er lacht. Ich bringe ihn zum Lachen, ich, deren Humor weitgehend verkannt ist oder unterschätzt wird, obwohl ich doch davon träume, für Unterhaltung zu sorgen.

»Ich bin wahrhaft fett. Aber noch nicht schlaff, da hast du recht. Das liegt daran, dass ich Sport treibe.«

»Ich hasse Sport.«

»Ich werde dir beibringen, ihn zu mögen.«

»Gib dir keine Mühe, meine Eltern haben's versucht, sie sind begeisterte Jogger, Skifahrer, Tennisspieler, Wanderer, Yogis.

»Wie, und du hast nirgends angebissen?«

»Nein. Erzähl mir deine Adoption.«

»Gut. Du musst wissen, dass Marikit und Homobono sehr jung geheiratet haben und dass sie sofort ein Baby bekamen, einen Jungen, den sie Liberato genannt haben, der aber nicht ich war. Er starb am Tag seiner Taufe, hopp, direkt ins Paradies. Ich habe Fotos, die werde ich dir zeigen. Fotos von ihm in seinem Taufkleidchen, erst lebendig, dann tot. Wie du dir vorstellen kannst, ist Marikit darüber beinahe wahnsinnig geworden, vor allem, weil es ihnen danach nicht mehr gelang, ein Baby zu bekommen. Und dann eines Tages hat ihnen eine ihrer Nachbarinnen einen zwei- oder dreijährigen Jungen gebracht, mich. Man hatte mich auf dem Strand einige Kilometer vor Manila gefunden. Niemand wusste, woher ich stammte, und die Nachbarin hat sich gedacht, dass ich wie gerufen kam, um das Baby zu ersetzen, das Marikit und Homobono verloren hatten. Sie hatte recht. Sie haben mich mit offenen Armen empfangen, haben mir den Vornamen ihres Jammerlappens übertragen, und auf, vorwärts!«

»Wie, auf, vorwärts?«

»Sie haben so getan, als wäre ich Liberato: unser Alter stimmte überein, sie haben seine Papiere auf mich übertragen, und das war's. In den folgenden Monaten ist Marikit wieder schwanger geworden, sie bekam erst Chérie, dann Divina.

Anscheinend habe ich ihr die Eileiter freigefegt. Du siehst, ich bringe Glück, von daher vergöttern sie mich.«

»Es stimmt, du hast keine Ähnlichkeit mit einem Philippinen.«

»Normal. Ich bin Russe.«

»Woher weißt du das?«

»Ich erinnere mich überhaupt nicht mehr an meine biologische Familie, auch nicht an den Ort, wo ich die ersten beiden Jahre meines Lebens verbracht habe, aber ich konnte etwas Russisch sprechen, und ich weiß, dass ich Arcady hieß und keineswegs Liberato.«

»Hast du nichts gesagt?«

»Ich musste es wohl gesagt haben, aber es war aller Welt egal, weshalb ich es schließlich für mich behielt, als das Einzige, was ich aus meinem vorherigen Leben behalten habe.«

»Also sowas! Das ist ja wie bei mir! Mich wollten sie Alice nennen, aber ich habe mich dagegen gewehrt!«

»In welchem Alter bist du adoptiert worden?«

»Mit fünf. Und ich bin als Säugling abgegeben worden, mit einem Zettel, der an meiner Kleidung steckte und besagte, dass ich Charonne heiße und dass man sich um mich kümmern möge.«

»Alice, das klingt besser als Charonne, wenn du meine Meinung wissen willst.«

»Will ich nicht. Und das ist auch nicht die Frage. Ich hieß fünf Jahre lang Charonne, da war es schon merkwürdig, dass man mich umtaufen wollte, oder? Und außerdem war das Einzige, was meine Mutter für mich wollte, dieser Vorname.«

»Woher willst du das wissen?«

»Ich hab's dir doch gesagt: Man fand mich mit einem an meinem Body festgesteckten Zettelchen.«

»Woher willst du wissen, dass es deine Mutter war, die diese Zeilen geschrieben hat?«

»Ich wüsste nicht, wer sonst.«

»Vielleicht deine Großmutter, eine Freundin deiner Mutter, dein Vater …«

»Mein Vater hat nie gewusst, dass meine Mutter schwanger war, er hat sich damit zufriedengegeben, sie zu vergewaltigen und dann ihre Existenz zu vergessen, ganz zu schweigen von meiner.«

»Woher weißt du das?«

»Ich weiß es einfach.«

»Du tätest besser daran, bei den Dingen, die du zu wissen meinst, eine Sondierung vorzunehmen, denn bei deinem Kumpel, der in Charlies Büro Heroin nimmt und deinem Vater, der deine Mutter vergewaltigt hat, habe ich den Eindruck, dass du ganz schön fantasierst.«

Er hat recht, und ich möchte es ja gern versuchen, aber wie stellt man das mit der Sondierung nur an? Und es ist mir ohnehin egal, im Augenblick fühle mich wohl, jetzt, da ich auf meinem steinernen Stier gemeinsam mit meinem neuen Freund reite, der in Bezug auf den alten den Vorteil aufweist, wunderbar wirklich zu sein. Nun gut, wir werden sehen, ob es sich dabei tatsächlich um einen Vorteil handelt, denn sie ist ja sehr hübsch, diese Vorliebe, die alle Welt für die Wirklichkeit hat, aber bis dato hat mich die wirkliche Welt weniger gut behandelt, als es meine Chimären taten.

Liberato wird schon wieder unruhig, dies scheint einer seiner Charakterzüge zu sein, diese Unfähigkeit, an Ort und Stelle zu verharren. Man hat so seine Vorstellungen von fetten Menschen, selbst ich, die ich es selbst bin, man wähnt sie träge, kurzatmig, schwer in Bewegung zu setzen, doch Liberato, der ist die immerwährende Bewegung. Selbst ruhend muss er ständig mit einem Bein zappeln oder sich in Höchstgeschwindigkeit die Hände reiben. Ich überschreite also die Reling dessen, was er wahrscheinlich als Wirklichkeit bezeichnen würde – und da mich die vom Meer kommende Botschaft dazu ebenfalls anstachelt, geschieht es ohne allzu großes Bedauern.

Wir befinden uns also in der Stadt, durchkämmen diesen Boulevard Longchamp, dessen Platanen bei unserem Vorüberziehen erzittern, während die Straßenbahnen ihr munteres Klingelspiel verlauten lassen. Die Leute stoßen sich ein wenig mit dem Ellbogen, wenn sie uns sehen, und ein Blick in die seltenen Schaufenster des Boulevards bestätigt meine Vorstellung, dass wir tatsächlich ein merkwürdiges und sensationelles Pärchen bilden, er, dessen von der Erde fleckigen Bermudashorts massige Knie entblößen, und ich in meinem kurzen Kleidchen, das ausnahmsweise einmal recht einfach ist, aber nichts von meiner Körbchengröße E verbirgt und auch nichts von meinem Bauch, der unterm strohgelben Baumwollstoff, passend zu meiner Stimmung und diesem beinahe sommerlichen Wetter ausgesucht, herumschwabbelt.

In Chapitre angekommen, machen wir eine kurze Pause, um unser Ziel zu bestimmen – aber da die vom Meer kommende Botschaft weiterhin dumpf in meinem Unterbauch und meinem Sternum pulsiert, schlage ich den alten Hafen vor, was uns zu einem Gang Arm in Arm hinunter über die Canebière verhilft, der mindestens ebenso viel Aufmerksamkeit erregt wie der über den Boulevard Longchamps. Es sieht so aus, als würde den Marseillern alles andere am Arsch vorbeigehen, so wie sie sich an uns ergötzen.

Das hält uns nicht davon ab, ins *La Passerelle* zu gehen, einer Bar auf der ersten Etage, deren winziger Balkon direkt auf den Hafen geht. Überflüssig zu erwähnen, dass meine Großmutter von dessen Existenz überhaupt keine Ahnung hat und dass ich selbst, abgesehen von einigen Geschäften auf der Rue Saint-Ferréol oder der Rue Paradis, nicht das Gefühl habe, das Herz meiner Stadt zu kennen.

»Das könnte mein Balkon sein, der Balkon meines Zimmers.«

»Ach ja? Ich gehe selten in dein Zimmer, wie du dir vorstellen kannst.«

»Red' keinen Unsinn. Du gehst im ganzen Haus spazieren und meinst, ich wüsste es nicht!«

Er lacht erneut, Kopf nach hinten geworfen, Brust durchgeschüttelt, Zähne, Zunge, Zäpfchen, alles offen entblößt. Ich bin zu allem bereit, für jeden Blödsinn, sprich jeden Scheiß, wenn ich damit nur dieses wunderbare Lachen hervorrufen kann. Wir lachen kaum, so gut wie nie, in meinem düsteren Hause. Allein Nelly hat manchmal Anwandlungen zur Freude. Liberato jedoch ist, was Heiterkeit betrifft, unschlagbar, und ich stimme ein, lache selbst auch, ohne wirklich zu verstehen, was ihn erheitert, wohl alles und nichts, wie es scheint.

Das Lachen hält ihn aber nicht davon ab, mich anzuglotzen. Ich bin daran gewohnt, also lasse ich seinen Blick über mich wandern, an meinen Augen verharren, an meinem Mund, meinem Bauch und meinen Brustwarzen, die man unter meinem Kleid errät.

»Weißt du, dass meine Mutter dich furchtbar findet?«

»Ich ahne es. Sie gibt sich ja auch kaum Mühe, es zu verbergen.«

»Du entsprichst, kann man sagen, eben nicht unbedingt dem Schönheitsideal der Philippinen.«

»Tja, nun ja, sie lebt in Frankreich inzwischen: es wäre an der Zeit, dass sie sich umstellt.«

Und wieder dieses Lachen, so heftig, dass er darüber Tränen vergießt, so dröhnend, dass wir dafür zornige Blicke auf uns ziehen, wobei die Kellnerinnen nicht die letzten sind, die uns zu verstehen geben, dass wir stören und dass wir nicht zu ihrer Stammkundschaft passen. Liberato beugt sich über den Tisch, bis seine Stirn beinahe die meine berührt:

»Charonne, du entsprichst auch nicht dem hiesigen Schönheitsideal, und besser, du weißt es!«

Wenn er meint, mich damit zu beleidigen, dann wird er sich umsonst Mühe gemacht haben: Ich bin unempfindlich, was das Kapitel meiner Schönheit betrifft, die dem bloßen Auge zwar nicht entdeckbar, die aber unanfechtbar ist.

»Und du, wie findest du mich?«

»Wunderschön! Zu schön für mich.«

Ich plustere mich bei dieser unerwarteten Erklärung auf und lasse zwischen uns einen Luftstrom dahingleiten, der seinerseits ebenfalls vom Meer kommt. Weiter unten bewegen sich ganz leicht die Boote, lassen ihre Masten klirren und zerren an ihren Haltetauen, was ich ebenfalls bald schon tun werde, um mein unsichtbares Kuppeldach zurückzulassen, meine Kontinentalblase, die in dieser Hafenstadt von einem Zauber eingeschlossen ist, den ich noch nicht begriffen habe. Liberato hat uns eigenmächtig zwei Gläser Weißwein bestellt, ich verspüre zum ersten Mal eine leichte Trunkenheit, die mir sehr willkommen ist, um diesen perfekten Augenblick zwischen Himmel und Meer zu vollenden.

»Nenn mich Arcady, das ist mir lieber.«

»Ach ja? Ich, ich finde Liberato schön.«

Was ich ihm jedoch nicht mitteile, ist aber, dass sein Vorname sehr gut zu allem anderen passt, dem Meer, dem Himmel, dem Weißwein und einer völligen, intimen Umwälzung, die dieser fette Junge, der weiß, wie es geht, soeben in meiner schwierigen Zeit ausgelöst hat.

»Ich mag Arcady lieber. Liberato nennt mich nur noch meine Familie.«

»Wie du magst.«

»Leg los.«

»Leg womit los?«

»Nenn mich Arcady.«

Während ich mich genüsslich auf meinem Stuhl nach hinten lehne, fixiere ich ihn für einen schönen langen Augenblick, bevor ich dann die drei Silben seines Vornamens voneinander abtrenne:

»Ar-ca-dy.«

Den Weißwein zur Seite, beginne ich dümmlich unter seinem genießerischen Blick zu glucksen:

»Was bringt dich zum Lachen?«

»Deine Schwestern.«

»Warum denkst du an sie?«

»Weil deren Vornamen ganz und gar nicht zu ihnen passen.«

Bingo, es ist mir gelungen: und wieder brüllt er vor Lachen und dieses Mal schnalzt die Kellnerin deutlich mit ihrer Zunge, um ihre Missbilligung kundzutun. Es bekommt ihr schlecht, auf diesem Gebiet fürchte ich niemanden, und bei erstbester Gelegenheit schnalze ich überdeutlich, auf Afrikanisch, indem ich mir buchstäblich die Zähne lutsche und mit einem derart beleidigenden Zungenschlag ende, dass sie allen Halt verliert und sich nach innen flüchtet, weit weg von meiner bedrohlichen Anwesenheit. Dass ich ein wenig einschüchtere, stört mich kaum. Mir ist Einschüchterung lieber als alle anderen Effekte, die ich üblicherweise auslöse: Wut, Verachtung, Ekel. Arcady hat diesen Zungenwechsel amüsiert verfolgt, bringt die Unterhaltung aber wieder zurück auf seine Schwestern:

»Es stimmt, dass Chérie nicht besonders liebenswürdig ist.«

Ich lasse ihn aus vollem Herzen zur eigenen Erheiterung lauthals auflachen, aber es muss doch eingeräumt werden, dass diese arme Chérie die unattraktivste von allen Geschwistern ist, ein wahres Gegenmittel wider die Liebe mit ihrer eingefallenen Brust, ihren x-beinigen Knien, ihrer Prognathie und ihrem bleifarbenen Teint. Allein ihr Kopfhaar rettet sie vor der absoluten Ungnade; da ich mitbekommen habe, wie sie in aller Eile ihre tintenschwarzen Zöpfe neu flocht, kann ich deren wellige und glänzende Schönheit bezeugen.

»Und was Divina betrifft, so ist sie alles andere, nur nicht göttlich.«

Und ja, es stimmt, Divina hat mehr oder weniger die nämlichen betrüblichen Eigenschaften abbekommen wie ihre ältere Schwester. Tatsächlich ist nur Flordeliza, das Nesthäkchen, dem Fluch entkommen, der die Frauen dieser Familie trifft, und kann Nutzen aus einem genießbaren Gesichtchen schlagen.

Arcady seufzt behaglich über seinem beinahe leeren Glas:

»Gut, genug von meinen Schwestern geredet, sie sind auf jeden Fall unrettbar.«

»Was willst du damit sagen?«

»Sie sind wahre Philippinerinnen: sie können sich gar nichts anderes vorstellen, als zu heiraten und viele Blagen zu bekommen. Chérie und Divina haben bereits beide zwei und Liwayliway ist bis zu den Zähnen schwanger. Und du?«

»Was, ich? Ich bin nicht schwanger, wenn es das ist, was du wissen willst.«

Er schielt auf meinen Bauch:

»Es stimmt, dass man zweifeln könnte. Aber das will ich gar nicht wissen: Hast du einen Typ?«

»Geht das dich was an?«

»Es interessiert mich auf jeden Fall.«

»Warum denn das bitte?«

»Mich interessiert alles, Charonne.«

Diese Erklärung schmettert mich nieder, mich, die von Leuten umgeben ist mit wenigen und engstirnigen Interessensschwerpunkten, ichbezogenen Fünfzigjährigen und Greisen, die von ihrer Verdauung besessen sind. Mich interessiert auch alles, aber ich habe meine Neugierde und meinen Wissenshunger der Jugend zugeschrieben, und mir ausgemalt, dass mir das verlorengehen wird, wie auch alles übrige; dass ich auch auf Gleichgültigkeit und permanente Apathie zusteuern werde, wie sie die Erwachsenen meiner Familie charakterisieren. Arcady stellt den unverhüllten Beweis dar, dass man altern kann, ohne diese triste Wendung nehmen zu müssen. Das ist eine gute Nachricht und infolgedessen verzeihe ich ihm seine betont verliebten Blicke und seine inquisitorischen Fragen:

»Hast du einen Typ?«

»Nein.«

Ich stelle nebenbei fest, dass Coco mir dieselbe Frage gestellt und meine Antwort mit derselben Irritation aufgenommen hat, als wäre es undenkbar, dass ein siebzehnjähriges Mädchen alleinstehend und sogar vollkommen jungfräulich sein könnte, was ich Arcady umgehend gestehe, der sich bei dieser Ankündigung die Hände aufs Schönste reibt.

»Du wirst wahrscheinlich die ganze Zeit angemacht, was?«

»Ich werde eher angegriffen.«

»Das ist das Gleiche. Weißt du, Typen sind einfach echte Idioten. Viele wissen nicht einmal, wie man einem Mädchen klarmacht, dass sie einen interessiert. Und in deinem Fall, nun, da ist das etwas komplizierter.«

»Ach ja?«

»Du bist sehr erregend, aber du gleichst nichts und niemandem.«

»Wie soll ich das verstehen?«

Er lacht, er lacht, er hört nicht auf zu lachen. Ich bin das lustigste Mädchen, das er je kennenlernte.

»Als Kompliment, mein Schatz. Ich habe dir gesagt, dass du wunderschön bist, aber man muss schon zugeben, du bist gewaltig. Und dann dein Mund, deine Frisur ...«

»Wie, mein Mund? Meine Frisur?«

»Deine Lippen sind blau, dein Zahnfleisch zweifarbig, und deine Haare sind schlangengleich. Ich kenne eine ganze Menge Typen, denen das gefallen dürfte. Soll ich sie dir vorstellen?«

»Nein, ganz sicher nicht.«

Was denkt der sich? Dass ich gegebenen Tages nicht fähig wäre, mir einen Liebhaber zu angeln?

»Na gut, schade.«

Die Abenddämmerung bricht über uns ein, der rosenfarbene Himmel, das pudrige Licht. Müde genug, ist er weniger rüstig als beim Hinweg, und ich stelle fest, dass er leicht hinkt: Die Fetten haben Hüftprobleme, das ist notorisch und es erwartet mich wahrscheinlich auch, nur dass ich siebzehn bin und allen Fettleibigen auf die Nerven gehe, denen die Coxalgie auflauert. In dem Augenblick, wo er mich verlässt, wirft er mir einen letzten Blick zu, der nicht zu entziffern, aber aller Liebenswürdigkeit und Jovialität bar ist, die er bis jetzt bezeugt hat; dann schnalzt er mit der Zunge, wie ich es eben noch gegenüber der Kellnerin getan habe, mit derselben Arroganz und derselben Verachtung, bevor er dann auf dem Absatz kehrtmacht und im schwebenden Blütenstaub verschwindet.

An diesem Abend essen wir im Kreis der Familie und tauschen unsere immer gleichen Äußerungen über die knackige

Frische des Salats und die cremige Substanz der Kressesuppe aus, die meine Großeltern beharrlich stur als Eintopf bezeichnen, ein Wort, das mich immer schon rasend machte – aber an diesem Abend macht mich alles rasend, die Schlürfgeräusche ebenso wie das Zungenschmatzen, Nellys zittrige Hände über ihrem leeren Teller, Gladys' verschlossene Miene, Régis' unendliche Vernünfteleien in Bezug auf ein kleines Appartement, das er auf der Rue Bernex vermieten möchte, es wäre angemessener, es an seine einzige Tochter weiterzureichen, das würde ihr ermöglichen, sich dieser Sterbeanstalt zu entziehen, aber natürlich gehört Régis, der gar nicht weiß, wohin mit seiner Knete, nicht zu denen, die auf weitere Einnahmen spucken würden. Es liegt nicht so sehr daran, dass dem gegeben wird, der hat, sondern daran, dass dieser auf seine Eigeninteressen sehr genau achtet und seit Anbeginn der Zeiten weiß, dass es keine kleinen Geschäfte gibt. Meine lieben Eltern, ich liebe euch, aber ihr zeugt von einer Knausrigkeit, die jedwedes Verständnis überschreitet.

Ich lege mich schlafen, und erst einmal im Bett, lasse ich den Tag noch einmal vor meinem inneren Auge vorüberziehen, den geschlossenen und erblühten Garten, das von Coco von Kolchis aufgegebene Büro, den philippinischen Talisman, die vier Steinstiere des Palais, die Platanen des Boulevard Longchamp, die Ankunft am Meer, den schwebenden Balkon, das Lachen von Arcady und das Gefühl, etwas würde mir entgleiten.

Am darauffolgenden Wochenende, ich hatte mich, Kopfhörer übergestülpt, im großen Salon niedergelassen, um dort ein wenig zu lesen, stellt Arcady seine massive Silhouette zwischen mich und das Licht:

»Hallo.«

Mein Herz macht einige Sprünge, aber ich ziehe wohlüberlegt meine Kopfhörer ab; man muss klar im Auge behalten, dass er meint, mir zu imponieren:

»Hallo.«

»Sag mal, du siehst heute ja spitzenmäßig aus.«

Ich trage, was mir als Pyjama dient: ein ärmelloses T-Shirt undefinierbarer Farbe über einer am Gesäß und an den Knien farbig verschwommenen Gymnastikhose. Aber was geht ihn, Arcady, eigentlich meine Hauskleidung an?

»Warst du inzwischen noch mal im Büro? Schauen, ob dein Kumpel wieder aufgetaucht ist?«

»Lohnt der Mühe nicht. Ich weiß, dass er nicht dort ist.«

»Du tätest besser dran, es ab und an doch zu überprüfen. Und zieh dir was an, das ein wenig sexyer ist.«

Und hopp, schon ist er verschwunden. Sein Vater hat sich an die Instandhaltung des Taubenschlags gemacht, er geht ihm kraftvoll zur Hand, schleppt Bauschutt weg, lagert Steine um, Mauersteine, Dachziegel. Keine Chance, jetzt noch mit meiner Lektüre fortzufahren. Mein Herz schlägt zu heftig.

Aus Untätigkeit und wahrscheinlich auch, weil ich eine beeinflussbare Frau bin, gehe ich hinauf in die erste Etage und öffne ohne anzuklopfen einen Spalt breit die Tür zum Büro, um eigentlich was zu tun, jetzt, wo mein blaues Gespenst aufgehört hat, dort herumzugeistern?

Die Rollläden sind geschlossen, die Vorhänge zugezogen, aber jemand ist im Zimmer, ein Mann, der raucht, aufrecht im gedämpften Licht. Er lächelt bei meiner Ankunft, ein kleines süffisantes und unangenehmes Lächeln.

»Charonne?«

»Kennen wir uns?«

»Du bist eine Freundin von Coco, nicht wahr?«

Meine Gegenwehr bricht augenblicklich zusammen: Jemand, der Coco kennt, kann nicht so unsympathisch sein, wie er es auf den ersten Blick zu sein scheint.

»Ja. Wo ist er?«

»Ich weiß nichts Genaues.«

»Hat er Sie hergeschickt?«

»Ja.«

Er weist keine Ähnlichkeit mit meinem Prinzen von Kolchis auf, selbst wenn er mit seinem hellen Hemd und seinem graumelierten Oberlippenbart dessen antiquiertes Aussehen besitzt – es ist schon wieder jemand Altes, und von Alten habe ich die Schnauze voll, wenn er aber ein Freund von Coco ist, so werde ich mich gern bemühen. Bei näherem Hinsehen finde ich ihn erstaunlich unansehnlich: Von mittlerer Größe und Beleibtheit, die Farbe der Augen unentschieden, die Gesichtszüge zwar ebenmäßig, aber nicht harmonisch, einer von jenen, die man vergisst, sobald man sie gesehen hat, was vielleicht ja besser ist, als die Aufmerksamkeit auf sich zu ziehen und die Geister zu beeindrucken, so wie ich es mit der Überfülle meines Fleisches, der schlangenhaften Anhäufung meiner Dreadlocks, meinen kurz geschnittenen Einteilern und meinen regenbogenfarbenen Turbanen tue.

Mein Unbekannter lässt sich auf der Ottomane nieder und legt einen Arm auf die Rückenlehne. Obgleich er Rothmans raucht und keine Craven A, so wiegt sich das Büro doch im gleichen Blau wie üblich und weckt in mir damit zugleich das Gefühl der Erleichterung und Dankbarkeit.

»Komm her.«

Ich füge mich und setzte mich an seine Seite, allerdings mit achtungsgebietendem Abstand. Sein Blick inspiziert mich mit derselben harten und kalten Unveränderlichkeit wie Arcady an jenem Abend.

»Du bist sehr hübsch. Coco hatte es mir gesagt.«

Ich kann mir kaum vorstellen, wie sich Coco mit ihm über meine körperlichen Trümpfe austauscht, aber letztendlich weiß man ja nie, wozu die Leute fähig sind. Er wirkt, als würde er sich zutiefst langweilen, aber seine Hand hat soeben meine Wange betätschelt während er einen letzten Zug Rothmans ausstieß.

»Rück ein Stück näher.«

Mit einem sanften Seufzer signalisiert ein aprikosenfarbener Pudel zwischen den Falten des Vorhangs, die ihn zum Teil verbergen, seine Anwesenheit. Der Unbekannte folgt der Richtung meines Blicks und hebt eine herablassende Augenbraue:

»Das ist Fougère, meine Hündin: Sei unbekümmert.«

Aber eben ja, ich würde mich hundertmal lieber um dieses demütige und zitternde Tier kümmern als um sein Herrchen, aber man hat mich gelehrt, den Menschen Freude zu bereiten, was dazu führt, dass ich den Raum, der uns trennt, um zwanzig Zentimeter reduziere.

»Näher.«

Noch im selben Augenblick, da ich mich frage, was er sich von dieser Annäherung erhofft, packt er mich am Nacken und drückt mich an sich. Sein Mund sucht den meinen, seine Zunge erzwingt den Durchlass, und ich fühle, wie sein spröder Schnauzbart gegen meine Haut reibt.

Ich könnte losbrüllen, die gesamte Hausgemeinschaft in Alarm versetzen, aber ich ziehe es vor, mich allein zur Wehr zu setzen, und zwar aus Rücksicht auf das, was ich in diesem Zimmer erlebt habe, all jene Augenblicke mühseliger und begeisterter Lektüre, all jene Sommernachtsträume, all jene Glasmenagerien, verschwundenen Tiere des benachbarten Zoos, Bremer Stadtmusikanten, Schwarze Blumen, Blaue Lotus, Petruschka, Coppelia, und Feuervogel, ein ganzes, allein für mich in Bewegung versetztes russisches Ballett, das auf wahnsinnige Weise entfesselt war bis hin zum schmerzhaften und jämmerlichen Niedergang des Sterntänzers, dem Fall des düsteren Hauses und dem Ende der großen Hoffnungen.

Vom Kuss ablassend, den ich ihm eigensinnig verweigere, beginnt mein Aggressor mir mit einer Hand die Brüste zu kneten, während er die andere zwischen meine Schenkel führt:

»Du wirkst wie eine wahre Schlampe. Bist du dir sicher, dass du noch Jungfrau bist?«

Ich bin's, aber ich tue nichts, um das Fortschreiten seines Zeigefingers in meine Vagina zu verhindern, ich werd' es nicht mehr lange bleiben. Ich bin beinahe ebenso groß und sehr viel fetter als er, aber einmal auf mich gewälzt, drückt er mich mit seinem gesamten Gewicht gegen die Rückenlehne der Ottomane. Ich kann mich nur noch wehren und dabei schwächlich ächzen, ohne mich von seiner Zunge befreien zu können, von seinem Atem, von seinen Fingern, die meine Brustwarze kneifen und zugleich versuchen, in mein Geschlecht einzudringen. Wenn ich es vermocht hätte, ich hätte es auf seine Unterlippe abgezielt, aber alles geht zu schnell, und außerdem vergilt er mir Gleiches mit Gleichem, reflexartig und wortlos drückt er mir seine Zähne in mein weiches Wangenfleisch, eine Stelle, die ihm glücklicherweise weniger Angriffsraum bietet als Nase oder Ohr, wozu mir zu gratulieren ich noch kurz die Zeit finde, bevor im Zimmer eine Bombe hochgeht.

So zumindest mein Eindruck, als die Tür aufs Heftigste aufspringt und gegen die Wand knallt und damit eine ganze Salve lauten Gekläffs bei Fougère hervorruft sowie die sofortige Abkehr meines Aggressors, den ein aus dem Nichts kommender Faustschlag Richtung Boden fliegen lässt, während sich ein Gebrüll erhebt:

»Lass sie sofort los!«

Er hat mich bereits losgelassen, er ruht auf dem Teppich, er wirkt ziemlich entgeistert, während seine Hündin ihn jaulend beschnuppert.

»Aber Arcady ...«

»Da, pack deine Kohle und zieh' Leine.«

Er schleudert ihm ein Bündel Scheine ins Gesicht, meiner Meinung nach nicht gerade besonders viel, vielleicht fünfhundert Euro, im Grunde nichts, wenn dies der Preis sein soll, der für die Unbescholtenheit meines Hymens berechnet worden ist. Der Unbekannte erhebt sich und sammelt einen um den andern Schein ein, nicht ohne dabei immer mehr Beleidigungen und Drohungen auszustoßen:

»Du wirst schon sehen, du kleiner Scheißer, was denkst du dir eigentlich? Wir haben einen Deal ausgehandelt, oder etwa nicht? Glaubst du etwa, du kannst mich mit deiner Nutte so mir nichts dir nichts übers Ohr ziehen? Du dumme Sau! So kommst du mir nicht davon! Meinst du etwa, du kannst Eddy so einfach eine reinhauen und damit hat's sich? Ich glaub's einfach nicht, du hältst Eddy wohl für einen Waschlappen, was?«

Ich habe keine Ahnung, was Arcady glaubt, noch für wen oder was er Eddy wirklich hält, aber Eddy kann noch so sehr wettern, er haut ab, ohne nach seinem Rest zu fragen, ohne auch zu prüfen, ob ihm seine Hündin folgt, was dazu führt, dass sich Arcady den Pudel schnappt und ihn ohne Rücksicht auf sein klagendes Gekläff ins Treppenhaus schleudert, bevor er sich dann wieder mir zuwendet und sich in noch derselben Bewegung zu Boden wirft. Kniend auf dem ockerfarben gemusterten Perserteppich führt er seine Hände zum Zeichen flehentlicher Bitte zusammen:

»Charonne, verzeih mir! Ich bin ein Dreckskerl!«

»Du hast mich verkauft!«

Vor lauter Zerknirschung schließt er die Augen, führt seine Hände aufs Schönste zusammen und beginnt wie ein Gläubiger in seiner Moschee vor und zurück zu wippen:

»Ja, verzeih mir! Du musst mir unbedingt verzeihen!«

Träume ich, oder hat er tatsächlich angefangen zu weinen und lässt mich dabei vor Überraschung erstarren, dieser Verräter, der sich zu meinen Füßen mühsam dahinschleppt, nachdem er meine Jungfräulichkeit zu klingender Münze gemacht hat?

»Es stimmt, dass du ein kleiner Scheißer bist, er hat Recht, dein Kumpel!«

Er stößt ein verzweifeltes Gebrüll aus:

»Der ist kein Kumpel von mir! Und ja, ich bin ein kleiner Scheißer, alles, was du nur willst, ich weiß nicht, was in mich gefahren ist, verzeih mir, verzeih mir ...«

Es gelingt ihm nichts anderes mehr, als genau das zu wiederholen, verzeih mir, stumpf und mechanisch, als wäre das möglich, als wäre seine Schweinerei nicht vollkommen unverzeihlich. Er weint, er schwitzt, er ist bemitleidenswert in seinem versifften T-Shirt und seiner khakibraunen Shorts, derselben wie beim letzten Mal.

Ich habe wahrscheinlich nicht das Recht dazu, anderen Leuten eine Lektion des guten Geschmacks zu erteilen, aber es will mir doch scheinen, dass man bei solchen Schenkeln wohl besser eine Jeans überzieht oder eine Jogginghose. Auf keinen Fall aber bürdet man den Leuten das abstoßende Schauspiel dieser zweifach leichenblassen und dicht behaarten Masse auf: Meine Schenkel sind kolossal, aber zumindest sind sie frei von dieser raubtierhaften Behaarung, die er bis zu den Phalangen zur Schau stellt, während er seine Finger noch immer auf Höhe des Kinns in einer ebenso lächerlichen wie vergeblichen Pantomime gefaltet hält.

Er riecht. Nicht nach jenem Moschus-Geruch, der mich das letzte Mal dermaßen durcheinandergebracht hat, sondern nach einem übelriechenden und schalen Muff – moorig, wie er selbst, wie der aufgerührte Bodensatz seiner verspäteten Gewissensbisse.

»Du hast mich verkauft.«

»Verzeih mir.«

»Du hast mich verkauft.«

»Verzeih mir.«

Das hält an. Und das kann noch eine ganze Zeitlang anhalten, da er nichts anderes von sich gibt als diese traurige Feststellung und diese platten Entschuldigungen, aber ich beende den Dialog, indem ich auf dem Absatz kehrt mache. Nur, dass er auf diesem Ohr taub ist; im Übrigen macht er nicht den Eindruck, als würde er mich überhaupt hören und nähert sich meinen Waden mit letzter Energie, während er seine flehentlichen Bitten noch steigert:

»Charonne, geh nicht, lass mich es dir erklären, es ist Eddy, der nichts verstanden hat, bleib hier, Charonne ...«

Die Einzige, die hier nichts verstanden und nichts hat aufkommen sehen, das bin ich, aber nie mehr wird man mich dabei erwischen, und ich kämpfe mich vor in Richtung Tür, Zentimeter um Zentimeter, während er sich an mir festkrallt, mich umklammert und mir sein von Tränen überströmtes Gesicht auch noch gegen den Bauch drückt, der sich vor Ekel allein schon bei dieser Berührung zusammenzieht.

»Lass mich los, hör mit deiner Show auf!«

Festgeklammert an meinem Becken schüttelt er den Kopf und schreit vor Kummer wie eine Eule, jault wie der Hund, der er ist. Will ich hoffen, dies eines Tages hinter mir zu lassen, dann muss ich Ballast abwerfen:

»O. k., ist gut, ich verzeihe dir!«

Erschüttert von einer Dankbarkeitswelle zerrt er noch heftiger an mir und vergräbt sein Gesicht in meinen Schoß, während er ununterbrochen irgendwelche immer weniger vernehmbaren Danksagungen murmelt, die er dann auch noch allmählich in Küsse verwandelt, welche er mir in wahnsinniger Manier auf meine Hüften drückt, meine Schenkel, meinen Bauchnabel. Vermutlich von meiner Passivität ermutigt, unternimmt er es, an meiner Jogginghose rumzulutschen, sie mit Speichel so lange zu benetzen, bis ich eindeutig die Kreisbewegung seiner Zunge an meiner Klitoris spüre. Ich hätte besser eine Unterhose anziehen sollen, aber es ist zu spät für jegliches Bedauern, und außerdem ist Arcady bereits dabei, mich auszuziehen, wobei er meine Liebreize mit inbrünstiger Zungenfertigkeit preist:

»Du bist unglaublich schön, du bist großartig, es wäre wirklich zu dumm gewesen, Eddy dies zu gönnen, ich will dich für mich, Charonne, verdammt, du hast wirklich einen geilen Hintern, lass es geschehen, mein Liebling, du bist zu schön, du machst mich echt fertig, und deine Brüste, verdammt, deine Brüste ...«

Er wird weder meinen Hintern bekommen noch meine Brüste, aber ich zögere noch bezüglich des passenden Verhaltens und der am strengsten zurückweisenden Art, mit der ich mich befreien könnte. Ich ziehe meine Hose wieder hoch, straffe mein Top, und ramme ihm mein Knie in den Bauch. Er findet sich auf allen Vieren auf dem Perserteppich wieder: Einmal Hund, immer Hund, und ich nutze die Gelegenheit, um ihm den Gnadenschuss zu verpassen:

»Schau gut her, genieß' das Schauspiel, denn dies ist das letzte Mal, dass du mich siehst.«

Da er trotz seines hoffnungslosen Ausdrucks nicht vollkommen die Orientierung verloren hat, schnäuzt er sich, wischt sich die Stirn und erwidert mir mit respektgebietender Miene:

»Ich arbeite hier, falls ich dich daran erinnern darf.«

»Deine Eltern arbeiten hier, feiner Unterschied. Und wenn ich Nelly erzähle, was passiert ist, glaube mir, du wirst den Fuß so schnell nicht wieder in unser Haus setzen.«

»Meinst du wirklich? Meinst du, dass zwischen meinen Eltern und dir Nelly dich wählen würde? Ich empfinde dich als sehr selbstsicher, Charonne.«

Er rappelt sich mit Höchstgeschwindigkeit auf, dieser Mann am Boden, der sich zudem auch schon wieder erholt, sich schon auf die Ottomane setzt und damit eindeutig mein Heiligtum schändet, den Ort meiner Zusammenkünfte mit einem Prinzen, einem ätherischen Phantom, meilenweit entfernt von Arcadys Käuflichkeit und brutalem Heißhunger.

Seine galligen unterschwelligen Aussagen ignorierend, über die nachzudenken ich mir dennoch verspreche, nähere ich mich der Tür, widerstehe aber nicht der Lust, ihm eine allerletzte Entgegnung hinzupfeffern:

»Weißt du was? Ich schlafe lieber mit irgendwem, mit dem Postboten, deinem Vater, deinem Kumpel Eddy, ja sogar mit dem, nur nicht mit dir!«

Allein bei dieser Aufzählung leuchtet sein Auge auf, was beweist, insofern dies überhaupt möglich, dass dieser Typ krank ist.

»Aber nur zu, Liebling, tu dir keinen Zwang an! Was glaubst du? Dass ich als erster in den Genuss kommen möchte? Keinesfalls: Lass dich von wem auch immer entjungfern! Wenn es wirklich sein muss, dann wäre es mir lieber, du wärst schon ein wenig in der Welt herumgekommen. Jungfrauenmuschis, das war noch nie meine Sache. Das ist was für Typen, die keinen mehr hochkriegen, und ich, ich habe damit wirklich überhaupt kein Problem, vielen Dank! Ich rate dir hingegen von meinem Vater ab: Zunächst würde Marikit dich umbringen, und dann hat ihm das noch nie besonders viel bedeutet. Was hingegen Eddy betrifft, solltest du dich für ihn entscheiden, so lass es mich wissen: Ich will meinen Anteil.«

Er ist also tatsächlich wieder auf den Beinen, aber ich will nicht gehen und ihm dabei das letzte Wort lassen, diesem Dickwanst.

»Mit wem ich ficke, geht dich nichts an.«

»Zunächst musst du da wohl erst mal ficken.«

»Ich habe nur die Qual der Wahl, stell dir vor.«

Er lacht und ich habe plötzlich den Arcady vom letzten Mal vor mir, den guten, umgänglichen Jungen.

»Daran zweifle ich keineswegs, Charonne, aber wenn's so weit ist, denk an mich: Ich möchte dabei sein, o.k.? Keine Angst, ich werde diskret sein, nichts sagen, ich möchte nur zuschauen.«

Ich überschreite endlich die Schwelle der Bürotür, hinter der ich sowohl Marikit als auch Fougère ertappe, die beide dieselbe verschlagene Mine aufweisen. Es möchte scheinen, als habe Marikit nichts von der Unterhaltung, die ich mit ihrem Sohn geführt habe, verpasst, da sie mir ein zorniges »Drecksnutte« zuraunt, als ich würdevoll an ihr vorbeiziehe. Was hingegen Fougère betrifft, so ist deren Anwesenheit unerklärlich, denn immerhin hat sie ein Herrchen, aber man weiß ja, wie es um die Herrchen bestellt ist, und Fougère braucht keine drei Tage, um sich bei uns zu Hause zu fühlen und ihre Gewohnheiten anzunehmen, zur großen Freude von Charlie, der sein ganzes Leben lang Hunde hatte, nur dass Nelly dem mit dem Argument Einhalt gebieten will, dass es zu viel der Sorge und zu viel des Ärgers sei. Nicht auf den Kopf gefallen, gibt sich

Fougère diskret und spurt, senkt beim geringsten Stimmausbruch die Schnauze und verlangt weder Nahrung noch Spaziergänge, womit sich immer jemand findet, der sie ausführt oder füttert.

Arcady besitzt nicht dieselbe Diskretion: Nie habe ich ihn häufiger gesehen als nach seinem Versuch, mich zu verkaufen. Und ich täte vielleicht gut daran, mich zu fragen, was mich dafür besonders anfällig macht, eine Ware zu sein, ein Objekt, das man aufgibt, das man auswählt und dann zurück in den Laden bringt, oder dessen mutmaßliche Jungfräulichkeit man zu Geld macht.

Arcady also verbringt mehr Zeit bei uns denn je, indem er sich an die Instandsetzung des Taubenschlags macht oder kleinere Elektriker- und Klempnerarbeiten vervielfacht. Und das gleiche gilt für seine gesamte Verwandtschaft, seine Schar an Schwestern, all die Chéries, Mirasols und Liwayliways, wie sie alle mal um mal einen schlimmeren Vorderbiss aufweisen, schlimmer schielende Augen, schlimmer von der Sonne verbrannte Haut als die anderen, und die ich ununterbrochen im Haus beschäftigt finde, sei es bei der Raumpflege, sei es beim Kochen: Marikit und Homobono haben anscheinend entschieden, die Fäden aus der Hand zu geben und auf herzlose Weise in Rente zu gehen, wobei sie auch noch die Lebensunterhaltskosten ihrer mager ausgebildeten Nachkommenschaft gesichert haben.

Wenn sie nicht gerade dabei sind, mich von oben herab zu behandeln, mustern mich die sibayanischen Mädchen mit der nämlichen hasserfüllten Intensität wie ihre Mutter. Darüber hinaus bedrängen sie die gesamte Hausgemeinschaft mit ihrer kreischenden Musik, da sie ihre Radiogeräte von Zimmer zu Zimmer mitnehmen und ihnen der Gebrauch von Kopfhörern oder Knöpfen im Ohr unbekannt ist. Es muss erwähnt werden, dass Flordeliza, die zugleich jüngste und am wenigsten hässlichste, entschieden hat, sich bei einer berühmten Castingshow zu bewerben, was zur Folge hat, dass alles zum Vorwand eines intensiven Einübens wird: Noch der letzte Song, der läuft, wird als Chor wieder aufgenommen oder gibt Anlass für eine konventionelle Choreografie, wobei Flordeliza aber auch nicht die geringste Ahnung hat, was ein wahrer Tanz sein könnte.

Gladys hat mich schon im ersten Jahr meiner Adoption für klassischen Tanz eingeschrieben, auch dies ein weiterer Beweis ihrer Inkonsequenz, denn wenn sie auch nicht aufhört, gegen die Verbissenheit ihrer Eltern anzuwettern, mit der diese sie dazu gebracht haben, nicht nur zu tanzen, sondern auch noch Klavier und Tennis zu spielen, zu reiten, zu schwimmen und sich in den schönen Künsten zu üben, so ist es ihr doch nicht in den Sinn gekommen, mich von dieser überaus weiblichen Aktivität zu befreien.

Ich erinnere mich an den ersten Kurs, als wäre es gestern gewesen, an meine Ankunft auf der Tanzfläche, eingezwängt in ein pastellfarbenes Tutu, das mich wie ein Cupcake wirken ließ, und das ich infolge mit letzter Energie zu tragen mich geweigert habe, was wiederum aus mir und mehr als nur dem Titel nach das schwarze Schaf des Kurses von Madame Garcia machte. Nicht nur, dass ich nicht ebenso weiß und ebenso schlank war wie die anderen, nein, ich trug Leggings und ein T-Shirt, während sie sich in ihrer lieblichen Bekleidung bewegten. Aber ja, bitte, im Gegensatz zu ihnen habe ich sofort begriffen, worum es hier eigentlich geht. Selbst heute noch kann ich mir diese unmittelbare Intuition nur schlecht erklären, da Mme Garcia unserer Gruppe von Debütanten einen zugleich grundlegenden, akademischen als auch fordernden Unterricht zuteilwerden ließ. Wie nur habe ich, zwischen zwei

Pas de Basques und drei Dégagés, erahnen können, dass es einen Moment geben sollte, da mein Körper dieses stotternde Alphabet in eine glückliche Anmut verwandeln würde, in einen Schwung der Erleuchtung, in einen bis in die zartesten Muskeln, zartesten Nerven, zartesten Sehnen erspürten *Sacre du Printemps?* Ich habe keine Ahnung.

Sobald es mir möglich war, habe ich trotzdem zum Modern Jazz und zeitgenössischen Tanz gewechselt, bei gleichzeitigen und stets fruchtbaren und mitreißenden Abstechern in Kurse zum traditionellen indischen Tanz, zum Street Dance oder Flamenco. Ich bin also tatsächlich in der Lage, die Art und Weise beurteilen zu können, mit der diese arme Floredeliza nachahmt, was sie wohl im Fernsehen gesehen haben mag, ihre Hüftschwünge eines R'n'B-Stars, ihre ruckartigen Gesten, ihre Unfähigkeit, sich vom Boden aufzuschwingen, und ihre sexy Schnuten, mit denen sie ihre mühsamen Bewegungen begleitet. Was bleibt zu sagen, als dass mich eine solche Hässlichkeit niederschmettert, und dass da, wo die gesamte sibayanische Familie aus Leibeskräften applaudiert, ich einfach nur loslachen oder heulen könnte. Tanz, was für Übel man doch in deinem Namen verübt!

So weit so gut, die großen künstlerischen Hoffnungen von Floredeliza, das Vertrauen, das sie in die Fernseh-Realität setzt, um ihr unglaubliches Talent zu entdecken, und damit haben wir auch schon, was mich inspiriert: Letztendlich kann ich nicht nur tanzen, nein, ich singe auch schon seit jeher, wenn auch nur in der Verborgenheit meines Zimmers oder der des Bades.

Im Alter von zehn Jahren habe ich sogar Gitarrenkurse erbeten und auch erhalten, und zwar an Stelle der von Julien erteilten, einem Klavierlehrer, der frisch vom Konservatorium kam, und den meine Eltern für meine musikalische Ausbildung bezahlt haben. Aus Gründen, die wahrscheinlich auf seine Intimhygiene zurückzuführen sind, roch dieser arme Julien unabänderlich nach kalten Nudeln oder Gemüsesuppe, was mich dazu zwang, die ganze Stunde über, die mein Einzelkurs dauerte, den Kopf abzuwenden.

»Sie weigert sich hartnäckig, mich anzusehen, Mme Meuriant. Ganz zu schweigen von der Partitur!«

»Charonne, bitte, du könntest dir wirklich langsam etwas Mühe geben!«

»Ich habe ihr das in allen Tonvarianten bereits gesagt, aber sie ist ein wahrer Dickschädel!«

»Wem sagen Sie das!«

Meine Mutter hat sich stets als unversiegbare Quelle der Klage bezüglich meiner Fehler und Unzulänglichkeiten erwiesen. Julien musste sich nur in Geduld üben, und bei vierzig Euro die Stunde, konnte er gut und gern fünf Minuten bitterer Rede ertragen.

»In der Schule ist es ja das Gleiche, wissen Sie: Seit der Grundschule höre ich die Lehrer klagen. Und mit uns ist das keinen Deut besser: Sie tut nur, was ihr passt, sie hört uns nicht zu, sie meint immer, alles besser zu wissen als alle anderen. Und was den Tanz betrifft, diese arme Mme Garcia, sie rauft sich bei ihr die Haare.«

Stimmt nicht. Mme Garcia mochte mich nicht, aber sie hatte es verstanden, meinem natürlichen Talent die Treue zu schwören und keine Mühe gescheut, um mir die Grundzüge ihrer Kunst beizubringen. Meine Mutter jedoch, die der Wahrheit noch nie besonders viel Gewicht zugesprochen hatte, sie fuhr auf gleiche Weise fort:

»Sie beschämt uns, wissen Sie, und ihre Großeltern ebenfalls. Ihr Großvater nimmt sie manchmal mit, wenn er seine Freunde besuchen geht, und er kehrt völlig verblüfft darüber zurück, was sie sich nicht alles erlaubt: Sie ist die Dreistigkeit in Person, wissen Sie!«

Nein, Julien wusste nichts von meiner Dreistigkeit: Er wähnte mich seiner Pädagogik gegenüber nur widerspenstig, da ich ihn karitativerweise über seine körperlichen Ausdünstungen im Unwissenheit gelassen habe. Und was Charlies Freunde betrifft, die angeblich von meinem Verhalten so schockiert waren, so möge man mich bitte schlichtweg befugen, daran zu erinnern, dass es sich um eine Bande rassistischer und homophober Säufer handelte; und man möge mir erlauben, dass ich bei ihrer schlichten Nennung ebenso in schallendes Gelächter ausbreche, wie bei der Vorstellung, dass sie etwas an meinen schlechten Manieren auszusetzen gehabt hätten, sie, die niemals irgendwelche Scham empfunden haben, wenn sie vor mir von Schwänzen, Eiern, Muschis gesprochen haben, wenn sie nicht gerade bis in die kleinsten Einzelheiten ihre letzte Darmspiegelung und andere Tastuntersuchungen der Prostata ausgebreitet haben.

Kurz, ich hatte es geschafft, dass Arnaud, ein anderer Preisträger des Konservatoriums, Julien ersetzt hatte, um mir Gitarre beizubringen, was ihm mit nur umso mehr Effektivität gelang, als er nie nach etwas anderem als Bergamotte oder Vetiveröl roch – ganz abgesehen davon, dass er von einer Sanftheit und unerschütterlichen Geduld war, wohingegen der arme Julien wegen nichts loswetterte, jähzornig wie er geworden war aufgrund meines passiven Widerstands gegen alles, was von ihm kam.

All dies nur, um klarzustellen, dass ich durchaus dazu fähig bin, Flordeliza und den anderen den Rang abzulaufen, all diesen Anwärtern auf Ruhm, die auf »New Star« setzen, um ihre Heiligsprechung zu erlangen. Habe ich Lust dazu? Ja, ja und nochmals ja. Und außerdem wird es nötig sein, dass ich mir nach meinem musischen Abitur, das ich, sollte nichts dazwischenkommen, in drei Wochen erhalten werde, eine Beschäftigung, ja sogar eine Berufsperspektive suche.

Unter diesem vernünftigen Gesichtspunkt habe ich einen Termin mit dem Berufsberater meiner Schule vereinbart, der sich als mein ehemaliger Grundschullehrer erweist, dieser Mann mit dem Pferdeschwanz, dem unsere Fragen lästig fielen und der uns bat, uns ruhig im Hintergrund zu verhalten, während er auf seinem Handy die Übertragung eines Fußballspiels verfolgte.

Er hat sich nicht verändert. Man darf sehr wahrscheinlich sogar annehmen, dass er umgesattelt hat, um so den Kontakt zu den Schülern weitestgehend meiden zu können, die er widerwillig empfängt und deren Termine er möglichst weit auseinander legt. Da ich sechs Monate benötigte, um den meinen zu erhalten, tauche ich fünf Minuten früher auf, muss aber eine Viertelstunde warten, bevor er die Tür öffnet und sich dazu herablässt, mich in sein Büro eintreten zu lassen. Er erkennt mich nicht, doch dafür hätte er mich zunächst einmal ansehen müssen, er bemüht sich jedoch erst gar nicht, auch nur für eine Sekunde vom Stapel seiner schmierigen Karteikarten aufzublicken:

»Kabel Chabane, richtig?«

»Nein, nein, Charonne Meuriant.«

»Ah ja, Charlotte.«

»Charonne.«

Er bewegt unterm Tisch unruhig seine Füße, wahrscheinlich um mir zu signalisieren, dass wir nicht hier sind, um an meinen Vornamen herumzunörgeln, und dass er gern schleunigst zur Sache kommen möchte, zu meinen Wunschvorstellungen also und meinem Karriereplan.

»Wie weit bist du?«

»Letztes Schuljahr, Schwerpunkt Sprachen.«

»Was willst du machen?«

Ei, ei, er hat es wirklich eilig, ich dachte, wir würden zunächst einmal über meine Studienwahl sprechen und über die Tauglichkeit meiner Einschreibung bei der APB. Hätte ich gewusst, dass mein Orientierungsberater Cédric Reigney sein würde, ich hätte mir diesen ebenso peinlichen wie unproduktiven Moment erspart. Infolgedessen rede ich völligen Unfug:

»Flugzeugbauerin.«

»Lastkraftfahrerin?«

Vor zehn Jahren hatte er wahrlich besser gehört, er war gegenüber Lärm sogar derart empfindlich, dass er unseren gesamten Vorschulkurs, also dreißig Kinder zwischen fünf und sieben Jahren, zum Schweigen gebracht hatte. Allein Manny Trillo-Savournin, ein Landjunge, den Ruhe und Stallpflicht in den Wahnsinn trieben, konnte es schließlich nicht mehr aushalten und hatte heftigste Entsetzensschreie ausgestoßen, die umgehend von Cédric Reigney unterdrückt worden waren.

Merkwürdigerweise scheint ihn meine Berufswahl zu interessieren, zumindest aber reißt sie ihn von seinem Karteikartenbündel weg. Er wiederholt verträumt vor sich hin, während er mich anblickt:

»Lastkraftfahrerin ...«

Ich könnte ihn über seinen Irrtum aufklären, aber wozu, da ich in Zukunft ja ebenso wenig Flugzeuge bauen will, wie ich Dreißigtonner fahren möchte? Ich würde ihn jetzt gern sitzen lassen, mit ein wenig Glück würde er sich nicht einmal bewusst werden, dass ich abgehauen wäre. Aber Glück, das eben habe ich heute nicht, denn schon springt Monsieur Reigney auf seine Füße, legt den Riegel vor und kehrt mit einem erleuchteten, beinahe zärtlichen Lächeln zurück an seinen Schreibtisch – er, bei dem ich ausschließlich ein schändlich verkrampftes

Lachen kannte, wenn einer von uns sich einen groben Schnitzer erlaubte.

»Du möchtest also Fahrerin schwerer Gewichte werden, ja? In diesem Fall hast du vielleicht nicht das richtige Abitur gewählt. Ja, du hättest dich da sogar vom Abitur befreien lassen können, Charlotte.«

Ich muss hier umgehend den Rückwärtsgang einlegen, wollte ich mich nicht in der Falle seiner Phantasmen wiederfinden, einer unsinnigen Träumerei, in der ich einen Reifen wechsle, nackt und schwitzend in meiner Jeanslatzhose, ein Bandana im Haar.

»Nein, absolut nicht: Ich will ein Star sein.«

Immerhin habe ich wen, an den ich mich halten kann, da meine Großmutter wegen der überraschenden Wendungen ihrer Karriere und ihrer Liebschaften die Zeitungen seit Ende der vierziger bis in die sechziger Jahre in Atem gehalten hat. Das hat sich seitdem zwar mehr oder weniger gelegt, aber man erkennt sie auf der Straße immer noch und sie wird regelmäßig von jungen angesagten und meist schwulen Filmemachern inständig um irgendwas angefleht. Sie ist es, die sich weigert und am Ruhestand festhält, in den sie 1970 getreten ist. Sie akzeptiert Interviews ab und an und nur für die gedruckte Presse und behält sich vor, die Fotos auszuwählen und retuschieren zu lassen, die sie im Inneren ihres Hauses zeigen, Falten abschattiert, Föhnfrisur möglichst wolkig.

Sollte ich entscheiden, ein reifes Alter zu erreichen, was noch nicht gesagt ist bei den wenig begeisternden Vorbildern, die ich habe, dann werde ich es wie Nelly handhaben, ich werde meine Karriere beenden, noch bevor ich aus der Mode gekommen bin, und daraufhin mein Image aufs Genaueste kontrollieren. Es kommt nicht in Frage, dass mich die Paparazzi mit geschwollenem Gesicht und glasigem Blick erwischen.

Aber bis zu meinem vorzeitigen Ruhestand möchte ich glänzen, möchte ich regieren, möchte ich, wie meine Großmutter zuvor auch schon, die Herzen zugrunde richten, gründlicher noch und weitreichender als sie, die noch nicht über das Internet verfügte, um ihr Imperium auszudehnen.

Cédric Reigney schüttelt seinen Pferdeschwanz ohne seine Missbilligung und Abscheu zu verbergen:

»Pfff ... du bist genauso wie all diese kleinen Nichtsnutze ...«

Er beendet nicht einmal seinen Satz, ebenso wenig, wie er sich nicht der Mühe zu schade ist, die Tür zu seinem Büro wieder zu entriegeln, er ist mit mir am Ende. Es will sogar scheinen, als habe er überhaupt ein Ende gemacht, zumindest was den Tag betrifft, denn kaum habe ich das Gymnasium verlassen, taucht auch er draußen auf, den Helm unterm Arm.

Zu anderen Zeiten hätte ich nach dieser enttäuschenden Sitzung Coco von Kolchis aufgesucht, der ja zu seiner Stunde und auf seine Weise ebenfalls ein Orientierungsberater ist. Ja, aber na bitte, seit seinen sukzessiven Entweihungen erst durch Eddy und dann durch Arcady, bleibt das Büro hoffnungslos leer.

Was die vom Meer kommende Botschaft betrifft, so habe ich beschlossen, ihr nicht zu trauen, denn sollte ich zu sehr auf sie hören, riskierte ich mit einem fetten russisch-philippinischen Jungen zu schlafen, der mir nichts Gutes will. Die Botschaft kommt vielleicht vom Meer, aber sie hat dessen abscheuerregenden Grund gestreift und man weiß, dass die Küstenstreifen von Marseille dies insbesondere sind, und dass Taucher darüber Klage führen, dort mehr gebrauchte Tampons vorzufinden als Teufelsrochen. Gleichzeitig jedoch fühle ich deutlich, dass ich, will ich wirklich wachsen, unter allen Umständen aus meinem grünen Paradies heraustreten muss, heraus aus meiner Donau-Enklave, meiner persönlichen

Schneekugel mit ihren slawischen Hampelmännern und ihren blauen Phantomen.

Wie ich da so melancholisch den Boulevard du Belvédère hinuntergehe, höre ich, wie jemand hinter mir herrennt und nach mir ruft. Es ist Arcady, natürlich. Er wird den Geruch des Blutes gerochen haben, den Geruch der Traurigkeit und der Wankelmütigkeit. Ich gewähre ihm aber auch nicht den Schatten eines Blicks und bleibe angesichts der Wegkreuzung stehen, drei Boulevards und zwei Avenuen, die immer schon mein Universum eingegrenzt haben und auf denen ich nun zögere, in Gang zu kommen. Hinter mir vernehme ich das Rufen von Arcady, diesem Mann mit gewundenen und im Schatten weitergeführten Absichten. Ich wage mich dreißig Zentimeter vor, und überdehne so die unsichtbare Membran. Der Atem von Arcady geht schneller, Zeichen dafür, dass ich nicht die Einzige bin, der die Existenz der Kuppel bekannt ist, unter der ich seit mehr als zehn Jahren lebe:

»Trau dich, Charonne!«

»Bist du sicher?«

»Ganz sicher.«

Ich weiß nicht, warum ich ihm Vertrauen schenke, ihm, diesem Eidbrüchigen, aber ich ziehe los, ich mache jene drei Schritte, die mich vom Belvédère trennen, vom Zauberberg, von der wackeligen Pyramide der Bremer Stadtmusikanten und von Petruschka, wie er auf dem Dach des Theaters tanzt. Ich höre deutlich, wie das Keuchen einhellig wird, als würden Tausende von Brustkörben den nämlichen Seufzer zugleich ausstoßen – Entsetzen, Erleichterung, zu spät, es zu entscheiden, da die Glasmenagerie noch im selben Augenblick zerbirst.

Sollte ich mich umdrehen, würde ich wahrscheinlich sehen, dass der Boulevard du Belvédère verschwunden ist, und mit ihm auch seine fluvialen Ausflugslokale, seine Musikpavillons.

Wer sogar würde entscheiden können, ob mein düsteres Haus dem Dahinschwinden standgehalten hat?

Während die den Schnee mimenden Splitter um uns herum wieder heruntersinken, setze ich mich auf dem Pfad des Ruhms in Gang, der auch jener ist, der zum Meer hin führt, Arcaday mir auf den Fersen wie der Hund, der er ist – aber ich brauche ihn, und auch ein Hund ist ja nicht überflüssig, wenn ich die Schlacht des Lebens gewinnen will.

DIE SCHWIERIGEN ZEITEN

(NELLY)

Ach!, dass man so häufig sterben muss,
bevor es ans Sterben geht ...

ALPHONSE DAUDET,
Im Land der Schmerzen

DAS IST DOCH EIN WITZ, na bitte, genau das sage ich mir inzwischen jeden Morgen seit mehr als zwanzig Jahren, während ich mich unter dem ja immerhin schmeichelhaften Licht meines Badezimmers im Spiegel betrachte. Ist erst mal ein gewisses Alter überschritten, liefert uns Gott zum Glück die Alterssichtigkeit. Und dann, reicht die Alterssichtigkeit nicht mehr aus, tritt Alzheimer deren Nachfolge an, was insgesamt zur Folge hat, dass wir uns des eigentlichen Ausmaßes des Schadens nie wirklich bewusst sind. Aber selbst mit diesem schwachen Bewusstsein, selbst mit dieser verringerten Sehschärfe und diesem Kopf, der eben nicht mehr wirklich einer ist, kann ich es doch einfach nicht fassen und mich noch weniger daran gewöhnen.

Ich weiß nicht, wann dieser faule Trick vonstattengegangen ist, dieses Gaukelwerk, das ein asexuelles Monster an die Stelle der blonden Schönheit, der unbedarften und strahlenden Schönheit, die ich einst gewesen bin, gesetzt hat, aber das Ergebnis liegt vor und es würde aber auch jeden niederschmettern. Das Schlimmste jedoch ist, ich muss mich trotz allem um mich kümmern, mich der wichtigsten Grundpflege unterziehen: Schminke, Rouge, ganz zu schweigen vom Gesichts- und Halslifting, den Mesotherapie-Sitzungen und den Injektionen von Botox in die Stirnfalten zwischen den Augen und in die Rinne zwischen Nase und Oberlippe.

Aber besser, man ist sich dessen gewahr und es sind die jungen Generationen gewarnt: Helfen tut es nicht. Mit einem Lifting wirkt man wie eine Greisin mit spitzen Kinn; mit Botox wie eine Greisin mit glatter Stirn.

Nichts hilft, doch man tut alles, und ich als allererste. An dem Tag, an dem ich damit aufhöre, bin ich tot – sofern ich es nicht schon bin, und ich möchte es wohl glauben, wenn ich nur die Art und Weise betrachte, wie die Blicke durch mich hindurchgehen, durch mich, die ich sie einst alle auf mich zog, damals, zu anderen Zeiten, die mir wie gestern erscheinen. Gestern noch war ich zwanzig, und die Männer stritten sich darum, mir die Welt zu Füßen zu legen: ich hätte Prinzessin sein können, Begum, Maharani ...

Was soll ich sagen? Die Männer sind in ihrem Kontrollturm geblieben, ich aber bin von der Bildfläche verschwunden, ihrem Radar entwichen. Sie können sechzig, ja sogar achtzig sein, sie legen den Frauen noch immer die Welt zu Füßen, nur, dass ich ganz einfach keine mehr bin. Im Übrigen beginne ich bereits, sprödes Haar und Bierbassstimme habe das Ihre getan, ihnen zu ähneln, ich, die ich zwei Generationen lang für die vor lauter Liebe erstarrten Zuschauer die Inkarnation der Weiblichkeit darstellte.

Und gleichwohl das Greisenalter eben einmal anbrechen muss, greife ich doch nach Schwämmchen und Puderquasten, um den Beleidigungen der Zeit die Stirn zu bieten, tue dies aber ohne alle Überzeugung und Freude, ich, die ich derart davon ergriffen war, mich schön zu machen, damals, zu anderen Zeiten, die mir wie gestern erscheinen, deren ruhmreiche Realität sich aber vorzustellen, andere so ihre Schwierigkeit haben, angefangen bei meiner Enkeltochter, die nur dem Namen nach meine Enkeltochter ist. Sie hatte noch so sehr mit meiner Legende aufwachsen, all meine Filme sehen und all meine Zeitschriften durchblättern können, die sich an meinem Fleische über Jahre hinweg berauschten, sie hat ja doch nicht die geringste Vorstellung davon, was meine Schönheit und Macht einst gewesen sein mochten.

Erst heute Morgen, da ich mich melancholisch an meine Morgentoilette begebe, ist sie zugegen, sie, die mich mit ihren Augen verschlingt – diesen Augen, die noch das Beste an ihr sind, denn die arme Kleine hat die Trümpfe ihrer Großmutter nicht geerbt, und eines bestimmten Grundes wegen ist uns nicht der Schatten eines Gens gemein.

Anfangs hatte es mich eher verärgert, dass Gladys und Régis losgezogen waren und ich weiß nicht von wo dieses Kind herholten, anstatt es wie alle anderen auch zu tun, aber gut, man hat wohl hinzunehmen, dass der Uterus dieser armen Gladys ausgesprochen unwirtlich gewesen sein musste, denn da hatte nichts geholfen, weder künstliche Befruchtung noch In-vitro-Fertilisation. Ich glaube, dass Régis eine Eierspende oder Leihmutter bevorzugt hätte, kurz, irgendeine Technik, die es ihm erlaubt hätte, sein kleines genetisches Material fortbestehen zu lassen, aber Gladys war auf diesem Ohr einfach taub. Die Adoption hatte es ihnen erlaubt, im Zustand der Unfruchtbarkeit vereint zu bleiben.

Charonne war also gegen den prinzipiellen Widerspruch von Charlie und mir bei uns aufgetaucht. Meine Tochter kennend wie ich sie kenne, glaube ich sogar, dass dieser Widerspruch sie in ihrem unvernünftigen Vorhaben noch begeistert und bestärkt hat.

Auf jeden Fall ist Charonne anwesend, beobachtet mich vom zerwühlten Bett aus:

»Legst du kein Rouge auf?«

»Aber gewiss, für wen hältst du mich?«

»Sonst trägst du es immer vor dem Lippenstift auf.«

»Ich habe keine Reihenfolge, weißt du.«

»Doch, na klar hast du eine, du weißt es nur nicht.«

»Komm her, sag' mir, ob ich über den Rand hinaus gemalt habe.«

Und schon ist sie da, eifrig bemüht, voller Bewunderung und mit gekonnter Hand korrigiert sie die Linie des Stifts.

»So, jetzt ist es perfekt.«

»Meine Augen sind nicht mehr so gut wie einst, weißt du.«

Natürlich weiß sie es: Sie kennt all meine Gebrechen und nichts konnte sie je abschrecken, weder meine abnehmende Sehschärfe, noch meine zusammensackende Körpergröße, noch das Gewackel meines Hauptes. Mein Gott, mein Gott, was doch aus uns wird! Wer möchte glauben, dass ich so unglaublich schön gewesen bin, sieht er heute meine schwabbelnden Hautfalten, meine beinahe aller Wimpern entblößten Augen und den durchscheinenden Schaum meiner Haare, sie, die mir in Zeiten meines Glanzes bis zum Rückgrat gefallen waren, in diesen Zeiten, die mir wie gestern erscheinen, aber unvorstellbar sind für Charonne und die Menschen ihrer Generation.

Da Sonntag ist, ziehe ich einen roten Blazer über einer weißen Bluse und einem marineblauen Rock mit weiten Falten an. Das wirkt ein wenig wie die französische Flagge, aber um würdevoll in das Haus Gottes zu treten, bedarf es eben, was es bedarf, und sollte im Übrigen Charonne die Absicht hegen, mich zu begleiten, sie täte besser daran, sich umzukleiden, denn es steht außer Frage, dass ich sie in dieser Dreiviertelhose, die sie hauteng einzwängt, und diesem plumpen Sweat-Shirt mit zur Kirche nehme. Und da ich schon einmal dabei bin, mir wäre es lieb, sie würde einen Hut aufsetzen oder einen Schal umlegen, um diese furchtbaren Zöpfe zu kaschieren, die in ihrer Haptik an Scotch-Schwämme erinnern und in ihrer Form und Farbe an Hundekot.

»Los, geh und mach dich fertig!«

»Warum? Ich bin bereit.«

»Charonne, geh und zieh ein Kleid oder einen Rock an. Und bedecke deinen Kopf.«

Sie kommt fünf Minuten später wieder in einem schwarzen Wickelkleid, das ich ihr zu ihrem Achtzehnten geschenkt habe: Ein Wickelkleid steht einfach allen Frauen und vor allem kräftigeren Frauen, aber was diese arme Charonne betrifft, da muss man sich nichts vormachen, sie wirkt selbst in einem schwarzen Wickelkleid kolossal.

»Nimm einen Hut, ich habe es dir bereits gesagt.«

Sie seufzt und zieht schlurfenden Schrittes davon, kommt aber mit einem Turban aus moiriertem Stoff zurück. Ein Turban steht ihr gut, selbst wenn sie damit wie ein Mädchen von den Inseln wirkt.

»Damit siehst du aus wie von den Antillen.«

»Ja und? Vielleicht komme ich ja von dort. Du wirst mir doch wohl nicht vorwerfen, dass ich derjenigen ähnele, die ich bin.«

Charonne ist ein Sturkopf und ein Widerspruchsgeist par excellence, aber doch ein nettes Mädchen, womit ich mich bei ihr unterhake, um die Treppe hinabzusteigen und in die Küche zu gelangen, in der Charlie seinen Kaffee trinkt. Er war immer schon ein Frühaufsteher, was mit dem Alter immer schlimmer geworden ist, ganz abgesehen davon, dass er für alles und jedes die Begriffe verliert, für die Zeit wie für all den Rest, und ich ihn nun manchmal dabei überrasche, wie er mitten in der Nacht sein Frühstück zu sich nimmt, am Tisch sitzend, zufrieden wirkend, vor seiner Schale Milchkaffe und seinen Brotschnitten.

»Du weißt, dass heute Sonntag ist?«

Er wirft mir einen verschlagenen Blick zu:

»Ich weiß sehr genau, welchen Tag wir haben, arme Närrin. Und nicht ich werde es sein, der zu spät zur Messe kommen wird, nur weil du eine Stunde damit verbracht hast, dich aufzudonnern!«

Und hopp, schon ist er auf und davon. Er wird den Boulevard entlangspazieren bis hinunter zur Pfarrei, nur um uns den Rang abzulaufen, und falls er auf seinem Weg nicht vergisst, warum er das Haus verlassen hat, will ich auch nicht mehr erwarten.

Was aber Charonne und mich betrifft, so werden wir uns die Zeit nehmen, etwas zu essen – es ist eine gute Weile her, dass ich nicht mehr darauf achte, nüchtern zu sein, um zur Kommunion gehen zu können. In meinem Alter muss man auf Unterzuckerung achten. Charonne, die reichlich Reserven hat, könnte sich ohne weiteres ihr Croissant sparen, aber verfressen wie sie ist, wird sie darauf mitnichten verzichten. Und wäre ich nicht auf der Hut, sie würde mit Kakaoschnurrbart und Krümeln auf ihrem Plastron in die Kirche platzen, ist sie doch ebenso verwahrlost wie gierig. Glücklicherweise besitzt sie Vorzüge, um ihre Fehler wettzumachen, Fehler, die ziemlich zahlreich sind.

Wie vorhergesehen, kommen wir zeitig zur Elf-Uhr-Messe, und ich durchschreite das Kirchenschiff, festgeklammert an meine Enkeltochter, die ausnahmsweise einmal äußerst korrekt aussieht, trotz ihres Turbans einer Wahrsagerin. Charlie ist zu meiner großen Erleichterung bereits da, ist es ihm doch schon passiert, dass er sich im Bistro festgesessen oder sich in Les Chartreux oder Les Chutes-Lavie verlaufen hat.

Die Messe besuche ich seit eh und je, was zur Folge hat, dass mein Körper noch vor meinem Kopf reagiert und ganz genau weiß, wann es sich zu erheben gilt und wann sich niederzusetzen; meine Lippen rezitieren automatisch, die Litanei zur Eröffnung, das Glaubensbekenntnis, das Vaterunser, die Antworten, die Akklamationen – ich muss nicht einmal mehr darüber nachdenken, im Übrigen ist die Messe ein hervorragender Moment, um nicht nachdenken zu müssen, um sich tragen zu lassen von dem zittrigen Gemurmel, den von schlanker Stimme intonierten Gesängen, dem im Duft nach Gewölbe, Weihrauch und kaltem Wachs erfüllten Ritual – als Kind sagte ich dazu »es riecht nach Gott«, woraufhin mir meine Mutter eine Ohrfeige verpasste, keine Ahnung warum: Sie mochte wohl empfunden haben, dass dies der Religion gegenüber respektlos war.

Charonne bewegt sich unruhig an meiner Seite, löst einen Schenkel nach dem anderen von der Holzbank, welche die Hintern der Gemeindemitglieder seit Jahrhunderten einfetten und glattpolieren, ist doch unsere Kirche eine der ältesten in ganz Marseille. Es kann einfach nicht ruhig sitzenbleiben, dieses Mädchen: Es bewegt unruhig die Beine, dreht den Kopf in alle Richtungen, richtet seinen Turban, zupft an seinem Kleid. Ich bin schon froh, dass sie nicht ihr Handy herausholt oder was weiß ich für ein Tablet, so wie die Enkeltochter meiner Freundin Yvette, die ich zwei Bänke weiter vorn entdecke, wie sie über ihre PSP gebeugt ist. Was nützt die Messe, wenn man nicht aufhört, irgendwelche Zombies oder Drachen kaltzustellen, so als wäre rein nichts geschehen, als befänden wir uns nicht gerade im Hause Gottes? Aber Yvette ist schwach, sie lässt diesem Kind einfach alles durchgehen.

Charonne ist anders. Sie besitzt ein Handy, bedient sich dessen aber nie, ebenso wenig wie sie das Internet nutzt oder ihre Zeit mit Videospielen verbringt. Wäre ich ihre Mutter, würde ich mir um ihr soziales Leben Sorgen machen, aber da ich nur ihre Großmutter bin, so muss ich sagen, dass es mich wenig kümmert. Charonne ist kein Mädchen, das mit der Zeit geht, aber sie hat ihre guten Seiten. Zu schade, dass sie weder an Gott noch an den Teufel glaubt und nur in die Kirche geht, um an meiner Seite zu sein oder Charlie zu begleiten, wenn ich selbst dafür zu erschöpft bin.

Nach dem Ausgang der Messe schiele ich, hier und da jemanden grüßend, mit einem Auge nach Charonne, und sehe ihr zu, wie sie sich unter der Sonne und in der endlich wiedergefundenen freien Luft reckt und streckt. Ich entsinne mich, was es hieß, jung zu sein und seine Muskeln zu spüren, wenn sie anschlugen, seine Nerven, wie sie nach einer Stunde Einsperrung und Einengung zu zittern begannen. Auch ich war einst jung, damals, zu anderen Zeiten, die mir wie gestern erscheinen, die meiner Enkeltochter aber vorsintflutlich anmuten.

Mein Gott, mein Gott, was doch aus uns wird ... Und warum? Und wie? Gestern erst, da war ich noch dieses Mädchen mit klaren Augen, goldenem Haar, schlanker Taille, opulenten Brüsten, die dafür sorgten, dass sich die Köpfe umwandten und die Herzen Schiffbruch erlitten – und heute, dieser Witz, dieses Teufelswerk, das niemanden zum Lachen bringt. Mein Gott, mein Gott, warum hast du mich verlassen? Und warum ward mir diese brandstiftende Schönheit zuteil, wo sie doch auf so schändliche Weise verheert werden sollte? Letztendlich habe ich nicht so viel erbeten: Es hätte mir gereicht, so hübsch zu sein wie meine Schwestern Fanny, Liliane und Anne-Marie, denen ihre kleinen Erfolge reichten, um zwischen Bandol und Toulon glückliche Tage zu verbringen, anstatt wie ich jetzt vor Langweile zu vergehen.

Wenn ich doch zumindest mein blondes Haar an Gladys weitergegeben hätte, meine perlgleichen Zähne, meine Wespentaille und ein wenig von diesem Sexappeal, der ihr auf so grausame Weise abgeht. Aber nein. Meine Tochter hat nichts von mir und nichts von Fernand, ihrem Vater, der seine mittelmäßige Körperlichkeit mit seinem außergewöhnlichen Charme wettmachte und nach allen Seiten verführte.

Ja, wir beide, wir haben Männer wie Frauen unglücklich gemacht, und es will mir scheinen, ich könnte es noch immer, ich hätte mich gar nicht so sehr verändert, als dass ich nicht mehr allen gefallen könnte, aber ich muss mich wohl damit abfinden, dass das schon seit Ewigkeiten nicht mehr stattgefunden hat, auch wenn seit jenen Zeiten, die mir wie gestern erscheinen, kein einziger Tag vergangen war, ohne dass mir jemand hinterhergepfiffen, sich mir genähert, mich verfolgt, irgendwas unternommen hätte, auf der Straße, im Restaurant, auf Abendgesellschaften, beim Dreh; und zwar wirklich ausnahmslos alle, die Regisseure, die Schauspieler, die Bühnenarbeiter, die Kellner, die Passanten, die Geschäftsleute, die Reichen, die Armen, die Jungen, die Alten: Als wäre meine Schönheit von jener Natur gewesen, die niemandem Angst einflößte.

Wie großartig es doch war, irgendwo anzukommen und die Unterhaltungen zu unterbrechen, den Leuten den Atem zu rauben, die Blicke zu magnetisieren! Wie großartig es doch war, und wie ich es genossen habe! Was das betrifft, da gibt's kein Bedauern, es hätte nur noch etwas länger andauern können, vor allem, da ich mich im Kopf noch immer wie zwanzig fühle. Ich kann noch so sehr müde sein und schon morgens mit dem Aufwachen überall Schmerzen haben; ich kann noch so sehr im Spiegel sehen, dass ich alles verloren habe, was einst meinen Stolz ausmachte, ich fühle mich doch nicht viel anders als die Tochter des Drogisten, jene, die sich von Fernand Chastaing hat heiraten lassen, Fernand Chastaing, dem Programmdirektor beim Radio, der noch dazu Musik- und Filmproduzent war. Denn er konnte einfach alles, mein erster Mann, kochen, basteln, tanzen, singen, komponieren, sämtliche Instrumente spielen, Akkordeon und Banjo eingeschlossen – und falls kein Instrument zur Hand war, dann bastelte er sich eines, mit einem Kamm oder einem Joghurtbecher, einer Flasche. Und dann brillierte er auch noch in allen Sportarten und allen Spielen, Golf, Skifahren, Tennis, Bridge, Poker, Pétanque, und was weiß ich nicht alles. Und noch dazu war er ein guter Erzähler und einzigartiger Imitator: Mit ihm habe ich gelacht wie mit niemandem sonst. Und Lachen, das ist wichtig. Charlie ist sehr fröhlich, das haben er und Fernand gemeinsam, aber lustig ist er nicht, der arme Liebling: Er kann keine Geschichten erzählen, er kann keinen Akzent nachahmen und auch keinen Tonfall, genauso wenig wie er ein Gespür fürs Detail hat, für das Schiefe, die urkomische Note, die Fernand, ja Fernand, immer sofort gerochen hatte.

Er hat mich zum Lachen gebracht, Tränen habe ich mit ihm gelacht, damals in unserer Hochzeitsnacht, und dennoch, gewonnen war da noch nichts. Ich war neunzehn, ich war so sehr Jungfrau, wie man es nur sein kann, und um Fernand Chastaing zu heiraten, einen um fünfundzwanzig Jahre Älteren, hatte ich eine Erlaubnis benötigt, die mir mein Vater mit einer ehrenrührigen Flinkheit erteilt hatte, so zufrieden wie er war, sich von der zweiten seiner vier Töchter befreit zu sehen, und sehr wohl damit rechnend, dass der Reichtum und die Berühmtheit meines Ehemannes der ganzen Familie zugutekommen würde. Und genau das war auch eingetreten: Fernand hat meinen Eltern deren Villa in Toulon angeboten, Fanny die Hotelfachschule bezahlt, und Liliane und Anne-Marie den Führerschein und zudem noch Autos für alle drei.

All das, um zu bedeuten, dass ich mich in dieser ersten Nacht verkauft gefühlt habe, verloren, fern der Meinen und an der Schwelle eines Lebens, das mich ebenso beunruhigte wie es mich erregte. Fernand gefiel mir, aber es muss auch gesagt werden, dass er mir die Sinne berauschte, mich benebelte mit schönen Reden und fantastischen Versprechen – die er bis zum letzten eingehalten hat, indem er aus mir zunächst ein Sternchen machte, dann einen echten Star, einen Erfolgsgaranten des französischen Films, weil er eben schlicht und einfach Talente entdecken und vor den Augen aller zum Erstrahlen bringen konnte.

Vor mir gab es Tina Larchelier und Laurette Becker, seine beiden ersten Frauen, jeweils Revuetänzerinnen und erfolgreiche Sängerinnen. Ich habe die eine wie die andere bewundert, und die Vorstellung, mit ihnen verglichen zu werden, lähmte mich. Umso mehr, als meine Schwiegermutter, eine ebenso boshafte wie mürrische Achtzigjährige, sich nicht zu schade war, mir mitzuteilen, dass Tina und Fernand mehrere Tage in eben jenem Hotel in Amalfi verbracht hatten, das mein Ehemann für meine Entjungferung ausgewählt hatte:

»Ah, Sie gehen ins Caruso? Na, das wundert mich nicht. Fernand hat die Costeria immer schon geliebt, und insbesondere dieses Hotel. Er ist dort mit allen Frauen abgestiegen. Und mit all seinen Geliebten. Da geschah es dann auch, dass Tina ihm die Nase zerschmetterte. Hat er Ihnen nichts davon erzählt? Sie schleuderte ihm einen Aschenbecher ins Gesicht. Ich vermute, sie hatte gerade erst von Danièle Plaix erfahren. Wie auch immer, der Ort ist hinreißend. Sie werden nicht enttäuscht sein.«

Ich war nicht enttäuscht, nein: Wie hätte ich es auch sein können? Ich konnte noch so sehr aus Toulon stammen und die Côte d'Azur kennen, nichts hatte mich auf so viel Schönheit vorbereitet, auf das Belvedere der Villa Cimbrone, auf die bis zum Meer hinab terrassenförmig angelegten Gärten; nichts hatte mich vorbereitet auf all diesen Luxus, auf das mit makellosem Linnen bezogene Bett, die Morgenmäntel aus Japanseide im Badezimmer, die Blumen in Hülle und Fülle, den von der Direktion gesandten Früchtekorb, den auf der Terrasse getrunkenen Champagner, auf all das, was mir in Folge dann auf grauenvolle Weise vertraut geworden ist, das ich aber erstmals in jener Julinacht des Jahres 1946 entdeckte.

Nichts hatte mich zudem auf diese verfängliche Promiskuität vorbereitet, noch auf die erschreckende Aussicht, vom

Geschlecht eines Mannes penetriert zu werden. Nichts und niemand und vor allem meine Mutter nicht, die sich darauf beschränkt hatte, mir mitzuteilen, dass dies keine Lustpartie sein werde, dass man da aber durchmüsse. Meine Schwestern, die Gänse, wussten darüber auch nicht besser Bescheid als ich; und was Fernand betrifft, nun, ich fühlte ihn, der sich meiner Jugend gegenüber bislang geduldig und respektvoll erwiesen hatte, an meiner Seite in Wallung geraten.

»Du bist schon mal hierhergekommen, in dieses Hotel, stimmt's? Mit Tina?«

»Hat dir das meine Mutter gesagt? Dieses Biest!«

Er lachte, er wirkte von dieser Vorgängerin nicht gerade in Verlegenheit gebracht, wohingegen ich gar nicht aufhören konnte, an sie zu denken. Ich stellte mir Tina auf dem Bett vor, auf dieser Terrasse, wie sie mit ihren schlanken Beinen spielte, ihrem verführerischen Dekolleté, ihren brünetten Locken, ihrem glücklichen Lächeln, ihren Glutaugen. Und der Aschenbecher, diese Geschichte mit dem Aschenbecher! Ich wusste sehr genau, dass ich zu einer solch flamboyanten Geste nicht fähig war, ich wusste sehr genau, dass ich zu rein gar nichts fähig war und vor allem nicht, als Rivalin von Tina Larchelier, dieser Tigresse, aufzutreten.

Mir schauderte, ich bebte, ich weiß nicht, ob ich Angst gehabt habe, Fernand zu enttäuschen, oder ganz einfach nur Angst, Angst vor dem hitzigen Fleisch meines eben erst geheirateten Mannes, Angst vor seinem Geruch und seiner Behaarung, ich, die ich ihn noch nie nackt gesehen hatte, nie in der Badewanne oder in Badehose. Ich klackerte mit den Zähnen in meinem Nachthemdchen, wagte kaum zu ihm hinüber zu schielen, während er völlig schamlos in einer wohl aus Kaschmir gewobenen Unterhose durchs Zimmer schritt. Immerhin kannten wir uns ja kaum.

Er hatte alles verstanden, er, Fernand, wie er mich da so sah, in den Winkel des Fensters gedrückt, gleichgültig gegenüber der Pracht der Landschaft, den bis zum ruhig daliegenden Meer hinunter aufgerollten Gärten, den Zitronenbäumen, den Pinien, den Oleanderbüschen, die sich mir zuliebe vergeblich entfaltet hatten.

»Komm her, Nelly.«

Mühelos hatte er sich die Servietten unseres Medianoche geschnappt, sich meines Lippenstifts bemächtigt, auf eine der beiden Servietten den Schein eines Mundes gezaubert, dann, mit der Asche seiner Zigarre auf die andere einen kleinen Schnurbart. Feierlich hüllte er um seine linke Faust die Serviette mit dem Schnurbart und fügte ihre noch einen Fliegenknoten hinzu, während er seine rechte Faust in die Serviette mit dem Kirschmund führte. Und hopp, schon ging es los, schon improvisierte er ein Marionettentheater, dort, auf dem Bett, wechselte von einem Charakter zum anderen, nahm bald eine Falsettstimme an, bald einen vom Wein belebten Alt. Ich brauchte nicht lange, um uns beide wiederzuerkennen, mich als ungeschickte junge Gemahlin, ihn als geilen Hagestolz. Fernands Fäuste wirbelten umher, prallten aufeinander, wichen einander aus, während er uns eine Hochzeitsnacht erdichtete, in welcher der alte Ehemann frenetisch die Naive verfolgte, deren spitzes Gepiepse er imitierte, wenn er nicht gerade dabei war, wie ein Tier zu brüllen, zu zischen oder ganze Passagen aus *Die Ziege des Monsieur Seguin* zu rezitieren.

Ich, die ich das Zimmer die ganze Zeit über als nicht ausreichend groß, das Bett als nicht ausreichend weit weg empfunden hatte, ich, ich hatte mich ihm unmerklich genähert, um das Schauspiel besser genießen zu können, während mein Mann auf den Leinenlaken des Bettes kniete, schweißgebadet funkelten ihm die Augen über dem schwärmerischen Theater, das er seine Fäuste ausführen ließ und so die Niederlage des Wolfs mimte, dessen enttäuschtes Geheule und jämmerliche Flucht, unter Missachtung des von Daudet für seine Schäferdichtung gewollten Ausgangs. Ich fand mich neben ihm sitzend wieder, die Wangen feucht, kaum atmen könnend vor lauter Lachen, und ein wenig gerührt von diesem momentanen Varieté, das allein mir zuliebe und zu meiner Orientierung entfesselt worden war. Siehst du, sagten Fernand und seine Hampelmänner zu mir, siehst du, du kannst, wenn du nur willst, gewinnen: Ich bin viel älter, viel weiser, viel erfahrener, ich bin der Wolf, aber die Stärkere, die bist du.

Ich war die Stärkere, aber das Lachen machte mich schwach; ich war die Stärkere, aber Tina reckte und streckte direkt vor meiner Nase ihre Beine, wickelte sich in die Laken, und lud mich mit ungeduldigem Fauchen dazu ein, mich zu ihr zu gesellen; ich war die Stärkere, aber meine Hochzeit aus Vernunftgründen wollte ich nicht in diesem zwischen Himmel und Meer schwebendem Zimmer vollziehen.

Ich hatte die Protuberanz, die den Slip meines Mannes dehnte, wohl bemerkt, die Linie schwarzen Haars, die sich in beiden Richtungen seines Bauchnabels hinauf- und hinabbüschelte, den kampflustigen und zärtlichen Schimmer seines Blicks, und ich rang gegen so widersprüchliche Gefühle wie Ekel, Furcht, Bewunderung und Dankbarkeit. Von Begehren jedoch, davon war keine Spur. Und so unbedarft, wie ich auch war, wusste ich doch genug, um mir dessen bewusst zu sein und es zu beklagen. Fernand hat meine Hand genommen und sie an sein Geschlecht gelegt. Bislang hatten wir uns an Küsse gehalten und an perigenitale Liebkosungen, die bei mir keine besondere Erregung hervorgerufen hatten.

»Streichle mich.«

Ich tue es durch den Slip hindurch. Da war es an manchen Stellen fest, an anderen wiederum versenkten sich meine Finger, ließen eine unbestimmte und weichliche Masse hin- und hergleiten. Ich zog meine Hand mit einem Schluckauf voller Abstoßung zurück, fest dazu entschlossen, die Heirat zu annullieren, zu meinen Eltern zurückzukehren, von Männern ebenso grundsätzlich abzulassen wie von der Liebe und dem Ruhm, der mir von diesem Vierzigjährigen versprochen war, den die Situation offensichtlich zu amüsieren schien.

Er ließ seinen Slip herunter, und sein bislang gegen seinen Unterbauch gedrücktes Glied sprang wie ein Teufel aus seiner Schachtel hervor, vierzehn Zentimeter glänzenden und rosenartigen Fleisches, baumelnde Eier, eine aufzuckende und in meine Richtung geschleuderte Eichel.

Ich lachte nervös auf und griff nach dem Kopfkissen, um darin meinen Schreck und meine Verwirrung zu versenken. Fernands Stimme drang zu mir durch, angenehm abgedämpft von der Dichte des Perkals.

»Du solltest nicht so lachen, mein Liebling, das ist sehr beleidigend.«

Ich rollte mich auf dem Bett zusammen, das Kissen noch immer gegen mein Gesicht gedrückt. Es wollte mir scheinen, als würde alles bestens laufen, sollte es mir gelingen, zwischen mir und der Welt diese flaumigen und seidigen Stofflagen aufrechthalten zu können, auf diesem Ohre aber war Fernand taub:

»Nelly, schau mich an!«

»Nein.«

»Mein kleiner Liebling, wir werden dieses Hotel nicht verlassen, bevor du nicht Deine Lust erlebt haben wirst.«

Wir konnte er mir nur von Lust sprechen, dieser Dummkopf, bei diesem hängenden und zugleich angeschwollenen Paket, diesem Auswuchs, dessen garstig sepiabraune Farbe ihn hätte alarmieren müssen? Meine Mutter hatte mich auf nichts anderes vorbereitet als auf all die Krankheiten, die mir die Männer anzuhängen drohten, wenn ich mich nicht in Acht nahm.

»Aber ich will überhaupt keine Lust, ich nicht!«

Mein erster Mann nahm mir das Kissen aus den Händen und zwang mich dergestalt, dem wenig appetitlichen Schauspiel ins Auge zu sehen, das er mir nun bot mit seinen schweißbesetzten Schläfen, seiner recht fortgeschrittenen Kahlköpfigkeit, seinem in den offenen Winkel seiner Schenkel schon leicht herabfallenden Bauch, und vor allem mit diesem trotz allem aufgerichteten Geschlecht. Sein zärtlicher Blick blieb an meinen eigenen Schenkeln haften, die ich entschlossen zusammenpresste.

»Mein Liebling, Lust wollen alle, und du als Allererste.«

Ich schüttelte den Kopf, Nein, nein, und nahm das Kissen wieder an mich, aber seine Hand hatte bereits meinen Schritt erreicht. Mein Gott, mein Gott, was doch aus uns wird! Wie habe ich nur diese verschreckte Jungfrau sein können, die ihren Schatz mit letzter Kraft verteidigte?

Er hatte mich zum Orgasmus gebracht, ja natürlich, schon in dieser ersten Nacht, selbst wenn ich mich dagegen wehrte, dass er mich mit seinem Gerät penetrierte.

»Du bist zu groß für mich.«

Sein Lachen platzte in dieser italienischen Nacht nur so aus ihm heraus und provozierte so das meine, ein erstauntes und unnatürliches Lachen, aber doch ein Lachen:

»Nelly, mein Baby, da schmeichelst du mir aber! Du musst wissen, dass mein Schwanz von sehr mittelmäßiger Größe ist. Mir wäre es lieber, es verhielte sich anders, das kannst du mir glauben!«

Das Kissen leicht hebend, warf ich einen raschen Blick auf das, was er seinen Schwanz nannte und was mir noch immer ebenso riesig wie schaurig erschien.

»Das passt niemals rein!«

»Der hat immer reingepasst, mein Liebling. Bei allen.«

Und wieder drängte sich zwischen Fernand und mich die Vision von Tina, ihre unendlichen Beine, ihre Pin-up-Brüste und ihr Lächeln eines Vamps, und ich hatte ordentlich Lust, einen Kerzenleuchter zu packen und ihn ihr ins Gesicht zu schleudern. Ich zweifelte mitnichten daran, dass Tina eine in ihren Dimensionen passende Vagina zur Rute meines Mannes hatte, der der Ihre gewesen war bevor er der Meine wurde, aber je mehr ich darüber nachdachte, desto stärker fühlte ich, dass ich nicht für die Liebe gemacht war.

»Bei Tina meinst du?«

»Ich weiß nicht so recht, was Tina hier gerade zu suchen haben soll, Tatsache aber ist, dass Tina überhaupt keine Schwierigkeiten hatte, obwohl sie ebenso Jungfrau war wie du. Übrigens waren wir es beide.«

»Wie alt warst du?«

»Sechzehn.«

»Und sie?«

»Auch.«

»Das ist nicht gerecht.«

»Was ist nicht gerecht, mein Liebling?«

Wie nur hätte ich ihm mitteilen sollen, dass der Grund, warum es das nicht war, in den dreißig Jahren lag, die vergangen waren seit seiner eigenen Entjungferung, und dass er viel zu spät in mein Leben getreten war, dass er zu alt war, zu verwelkt, um mir jene unverbrauchte und vibrierende Lust einzuhauchen, die dieses Miststück Tina für ihn hatte empfinden müssen?

Nachdem ich eben noch wie eine Wahnsinnige wegen seines improvisierten Einakters gelacht hatte, so weinte ich nun aus Zorn und Enttäuschung, denn ohne ihn auch schon zu lieben, liebte ich ihn doch bereits ausreichend stark, um ein Bedauern darüber zu empfinden, nicht seine Erste gewesen zu sein, und vor allem darüber, dass er mir nicht mehr seine dunklen Locken anbieten konnte und seinen flachen Bauch, all die intakte schöne Jugend, die er für andere verschwendet hatte, für diese Tinas, Laurettes, Danièles, die ich, ohne sie zu kennen, bereits hasste.

Und wieder nahm er mir das Kissen weg und zwang mich, ihn anzusehen. Meine Tränen schienen ihn nicht besänftigen zu können: Im Gegenteil, sein Blick wurde hart, und über seinen leichenblassen Schenkeln begann sein Geschlecht wieder normale Proportionen anzunehmen:

»Ich bin ein Mann, Nelly, und vielleicht willst du gar keinen Mann, vielleicht willst du weder meine Liebe noch meine Lust. Falls das so ist, sage es mir, aber hör mit diesen Dummheiten auf, dass ich zu groß für dich sei, dass das nicht gerecht sei, mit Tina und mit all dem.«

Seine Augen begannen wieder zu funkeln und er hob sein inzwischen schlaffes Glied an:

»Ich versichere dir, es gibt größere, sehr viel größere. Beim Wehrdienst habe ich Typen gesehen, die waren wie Gäule bestückt, und da, glaube mir, da hättest du zurecht miauen können! Was aber mich betrifft, und dies zu meinem großen Bedauern, da befinden wir uns im Mittelmaß, einem zwar ehrlichen Mittelmaß, aber doch keinem, auf das man stolz sein kann.«

Da meine Tränen nicht versiegten und ich noch immer versuchte, ihm das Kissen wieder wegzunehmen, schmiss er es in die Zimmerecke und drückte mich brutal an sich.

»Und jetzt hör auf zu flennen! Schau mich an! Schau mich an, Nelly!«

Ich schniefte, ich schluchzte aufs Heftigste, Rotz und Schweiß flossen ununterbrochen über mein Gesicht, das ohnehin schon vor lauter Tränen verquollen war; meine Haare klebten an meinen Wangen und das Nachthemd an meiner keuchenden Brust. Fernand sprach weiter, ohne Zartgefühl und mit merkwürdiger Gleichgültigkeit:

»Ich bin dreiundvierzig Jahre alt. Das muss dir wie ein biblisches Alter vorkommen, aber du hast es ja gewusst, bevor du mich geheiratet hast, nicht wahr? Und übrigens, glaube mir, dreiundvierzig, das ist sehr, sehr jung. Auf jeden Fall fühle ich mich sehr, sehr jung.«

Er hatte recht, dreiundvierzig, das ist der wahre Frühling, und ich musste wirklich erst neunzehn sein und nichts vom Leben verstanden haben, um ihn für einen alten Kauz zu halten und nicht zu sehen, dass er mit einer Gesundheit und einer Energie geladen war, die er praktisch bis zu seinem Ende behalten hat. Nur der Krankheit gelang es schließlich, ihn niederzustrecken, und selbst die brauchte ihre Zeit dazu.

Eines Tages werde ich erzählen, wie mir die Geliebten, die sich auf seiner Bettkante die Hand reichten, einen Beweis seiner ausdauernden Rüstigkeit lieferten, den ich mir gern erspart hätte, aber noch bin ich bei der Erzählung meiner Hochzeitsnacht, dieser heißen amalfischen Nacht, die den Triumph der Liebe nach Stunden des Kampfes erblickte, da meine Hornschläge schwächer wurden und vereinzelter, je heftiger mich der Wolf bearbeitete, je heftiger er seine starke rote Zunge und seine zunderroten Lefzen zwischen meine zarten Schenkel wühlte, falls er nicht gerade seine sachkundigen Finger dorthin gesandt hatte, um, gestützt auf einen Ellbogen, mit seiner Hand meinem Intimbereich zuzusetzen, wie ich selbst es nie gewagt hatte, und mir mit seinen Blicken zu befehlen, gegenwärtig zu sein und mich nicht hinter gedanklichen Barrieren zu verschanzen, die er eine nach der anderen zu Fall brachte.

Beim Morgengrauen dann lief alles so ab wie im Märchen von Daudet, die Sterne erloschen, ein Hahn schrie, fahles Licht ergoss sich über den Horizont, und ich kapitulierte. Unter den kunstvollen Liebkosungen meines eben erst geheirateten Mannes bin ich zum ersten Mal in meinem Leben zum Orgasmus gekommen, einem erhabenen und schmerzhaften Orgasmus, so sehr brannten mir meine Genitalien, so sehr waren sie geschwollen. Ich ließ mich zum Orgasmus treiben, um ein Ende zu machen, indem ich mich aufbäumte in diesem vom Schweiß und Speichel meines unermüdlichen Ehemannes überschwemmten Bett, vor Lust und Zorn aufheulend, während er sich auf mich warf und mir in meiner Lust folgte.

Später, sehr viel später, als die Zikaden bereits wieder ihren schweren Wechselgesang aufgenommen hatten und die Hitze an Intensität wieder zunahm hinter jenen Vorhängen, die wir über unserer hochzeitlichen Corrida zugezogen hatten, da drehte er sich mir zu und flüsterte mir ins Ohr:

»Le cabro de moussu Seguin, que se battégeu touto la neui emé lou loup, e piei lou matin lou loup la mangé.« – Das Zicklein des Monsieur Seguin, schlug sich die ganze Nacht über mit dem Wolf, und dann, am Morgen, fraß es der Wolf.

Ja, der Wolf hatte mich gefressen, aber ich habe dieses Verschlingen zutiefst gewollt, und im Übrigen haben wir es wiederholt, an jenem Tag und all den anderen Tagen, die diesem folgten. In der ganzen Zeit, die unsere Ehe dauerte, und sie dauerte, bis dass der Tod uns schied, schlief Fernand mit dem nämlichen Feuer mit mir und mit der nämlichen unermüdlichen Wonne.

Ich hatte keine Ahnung, dass sich dies auch ganz anders verhalten konnte; ich hatte keine Ahnung, dass mich ein Mann nicht mit dieser unverdorbenen Wildheit begehren konnte, mit dieser Einfallsgabe und Verschwendungssucht, wie Fernand sie in alle sexuellen Beziehungen legte. Ich habe es zu meinem eigenen Nachteil begriffen, zusammen mit diesem armen Charlie, der, was das Feld der Lust und Wonne betrifft, weitaus kümmerlicher ist, auch wenn ich mich wohlweislich davor zurückgehalten habe, ihn über seine Unzulänglichkeiten aufzuklären. Warum auch hätte ich ihn erniedrigen sollen, obschon ich darüber wie wahnsinnig war und ihn so sehr begehrte, ihn, den ich wie keinen anderen Mann sonst begehrt habe?

Und ja, so ist es nun mal: Ich liebte und mochte Charlie weitaus mehr als Fernand. Wäre das Leben gerecht eingerichtet, die Liebe gesellte sich zu jenen, die sie verdienten, aber wäre das Leben gerecht eingerichtet, so wüsste man dies, und das sage ich, obgleich es mich verwöhnte und ich alles hatte: die Liebe, den Reichtum, die Schönheit, die Gesundheit und den Ruhm noch dazu.

Ich hatte die Liebe erfahren, aber ich glaube, ich hatte nicht begriffen, dass ich sie zwar erfahren aber nicht so genossen habe, wie ich es hätte tun sollen. Anstatt dem Himmel zu danken für diesen Mann, den er mir gesandt hatte, habe ich die gesamte Zeit unserer Ehe damit verschwendet, gegen seine keiner Rede werten Schwächen zu wettern und ihm mit meinem tauben Groll und meinem Gefühl, hintergangen worden zu sein, das Leben zu versauen. Und all dies nur wegen dieser traurigen Jahre, die er älter war als ich.

Wenn ich es nur geahnt hätte. Wenn ich nur geahnt hätte, dass man jung sein kann mit siebenundsechzig und alt mit dreißig! Wenn ich nur geahnt hätte, dass man tot sein kann vor der Stunde, tot zur Blüte des Alters bei Beibehaltung aller

Scheinformen von Leben – wohingegen mein armer Fernand den Teufel im Leib und das Fieber im Blut bis zum Schluss behalten hatte, auf diesem Leidensbett, auf welchem er zu nichts anderem mehr fähig war als zu lächeln und meine Hand in die seinen zu nehmen, die ja doch nur immer schwächer und fleischloser wurden. Am Ende war ich sogar gezwungen, ihm den Trauring abzuziehen, da dieser lose zu wackeln begann und drohte, abzufallen, verlorenzugehen, versehentlich weggeworfen zu werden – und es war dies das einzige Mal während seines gesamten grauenvollen Todeskampfes, dass ich ihn das Gesicht zur Wand wenden sah, um bitterlich zu weinen.

Er hatte mich geliebt – ach, wie er mich geliebt hatte! Und wie er mich glücklich gemacht hatte, ja, selbst wenn ich alles mit meinem Schmollen, mit ungerechten Vergeltungsmaßnahmen, den Capricen eines Kindes, das nicht weiß, wie sehr es doch verwöhnt wird, verpfuscht habe.

Ich habe das bei meiner Tochter wiedererkannt, diese Unfähigkeit, sein Glück zu erkennen und sich dessen zu erfreuen. Es muss wohl angenommen werden, dass ich ihr meine angeborene Unzufriedenheit vermacht habe anstelle und anstatt meiner aufsehenerregenden Schönheit. Und auch hier wiederum ist das Leben schlecht eingerichtet: Heute, da ich leicht zufriedenzustellen bin und mich an einem Nichts erfreue, habe ich doch kaum mehr Grund, mich zu freuen.

Die Schönheit, nun, mit der ist es auf jeden Fall vorbei: Ich bin alt, und Gladys hat die ihre niedergeknallt. Denn es würde einem nicht leichtfallen, wollte man mich glauben machen, dass sie sich ohne Grund in diesem Zustand des verloren gegangenen engelhaften Blonds und rosigen Teints befindet. So wie meine eigene Entstellung vorprogrammiert war, so ist die ihre unerklärlich. Die Pubertät hält als bequemer Vorwand her, wenn es darum geht, eine solche Verwandlung zu rechtfertigen. Meine Tochter, sie war, als sie klein war, und dies sage ich ohne jegliche Prahlerei, eine wahre Herrlichkeit, ganz luftige Anmut, Grübchen, klare Züge und beneidenswerte Farben. Man drehte sich nach uns um, Tochter und Mutter vereint in derselben Anmut und demselben außergewöhnlichen Glanz. Es geschah mit dem Tod von Fernand, dass sie zu diesem unattraktiven und schwierigen Kind wurde. Und doch hatte sie ihn so gut wie nie im Krankenhaus besucht, wo sie alles anwiderte – angefangen mit der Verwandlung ihres Vaters zu einem vom Leiden zugrunde gerichteten Greis.

Er hatte auf sie gewartet, trotz allem. Er, der aus seinen vorherigen Ehen erwachsene Kinder hatte, er ist erst mit ihr wirklich zum Vater geworden. Und während Charles und Roxane sich zärtlich an seinem Bett ablösten, hoffte er vergeblich auf den Besuch seines Nesthäkchens, bei der ich mich häufig gezwungen sah, sie in ein Taxi zu stecken und dann auch noch während der gesamten Fahrtdauer ihr Protestgeschrei ertragen zu müssen.

Er starb ohne sie und fern von ihr. Obwohl die Ärzte das nahende Ende ihres Vaters prognostizierten, flehte sie mich an, sie nach Irland in ein Trainingslager zum Reiten fahren zu lassen. Ich aber, ich war da, und habe ihm bis zum Ende die Hand gehalten, und doch will mir scheinen, dass sie groß genug gewesen wäre, um es mir gleich zu tun, und dass Fernand es auch verdient hätte, er, der uns beide wie Prinzessinnen behandelt hatte.

Was gäbe ich heute nicht dafür, noch einmal alles von vorn beginnen zu können, dass er doch wieder anwesend wäre und ich ihm hundertfach die absolute und extravagante Liebe zurückgeben könnte, mit der er mich dreiundzwanzig Jahre lang überhäufte! Und ja, ja, ja, es stimmt, er hatte mich betrogen, und im Krankenhaus dann sah ich zusätzlich zu den Kindern seines ersten Bettes auch Valérie erscheinen, Marie-Claire sowie Paule, jede von ihnen in der Überzeugung, sie wären die First Lady, weshalb sie sich auch dergestalt den Medizinern vorstellten, die von diesem Aufmarsch ein wenig überfordert waren. Ich musste meine Rechte klarstellen und meine Rivalinnen verdrängen, während Fernand unter der Wirkung von Morphium dummes Zeug redete und Ehefrau wie Geliebte mit nicht unterscheidbarer Herzlichkeit küsste.

Am Ende, als nur noch Paule da war, zurückhaltend und in Tränen aufgelöst in einer Ecke des Zimmers, da ließ ich es dann zu: Von manchen Dingen kann man nie zu viel bekommen, und Fernand benötigte in seinen letzten Augenblicken den Beistand all der guten Kräfte. Wie auch immer, ich wusste sehr genau, wer ich war, ich, die Einzige, und dass Valérie und Paule nichts anderes waren als ein Mittel, um meine Lauheit auszugleichen oder um seine Angst vor Alter und Krankheit zu bannen.

Am Ausgang der Kirche laufen die Gemeindemitglieder schließlich auseinander und ich trete den Heimweg an, gemeinsam mit meinem zweiten Mann, der dem ersten nicht das Wasser reichen kann, sowie meiner Enkeltochter, die nicht wirklich meine Enkeltochter ist. Meine biologische Tochter und mein Schwiegersohn besuchen die Messe nie, wobei meine Tochter sich gewiss eher den Schuss geben würde, als überhaupt irgendetwas mit mir zusammen zu unternehmen. Die Gründe ihres Hasses sind mir vollkommen unbekannt, und angesichts der gegebenen Stunde habe ich aufgehört, darüber traurig zu sein, habe ich doch wirklich andere Gründe zur Traurigkeit als die feindselige Depression meiner einzigen Tochter.

Ich wusste nicht, dass uns die Zeit in diesem Maße verändern würde, ich wusste nicht, dass sie fähig sein sollte, einen lebhaften Verführer in einen geschwächten und niedergeschlagenen Kranken zu verwandeln, ein kleines strahlendes Mädchen in eine gedrungene und verbitterte junge Frau. Ich nahm wohl an, dass uns das Alter verlangsamen, erblassen lassen und verschleißen würde, nicht jedoch, dass es diese schleichenden Ersetzungen in Kraft setzen würde, deren geringste nicht einmal jene ist, die meinen zweiten Ehemann durch diesen Fremden mit debilem Geist und konfuser Sprache ersetzt hat.

Ich habe Charlie bei Freunden von Freunden kennengelernt. Ich war seit kurzem Witwe, er gerade geschieden. Wir hatten Geld, Kinder im ähnlichen Alter, und waren beide nicht an Einsamkeit gewöhnt. Da wir von unseren jeweiligen vorhergehenden Partnern in allem unterstützt und auf Händen getragen worden waren, hätte unsere Heirat zur Katastrophe werden können. Und ich darf ohne zu prahlen sagen, dass ich, und allein ich es war, die uns das erspart hat, da ich die Entscheidung traf, wachsen zu wollen, bevor es zu spät sein mochte, ja, anstelle meines zweiten Ehemannes wachsen zu wollen, diesem zu sämtlichen Planungen und Entscheidungen ewig unfähigen Kind.

Habe ich erwähnt, dass Charlie mit vierzig umwerfend war? »Der bessere Paul Newman«, wie meine Freundin Noëlle es ausdrückte, die ihn mir vorgestellt hatte. Fernand, das war eher ein Sean Connery, nur weit weniger in Form und weitaus älter.

Den echten Sean hatte ich auf einer Abendgesellschaft getroffen, als ich mich zwischen zwei Ehen und er sich tatsächlich auf dem Höhepunkt seines Ruhms befand mit dem Erfolg von

You Only Live Twice. Fernand war gerade gestorben, und ich hatte mich auf dieses Fest zur Beruhigung meines Gewissens geschleppt, um dergestalt zu beweisen, dass ich noch nicht am Ende war, dass meine Karriere nach dem Tod meines Mentors wieder in Gang kommen konnte, dass ich zwar zweiundvierzig war, aber wie dreißig wirkte, dass ich den Miezen mit zwanzig noch den Rang ablaufen konnte. Und das war geschehen: An jenem Abend war ich im strahlenden Glanz meiner selbst erschienen und ließ die Verehrer aufs Feinste abblitzen – doch der schöne Sean war sich zu fein, um einen Blick auf meinen schwanengleichen Hals und meinen Push-up zu werfen. Nun denn: Ich trank auf sein Wohl und in Gedenken an meinen verstorbenen Mann, dem er so sehr ähnelte, abgesehen von seinem Athletenkörper, den berühmten Grübchen und dieser unwiderstehlichen Beweglichkeit der Augenbraue.

Aber ich komme zurück auf meine Begegnung mit Charlie, gleiche Zeit, aber anderer Abend. Auch er schien mich damals nicht bemerken zu wollen, obgleich ich sensationell wirkte in meinem knielangen Jean-Louis-Scherrer-Kleid aus braungold schimmernder Seide und breitem, farblich abgestimmtem Gürtel, dessen Schnalle aus Kunsthorn gefertigt war. Ich erinnere mich daran, als wäre es gestern geschehen, weil es erst gestern war und weil ich mich an alle Kleider erinnere, die für mich einen besonderen Wert besaßen, all jene, die ich zu besonderen Anlässen trug, und dieser war einer von ihnen.

Er trug einen Cerruti, eine damals aufkommende italienische Marke, und kein Zweifel besteht, dass seine Erinnerung bezüglich dieses Punktes ebenso präzise ist wie die meine, könnte Charlie doch, was Mode und Bekleidungsstil von wem auch immer betrifft, über Jahre zurückgehen. Hose aus dunklem Samt, seladongrünes Hemd, rosenrote Lavallière, er wirkte einfach sublim und schien sich dessen nicht bewusst zu sein. An seiner Seite steckte Régis die Nase in ein Glas Coca-Cola, wirkte unzufrieden. Ich erriet sofort, dass die beiden Vater und Sohn waren, trotz ihrer Unähnlichkeit, dem aschblonden Haar und den hellen Augen von Charlie, der kastanienbraunen Mähne und den dunklen Augen von Régis. Da ich Gladys und ihren üblen Humor zu Hause gelassen hatte, näherte ich mich ihnen, gewappnet mit meiner Erfahrung in Sachen Teenager, vorbereitet auf eine entsprechende Unterhaltung.

Und genau das ist auch geschehen. Charlie, den seine Ehefrau verlassen und ihm die Fürsorge über ihren zehn Jahre alten Sohn überlassen hatte, war umstandslos gewillt zu tun, was man ihm sagte, und zwar sowohl was dieses Kind betraf als auch bezüglich des gesamten Rests, der Abwicklung seiner Geschäfte, der Führung seiner Konten, seines Hauses, des Verlebens seiner Zeit als Privatier, der Überwachung seiner Gesundheit.

Andere als ich befanden sich unter Kandidatinnen, Charlie jedoch war besonnen genug, um deutlich sehen zu können, dass für ihn eine Verbindung mit einer steinreichen Witwe, selbst bereits Mutter eines kleinen Mädchens, vorteilhafter war als mit einer kindslosen Luxusaufreißerin, die nicht lange darauf gewartet hätte, ihren Kinderwunsch zur Tagesordnung zu machen. Selbst schon mit sechsundzwanzig Vater, und zwar gehörig gegen seinen Willen, hatte er die Schwangerschaft seiner Frau sowie Régis' erste Jahre in furchtbarer Erinnerung behalten.

Mir war mit dem ersten Abend bewusst, dass ich ihm gefiel, ich war jedoch so sehr daran gewöhnt, anderen zu gefallen und ihnen den Kopf zu verdrehen, dass ich nicht bemerkte, in welchem Maße er den seinen klar behielt. Ich wähnte, er sei ebenso wahnsinnig verliebt gewesen wie ich, aber zu eben diesem

Wahnsinn war er vollkommen unfähig. Was jenen betrifft, der ihn heute beherrscht, so macht er aus ihm einen Fremden, der mit dem Mann, den ich einst getroffen habe, aber auch nicht das Geringste zu tun hat, und der unter seinem exzentrischen, frivolen und inkonsequenten Äußeren alles andere als vernunftwidrig gewesen ist, ja sogar stets einen gewissen Sinn für seine Belange bewahrt hat. Ich war es, die diesen Mann haben wollte, zu meinem eigenen Nachteil, es war mein persönlicher Wahnsinn, der uns trug: Er hätte niemals konsequent genug sein Ziel verfolgt, um uns schließlich vor den Altar zu führen. Und warum auch hätte ich mich hüten sollen, wo er doch so freundlich war, so zärtlich und reich – womit nichts vergeudet war, und was von ihm den hässlichen Verdacht ablenkte, der meinen anderen Verehrern drohte?

Misstrauen und Verdachtsmomente, ich hätte sie dennoch nähren können, und das vom ersten Abend an, als Noëlle, unsere gemeinsame Freundin, mich brutal zur Seite genommen und mich so aus meinem berauschenden Tête-à-Tête mit diesem Adonis gerissen hatte. Während sie mich fortschleppte und ich in ihrem Kielwasser ein wenig strauchelte, bemühte ich mich, ihn nicht aus dem Blick zu verlieren, ihn und seinen verdrossenen Fratz, ihn und seinen Champagnerkelch, den er melancholisch in meine Richtung hob, als habe er mir mitteilen wollen, er warte darauf, dass ich zurückkehren würde, was zu tun ich auch umgehend vorhatte, sobald Noëlle nur ihre eilige Erklärung abgegeben haben mochte.

Da wir hinter einer mit lachsfarbener Seide bespannten Türe vor den Blicken verborgen waren, drückte sie mir gegen das meine ihr knochiges und unverschämt gebräuntes Brustbein, das ihr hautenges Kleid großzügig preisgab. Ich konnte, und aus größerer Nähe als mir lieb war, die ausgedehnten Poren erkennen, die sie eiligst mit Make-up übertüncht hatte, und in ihrem Atem, und auch darauf hätte ich gerne verzichtet, heiße und süßliche Ausdünstungen riechen:

»Nelly, ich muss dringend darauf hinweisen, dass es einen verborgenen Mangel gibt!«

»Wovon sprichst du?«

»Von Charlie, Charlie Meuriant: Ich sehe, dass er dich zu interessieren scheint.«

»Ja und?«

Sie rang nach Luft, sie verdrehte ein wenig die Augenbälle, und sie wurde nicht müde, mir noch näher zu rücken und mir ihren feuchten Bauch gegen mein Jean-Louis-Scherrer-Kleid zu pressen. Ich war genervt, aber nicht wirklich überrascht. In meinem ganzen Leben gab es immer irgendwelche Leute, die mich in dunkle Ecken zu ziehen wussten, hinter spanische Wände, Vorhänge, Grünpflanzen; Leute, die sich an mich pressten, um mir bissige Reden zu halten, von denen ich nicht das geringste Wort verstand, gekränkt wie ich war von dieser Nähe, dieser Ansicht einer Nahaufnahme ihrer Poren, ihrer Härchen, ihrer Falten.

Noëlle fuhr in ihrer Rede fort, ohne mich wirklich anzusehen, fingerte an einer Strähne, die sich aus meinem Dutt gelöst hatte, und hauchte mir weiterhin ihren süßlichen Atem ein:

»Er war mit Monique Beaucaire verheiratet, ich weiß nicht, ob du sie kanntest.«

»Sie haben sich scheiden lassen, ich weiß, er hat es mir gesagt.«

»Sie hat sich eiligst aus dem Staub gemacht, wäre der angemessene Ausdruck! Einfach so, von einer Sekunde auf die andere, ohne ein Wort der Erklärung. Sie hat ihm Régis dagelassen. Obwohl sie sich doch um ihn gekümmert hatte: Ich glaube, dass Charlie Meuriant noch nie irgendeine Windel gewechselt, noch nie irgendein Bad eingelassen, noch nie einen Ranzen vorbereitet, eine Abwesenheitsentschuldigung unterschrieben hat. Und da, urplötzlich, ist es Monique, die verschwindet!«

»Was willst du damit zum Ausdruck bringen? Dass er sie ermordet und ihren Leichnam anschließend versteckt hat, und nun überall herumerzählt, sie habe ihn verlassen?«

Monique brach in furchtbares Gelächter aus, das ihr mageres Gerippe erzittern ließ:

»Aber wo holst du nur solche Geschichten her? Nein, nein, Monique erfreut sich äußerster Lebendigkeit. Sie selbst hat sogar dafür gesorgt, dass die Scheidung best- und schnellstmöglich über die Bühne ging. Sie hatte nicht einmal versucht, diesen armen Charlie auszusaugen, sie hat sich ihren Anteil genommen, einen schönen Batzen Geld immerhin, und ist dann auf und davon nach Paris. Sie lebten zusammen in Marseille, weißt du. Charlie lebt dort immer noch.«

»Gut, er hat sie also nicht umgebracht, das wäre hiermit also geklärt.«

»Was nicht heißt, dass bei diesem Typen nicht doch irgendetwas nicht stimmt, davon kann man ausgehen. Warum sonst hätte Monique die Fliege gemacht?«

»Gut, ist das also das große Geheimnis, das nicht warten konnte? Ist es das, wovor du mich warnen wolltest? Dass dieser arme Charlie von diesem Luder sitzen gelassen wurde und er noch dazu die alleinige Fürsorge für einen Jungen trägt, der nun wirklich nicht einfach zu sein scheint?«

Noëlle packte mich an den Schultern und sah mich verstört an:

»Nein, mir scheint, da war noch etwas anderes, was ich dir sagen wollte, aber ich hab's vergessen. Warte, ich hab's gleich wieder.«

Ich löste mich vorsichtig von ihr, ich wollte diese arme Irre eilig hinter mir lassen und Charlie Meuriants blauen und zärtlichen Blick wiedergewinnen. Und falls seine erste Ehe keine glückliche gewesen sein mochte, nun, umso besser, denn ich fühlte mich in der Lage, ihn zu trösten, in der Lage, seinen schwer erziehbaren Sohn gemeinsam mit meiner verhaltensgestörten Tochter aufzuziehen.

Und genau das war es dann auch, was wir taten: Ich heiratete Charlie im großen Stil, zehn Monate nach diesem ersten Zusammentreffen, zum großen Leidwesen unserer jeweiligen Kinder, die der Meinung waren, dass die Notfristen nicht eingehalten worden wären, dass wir ihnen nicht die Zeit eingeräumt hätten, sich von einem Todesfall und einer ebenso unerwarteten wie grausamen Scheidung zu erholen, und dass wir egoistische und würdelose Eltern wären.

Während der gesamten Zeit des Festes, beim Rathaus angefangen bis hin zum provenzalischen Landhaus, wo wir Hunderte von Gästen empfangen hatten, haben Régis und Gladys schmollend rumgeschnauft, zornig die Augen verdreht, und zum Zeichen des Protests die Arme verschränkt, während wir noch voller Hoffnung, sie mit uns in Einklang bringen zu können, aus ihnen unseren Brautführer und unsere Brautjungfer gemacht hatten. Sie waren beide in Himmelblau gekleidet, aber so sehr diese Farbe Régis auch geziemte, der ohne größere Schwierigkeiten seine Pubertät begann, so sehr brachte sie die ins Rötliche stechende Akne von Gladys zum Glühen.

Während ich also auf meiner kleinen Wolke schwebte und am Arm meines neuen Mannes von Tisch zu Tisch flatterte, der strahlend schön war in seinem smaragdgrünen Dreiteiler und seinem scharlachroten Hemd, beides sorgsam ausgewählt mit Blick auf den gewagten Liberty-Stoff meines Kleides, fühlte ich, wie sich die feuchte und krallenbewehrte Pfote meiner

Tochter auf meinen Arm legte. Und wieder sollte es geschehen, dass irgendwer mich dringend allein sprechen, mir meinen Augenblick verpfuschen wollte, meine Stunde des Ruhms und perfekten Glücks, welches nicht zu vergleichen war mit dem meiner ersten Hochzeit, jener Zeremonie, bei der ich mich die ganze Zeit über geschmeichelt gefühlt hatte und zugleich gekränkt, bebend vor Hoffnung, aber versteinert vor Angst, den Fauxpas befürchtend angesichts all der Freunde von Fernand, all jenen Zeugen seines vorherigen Lebens, all jenen vierzigjährigen Spöttern, die Tina ebenso gekannt hatten wie Laurette, die verheerende Brünette und das Vögelchen aus der Vorstadt mit ihrer Himmelsfahrtsnase und ihren *go to bed eyes,* wie Fernand es selbst ausgedrückt hatte.

Gladys stellte sich vor mir auf, leicht eingezwängt in einem drei Monate zuvor maßgefertigten Kleid mit plissiertem Vorderteil, ihre Stimme vor Entrüstung leicht zitternd:

»Ist dir eigentlich klar, dass Papas Leiche noch nicht einmal Zeit hatte, zu verwesen, und du hier schon einherstolzierst, als hätte er niemals existiert, als würdest du zum ersten Mal heiraten!«

Mühelos hat sie mich mit Zahlen und Details zur Verwesung von Leichen überschüttet, als hätte sie sich darüber informiert, was sie im Übrigen wohl auch getan hatte, sie wusste sehr genau, im welchem Stadium der Zersetzung sich dieser arme Fernand befand, und mit der Inkonsequenz ihrer zehn Jahre glaubte sie, dass er sich der Lyse seiner Zellen zum Trotz im Grabe umdrehen würde.

Ich hätte sie anbrüllen, ihr gehörig den Kopf waschen sollen, hatte sie ihn doch während seines dreimonatigen Krankenhausaufenthalts genau fünf Mal besucht, und das jedes Mal auch nur notgedrungen und erzwungenermaßen; ich hätte ihr sagen sollen, dass er, bevor er starb, unermüdlich nach ihr gefragt hatte, dass mir deswegen die Tränen in den Augen gestanden waren und ich für sie eine Grippe hatte erfinden müssen, die bis zur Invalidität führen konnte und sehr ansteckend war, nur um rechtfertigen zu können, dass sie nicht an seiner Seite war, was zur Folge hatte, dass er voller Sorge um sie starb und ihr riet, eine Kur auf Höhenlage zu machen, was seiner Meinung nach zuverlässig dazu führte, dass man rote Blutkörperchen ausbildete und eine stabile Gesundheit. Charles und Roxane waren da, die beiden, ja, doch keines Falls hinters Licht geführt, nur schlichtweg liebevoll und darüber enttäuscht, dass ihre Halbschwester nichts anderes war als eine kleine Pest.

Aber nun bitte, ich habe nichts gesagt, schlimmer, ich habe sie mich mit Beschimpfungen überhäufen lassen an diesem Tag, den ich so gern der Liebe gewidmet hätte, der Liebe und der grenzenlosen Freude. Ich habe nichts gesagt, da sie klein und unglücklich war, und auch ein wenig lächerlich in ihrem knappen Kleidchen mit ihren rotglühenden Wangen und ihrer Böswilligkeit. Zwei Meter weiter schüttelte Régis zum Zeichen seiner Zustimmung und des gemeinsamen Zorns den Kopf. Er hatte seinem Vater nur wenige Augenblicke zuvor eine ähnlich heftige Kritik zuteilwerden lassen, und nun waren sich die beiden in dem Gefühl eins, sie wären schlecht behandelt worden und würden in der albernen Farce einer übereilten Wiederverheiratung ihrer beiden Alten, die wir in ihren Augen waren, die Geprellten sein.

Gladys hatte mich mitnichten dazu gebracht, zu sagen, ich hätte mit über vierzig besser daran getan, mich in meine Witwenschaft und das fortschreitende Erlöschen meiner Reize zu fügen. Sie hätte immerhin wissen können, was es bedeutet, einen wirklich alten Vater zu haben, war doch Fernand bei ihrer Geburt schon beinahe sechzig; sie hätte, und besser als jeder andere, sehen können, dass Charlie und ich bei unserer Hochzeit umwerfend waren vor lauter Jugend, Frische und Gesundheit, wie es die Fotos bezeugen. Aber nein, es kam den beiden, Régis und ihr, zupass, uns als egoistische Greise zu betrachten, die unfähig waren, ihren Platz für die nachkommende Generation zu räumen.

Zur Morgendämmerung dann haben wir die beiden in das große Marseiller Haus gebracht, das Charlie von seinen Eltern übernommen hatte und in dem wir von nun gemeinsam leben sollten. Bei allem, was sie uns bislang hatten erleiden lassen, waren wir auf das Schlimmste gefasst, auf unaufhörliche Vergeltungsmaßnahmen, auf Belästigungen und Gezeter wegen allem und nichts und dies über Jahre, merkwürdigerweise jedoch hatten sie sich beruhigt. Tatsächlich aber, und das haben wir nicht gewusst, waren sie bereits dabei, zusammenzuziehen.

Ja, das haben sie getan, mit zwölf und dreizehn Jahren, unter unserem Dach, unmerklich und schleichend, ohne irgendein Gefühl und vielleicht auch ohne jegliche Liebe, ein Schritt zog den nächsten nach sich. Gut, sie waren ja gezwungen, miteinander zu wohnen, warum dann nicht auch gleich gemeinsam schlafen, und wenn man schon gemeinsam schläft, warum sollte man dann keine sexuelle Beziehung eingehen? Kurz, eines Tages wurde Charlie und mir klar, dass dem so war, dass Régis und Gladys ein Pärchen bildeten, eine Miniaturausgabe unseres eigenen, frei aber von Leidenschaft.

Denn das war es, was ich lebte: eine große Leidenschaft. Von morgens bis abends surrte mein Herz vor Glück, mit Charlie zu leben, mir brannten Bauch und Eingeweide in der Erwartung unserer Umarmungen, und mein Hirn quälte sich damit, in seines einzudringen. Aber so sehr mir Fernand Zugang zu seinem Innenleben gewährt hatte, so sehr verwehrte Charlie ihn mir ahnungslos, womit mein zweites Eheleben in nichts dem ersten glich.

Ich hatte meine Zeit benötigt, um mir dessen bewusst zu werden, und noch mehr Zeit, mich darüber zu grämen, so sehr schien es mir doch ein gelungener Tausch gewesen zu sein mit diesem um drei Jahre jüngeren Ehemann, der schön war wie ein Stern, unabänderlich höflich und fröhlich; dieser Mann, der nicht stunden-, um nicht zu sagen tagelang verschwand, wie es Fernand für seine Arbeit und den Sinnesgenuss getan hatte – und das aus gutem Grund, Charlie war vollkommen untätig, und dies auch noch gern. Da ich selbst einen Schlussstrich unter meine Karriere gesetzt hatte, fanden wir uns allein wieder, einander gegenüber, mit aller Zeit, um uns zu lieben.

Meiner bewussten Blendung zum Trotz habe ich das Ausmaß von Charlies Nachlässigkeit doch recht schnell erfasst, und so war ich diejenige, die sich darum kümmerte, unsere jeweiligen Vermögen wohlweislich zu investieren. Ich hatte bei Fernand eine gute Schule durchlaufen, der mir im Übrigen auch seinen Buchhalter mit dem ganzen Rest hinterlassen hatte, die Maisonettewohnung auf dem Boulevard Exelmans, die Villa in Cassis und jene in La Baule – zwar lebe ich noch immer von den Immobiliengütern, aber er hatte uns, seine Kinder und mich, zudem auch noch mit diversen Anteilscheinen und Anleihen ausgestattet.

Was Charlie betrifft, so war es seine Exfrau, die auf der Hut gewesen ist und dafür gesorgt hatte, dass von den vielen Erbschaften etwas übriggeblieben war, die ihm zwischen seinem zwanzigsten und dreißigsten Lebensjahr gar nicht mehr aufhörten zuzufallen. Über diese Monique, einer Frau mit Kopf, einer bis zu ihrer überstürzten Flucht beispielhaften Gattin und Mutter, war es mir nie wirklich gelungen, etwas in Erfahrung zu bringen. Charlie war unfähig, mit mir über sie zu reden, und ich habe sie nur die wenigen Male zu Gesicht bekommen, da sie Régis wegen der Ferien oder an Wochenenden abholen kam, die mit ihm zu verbringen sie keineswegs begeistert gewesen zu sein schien. Da Régis nicht unbedingt willens war, seine Mutter wiederzusehen und er es sich außerdem in seinem Leben als Pärchen mit meiner Tochter bequem machte, war Monique sehr bald aus unserer Welt verschwunden. Ich weiß kaum mehr, als dass sie heute ihre Tage glücklich in den Hauts-de-Seine verbringt – auch sie wiederverheiratet, aber ohne ein anderes Kind als diesen armen Régis.

Eine Sache, die ich mir ebenfalls habe eingestehen müssen, war die, dass bezüglich der sexuellen Begierde nicht alle Männer im gleichen Boot sitzen. Während mehr als zwanzig Jahren Ehe hatte ich die Gewohnheit angenommen, mich von Fernand ununterbrochen umworben, um nicht zu sagen bedrängt zu fühlen. Im Falle einer Verweigerung meinerseits, hatte ich seine Blicke eines geschlagenen Hundes ertragen müssen, sogar seine Androhungen, anderswo Ausschau halten zu gehen, was er sich auch nicht verwehrt hatte, da ich dies aber nur in extremis erfahren hatte, fühlte ich mich furchtbar schuldig, wenn ich mich dieser tyrannischen Lust entzog, von der ich naiverweise glaubte, sie wäre die meistgeteilte Sache der Welt. Ich hatte mich sogar einer quasi angeborenen Schwäche bezichtigt, eines konstitutionellen Fehlers, der meine Glut abkühlen ließ, während alle anderen von nichts anderem träumten als hemmungslosen Liebesspielen.

Was mich weder daran hinderte, unter dem leitenden Bischofsstab meines ersten Mannes ins Reich der Sinne zu gelangen, noch mit ihm eine Lust zu erfahren, deren Intensität bei Weitem meine vorpubertären Hoffnungen in ihrer wildesten Form überschritt. Wie nur hätte ich auch nur eine Sekunde daran zweifeln können, dass Charlie mich sogar noch weiter treiben würde, er, der mir beim ersten Blick schon mein Höschen nass werden ließ mit seinem katzenhaften Blond, seiner wohl geformten Muskulatur und seinen schelmischen Augen?

Was bleibt anderes zu sagen, als dass er niemals wirklich verstanden zu haben schien, um was es wirklich ging? Oh, er hat mich immer mit einem standhaften Schwanz geehrt, hat nie vorzeitig auf meinen vor Begierde gespannten Bauch ejakuliert, schien immer erfreut darüber, dass ich ihn umwarb, doch kein einziges Mal in vierzig Jahren Ehe hatte er die Initiative zum Geschlechtsverkehr ergriffen; und auch kein einziges Mal hatte er seine Zunge oder seine Hand dieser goldenen Muschi entgegengeführt, in die seine Schnauze zu vergraben, Fernand sich nicht hatte zurückhalten können, während er dabei wie ein Eber vor Glück grunzte und mir so lange zusetzte, bis ich ihn schließlich von mir stieß vor lauter Ungeduld, endlich penetriert und bearbeitet werden zu wollen von seinem unermüdlichen Glied.

Unermüdlich, Charlie war dies nicht weniger, und wenn ich auf die natürliche Beschließung unserer Liebesspiele hätte warten müssen, ich wäre möglicherweise vor Erschöpfung und Entkräftigung gestorben unter seinen Lendenschlägen und dem regelmäßigen Hin und Her eines Gliedes, das dem von Fernand in nichts nachstand, das ihm aber anscheinend weniger flammende und vor allem deutlich seltenere Orgasmen schenkte. So sehr ich manchmal meinen aufwallenden Fernand bremsen musste, so sehr mühte sich Charlie damit ab, zu kommen, obgleich er von Beginn bis zum Ende des Aktes ausgesprochene Zufriedenheit an den Tag legte.

War seine niedliche Angelegenheit einmal erledigt, schien er davon nicht besonders bewegt und war weit davon entfernt, sich auf die Seite zu drehen und einzuschlafen, wie es Fernand zu meiner großen Verwunderung immer tat, nein, er sprang aus dem Bett und machte sich leise vor sich her pfeifend an irgendwas zu schaffen, was mich nicht weniger verwunderte. Ich war diejenige, die im Bett verharrte, inmitten der abschwellenden Wellen meines eigenen Orgasmus, befriedigt und zugleich beunruhigt.

»Bist du gar nicht gekommen?«

»Aber ja doch, wieso?«

Ich führte zwei Finger in meine Vagina und fand dort nichts anderes vor als die Sämigkeit meiner eigenen Sekretion.

»Da ist kein Sperma.«

»Ein Mann kann kommen, ohne zu ejakulieren, mein Herz.«

»Ach ja?«

»Gewiss, gewiss.«

Ich glaubte es, ich wollte es gern glauben, und im Übrigen ejakulierte er jedes dritte Mal, ohne dabei zugleich seine zufriedene Miene aufzugeben, aber auch ohne diese Brüllgeräusche auszustoßen, an die mich Fernand so gewöhnt hatte. Ich glaubte es, stellte mir aber Fragen bezüglich der Lust, die ich ihm wohl bereiten mochte, und begann, mir mein Geschlecht zu epilieren und zu desodorieren und verschmähte so Fernands diesbezügliche Anpreisungen, der wirre Haare und wilde Gerüchte doch so sehr liebte.

Vier oder fünf Jahre nach unserer Heirat fanden Charlie und ich uns an der Amalfiküste wieder, im Hotel Caruso. Das war mitnichten ein Zufall, da ich ihm die unvergleichlichen Reize dieses Etablissements angepriesen und ganz nebenbei erwähnt hatte, dass es den Rahmen meiner regelrechten Entjungferung abgegeben hatte. Weit davon entfernt, darüber eifersüchtig oder gekränkt zu sein, nach Fernand an diesen traumhaften Ort zu gelangen, hatte sich Charlie sogar darauf verbissen, das Zimmer wiederfinden zu wollen, das einst das unsere gewesen war, wobei er sich auf meine unscharfen Erinnerungen verließ: zweite Etage, eine Terrasse mit Blick aufs Meer ...

»Und, war es dieses?«

Wir hatten eben erst unsere Koffer abgestellt, da begann er schon herumzuschnüffeln, begann die Wandschränke zu öffnen, die Tür zum Badezimmer, die Fenster, damit ich den Blick beurteilen sollte, damit ich mich an den Platz eines kleinen, runden Tisches erinnerte, an die Farbe einer Blumenschale.

»Ich weiß nicht wirklich. Es ähnelt ihm auf jeden Fall. Aber weißt du, das ist mehr als zwanzig Jahre her.«

»Na ja, deine Hochzeitsnacht, deine Entjungferung, das muss sich dir doch eingeprägt haben! Sag mir nicht, dass du dich nicht erinnerst!«

Ich ging hinaus auf die Terrasse und betrachtete gedankenschwer die pulvrige Blüte der Mimosen und die zwischen den dunklen Blättern funkelnden Orangen:

»Und es war ja Sommer! Die Vegetation war eine ganze andere.«

Im Nu hatte er sich des zarten strohgelben Pullovers entledigt, den er am Vorabend in Positano gekauft hatte, und war mir auf die Terrasse gefolgt:

»Nelly, streng dich an: War es dasselbe Zimmer oder nicht?«

Ihn so barfüßig und mit nacktem Oberkörper unter der Februarsonne zu sehen, wie er da zwischen den eingetopften Zitronenbäumen und Jasminen hin und her ging, hier an einer Blüte schnuppernd, dort an einem Stängel zupfend, ließ einen Lustschauer über mich kommen, und weil es ihm so viel zu bedeuten schien, so gab ich zu, dass es sich um dasselbe Zimmer handelte – wenn ich es auch verdammt noch mal überhaupt nicht wusste und ich von der Vorstellung eines Revivals nicht unbedingt eingenommen war. Meine Halblüge aber erfüllte Charlie mit einem solchen Enthusiasmus und einem mir bei ihm bislang unbekannten Schwung, dass ich meine Skrupel und Vorbehalte darüber vergaß.

»Siehst du, mein Herz, ich war mir ganz sicher!«

Und hopp hatte er mich in seine Arme gehoben und auf der Terrasse zwischen Himmel und Meer herumgedreht, bevor er mir dann feierlich ein Glas Prosecco servierte:

»Also erzähl!«

»Was soll ich dir denn erzählen?«

»Wie es so war mit Fernand. Dein erstes Mal.«

Ich sah meinen zweiten Mann an, seinen platten Bauch, seinen Oberkörper, der obgleich er in seinem ganzen Leben keine einzige Stunde Gymnastik absolviert hatte, sehr muskulös war, die köstliche Weise, mit der sein Haar an den Schläfen ergraute, ohne ihn deswegen gealtert erscheinen zu lassen, sein Blond und seine blauen Augen, die sich unterdessen tatsächlich belebten, und ich stieß einen Seufzer aus:

»Was soll ich dir dazu denn sagen?«

»Das musst du doch wissen.«

Er wurde jetzt ungeduldig, goss sich Zug um Zug vom Prosecco nach, den wir beide liebten, bei dem er aber gerne zur Übertreibung neigte. Und da, in diesem wunderbaren Licht und dieser unverhofften Milde, gab ich nach, erzählte ich von meiner Hochzeitsnacht, dem Theater der Hampelmänner, der Ziege von Monsieur Seguin, dem Reich der Sinne, dem Fieber im Blut, und meinem ersten Orgasmus im Morgengrauen, nach stundenlangen Liebkosungen und Erregungen der Klitoris mit dem Munde. Ich war verlegen, ich sprach hastig, aber ich war keineswegs unglücklich darüber, Charlie auf diese Weise erfahren zu lassen, dass sich nicht alle vor dem Cunnilingus oder der Masturbation ekelten. Benommen von meinen Entdeckungen und von der Flasche, die er sich beinahe allein reingezischt hatte, sah er mich mit glasigem Blick an:

»Fernand hat dich die ganze Nacht geleckt?«

»Aber ja doch.«

Ich setzte mich auf meinem Korbsessel zurecht und brachte ein wenig das Kleid aus englischer Spitze wieder in Ordnung, das ich für diese Gelegenheit erstmals nutzte.

»Wie war er?«

»War was?«

»Körperlich, meine ich.«

»Ach so, ich weiß nicht, keine Ahnung, du hast doch Fotos von ihm gesehen, oder? Braunhaarig, leichte Glatze, nicht besonders ausgeprägt, dunkle Augen.«

»Gut bestückt?«

»Mittelmäßig: nichts, worauf man stolz sein konnte.«

Ich nahm, ohne dass Charlie dies aber hätte ahnen können, die Worte wieder auf, die Fernand in Hinblick auf sein Glied selbst benutzte hatte, die mir plötzlich und unangebracht wieder in Erinnerung kamen – denn mit diesem Glied von durchschnittlicher Größe hatte er mir mehr Lust bereitet als Charlie mir je bereiten sollte, er, mit dem die Natur es weitaus besser gemeint hat. Da fünf Jahre Ehe mich bezüglich dieser Frage andächtig gestimmt haben, stieß ich einen weiteren Seufzer aus.

»Beschreib es mir, sein Glied.«

»Nein, da schäme ich mich.«

»Bitte!«

Noch nie habe ich, und vor mir anscheinend auch noch niemand, Charlie irgendetwas verweigern können, weshalb ich mich fügte, und er mich, da ich mich von meinem Stuhl erhob, von hinten umarmte und sein Glied an mir rieb, das in seiner

Länge dasjenige seines Vorgängers übertraf – tatsächlich aber nicht an Umfang:

»Es war verhältnismäßig kurz, aber dick. Das zählt auch.«

»Weiter, erzähl mir mehr!«

»Nun ja, es war ... sehr pigmentiert.«

»Wie?«

»Bräunlich. Ins Violette gehend.«

Hinter mir keuchte Charlie und verlangte von mir noch ausführlichere Einblicke, aber ich sah nicht, wie ich ad infinitum meine Beschreibung eines Schwanzes immer ausführlicher darlegen sollte, der inzwischen zu Staub geworden war.

»Und er war stark behaart. Am Unterbauch und an den Hoden.«

»Ach ja? Hat dir das gefallen?«

Und ja, gute Frage, hatte es mir eigentlich gefallen, dass Fernand pelzig war wie ein Affe? Dass er Haare hatte, die ihm aus den Ohren wuchsen, Haare auf der Brust und auf dem Rücken, Haare bis hinein in das Loch seines Hinterns?

»Es hat mich nicht abgestoßen.«

In Wirklichkeit hatte es mich anfangs angeekelt, dann weniger und weniger, dann gar nicht mehr. Fernand, dies wurde mir klar, hat mich nach seinem Bilde geschaffen, mich dazu gebracht, die Welt und vor allem das, was den Sex betrifft, auf seine Weise zu betrachten: Am Ende war ich wie er, ich zog es vor, wenn man sich nicht wusch, wenn man sich nicht rasierte, wenn man sich nicht mehr genierte.

Charlie ließ seine Hose runter und hob mein jungfräuliches Kleid hoch. Ich war achtundvierzig und gewiss zu alt für englische Spitze, aber doch nicht alt genug, um nicht den Reiz dieses nie dagewesenen Moments zu genießen, da mein zweiter Ehemann mich nun endlich zu umwerben versuchte, nach all den Jahren, in denen ich stets den ersten Schritt unternommen, stets meine Begierde angedeutet hatte, wohingegen er doch kaum welche zu empfinden schien.

Weiter unten lag das Meer vollkommen ruhig da, die Fähren zogen lässig hupend dahin, die Mimosen wiegten friedlich ihre nichtssagenden Blüten, die Sonne stach heftig, wärmte aber kaum, und mir stiegen die Tränen in die Augen, als Charlie gegen meine Schenkel ejakulierte, und dabei ich weiß nicht was über Fernands Schwanz stammelte. Daraufhin zog er sich seinen strohgelben Pullover über, bestellte eine zweite Flasche Prosecco und fuhr dann leise vor sich hin pfeifend mit seiner Garteninspektion fort: Der Jasmin, der Zitronenbaum, die Oleander, die schweren und üppigen Pflanzen, die sich bis zur nächsten Terrasse hinunterschlangen, nichts war seiner minutiösen Untersuchung entgangen.

Ich kehrte melancholisch gestimmt zurück in dieses Zimmer, das so sehr jenem meiner Entjungferung glich, und streckte mich auf dem Überzug des Bettes aus, einer Art vielfarbig und seidig glänzendem Quilt. Dort, und die Arie verschmähend, die Paul Newman auf der Terrasse vor sich her pfiff, streichelte ich mich und brachte mich im Nu zum Höhepunkt. Es war nicht das, was ich eben erst erlebt hatte, was mich so erregte, sondern die Erinnerung an diesen armen Fernand, der die Fäuste für mich spielen ließ, mal den Wolf mimte, der erpicht auf frisches Fleisch war, mal die kleine verschüchterte aber tapfere Ziege – bis die Morgendämmerung schließlich sich den Wolf auf die Ziege stürzen ließ, die Ziege auf den Wolf, siegreiche Vereinigung, Flush Royal und Bingo!

Der Rest unserer Sommerfrische lief dementsprechend ab, mein zweiter Mann stimmte seine Pullover auf die Landschaften der Küste ab, was ein Fest der hiesigen Farben mit den allerschönsten Effekten abgab, orange, zitronengelb, mandelgrün, lavendelfarben, aquamarin ... Kein Tag, an dem er diese schöne

Stimmung aufgegeben hätte, die es einem so leicht machte, mit ihm zu leben und mit ihm zu verkehren, bis die Krankheit der Alten kam und ihm ernsthaft das Hirn wegfraß. Und selbst da noch ist er lange Zeit über charmant geblieben, ohne dass uns wirklich etwas hätte alarmieren können: Launen hier und da, Verbohrtheit, zwanghafte Einkäufe und plötzliche Absenzen. Da er immer schon ein wenig exzentrisch war, ein wenig unkontrollierbar, war niemand wegen seiner senilen Launen beunruhigt, ich ebenso wenig wie die anderen.

Wenn ich daran zurückdenke, dann sage ich mir, dass für Charlie etwas ins Kippen geraten war mit der Adoption von Charonne, diesem hinter unserem Rücken ausgebrüteten, allem guten Menschenverstand zum Trotz geschnürten Verfahren, da es zwischen uns und diesem kleinen fünfjährigen Negerkind eine zugleich unglaubhafte und unerschütterliche Abstammungslinie etablierte.

Ich bin keine Rassistin. Der Beweis, ich habe ein philippinisches Pärchen eingestellt, die beide ebenso dunkelhäutig sind wie meine Pseudoenkelin, und im Übrigen liebe ich Charonne trotz ihrer Herkunft. Aber man muss sich dennoch vor Augen führen, was das mit uns gemacht hat, als wir sie hier an Land haben gehen sehen mit ihren angehefteten Zöpfen und ihrem wulstigen Mund. Und sie war ja noch nicht so schwarz, wie sie es später wurde. Als hätten die Leute vom Kinderheim sie unter UV-Schutz gestellt, um uns über die Ware hinwegzutäuschen, uns, oder welchen Einfaltspinsel auch immer, dem es an Kindern fehlte. Und ja, ich sage wir, aber es handelte sich um Gladys und Régis. Was mich betrifft, berücksichtigt man die geringe Freude, die mir die Mutterschaft bereitet hat, ich hätte gut und gern auf Enkelkinder verzichten können, ob nun biologische oder nicht. Und Charlie war da wie ich. Mit siebzig

Jahren hätte er gern andere die Kunst ausüben lassen, Großvater zu sein.

Gladys und Régis waren auf diesem Ohr taub. Man möchte fast glauben, sie hätten entschieden, uns unseren Lebensabend zu versauen, und so, wie ich meine Tochter kenne, bin ich mir sicher, dass der Wunsch zu schädigen in ihre Beweggründe mit eingeflossen ist. Wie sonst sollte man ihre Verbissenheit erklären, unbedingt adoptieren zu wollen, wo doch eine Eizellenspende ihre Unfruchtbarkeit hätte beheben können? Wie sonst sollte man ihre Entscheidung erklären, dass ihre Wahl auf dieses Kind fiel, das ja schon größer war, wo ja weiße Babys zu haben waren – wie ich später erst erfahren hatte? Uns, sie wollte uns verrückt machen, davon lasse ich mich nicht abbringen. Und es ist ihr gelungen: Die Ankunft von Charonne in unserem Heim hat etwas im Hirn von diesem armen Charlie kaputt gemacht.

Ich möchte gern eingestehen, dass Alzheimer oder was weiß ich was einen großen Teil zu seiner Hirnerweichung beiträgt, aber man wird mich nicht von der Vorstellung abbringen, dass die Verärgerung die Verheerungen noch verstärkt hat. Und er war äußerst verärgert, der arme Charlie. Zu Beginn hat er mir gegenüber von nichts anderem mehr gesprochen und redete dabei schon ein wenig kindisches Zeug zusammen, aber ich habe nicht darauf geachtet:

»Werden diese Dummheiten lange dauern? Diese Negerin da? Was denkt der sich bloß, Régis? Und was denkt sich nur deine Tochter? Dass wir hier nichts zu sagen haben, wir beide?«

Wir, wir hatten nichts zu sagen, aber er hatte lange gebraucht, um sich das einzugestehen. Ich muss sagen, dass das, was ihn am meisten quälte, ihn, der so wenig käuflich war, am Ende doch die Frage nach dem Erbe war:

»Sie wird ja wohl nicht unser gesamtes Geld kriegen? Stell dir das doch nur vor! Die haben ja tatsächlich nur die eine: die wird alles kriegen!«

»Wenn das passieren wird, werden wir beide tot sein, mein Liebling.«

»Das wird so nicht geschehen. Ich werde mich mit Emperaire besprechen, er wird mich beraten. Es wird Mittel und Wege geben, sie zu enterben!«

Ich teilte seine Empörung diesbezüglich nicht, aber ich ließ ihn weiterfaseln.

»Ist dir eigentlich klar, dass sie sich nun Meuriant nennt, wie wir?!«

Ja, ich war mir dessen bewusst, und es ließ mich kalt, mich, die ich erst Espérandieu hieß, dann Chastaing, bevor ich schließlich den entzückend reinrassigen Vaternamen meines zweiten Ehemanns annahm. Dass es von nun an eine Charonne Meuriant geben sollte, stimmte mich nicht unbedingt traurig. Im Übrigen hätte ich mich mit der Vorstellung dieser widernatürlichen Adoption angefreundet, wenn sie meinen Mann nicht buchstäblich krank gemacht hätte und ich nicht zu jeder Tages- und Nachtzeit seine Jeremiaden hätte erdulden müssen. Ganz abgesehen davon, dass es ihm sogar widerfuhr, mich mitten in der Nacht aufzuwecken, sein Haar zerzaust und mit hervorstehenden Augen, um sich ein weiteres Mal über die Unbill zu beklagen, die ihm angetan worden war, diese Verpflichtung, in seiner Mitte die Schlange aufzunehmen und zu nähren, die ihn zugrunde richtet. Denn Charonnes Ankunft hatte uns noch so sehr alle betreffen können, er betrachtete sich selbst dabei doch als besonders benachteiligt und fand kaum ausreichend harte Worte, um ein zehnjähriges Kind mit Hohngelächter zu empfangen, das in seinem fiebrig erhitzten und von Religion schwärmenden Hirn schließlich und endlich das Böse schlechthin verkörperte.

Es versteht sich von selbst, dass ich gläubig bin und dass ich, um es zu werden, nicht erst warten musste, bis ich Charlie geheiratet habe, was aber jegliche Form von Frömmelei betrifft, so schlägt er mich haushoch. Mich, und alle anderen, angefangen bei diesem armen Fernand, der die Kirche nur aufsuchte, wenn es weihevolle Anlässe gab, Hochzeiten, Beerdigungen, Mitternachtsmesse und gut. Mir war das übrigens recht. Aber es scheint, als sei ich eine Frau, die sich beeinflussen lässt: So sehr Fernand mich zu seinem leichten Hedonismus konvertiert hat, so sehr bin ich mit Charlie zu meinen Kindheitsgewohnheiten zurückgekehrt, jeden Sonntag Messe, Beichte, Gebet, Fasten. Auf seine Bitte hin habe ich sogar aus meinen Schubladen die Kette wieder hervorgeholt und meine Taufmedaille, um sie ebenso auffällig zur Schau zu tragen wie er, sodass über meiner Brust geflügelte Engel und Jungfrauen mit dem Kinde baumelten, nur um ihm damit zu gefallen, da mir dies auf andere Weise nicht gelingen wollte.

Kurz, das geistige Universum meines zweiten Mannes war ein dem mystischen Gerede günstiges Terrain, und er ließ es sich nicht nehmen, in Bezug auf Charonne dummes Zeug zu faseln:

»Ihre Seele ist genauso schwarz wie ihre Haut! Sie ist die Geheimagentin des Satans! Und sie meint wohl, ich wüsste es nicht! Aber sie wird in einen See aus Feuer und Schwefel geworfen werden, du wirst schon sehen! Und dass hier niemand auf mich zählen wird, wenn es gilt, sie zu beklagen!«

Wo er nur die Sache mit dem Schwefelsee her hat, ist mir ein Rätsel, aber er hat ihm, diesem armen Kind, Entsetzen eingejagt mit seinen Anspielungen auf dessen Schwärze und seinen apokalyptischen Vorhersagen. So heftig und so böse, dass sie nachher mit ihren Fragen zu mir kam:

»Sag mal, glaubst du, dass ich der Geist des Bösen bin?«

»Ach was, jetzt reicht's aber: Hat dir Charlie das wieder erzählt?«

»Ja. Und stimmt es, dass der Teufel niemals seinen Namen sagt?«

»Aber Charonne, was weiß ich denn!«

»Charlie sagt, dass mein wahrer Name Legion lautet, und nicht Charonne.«

Er hat sie vollkommen wahnsinnig gemacht, und da im Übrigen Gladys und Régis den ganzen Tag über auch nicht ein Mal das Wort an sie richteten, es sei denn, sie wollten sie zum Teufel jagen, und da sich abgesehen von den austauschbaren Kindermädchen niemand um sie kümmerte, nun, da habe ich sie schließlich bemitleidet. Es hatte nicht darum gebeten, hier zu sein, dieses kleine Mädchen, aber jetzt, da es nun mal da war, fand ich doch zumindest, dass man wohl auch ein wenig freundlich zu ihm sein konnte.

Ich hatte einen Funken Hoffnung, als Gladys und Régis versuchten, sie zurück ins Heim zu bringen. Wir hätten wieder über etwas anderes sprechen können als ihre Dummheiten, ihren störrischen Geist und ihre schädliche Kraft – wenn es sich nicht schlicht und einfach darum gehandelt hatte, sie mit Luzifer leibhaftig zu vergleichen. Vergebliche Mühe, sie sind mit ihr zurückgekommen, und mir war klar geworden, wenn dies auch nicht für die anderen galt, dass wir von nun an mit Charonne zu leben hatten.

Ich glaube, ich habe nie zuvor etwas Ergreifenderes gesehen als dieses kleine Mädchen an jenem Tag, da Gladys und Régis versuchten, ihre Adoption rückgängig zu machen und sie zum Absender zurückzugeben, als wäre sie nichts anderes als ein unzustellbares Paket. Ich war da, und während ihre unwürdigen Eltern mit unentschuldbarer Beflissenheit an den häuslichen Herd zurückkehrten, voller Ungeduld, sich ohne sie in der Loft-Imitation wiederzufinden, die sie sich unterm Dach eingerichtet haben, war mir danach, ihren furchtbaren Kummer zu mildern:

»Gut, siehst du, sie haben dich am Ende doch behalten.«

Sie richtete ihre dunklen Augen auf mich, die an ihr noch das Beste sind, und hat mir nüchtern geantwortet, dass es stimmte, ja, sie hätten sie behalten. Was aber ihr unergründlicher Blick ausdrückte, ihr Blick eines Dämons, will man diesem armen Narren Charlie Glauben schenken, so besagte dieser dann doch, dass sie sehr wohl wusste, dass es nicht aus Herzensfreude geschehen war, und dass am Ende des Tages niemand aus diesem Hause sie haben wollte, dessen Einwohner allesamt unter ihren Privilegien zusammenbrachen und nicht mehr wussten, was sie mit ihrer Kohle und ihrer Zeit anfangen sollten – nur, dass sie unter keinen Umständen ein Kind aus der Fürsorge davon profitieren lassen wollten.

»Möchtest du kosten?«

»Nein.«

Ich sah doch deutlich, dass sie etwas auf dem Herzen hatte, also streichelte ich ihren wolligen Kopf und sagte zu ihr:

»Besser so, dass du zurückgekommen bist. Ich bin sehr froh drum.«

»Ist das wahr?«

»Natürlich ist das wahr, mein Zicklein, habe ich dich jemals angelogen?«

Aber was sollte es auch schon von der Wahrheit verstehen, dieses Kind, dem man erst das Glück und die unerschütterliche Liebe vorgegaukelt hatte, da man ihm eine Familie aus Gold versprach, nur um daraufhin das Dekret zu erlassen, dass sie so vieler bemerkenswerter Gunstbeweise gar nicht würdig war und man sie also zum Ausgangspunkt zurückbrachte, diesem Heim, wo man sie wohl noch mit weiteren Lügen eingelullt haben musste, bedenkt man nur die Albernheiten, die sie über ihre ruandische Mutter abspult, die von einem belgischen Blauhelm vergewaltigt worden sein soll – neben allerhand anderem Unerhörtem.

Kurz, an diesem Tag habe ich mich, der der mütterliche Instinkt noch nie wirklich den Atem geraubt hatte, dazu entschieden, dass ein wenig Zärtlichkeit und Zuneigung Charonne nicht schaden konnten: Ich habe sie bis in ihr Zimmer begleitet, ich habe sie zu Bett gebracht und zugedeckt, bevor ich dann Charlie eins auf den Deckel gegeben habe:

»Gut, nun ist sie hier und sie wird es bis zum Schluss bleiben, du alter Narr: Sie ist deine Enkeltochter, ob du es nun willst oder nicht, also hör auf, sie zu verfolgen.«

Er war in seinem Büro, er war dabei, seine Briefmarkensammlung durchzusehen, von der er widerwillig absah, um mich anzublicken und mir zu antworten. Im Gegensatz zu allen anderen Erwachsenen, die ich kenne, hatte Charlie nie damit aufgehört, die in seiner Kindheit begonnenen Sammlungen weiterzuverfolgen und zu vermehren: Briefmarken, aber auch Münzen, Postkarten, Fossile, Jade, Stempel aus Elfenbein – und wenn ich dem nicht einen Riegel vorgeschoben hätte, hätte er sich Hals über Kopf auch noch in eine Sammlung von Anstecknadeln gestürzt, Gott sein Dank war ich auf der Hut.

»Ich verfolge sie nicht.«

»Doch. Sie ist sehr unglücklich, und das werde ich unter meinem Dach nicht tolerieren.«

»Sie hat dich schön reingelegt, dich also auch. Die ist eine Schlange, ich sage es dir: Sie wickelt jeden ein.«

»Sie ist noch nicht einmal sieben Jahre alt, also wirst du damit aufhören, sie als den Handlanger des Teufels zu betrachten und du wirst sie angemessen behandeln.«

Bei Charlie hat sich die strenge Hand stets ausgezahlt. Er hat sich damit begnügt, zu grummeln und seine Nase über seine Briefmarken aus den französischen Kolonien zu stecken. Und von da an hat er es wie ich gemacht: Er hat sich an die Anwesenheit dieses Kindes gewöhnt, bei dem man sehr wohl anerkennen muss, dass es keineswegs lästig war, stets las oder in seiner Ecke zeichnete, noch dazu entgegenkommend, aufopferungsvoll und abrufbereit – das war für uns was anderes als Gladys und Régis, diese beiden Egoisten, die man nichts fragen durfte, ohne ihren Zorn zu entfesseln. Und da Charlie auch noch seinen Kopf zu verlieren begann, hätte ich nicht gewusst, was wir ohne Charonne gemacht hätten, wenn es galt, ihn in den Park oder ins Café zu begleiten. Es ist sogar möglich, dass er, mit der Zeit, Gefallen gefunden hat an ihrer Begleitung. Auf jeden Fall hörte er irgendwann auf zu murren, wenn es darum ging, sie auszuführen, wie man das bei einem kleinen Hund macht. Er sah sehr wohl, dass sie umherirrte, dass sie stundenlang hinter der Eingangstür ausharrte, damit irgendwer sie mit sich nehmen würde – und meist waren das Charlie oder ich, just ein Spaziergang im Viertel oder ein Gang in den Park.

Er hat sich daran gewöhnt, aber eine adoptierte Enkeltochter, und erst recht ein Negerkind, das war das Schlimmste, was man ihm hatte antun können. Ich habe lange gebraucht, um das zu verstehen, um die Abkunft seines Zorns zu entschlüsseln, er, der er immer im gleichen ruhigen Tonfall sprach, er, der über die Beleidigungen und bissigen Reden unserer Kinder guten Herzens lachte, er, der alles verzieh, weil er in nichts etwas Böses sah, er, der vor lauter Nachsicht so aufreibend war.

Man meint einen Mann zu kennen, man hat sich an seine Ritterlichkeit gewöhnt, daran, dass er kreuzfidel ist, an seine leutselige Art, und dann findet man sich plötzlich einem mürrischen Kläffer gegenüber, einer Dogge, die ihre Schuldsprüche mit den schändlichsten Begriffen hervorstößt und dabei ihren Zorn über einem unschuldigen Kind entfesselt:

»Bei der sind wir noch nicht am Ende der Fahnenstange mit unseren Leiden, das, das sage ich dir, und du tätest besser daran, mir zu glauben! Sieh dich vor, denn sie wird es dir schon zeigen! Noch ist sie klein, da will das noch angehen! Obwohl, frag mal deine Tochter, ob es wirklich so gut geht: Sie wird dir was zu erzählen haben! Und warte nur ein wenig, bis sie größer sein wird, die Negerin, und bis sie damit anfängt, im ganzen Viertel Schwänze zu lutschen!«

Ich war von seiner Obszönität ebenso verdutzt wie von der irren Heftigkeit seiner Vorhersage. War er doch immer von einer peinlich genauen Höflichkeit und einer mädchenhaften Prüderie, so ging er nun aus sich heraus und malte sich für Charonne unaufhörlich pornografische Szenarien aus, in der man sie Oralsex treiben oder sich bei jeder Gelegenheit anal koitieren lassen sah.

»Sie hat das im Blut: da werden wir nicht dagegen angehen können. Schwarze, bei denen ist das so, das, das liebt den Schwanz! Je mehr sie davon kriegen, umso zufriedener sind sie! Und die fangen früh an, ich warne dich: In fünf Jahren wird man ihr eine Leine umlegen müssen, dieser Charonne! Ansonsten wird sie uns Krankheiten ins Haus schleppen! Oder von einem kleinen Bimbo schwanger werden. Du wirst schon sehen, und du wirst nicht sagen können, ich hätte dich nicht gewarnt! Bis sie uns ihre Zuhälter hierherschleppt. Ah, du wirst weniger lachen, sobald du sie dabei erwischt, wie sie in deinem

Bad rumfickt! Mit einem anderen Neger, wennschon-dennschon! Es heißt, die sind wie Esel bestückt!«

Ich hoffe, dass Charonne von diesen wahnsinnigen Reden nie etwas mitbekommen hat, aber bei ihr weiß man nie, kaum siebenjährig, hatte sie schon die Gewohnheit angenommen, in aller Stille zu verschwinden und wieder aufzutauchen, wenn man es am wenigsten erwartet hatte. Wenn sie eines Tages mit mir darüber reden möchte, könnte ich ihr erklären, dass es ihrem Großvater bereits sehr schlecht zu gehen begann, und für seine Schmähreden die Koprolalie verantwortlich machen, ein Begriff, mit dem die ersten aufgesuchten Ärzte seine neuerdings aufgetretene Neigung zur vulgären Sprache festnagelten.

»Die Ko-pro-la-lie, Madame Meuriant: Der Patient verwendet unbewusst Schimpfwörter. Das ist ein sprachlicher Tic. Er kann nicht anders, er muss sie einfach aussprechen.«

»Kann man denn nichts dagegen tun? Kann man ihn nicht behandeln?«

»Alles hängt davon ab, was die Koprolalie ausgelöst hat, Madame Meuriant. Wir werden nachforschen, Untersuchungen anstellen. Ihr Mann ist vielleicht am Tourette-Syndrom erkrankt. Oder an der Pick-Krankheit. Wir werden danach forschen, wie gesagt.«

Tatsächlich war er nicht sehr lange im Zustand der Koprolalie geblieben, mein armer Charlie. Es muss wohl angenommen werden, dass Obszönität nicht wirklich in seiner Natur lag. Und im Übrigen zerbrechen sich die Ärzte noch immer den Kopf darüber, ob er nun an Alzheimer, an vaskulärer oder an frontotemporaler Demenz erkrankt ist, da er ja sämtliche Symptome vermengt aufweist und Momente des vorübergehenden Nachlassens kennt, wovon die Ärzteschaft immer behauptet hat, dass dies unmöglich wäre: Auf Ärzte kann man zählen, wenn man Familien, denen ein optimistisches oder trostspendendes Wort fehlt, nicht viel Hoffnung lassen möchte.

Aber ich komme auf die Auswirkungen zurück, welche die Adoption von Charonne auf Charlie hatte, und auf die Gründe, die ihn schneller als vorhergesehen in seinen linden und zeitweisen Wahnsinn getrieben haben. Wer meinen zweiten Ehemann, diese einfache Seele, verstehen will, muss unbedingt wissen, woran sein Stolz und seine Eitelkeit gehangen haben und noch immer hängen. Man könnte ihn für selbstgefällig halten vor lauter sensationeller Schönheit, die jeden irritierte, der ihn zum ersten Mal sah. Aber nein. Als hätte Paul Newman niemals gewusst, dass er Paul Newman war. Er hat seiner eigenen Person gegenüber nie mehr als das Minimum an zumutbarer Pflege zukommen lassen: sich kleiden, sich die Zähne putzen, sich parfümieren und Schluss. Seine unanfechtbare Eleganz bei der Kleidung verweist mehr auf eine Leidenschaft für Objekte als auf Eitelkeit. Was ihn nicht davon abhält, mit sich selbst sehr zufrieden zu sein, aber die Motive seiner Selbstgefälligkeit obliegen wesentlich einer Abstammung, die er außergewöhnlich wähnt, obgleich es sich nur um eine Dynastie Großbürgerlicher handelt, Flamen väterlicherseits, und Wiener mütterlicherseits. Er wähnte sich stets den Schenkeln Jupiters entwachsen, der arme Liebling, und nicht ich war es, die Tochter eines Farbhändlers aus Toulon, die ihn seines Irrtums überführte.

Als ich Charlie kennenlernte, war er bereits ein begeisterter Ahnenforscher, mit dem Alter aber ist das bei ihm zu einer Besessenheit geworden und zu einem Hobby, das ihn ebenso in Anspruch nahm wie seine Sammlungen. Er hatte Stunden damit verbracht, die Spur eines Vorfahrens auf der Genter Seite zurückzuverfolgen, oder die Verzeichnisse des Personenregisters in der Hoffnung unter die Lupe zu nehmen, seinen

Stammbaum verzweigen zu können. Und als ihm klar geworden war, was für Möglichkeiten ihm das Internet auf diesem Feld eröffnete, nahm die Ahnenforschung die gesamte Zeit in Anspruch, die ihm sein Hirn zur Verfügung stellte. Das zeigt deutlich genug, wie sehr das Eindringen einer kleinen Schwarzen mitten ins Herz all dieser Meuriants, Blanckaerts und Kürenbergs ihm zugesetzt hat. Tatsächlich war dies sogar für den empfindlichen Magen des Nachkömmlings all dieser Händler, die weiß waren wie Schnee, nicht zu assimilieren.

»Ist dir denn klar, ist dir denn eigentlich klar, dass die mit all ihrem Geschiss, dass die dabei auch noch meinen Namen tragen wird, diese Negerin!«

Er hämmerte damit zehnmal täglich auf mich ein, unfähig, sich dreinzufinden, unfähig, diesen wilden und sanften Sprössling anzuerkennen, dieses Kind, das mit seiner Geburt namens Unbekannt und der Farbe seiner Haut sämtliche Schandflecken auf sich vereinigte. Charonne besudelte, was ihm am kostbarsten erschien, seine Geburt, seine Herkunft, sein Gefühl, etwas Größerem und eindeutig Noblerem anzugehören als ihm selbst – auch wenn er zu seinem großen Bedauern doch nie auch nur den geringsten Tropfen blauen Blutes für sich hatte ausmachen können, was ja die Krönung in einem Lande darstellt, in dem sich alle Welt damit brüstet, zumindest einen Aristokraten unter seinen Vorfahren zu haben.

Er schloss Frieden mit Charonne. Aber nicht mit dem Skandal, der sie zu seiner Erbin machte, und solange er auch nur mit ein wenig Beharrlichkeit seine Ziele verfolgte, verwandte er sich dafür, die Dinge so einzurichten, dass durch vervielfachte Spenden an Kirche und Tierschutz sein Geld nicht in ihren Beutel fiel.

»Das wird sie niemals kriegen, dieser Mohrenkopf! Mir ist es tausend Mal lieber, dass meine Kohle an die Köter geht als in ihre dreckige Negerfresse!«

Dass dieser Mohrenkopf stets präsent ist, sein Gejammer schluckt, seine verlegten Schlüssel wiederfindet, ihn in die Messe oder ins Bistro begleitet, nun, das konnte ihn nicht einen Fingerbreit von seinem Raubbauvorhaben abbringen. Régis und Gladys konnten noch so sehr wettern, sich lautstark über die Vergeudung beklagen, über das aus dem Fenster rausgeworfene Geld, sein tief verwurzeltes Grauen gegenüber Schwarzen und Niggern war weitaus stärker als seine Liebe und sein Sinn für väterliche Pflichten. Ich habe nie wirklich gewusst, was er über Juden dachte, aber die Art und Weise, wie er albern grinste, wenn wir auf semitische Familiennamen stießen oder er solche vermutete, war an sich schon aufschlussreich, und ich glaube, ich tat gut daran, in fünfundvierzig Jahren Ehe kein einziges Mal diesen Punkt angesprochen zu haben.

Einer der wenigen Vorteile seiner inzwischen unanfechtbaren Geisteskrankheit besteht darin, dass er heute all die Zuwendungen vergessen hat, die er zu seinen Lebzeiten zu tun gewillt war, und im Übrigen, sollte es nur an mir liegen, Charonne würde nicht mit leeren Händen dastehen. Und sie wird eine Mitgift brauchen können, die arme, bei ihrem Gewichtsproblem und ihrem Haar, das gleich welche Frau in die Depression treiben würde – ganz abgesehen von ihren blauen Lippen, ja, ja, ich übertreibe nicht, und ihren Sommersprossen, die ihre gelbliche Haut übersäen. Charonne bedarf der Hilfestellung für einen guten Start ins Leben, und wir haben ja auch für Régis und Gladys ordentlich was getan, die es gar nicht verdienten und die sehr viel mehr Trümpfe in ihren Händen hielten als ihre unglückliche Adoptivtochter.

Nach der Rückkehr von der Messe zeigt Charlie sich ungeduldig und jähzornig, aber Marguerite, die ihn in- und auswendig kennt, eilt, unseren häuslichen Aperitif zu servieren, um dergestalt seinen Blutzucker zu heben. Während er sich mit Rosette de Lyon vollstopft und sich seine beiden täglichen Pastis reinzieht, bestreiten Charonne und ich die Unterhaltung allein, bis schließlich Gladys und Régis sich dazu herablassen, aus ihrem Reich herabzusteigen, mal wieder und wie immer mit verschnupfter Miene, da sie alle beide an zahlreichen Allergien leiden. Milben, Pollen, Lösungsmittel, elektromagnetische Wellen, alles gereicht ihnen als Grund zur Klage über Migräne oder Reizungen der Augen und Nase. Will man Marguerite Glauben schenken, haben sie aus ihrer Elternsuite einen aseptischen Raum gemacht, in dem man dazu angehalten ist, seine Schuhe auszuziehen und sein Handy abzuschalten. Bevor sie für die Hausarbeit zu ihnen hinaufsteigt, muss selbst Marguerite sich die Hände mit einer von Gladys auf Basis von Wachs und Natronlauge hergestellten Seife reinigen. Obgleich sie all unsere Spülsteine und Waschtische großzügig damit ausstaffiert hat, ließe ich mich eher umbringen, als sie zu benutzen, und das gleiche gilt für Charlie: Ihm mag noch so sehr seine Rübe einschrumpfen, er hat doch noch immer ausreichend Grips bewahrt, um sich vor diesen Klumpen zu hüten, deren Geruch ebenso wenig einladend ist wie ihre Farbe.

Kurz, sie sind da, unsere bald sechzigjährigen Kinder – ihr Abscheu vor der Familie und ihre vegetarischen Überzeugungen haben sie noch nie darin gehindert, Marguerites Ente an Rübchen essen zu kommen. Gewiss, sie werden meckern und pingelig sein, werden so tun, als würden sie drei Viertel des butterzarten Geflügels am Tellerrand liegen lassen, am Ende aber werden sie sich nicht weniger den Bauch vollgeschlagen haben als alle anderen auch. Ich bin die Einzige, die mit langen Zähnen isst. Da ich mich immer schon aushungert habe, fällt mir das nicht einmal mehr schwer. Ich kann noch so sehr darüber im Bilde sein, dass in meinem Alter einige überflüssige Pfunde die Haut aufspannen und unterfüttern, es ist doch stärker als ich, und ich bin lieber ausgemergelt als so aufgeschwemmt wie zwei meiner Schwestern – die dritte hat es wie ich gehalten: Sie wurde alt und dorrte dabei aus, wodurch sie und ich noch immer diejenigen sind, die unsere Kleidung am besten tragen, wohingegen Anne-Marie und Fanny wie Matrjoschkas wirken in ihren unförmigen Schlupfblusen und luftigen Hosen. Nun ja, was Anne-Marie betrifft, so ist das Problem gelöst, da ihr mit Fett umwickeltes Herz sie vor fünf Jahren im Stich gelassen hat.

Anders als ihre Eltern ist einem Charonne eine Freude und nimmt sich von allem nach. Man muss sie bremsen, und ich bin es, die sich darum kümmert:

»Tse, tse, Charonne: Du hattest schon genug vom Käse.«

Sie legt das Stückchen Brie zurück, aber ich sehe doch, mit welchem Bedauern, und es schmerzt mich, sie einer Freude zu berauben, sie, die sie derer doch so wenige hat. Um sie auf andere Gedanken zu bringen, lasse ich sie von ihren Studien sprechen. Anders als Régis, der nach zwei Monaten mit allem aufgehört hat, anders als Gladys, die es nicht einmal bis zum Abitur gebracht hat, indem sie es so eingerichtet hatte, dass sie uns im letzten Schuljahr mit einer Mononukleose kam und sich anschließend dagegen gesträubt hatte, noch mal loszulegen, hat sich Charonne an einer Journalistenschule eingeschrieben, was bei ihren Adoptiveltern Sarkasmen und auf meiner Seite eine rückhaltlose Zustimmung ausgelöst hat. Wo doch endlich einmal jemand in diesem Hause Ehrgeiz zeigt, werde ich es mir nicht verwehren, dies euphorisch zu begrüßen. Da sie ihren hexenhaften Turban abgelegt und ihre Zöpfe zu einer merkwürdigen Pyramide verdrillt hat, ist sie in ihrem schwarzen Kleid strahlend schön, und ich kann mich nicht erwehren zu beobachten, dass sie, so fett sie auch sein mag, ihren hochmütigen Hals über ihren rundlichen Schultern bewahrt hat, während meine arme Tochter sich durch eine grobe Kragenweite auszeichnet und ein ewig eingezwängtes Aussehen, das ihre Schichten an fair gehandelter Polarwolle nur noch verstärken. Es will mir aber doch scheinen, sie habe als Kind einen Hals gehabt, und es wird wohl an diesem ewigen Einziehen des Kopfes gelegen haben und diesem Absenken des Kinns zum Zeichen des Schmollens, dass sie den ihren verloren und im selben Zuge das Wachstum ihrer Brüste gehemmt hat: Gladys ist platt wie ein Junge, im Gegensatz zu Charonne, die auf ihre hinreißenden, wenngleich doch recht massigen Brüste wirklich stolz sein kann. Da sie sie bei jeder Gelegenheit zeigt, kann niemand ihre Herrlichkeit ignorieren, aber sie täte besser daran, sich in Acht zu nehmen und häufiger einen BH zu tragen, wenn sie verhindern will, dass sie ihr eines Tages bis zur Kniekehle herunterhängen, denn so lautet nun mal das Schicksal von Brüsten – und auch davor hatte mich niemand gewarnt.

Nach dem sonntäglichen Mittagessen gehe ich hoch, Siesta halten. Bis vor kurzem habe ich unsere Betten noch selbst gemacht, ich mochte es nicht, dass Marguerite oder Divina sich darum kümmerten, dass sie es waren, die die von unserer Nacht noch lauwarmen Laken ausschlugen, dass sie den ranzigen Geruch unserer alten Körper einatmeten und die Kopfkissen aufschlugen, auf denen noch einige weiße Haare lagen. Nun aber fehlt mir die Kraft dazu, alles ist mir schwer geworden. Selbst das Schlafen, ja tatsächlich. Früher erwartete ich voller Ungeduld den Moment, wo ich mich schlafen legte; ich reckte mich mit Wollust im Bett, vor allem, wenn ich allein war, ohne Fernand, der sich mit seiner immerwährenden Erektion an meinen Rücken schmiegte, ohne Charlie, der sämtliche Laken an sich zog. Ich war eine wahre Schläferin: Ohne meine zehn Stunden Schlaf bekam man nichts von mir. Heute, da schlafe ich nicht nur wenig, ich habe auch überhaupt keine Freude mehr daran: Meine Ohrenknorpel schmerzen, wenn ich auf der Seite schlafe, meine Nasennebenhöhlen verstopfen, wenn ich auf dem Rücken schlafe; keine einzige Position ist angenehm, aber sobald ich sie wechsle, lässt meine Hüfte mich furchtbar leiden.

Einmal im Schlafzimmer, strecke ich mich doch auf dem einwandfrei gemachten Bett aus. Marguerite hat Staub gewischt, gelüftet, die Kleider wieder auf die Bügel gehängt, das Blumenwasser gewechselt: Ich wüsste nicht, was ich ohne sie und Homobono machen würde. Gewiss sind sie weder freundlich noch gesprächig, aber wenn man sie zu nehmen weiß, sind sie die Crème de la Crème. Und Charlie war ohnehin nie ein Heimwerker, und heute ist er schon seit langem nicht mehr in der Verfassung, sich um den Garten kümmern zu können. Er hatte dies dennoch geliebt, und hätte er mir nicht zahlreiche Sträucher kaputt gemacht und sämtliche Rosen durch zu viel Besprühen mit allem Möglichen vernichtet, ich hätte ihn gern weiterhin den Gärtner spielen lassen.

Na bitte, mir geht's hier gut, hier oben, im Frieden, ohne Gladys mit ihren Beschimpfungen, ohne Charlie mit seiner Art, mir ich weiß nicht was ins Ohr zu brüllen, und selbst ohne Charonne, die mich mit ihrer unentwegten Bewunderung ermüdet, zumal sie alles sieht, selbst, wenn sie nichts sagt, und ich doch ausreichend lange im Licht gelebt habe, um heute doch ein wenig Schatten zu suchen, einen über meine Gebrechen geworfenen Schatten.

Aber es musste ja so kommen, natürlich, Charlie eilt schon her und beginnt im Zimmer auf- und abzugehen mit diesem irritierenden Getrippel eines Greises, das dieses Jahr bei ihm eingesetzt hat. Was mag er wohl treiben oder suchen, ich habe keine Ahnung, aber so läuft das jeden Sonntag ab, und wenn ich ihn unterbreche, wird er zornig und spuckt beunruhigende Erklärungen aus, weshalb ich mich dazu entschlossen habe, sein Herumschlendern zu ignorieren, obwohl es mich ganz schwindelig macht.

Heute, ganz im Gegensatz zu seiner Gewohnheit, kommt er und setzt sich sofort aufs Bett und verharrt dort einen Augenblick, um mich anzublicken. Dass er mich für seine Patentante hält, die seit sechzig Jahren tot ist, oder für Tante Jeanne, deren Erinnerung er liebevoll pflegt, davon trennt ihn nur noch ein kleiner Zwischenraum, den sein verstörter Geist für meinen Geschmack allzu häufig durchbricht.

»Charlie?«

»Ja.«

»Weißt du, wer ich bin?«

Seine Finger klimpern ungeduldig auf der Steppdecke:

»Natürlich weiß ich, wer du bist, armes Plemplemchen.«

»Gut, hör zu, wenn du mir nichts Liebes zu sagen hast, lass mich ausruhen. Ich komme gleich wieder hinunter, und wir werden einen Spaziergang machen ...«

»Nehmen wir den Hund mit?«

»Wenn du magst.«

Dieser Hund, genauer, diese Hündin, sie ist ein Rätsel. Sie tauchte vor etwas weniger als einem Jahr bei uns auf, ein orangefarbener, wohl gepflegter und stubenreiner Pudel. Ich hatte vergeblich überall im Viertel Zettel angebracht, es kam doch niemand vorbei, der sie zurückgefordert hätte, zur großen Freude von Charonne, die unbedingt wollte, dass wir sie behielten, und die vorgab, dass sie schlecht behandelt worden sein musste. Es war Charonne, die ihr einen Namen gab, Fougère, und die sich darum kümmert, sie zu füttern und auszuführen, aber ich muss sagen, dass diese Hündin Charlie, diesem ausgesprochenen Tierfreund, unheimlich gut getan hat.

Ihrem Herrchen vorsichtig gefolgt, legt Fougère nun ihre spindelförmige und filzige Schnauze auf seine Knie, dann hebt sie ihre bewundernden Augen zu ihm auf. Was doch aus uns wird! Wenn ich daran denke, dass mein Mann nur irgendwo ankommen musste und schon standen Männer wie Frauen stramm und seufzten vor lauter Begehrlichkeit, und heute, da ist es nur zu gerecht, wenn sich ein weiblicher Pudel findet, um seinen verblühten Reizen die Ehre zu bezeugen. Es muss erwähnt werden, dass es, da Alkohol und Krankheit das Ihre taten, einem Kummer bereitet, den schönen Charlie anzusehen. Ich mag ihn noch so sehr lieben, ich komme nicht umhin anzuerkennen, dass er Fett angesetzt hat und geschrumpft ist, dass seine Augen tränen, seine Nase knollig geworden ist und bläulich, dass er unentwegt mit seinem entblößten Schädel wackelt, und dass unter seinem Kinn eine knubbelige Masse zittert und schwabbelt. Was doch aus uns wird, mein Gott! Er, der von so stolzem Aussehen war, auch mit sechzig Jahren noch!

Und mir geht's da nicht besser, ich weiß sehr wohl, an was ich in meinem Faltenrock und meiner roten Bluse erinnere: an ein geschminktes und kostümiertes Affenweibchen, wie ich sie einst im Zirkus gesehen habe, als ich klein war. In den Zirkus, in den sollte man uns stecken, uns, die Alten: Sind wir doch zu nichts mehr gut, so sehr unsere groteske Erscheinung auch die Kinder vergnügt. Sofern sie ihnen keine Angst macht. Denn es ist schon erschreckend, dieses Schauspiel des Todes, der die Lebenden einholt und sie mit kleinen Bissen allmählich verzehrt.

Bei Charlie hat der Tod mit dem Hirn angefangen, und auch wenn dieses an ihm nicht das Beste gewesen ist, ich hätte es doch lieber gesehen, wenn er ihm zunächst ein Stück Hüfte genommen hätte oder einen Wirbel: Er wäre mit einer Arthrose davongekommen, so wie ich, anstatt nun dazustehen und angesichts seiner Frau und seiner Hündin vor sich hinzuspinnen ...

»Nelly ...«

»Was gibt's?«

Ich sehe wohl, dass er mir etwas mitteilen möchte, dass ihm aber die Worte in einem Winkel steckenbleiben, wo er sie kaum wiederfinden kann. Seinen Sprachbemühungen gegenüber sensibel, springt Fougère mit einem mitfühlenden Jaulen auf seine Knie und er lässt ihr eine zerstreute Streicheleinheit zuteilwerden.

»Nelly ...«

»Ja?«

Das kann Stunden dauern: Er, der meinen Vornamen ausspricht, ohne weiter zu kommen als bis zu dieser Auslassung, und ich, die ich ihm ruhig antworte.

»Nelly ...«

Er weint, seine Hand wühlt dabei im wolligen Fell seiner Hündin, der nichts Besseres einfällt, als seine Tränen an ihrer Quelle aufzunehmen und sie mit rosigem Zungenschlag gierig zu trinken, ohne dass er auch nur auf die Idee käme, sie zurückzustoßen.

»Nelly, was geschieht mit mir?«

Ich richte mich überstürzt auf, die Siesta ist mir egal, ich kann hier unmöglich wie ein Leichnam ausgestreckt liegen bleiben, der im Begriff ist, einbalsamiert zu werden, während der Mann meines Lebens so schaurig leidet. Das genau ist es, was er ist, der Mann meines Lebens, selbst wenn das, was unser Leben ist, bereits begonnen hat, einem Verwesungsprozess zu ähneln.

»Was ist mit mir los, Nelly, sag mal? Bin ich krank?«

Ja, mein Geliebter, du bist krank, du hast die Krankheit der Alten, auch wenn die Ärzte sich nicht auf den Namen der deinen einigen können, trotz der unzähligen CTs und MRTs, die sie dich in den letzten Jahren haben durchlaufen lassen. Und schau, ich habe leise gehofft, dass du dir über nichts bewusst bist; dass die Krankheit, da sie deine Fähigkeiten vermindert, doch barmherzig genug wäre, um dir de facto auch jene zu nehmen, deinen Niedergang zu realisieren. Ich rechnete auch mit deinem Optimismus und deinem dir angeborenen Egoismus, dass sie dich schützen mochten vor der furchtbaren Feststellung: Dir geht die Sicherung durch, du bist tattrig wie ein Flattergeist, dir schrumpft die Birne, du hast nicht mehr alle Tassen im Schrank, und das wird sich nicht mehr ändern.

»Aber ich will nicht, ich will nicht krank sein!«

Wie nur soll man diesem verhätschelten Kind, nach dessen Pfeife immer alle tanzten, diesem Mann, den die Existenz im Großen und Ganzen verschonte, sieht man einmal ab von der überstürzten Flucht seiner ersten Frau und dem mürrischen Charakter seines Sohnes, zu verstehen geben, dass ihm dieses Mal niemand helfen, niemand seine Probleme lösen, ihm die Schwierigkeiten ebnen und das Leben erleichtern können wird?

Sich mühselig ans Bettende kniend, faltet er die Hände, und ich höre aus seinem alten Mund die Worte dringen, die man uns seit unserer Kindheit zu wiederholen gelehrt hat:

»Herr, ich bin nicht würdig, dass du eingehst unter mein Dach. Aber sprich nur ein Wort, so wird meine Seele gesund;

Herr, ich bin nicht würdig, dass du eingehst unter mein Dach. Aber sprich nur ein Wort, so wird meine Seele gesund ...«

Ich bin bestürzt, und Fougère ist es nicht minder, die es nicht fassen kann, ihn plötzlich auf ihre Höhe reduziert zu sehen. Während sie um ihn herumspringt mit zärtlichem Gebelle und Panik, suche ich nach Worten, die den Weg in seinen armen Kopf zu finden vermöchten, aber schließlich sind es doch die der Bibel, die mir am angemessensten erscheinen und so stimme ich mit ihm ein:

»Herr, ich bin nicht würdig, dass du eingehst unter mein Dach. Aber sprich nur ein Wort, so wird meine Seele gesund.«

Aber was für eine Genesung bleibt denn zu erhoffen? Täten wir nicht besser daran, von Gott zu erflehen, dass er uns erlöse aus diesem Tränental? Was mich betrifft, so weiß ich nicht, ob ich es sehr lange werde ertragen können, mitanzusehen, wie mich mein Mann für seine Tante hält oder ununterbrochen denselben Satz vor sich her brabbelt. Vor allem, wenn sich herausstellen sollte, dass er weiter diese furchtbaren lichten Momente haben wird. Solange er sich über nichts im Klaren zu sein schien, ging es ja noch. Mit Marguerite und Homobono fühlte ich mich stark genug, die Auswirkungen seiner Gehirnerweichung parieren zu können. Ganz abgesehen davon, dass ich zur Unterstützung immer noch Liberato und Divina einstellen konnte. Dass uns zumindest das Geld doch noch zu etwas nutze ist, und wir ihn hier behalten können, im Haus, das ihn zur Welt hat kommen sehen, inmitten seiner Briefmarken und seiner Erze, umgeben von vertrauten Gesichtern – auch wenn er mich Tante Jeanne nennt, und weder Régis noch Charonne wiedererkennt.

Ich würde mich ja ebenfalls niederknien, aber bei meiner Hüfte ist das unmöglich. Mein Gott, mein Gott, was doch aus uns wird! Es ist kaum zu glauben, dass ich nicht einmal mehr an der Seite des Mannes beten kann, den ich liebe! In Ermangelung eines Besseren führe ich meine Hand zwischen die wenigen Haare, die ihm noch geblieben sind, einige Strähnen grad oberhalb des Nackenpolsters, die aber auch nichts gemein haben mit den silbrigen Locken, die er über fünfzig Jahre zur Schau getragen hat, und murmle einige ermutigende Floskeln der Hoffnung:

»Das wird schon werden, mein Liebling, ich bin da: Du weißt, dass ich da bin, nicht wahr?«

Ja, ich bin da, aber ohne mich anscheinend zu hören, vergräbt er sein Gesicht in seine zitternden Hände und bricht in so herzzerreißendes Schluchzen aus, dass ich vor Mitleid und dem Gefühl der Machtlosigkeit beinahe vergehe. Aber ich weine nicht, das nicht. Ich, die ich so nah an den Tränen gebaut war, mir ist dies im Laufe des Alters abhanden gekommen. Ich begnüge mich damit, meinen Mann verzweifelt weinen und dann bis zu den Gründen eines so furchtbaren Kummers hin alles vergessen zu sehen. Das dauert, das dauert, aber nach einer Weile betrachtet er seine feuchten Hände völlig perplex, erhebt sich mühsam und nimmt wieder sein irrendes Getrippel auf, Fougère ihm auf den Fersen.

Er hat, für dieses Mal, vergessen, dass er zu nichts mehr gut ist, dass er sich nicht einmal mehr allein anziehen kann, dass er sich in die Hose macht und die Leute nicht mehr wiedererkennt – er hat vergessen, aber es wird ihm wieder bewusst werden, und ich weiß nicht, oh ich die Kraft haben werde, einer neuerlichen Aufwallung seiner Hoffnungslosigkeit standzuhalten. Ich habe schon genug mit meiner eigenen zu tun. Was bleibt uns zu hoffen, Charlie und mir? Selbst die Reisen machen uns keine Freude mehr, uns, die wir so viele Ziele und Hotels zur Auswahl, so viele neue Kleider, Sonnencremes und Reiseführer bei der Planung zu kaufen hatten. Planen, das ist inzwischen zu schwierig geworden. Zu ermüdend auch, den Zug oder einen Flieger zu nehmen, selbst, wenn uns die ganze Zeit über geholfen wird, selbst wenn die Taxen auf uns warten, selbst wenn wir Menschen dafür bezahlen, dass sie unsere Koffer tragen, die wir nicht selbst gepackt haben, denn sogar das ist zu schwierig geworden.

Unsere letzte große Reise, das war Florida, zehn Jahre ist es her, und schon mit der Ankunft waren wir von der Hitze niedergedrückt, von der Zeitverschiebung irritiert, vom Gewühle entgeistert, überall, am Flughafen, im Hotel, in den Straßen, die unaufhörliche Bewegung all dieser Leute, die wussten, wohin sie gingen und was sie tun wollten, wohingegen wir ohne jeglichen Plan und ohne alle Lust vom Zimmer ins Schwimmbad zogen und vom Schwimmbad zurück ins Zimmer. Wäre Charonne da gewesen, sie hätte uns ins Schlepptau genommen, wir hätten ihre jugendliche Begeisterung angenommen, hätten Coral Gables etwa oder Key Biscane auf ihre Weise gesehen, die uns von der unseren abgelenkt hätte, von der mürrischen Gleichgültigkeit, mit der wir uns einige Internetseiten angesehen haben, bevor wir uns dann endgültig in unserer Vier-Sterne-Suite eingeigelt hatten. Aber damals war Charonne noch zu klein und wir hatten sie der Fürsorge ihrer unwürdigen Eltern überlassen, bevor wir uns wie zwei alte egoistische Trottel zu unserem Traumaufenthalt aufschwangen – ohne zu ahnen, dass er sich in einen klimatisierten Albtraum verwandeln und uns endgültig das Reisen vermiesen sollte.

Selbst die Villa in Cassis suchen wir nicht mehr auf: Es ist mit zu vielen Scherereien verbunden. Und doch will mir manchmal scheinen, dass ich meine Tage in einer Wohnlaube am Meeresufer beenden könnte, allein, ohne irgendwen, wäre ich die glücklichste aller Frauen. Die Villa in Cassis hat mir Fernand überlassen, und ich habe viele glückliche Erinnerungen an sie, mit ihm und Gladys aus jener Zeit, wo sie noch nicht ständig die Schnute verzog. Sie liebte es zu schwimmen, dieses Kind, genau wie ich. Nur, dass ich diese Freude auch verloren habe, ich weiß gar nicht mehr wann und wie. Eines Tages mitten im Sommer, bin ich bis auf Höhe des Kinns ins Wasser gegangen, und ich kam mir dumm vor, ich konnte meine Gesten nicht mehr richtig kontrollieren, hatte Angst, nicht ausreichend Luft zu bekommen, hatte Angst, unterzugehen und von den wiegenden Algen erfasst, von unsichtbaren Tieren gestreift zu werden.

Das Meer war spiegelglatt, und ich war Hunderte Male an diesem Ort schwimmen gewesen, aber ich fühlte genau, dass es für mich mit dem Baden vorbei war, obwohl ich doch zu meiner Zeit eine echte Meerjungfrau war. Als *Paris Match* ankam, um eine Reportage über unser Haus in Cassis zu machen, da posierte ich im gestreiften Bikini auf den Felsen, um dann, auf Bitten des Fotografen, elegant durch die hohe See brustzuschwimmen, während er von mir unter Fernands ironischen Zurufen Bilder schoss:

»Los, mein Liebling, zeig uns, was du kannst!«

Was ich doch nur für eine Angst hatte, meine Schminke möchte verschmieren, ich war weder gekrault noch getaucht, aber es hatte mir nicht an Lust daran gemangelt, und am Ende dann hatte Fernand eines der Diapositive vergrößern und einrahmen lassen. Es dürfte sich noch in der Villa befinden: Nelly Chastaing lächelnd über den Meereswogen; Nelly Chastaing in Zeiten ihres Glanzes, als sie noch Muskeln hatte, Haare, Lust.

Denn genau darum geht es: Lust, Charlie und ich, wir empfinden keine mehr. Und ich rede hier nicht von sexueller Lust, wo er mich doch seit Florida nicht mehr angerührt hat. Und selbst damals, da geschah es auf meine Initiative hin und aus reiner Verzweiflung, um die Zeit zwischen zwei Cubra Libres rumzukriegen, dem Cocktail, mit dem wir uns in jenem Sommer abgefüllt haben. Wie gewöhnlich hatte er meine Avancen mit einem breiten, zufriedenen Lächeln angenommen, hatte mich gewissenhaft penetriert, hatte unser Geschäft erfolgreich ohne größere Erregung auf beiden Seiten beendet, was zur Folge hatte, dass ich danach auf dem Bett liegen geblieben war und an jene Zeiten zurückgedacht hatte, als Fernand mir einen Wahnsinnsorgasmus besorgt hatte – während Charlie einen Reiseführer über Miami durchgegangen war. All das nur, um schließlich schon um fünf Uhr nachmittags todmüde gewesen zu sein, völlig unfähig, uns noch aufzuschwingen, um die Straßen von Little Havana abzuschreiten, wie wir es nach dem Liebesakt vorgehabt hatten.

Was bringt es noch, den Betrug in die Länge zu ziehen, der darin besteht, einen glauben zu machen, dass wir lebendig wären, wo wir doch tot sind? Ich werde nicht weinen, nein, ich werde ins Wohnzimmer hinuntersteigen, werde mich meinem Mann anschließen, dem die Rübe schrumpft, meiner Tochter und meinem Schwiegersohn, die mich hassen, und meiner Enkeltochter, die nicht meine Enkeltochter ist und dreißig Kilo zu viel wiegt, um ansehnlich zu sein, selbst wenn ich anerkennen muss, dass sie auf ihre merkwürdige Art hübsch zu sein vermag, die aber mitnichten was mit derjenigen zu tun hat, die man mich anerkennen und preisen gelehrt hat: mit meiner und jener von Charlie, bevor die Zeit dann aus uns kostümierte Affen machte mit den nämlichen Buckeln wie Orang-Utans, den nämlichen Gesichtsfalten wie Schimpansen, und was Charlie betrifft, dem nämlichen Hirn eines Seidenäffchens, aber das, das rührt nicht erst von gestern her und das hat auch nichts mit dem Alter zu tun, auch wenn die senile Demenz bei all dem nicht gerade förderlich war.

Er war bereits dumm, bevor er alt wurde, mein armer Ehemann, auch wenn ich es nicht sofort verstanden hatte, da ich ihn liebte und ein Firnis guter Erziehung die bodenlose Leere seiner Gedanken hervorragend zu tarnen vermochte. In Wirklichkeit aber war er immer schon tumb, und das ist es auch, was seine glückliche Natur erklärt, seinen Optimismus reinsten Wassers, seine Unfähigkeit, sich über irgendetwas aufregen zu können, sein verlegenes Grinsen, sobald die Unterhaltung auch nur etwas abstrakter wurde, sein Vergessen bezüglich allem, was nicht zu der angenehmen Routine gehörte, die seine Existenz bedeutet hat. Ich glaube, dass es daran lag, warum Monique letztendlich verduftet war: Eines Tages musste sie begriffen haben, dass er, Charlie, das reine Nichts war.

Es ist kaum zu glauben, dass Fernand mit sechsundsechzig Jahren starb, er, der doch so lebendig war, wohingegen Charlie seit seiner Geburt dahinvegetiert und mit sich selbst zugleich auch das schwache Blut all dieser Genter Bürger verzehrt, die sich nur untereinander vermehrten, aus purer Angst vor einer Missheirat und dem Verstreuen ihres Vermögens! Es ist kaum zu glauben, dass Fernand mit sechsundsechzig Jahren starb, während er seine Lungen ausspuckte und nach seine Tochter rief, dieser Undankbaren, die völlig unfähig war, ihre Freude für einen Moment auszusetzen, völlig unfähig, ihren kaputten Gäulen zu entsagen, um ihrem Vater in seinen letzten Augenblicken beizustehen! Es ist kaum zu glauben, dass er mit sechsundsechzig Jahren starb, wo er es doch so geliebt hätte, mit mir das ehrwürdige Alter zu erreichen! Er hätte sich nicht von der Arthrose angreifen lassen, vom Bluthochdruck nicht und auch von keiner Makuladegeneration, und er hätte sich auch nicht von meinen Falten und meiner Kahlköpfigkeit abstoßen lassen.

»Wer die Frauen liebt, mein Herz, der liebt sie jung, alt, schlank, dick!«

»Und das sagst gerade du: Ich bin zwanzig Jahre jünger als du!«

»Was mich nicht darin hindert, Frauen in meinem Alter sehr erregend zu finden.«

Und es stimmt, unter den zahlreichen Liebhaberinnen, die sich um sein Krankenhausbett versammelten, befand sich Marie-Claire, eine Jugendliebe, die er aufzusuchen und sexuell zu beehren niemals aufgegeben hatte, was mir mitzuteilen sie sich nicht zurückgehalten hatte:

»Aber was glauben Sie denn, Nelly? Dass Fernand aufgehört hätte, mich zu ficken, nur weil er Sie geheiratet hat?«

Ja, das war genau das, was ich mir vorgestellt hatte. Ebenso wie ich mir vorgestellt hatte, meinen ersten Mann gut zu kennen. Wie man sich doch in den Leuten täuschen kann! Und doch, so untreu und verlogen wie er auch gewesen sein mag, ich halte daran fest, dass Fernand mir sein Herz weitaus tiefer gezeigt hat als Charlie es je tat. Charlie hatte nichts zu verbergen. Aber wenn ich darüber nachdenke, dann ist es womöglich dieses Nichts, das er hartnäckig gegen meinen Wunsch nach Intimität verteidigte.

Statt länger über mein vergangenes wie gegenwärtiges Eheleben nachzugrübeln, gehe ich hinunter in den Garten, um etwas Sonne zu bekommen. Warum sollte ich einen Gang durch den Park unternehmen, wo ich doch alles, was es braucht, bei mir habe? Dichte Lavendel, Rosen, Schneeballsträucher, bis hin zu einer Pinie, deren Üppigkeit man dauernd in den Griff bekommen muss – worum sich Homobono mit seiner philippinischen Wildheit kümmert.

So sehr ich Marguerite und Homobono mag, so schlecht ertrage ich Liberato, diesen dicken, sich einschmeichelnden

Jungen, der mehr und mehr danach strebt, seinen Vater bei den Instandhaltungsarbeiten zu ersetzen, die Haus und Garten verlangen. Ganz abgesehen davon, dass er es ist, der uns hierhin und dorthin fährt, da Homobono keinen Führerschein besitzt. Und, Bingo!, auch da wird nichts draus, er ist da, um sich am Rand des Zierbeckens zu aalen, wo ich doch gern meinen Liegestuhl genutzt hätte, ohne seine großen inquisitorischen Augen auf mir ruhen zu fühlen. Da ich höflich bin, grüße ich ihn, ohne sonderlich viel Verdruss zu zeigen, wenngleich doch ein wenig:

»Ach, guten Tag, Liberato: Sie sind hier?«

»Mein Vater wollte, dass ich mähe.«

»Aber wir haben Sonntag heute!«

»Ja und?«

»Es ist verboten, am Sonntag den Rasenmäher zu benutzen: Ihr Vater weiß das sehr genau.«

»Ach ja? Dann verstehe ich es auch nicht so richtig.«

Von wegen, Bello! So wie ich ihn kenne, bin ich mir sicher, dass er schlichtweg einen Vorwand suchte, um zugegen zu sein, als würden ihm die Arbeitstage nicht genügen. Ich muss wohl mit der Mutter ein Wort darüber reden, denn es reicht jetzt langsam, dass wir ihn ohne Unterlass um die Füße haben. Umso mehr, als ich mir immer schon gedacht habe, dass er ein wenig zurückgeblieben war mit seiner gutmütigen Visage und seinem immerwährenden dämlichen Lächeln. Außerdem scheint es mir, als schwänzle er um Charonne herum: Man muss sich hüten, dass er sie nicht vergewaltigt. Da er trotz allem nicht ganz dämlich ist, stiehlt er sich umgehend davon, aber es ist zu spät, auch er hat mir meine Ruhe zerstört.

Um des lieben Friedens willen schnappe ich mir Fougères Leine und pfeife leise nach ihr. Ich habe keine Lust, dass Charlie uns begleitet: Er soll in seinem Büro bleiben, seine Alben durchgehen oder seine Kreuzworträtsel ausfüllen. Mir soll's recht sein!

Einmal draußen mit Fougère, atme ich auf und der zappeligen Dankbarkeit der Hündin gelingt es, ein Lächeln über meine Lippen kommen zu lassen. Aber dass wir uns nicht täuschen: Mein Leben ist vorbei, und das nicht erst seit gestern. Ich hatte Glück, auf Fernand gestoßen zu sein, der mich mit seiner Liebe und seinen außergewöhnlichen Plänen vor der existentiellen Leere bewahrt hat, von Natur aus aber war ich eher dazu bestimmt, mein Leben mühsam zu fristen. Und was haben Charlie und ich anderes getan, als unsere innere Leere und unsere Langeweile von einem Ort zum anderen zu schleppen, von Cassis nach Megève, von Miami nach Positano, über Acapulco und Marrakesch?

Ich habe die Schnauze voll, und alles bedrückt mich, selbst die harmlosesten Handlungen wie Zähneputzen oder eine Einkaufsliste für Marguerite zu erstellen. Aber da das Wetter schön ist und die Hündin freudvoll auf den Rasenflächen des Palais Longchamp herumtollt, lasse ich die Resignation von mir Besitz ergreifen und verschiebe die Entscheidung, ein für alle Mal Schluss zu machen, auf später. Der wahre Tod wird warten und das falsche Leben sich um die Zeit verlängern, bis ich eine ad-hoc-Lösung gefunden haben werde. Herr, ich bin nicht würdig, dass du eingehst unter mein Dach. Aber sprich nur ein Wort, so wird meine Seele gesund.

Es ist dies mein achtundachtzigster Frühling, und ich muss zugeben, dass die Tage, ohne dass ich wahnsinnig fröhlich wäre, doch ohne allzu viel Unbill ablaufen. Gladys und Régis sind nach Bhutan aufgebrochen, was die Atmosphäre beachtlich leichter macht und mir den Kopf frei lässt, um über mein Vorhaben eines doppelten Suizids nachzudenken – denn es kommt gar nicht infrage, dass ich Charlie allein zurücklasse mit seinem Sohn und seiner Schwiegertochter, die ihn hassen, mit Charonne, die er nur schlecht erträgt, und mit Liberato, diesem Intriganten.

Ich kann tun, was ich will, kann sagen, was ich will, kann mich in Charonne vielleicht täuschen, die es nicht verdient, dass sich ihre Jugend unter Alten abspielt, ich bin doch auf verabscheuungswürdige Weise traurig. Ich beschäftige mich in diesem Hause, das mit meiner Heirat zu meinem wurde, indem ich Bücher zurück ins Regal stelle, einen kleinen runden Tisch abstaube, mein Tafelsilber und mein Geschirr inspiziere, deren Fülle mir spärlich geworden zu sein scheint, aber wie sollte ich nicht meinem Gedächtnis misstrauen, dass mich seinerseits immer häufiger im Stich lässt? Und doch, es will mir scheinen, dass wir eine Garnitur kleiner Löffel aus massivem Silber hatten, mit Wappen und Grafenkrone? Und dieses Kästchen mit Eierbechern, auch sie aus Silber, jeder von ihnen mit einem Emailleschild in anderer Farbe, wo ist es hin? Die Dinge verschwinden hier. Und wie sollte ich mich dem widersetzen, wo ich doch selbst dabei bin, mein eigenes Verschwinden zu planen?

Eines schönen Morgens nutze ich die Tatsache, ein wenig Energie zu verspüren, um ins Büro zu gehen, ein Zimmer, das Charlie regelmäßig verwüstet. Anders als ich es befürchte, ist es tadellos aufgeräumt, es scheint, als habe er seit einer Ewigkeit keinen Fuß mehr hereingesetzt. Die Vorhänge sind zugezogen, aber sobald sich meine Augen an das Halbdunkel gewöhnt haben, werde ich einer Form auf der Ottomane gewahr:

»Charlie?«

»Er ist nicht da.«

»Wer sind Sie?«

»Diese Frage müsste wohl eher ich Ihnen stellen.«

Mir gegenüber, einen Arm lässig über die vergoldete Zierleiste der Ottomane gelegt, starrt mich ein Mann an. Er trägt einen Schnurrbart, wie man ihn nicht mehr sieht – obgleich ich mir sagen ließ, dass Homosexuelle Gesichtsbehaarung wieder zur Mode gemacht haben, aber ob nun homosexuell oder nicht, was treibt der hier?

»Sie sind hier bei mir, wissen Sie, in meinem Büro.«

Er schaut mich mit einer Art mitleidiger Nachsicht an, versucht aber nicht, mir die Gründe seiner Anwesenheit näher zu erklären, weshalb ich vorsichtigen Schrittes das Zimmer verlasse und eilig nach Charonne Ausschau halte. Sie ist auf ihrem Bett, kolossaler denn je, zwischen ihren Büchern und ihren Unterrichtszetteln auf dem Bauch liegend, aber sie nimmt umgehend ihre Kopfhörer ab, um mir all ihre Aufmerksamkeit zu zollen.

»Charonne, ich habe den Eindruck, es befindet sich jemand im Büro.«

Wem anders könnte ich dies sagen, ohne als durchgeknallter zu gelten als ich es bin, eine Greisin, die durchdreht und Geister sieht? Charonne sammelt bedächtig ihre zerstreuten Zettel ein und setzt sich aufrecht hin. Sie wirkt verdutzt, beinahe beschämt.

»Weißt du darüber Bescheid?«

»Ja.«

»Ist es ein Freund von Dir? Wenn du Freunde ins Haus einladen willst, musst du uns Bescheid sagen.«

»Ich habe ihn nicht eingeladen.«

»Ach so? Aber wer ist das dann? Ist er dir gefolgt? Ist es jemand, der dich belästigt?«

»Nein, er belästigt mich nicht. Aber ich dachte, er wäre fort.«

»Hättest du die Güte, ihn aufzusuchen und zu bitten, uns einige Erklärungen zu liefern?«

»Wenn du willst.«

Fünf Minuten später kommt sie zurück, sie wirkt ein wenig durcheinander:

»Da ist niemand, Nelly.«

»Ich gehe selbst, begleite mich.«

Und es stimmt, da ist niemand, aber man wird mir nicht aus dem Kopf schlagen, dass fünf Minuten zuvor hier noch ein Mann mit Schnurbart war und dass er möglicherweise nun mit unguten Absichten im Hause herumstreunt, unter anderen jener, unsere Eierbecher und unsere mit Wappen versehenen kleinen Löffel zu stehlen. Charonne wirkt nicht gerade besonders unruhig, aber sie nimmt meine Erregung ernst und führt sie nicht auf die Krankheit der Alten zurück:

»Wie sah er aus?«

»Er hatte einen riesigen Schnurrbart. Ich habe mich schon gefragt, ob er er etwa, na du weißt schon, ob er nicht homosexuell war.«

Sie lacht mit strahlenden Zähnen, wunderschönen Zähnen. Die meinen waren es auch einmal. Sie halten noch mehr oder weniger, aber das ist auch schon alles, und Charlie trägt seit Jahren ein Gebiss.

»Aber Nelly, wenn alle Schnurrbärtigen schwul wären, dann wäre das bekannt.«

Und doch, ich habe meine Gründe, auf die Homosexualität unseres Gastes zu setzen, aber Charonne muss sie nicht kennen und ich werde später darauf zurückkommen. In der Zwischenzeit verdreht sie einen ihrer furchtbaren Zöpfe, sie wirkt besorgt.

»Hatte er blaue Augen?«

»Mag sein, das habe ich nicht sehen können.«

»War er mager?«

»Nicht sonderlich.«

»Rauchte er?«

»Nein.«

»Erinnerst du dich noch, als ich klein war, da habe ich eines Tages mal gesagt, dass im Büro ein Monsieur war.«

»Das sagt mir irgendetwas.«

»Ich hatte behauptet, es wäre der Monsieur von Charlie, und er ist darüber wütend geworden. Und du auch.«

»Jetzt, wo du davon sprichst, jetzt fällt es mir wieder ein.«

»Nun, ich habe ihn regelmäßig über Jahre hinweg gesehen. Aber das ist nun vorbei, seit ungefähr einem Jahr.«

»Aber wer ist das nur? Und wie kommt es, dass wir ihn nie zuvor gesehen haben?«

»Keine Ahnung. Ich bin mir nicht einmal sicher, dass der Deine derselbe ist wie der Meine. Meiner, der hatte keinen Schnurrbart.«

»Nun, der kann einem wachsen.«

»Und außerdem war er sehr mager. Und sehr schön. Mit sehr großen blauen Augen.«

»Der Meine ist auch schön. Seinem Typ entsprechend.«

»Hat er dir seinen Namen genannt? Denn meiner nannte sich Coco von Kolchis.«

Da wären wir also, wir beide mit unseren Monsieurs im Büro. Aber nein, der Meine hat seinen Namen nicht genannt: Er hat ja kaum mit mir gesprochen.

»Das ist doch wohl nicht etwa ein Freund von Liberato?«

Und wieder lacht sie. Mein Gott, wie schön dieses Kind doch ist! Warum nur habe ich das nicht früher bemerkt?

»Ich habe schon mal einen Freund von Liberato im Büro gesehen. Er hieß Eddy. Und das war ein echter Trottel: Er hatte versucht, mich zu vergewaltigen.«

»Was erzählst du denn da?«

»Doch, wirklich, glaub mir. Das war vor einem Jahr. Ich denke, dass es Liberato war, der ihm die Möglichkeit dazu verschafft hat.«

»Dieser kleine Kotzbrocken! Ich kann den nicht riechen! Ich glaube, ich werde Marguerite und Homobono sagen, dass ich seine Dienste von nun an nicht mehr benötige.«

»Versuche es ruhig. Aber wenn du ihren Sohn rausschmeißt, werden sie dir ganz schön Scherereien machen.«

»Wer ist hier Herr im Hause?«

»Du, im Prinzip. Aber hör zu, vergiss' diese Vergewaltigungsgeschichte. Liberato hat sich auf jeden Fall eines Besseren besonnen und ihm die Fresse poliert. Das war eher lustig, ja. Und wir haben uns seitdem wieder ausgesöhnt.«

»Na gut, aber wen habe ich im Büro gesehen?«

»Keine Ahnung. Ich rate dir, ab und an wieder hineinzugehen. Mit ein wenig Glück wird er da sein und du wirst mehr über ihn erfahren. Der Meine war sehr nett. Wir haben zusammen gelesen. Einander vorgelesen.«

Dieses Kind hat es schon immer geliebt zu lesen, und ich darf mich damit brüsten, es ihm beigebracht zu haben.

»Erinnerst du dich an die Boscher-Methode?«

»Na klar! Ich habe sie geliebt! All diese Weizenfelder, all diese Tiere, all diese klugen Kinder! Und die Gedichte am Schluss: ›Wo willst du, kleines Schnecklein ...‹«

»›Fast hätt' ich dich zermalmt mit schwerem Schuh ...‹«

»Weißt du es auch noch?«

»Aber natürlich. Du warst von diesem Gedicht buchstäblich besessen. Und vom Winterschlaf der Schildkröten. Deine Kindheitsgrillen ...«

Sie lächelt bei dieser Erinnerung aufs Wunderschönste – ein Lächeln, das ihr einziges Grübchen gräbt und ihre außergewöhnlichen Zähne aufscheinen lässt.

»Gehst du manchmal zum Zahnarzt?«

»Ja, aber ich enttäusche ihn: keine Karies, kein einziger schlecht aufgereihter Zahn, er hat nichts zu tun, nicht einmal eine Zahnsteinentfernung.«

»Achte auf sie, auf deine Zähne.«

»Nelly?«

»Ja?«

»Habe ich dir schon gesagt, dass ich ein Star werden möchte?«

Ich verstehe zwar, dass wir von den Zähnen zum Star springen, aber ich bin doch überrascht.

»Ich dachte, du möchtest Journalistin werden?«

»Journalismus, das ist mein Plan B, für den Fall, dass es mit dem Star nicht klappt.«

»Aber was meinst du mit Star?«

»Ich möchte berühmt sein, wie du.«

»Immer noch? Bevor ich berühmt war, habe ich was dafür getan, ich habe Filme gedreht: Möchtest du Schauspielerin sein?«

»Auf keinen Fall: Ich möchte Sängerin sein. Ich möchte bei ›New Star‹ mitmachen. Weißt du, was das ist?«

»Ganz und gar nicht. Ist das ein Wettbewerb?«

»Eine Art Wettbewerb. Aber ich denke schon lange darüber nach, weißt du, das ist keine Kindergrille, wie du es nennen würdest.«

Ich betrachte sie, wie sie wieder bequem auf ihrem Bett liegt, inmitten ihrer aufgeschlagenen Bücher, den Stapeln an Papieren und Karteikarten. Sie ist kolossal, in einem kurzen

Zweiteiler, der ihr nicht wirklich steht, Zwei-Euro-Ethnostoff, der ihre 100 E und ihre enormen Hüften kaum zu fassen vermag.

»Charonne, meinst du nicht, du solltest erst einmal eine Diät machen? Bevor du dich präsentierst?«

»Aber warum? Bin ich etwa so hässlich?«

Nein, ganz und gar nicht, im Gegenteil. Es ist merkwürdig, ich habe mir das bis heute noch nie gesagt, ich war sogar eher dazu geneigt, sie auf furchtbare Art in Ungnade gefallen zu sehen, sieht man aber von ihrer Fettleibigkeit ab, ist Charonne ausgesprochen schön.

»Und warum willst du dann, dass ich abnehme? Ich finde mich gut, wie ich bin, weißt du.«

Ich will es gerne glauben, aber was will man machen, mir, mir hat man von früh an beigebracht, dass es kein ästhetisches Gut jenseits der Magerkeit gibt, was zur Folge hatte, dass die Urteilssprüche meiner Waage über sehr lange Zeit die Stimmung meiner Tage diktierten. Mehr als fünfzig Kilo, und ich war übellaunig. Es muss dazu erwähnt werden, dass ich einen Meter sechzig groß bin, und dass bei Frauen von geringer Körpergröße Übergewicht einfach nicht akzeptabel ist. Dieser arme Fernand hat sie geliebt, meine winzige Statur, mein Federgewicht. Manchmal hatte er mich von den Füßen bis zum Kopf geleckt und sich dazu beglückwünscht, dass man mit nur zehn Zungenschlägen um mich herum war.

Mein Gott, mein Gott, was nur aus uns wird! Wer hätte heute schon Lust, seine Zunge in meine Hautfalten zu vertiefen? Und welcher Wolf hätte eine ausreichend lange Zunge, sie unter meine Brüste zu schmeicheln, aus denen die Zeit zwei schlaff hängende Säcke gemacht hat, die ich nach Belieben ein- und ausrollen kann – wo Fernand doch die Angewohnheit besaß, meine Warzenhöfe zu kitzeln und durch zärtliches und hartnäckiges Saugen meine Brustwarzen fest und rot werden zu lassen. Wo sind meine Brustwarzen nur hin? Gute Frage, aber ich passe: die Antwort wäre zu schändlich.

Niemals mehr. Niemals mehr wird mich ein Mann mit Küssen überdecken, niemals mehr wird mich ein Mann unablässig streicheln und triumphal penetrieren. Und ich sage Mann, aber wer, außer Fernand, hat es denn je getan? Charlies Küsse waren selten und trocken: Er verstand sich nicht aufs Küssen. Und er penetrierte mich ohne Vorspiel und ohne dass ich je in seinen Blicken hätte lesen können, was mich Fernand in den seinen hat lesen lassen: Schau, wie gut ich dich ficke, schau, wie gut wir beide sind, schau, wie sehr ich dir Lust bereite, schau, wie sehr du sie mir schenkst und wie sehr ich mich ihr hingebe, Nelly ...

Niemals mehr wird einer meinen Vornamen mit diesem Stolz des Besitzenden aussprechen, der mir einen Schauder über den Rücken jagte. Niemals mehr werde ich so für jemanden Nelly sein, wie ich es für Fernand gewesen bin: vollkommen, ganz, einzigartig. Charlie wollte nichts als eine liebevolle und fröhliche Begleiterin, jemanden, auf den er seine materiellen Sorgen abwerfen konnte, jemanden, mit dem er ins Restaurant gehen konnte, ins Wochenende, zum Wintersport oder in die Sommerfrische.

Ich habe mich an seine Wünsche angepasst, und nie hatte er auch nur geahnt, dass man deren andere haben könnte; er hatte sich nie von nah oder fern der Wirklichkeit der Liebe genähert, die für ihn viel zu erschreckend gewesen ist. Was meine eigene Begegnung mit dieser Wirklichkeit betrifft, so ähnelt sie einer Posse, da ich meinen zweiten Mann wie wahnsinnig geliebt habe und ich von meinem ersten wie wahnsinnig geliebt worden bin. In einem besser eingerichteten Leben hätte ich nur einen einzigen Mann gehabt und ihm seine leidenschaftliche Liebe erwidert. Er würde Fernand geheißen haben oder Charlie, was wiegt das schon, aber unser jeweiliger Elan hätte übereingestimmt, anstatt auf so betrübliche Weise im Missklang zu stehen.

In einem besser eingerichteten Leben hätte sich die Liebe zu jenen gesellt, die sie verdienten, was diesem armen Charlie den Zugang versperrt hätte, der nichts hatte als seine Schönheit und sein Geld, während Fernand gut war, großzügig und voller Esprit.

Charonne spricht mit mir, ohne zu bemerken, dass ich ganz woanders bin, aber das ist häufig so bei Unterhaltungen: Man wähnt, die Leute gehen mit einem mit, aber sie tun es nicht, sie verbarrikadieren sich in ihrer mickrigen Innerlichkeit oder aber tändeln mit ihren Erinnerungen, zurückgekehrt zu den glücklichen Zeiten, da sie noch jung und liebenswürdig waren. Auf jeden Fall ist das so bei den Alten, und mit gutem Grund fliehen sie die Gegenwart, die ihnen nichts mehr anzubieten hat. Das ist der Grund, warum meine Entscheidung gefallen ist und ich nicht mehr davon abweichen werde: Bleibt nur noch die am wenigsten schmerzhafte Methode zu finden, um diese Welt zu verlassen. Ganz abgesehen davon, dass ich keine Lust habe, Charonne wehzutun, die möglicherweise die einzige Person ist, die unser Verschwinden bemerken würde. Und ja, vielleicht sollte ich sie ins Vertrauen ziehen, sie bitten, uns zu helfen, uns ein starkes Gift zu besorgen oder uns unter unseren Kopfkissen zu ersticken. Aber nein, die arme Liebe, sie würde ihre Existenz hinter Schloss und Riegel beenden, was das Allerletzte wäre, was ich einem Kind wünsche, das so voller Leben ist, so voller Pläne, so voller Wünsche. Das genaue Gegenteil ihrer Mutter, die noch nie außer sich war vor lauter Lust auf egal was, abgesehen von ihrem eigenen Bruder. Ach nein, ich habe die Pferde vergessen, die ihre große Leidenschaft waren, bis sie sich von ihnen gelöst hatte, kurz nach dem Tod ihres Vaters. Einfach so, ganz ohne Grund, wo ja doch der einzige berufliche Ehrgeiz, der sich bei ihr gezeigt hatte, in dem Wunsch lag, Reitlehrerin zu werden.

Weil Charonne weiter vor sich hin plappert, komme ich auf ihre beruflichen Ambitionen zurück, hat sich doch herausgestellt, dass der Journalismus für sie nur ein Notbehelf ist.

»Weißt du, die wirkliche Schwierigkeit für mich besteht darin, die erste Schranke fürs Casting zu überwinden. Wenn ich in Betracht komme, gibt's kein Problem: Ich weiß, dass ich mit Leichtigkeit gewinnen kann.«

»Hat Flordeliza dich auf die Idee gebracht? Sie hat's bis zum Casting geschafft, oder? Ich meine, Marguerite hätte mir davon erzählt.«

»Ja, sie. Aber sie ist sofort durchgefallen. Normal: Sie ist eine Null. Sie kann weder singen noch tanzen.«

»Aber du kannst es?«

»Ja klar. Besser als die auf jeden Fall.«

»Wichtigtuerin!«

»Du wirst schon sehen.«

Wenn ich es sehe, umso besser. Umso besser, wenn ich, bevor ich sterbe, anwesend bin beim Triumph meiner Enkeltochter, die nicht meine Enkeltochter ist, die aber in aller Form aus mir eine Großmutter gemacht hat.

»Wann ist dein Casting?«

»Ende August.«

Sehr gut. Ich werde bis dahin aushalten. Und falls Charonne zufälligerweise bei dem, was mir doch sehr nach eine Castingshow riecht, weiterkommt, na dann, umso besser: Sie wird um einige Monate unsere unnützen Existenzen verlängern, die meine und die von Charlie. Das setzt uns ein Ziel. Oder eher mir, bin ich mir doch nicht sicher, ob Charlie fähig sein wird, einer wöchentlichen Sendung zu folgen. Ganz abgesehen davon, dass Charonne noch so sehr für ihn da sein kann, er kümmert sich um sie und ihre Zukunft doch keinen Deut. Gäbe es mich nicht, dieses Kind würde nackt herumlaufen, hätte keine soziale Absicherung und keinen tragbaren Computer. In vollkommener Vergessenheit, dass sie sie vor inzwischen dreizehn Jahren adoptiert hatten, haben ihre Eltern, was ihren Lebensunterhalt betrifft, alles mir überantwortet – ganz zu schweigen von ihrer Ausbildung: Hätte ich ihr nicht das Lesen beigebracht, wer hätte es getan? Ganz bestimmt nicht ihr Lehrer aus der Grundschule. Da ich ihn einmal getroffen habe, darf ich sagen, dass es sich bei ihm um einen Esel mit Stroh im Kopf handelte, der vollkommen unfähig war, wem auch immer was auch immer beizubringen.

»Weißt du, ich muss darüber nachdenken, was ich anziehen werde. Beim Casting. Wenn es mir gelingen sollte, die Aufmerksamkeit auf mich zu ziehen, dann habe ich gewonnen. Dann werden sie herkommen, werden eine Reportage machen, werden begeistert sein, dass ich eine berühmte Großmutter habe, und die Sache läuft.«

»Ein hübsches Kleid?«

»Ich möchte etwas, das jenseits von allem Durchschnitt liegt.«

»Zieh auf keinen Fall dieses Ding da an, deinen Zweiteiler. Er gereicht dir nicht zum Vorteil, wenn du meine Meinung wissen willst.«

Sie lächelt, ohne zu antworten, ohne mir zu sagen, dass sie nicht nach meiner Meinung gefragt hat.

»Ich habe da eine Idee. Eine Idee, was ich fürs Casting anziehen könnte.«

»Ach ja?«

»Einen weißen Smoking.«

»Was?«

Charonne im weißen Smoking, das ist eine sehr schlechte Idee. Ein Smoking bei Frauen, das macht einen auf Lesbe, und Weiß, das lässt einen enorm dick aussehen.

»Ja, ein weißer Smoking, wie Marvin.«

»Welcher Marvin denn?«

»Marvin Gaye.«

»Mein Liebling, ich habe keine Ahnung, wer Martin Gaye ist.«

Sie seufzt und sieht mich an, als könnte sie so viel Ignoranz einfach nicht glauben.

»Komm, ich zeige es Dir auf YouTube.«

Sie zeigt mir tatsächlich zwei Videos hintereinander, weitere lässt sie aufgrund meines Widerspruchs fallen. Internet ist nichts für Leute meines Alters: Alles ist verschwommen, undeutlich, vernebelt, die Bilder wie der Ton. Ich nehme dennoch einen großen, bärtigen Schwarzen wahr, der eher einen roten als weißen Smoking trägt – um so besser: Charonne sieht reizend aus in Rot.

»Und, was denkst du darüber?«

»Mein Liebes, ich habe keine Ahnung von heutiger Musik.«

»Marvin, der zählt eher zu deiner Generation als zu meiner: Er war, na ja, zehn Jahre jünger als du?«

»Ist er tot?«

»Ja. Von seinem Vater erschossen.«

»Ach ja? Wie schrecklich!«

Und wenn ich noch so sehr aufkreische, ich verstehe den Vater von Marvin doch. Wenn ich meiner Erfahrung der Mutterschaft Glauben schenken darf, dann kann man an den Punkt gelangen, wo man sich sagt, dass das eigene Kind nicht verdient habe zu leben. Insbesondere wo nun Charonne, die bei dem Thema nur so sprudelt, mich darüber unterrichtet, dass dieser Marvin ein Drogenabhängiger war, der wieder zu seinen Eltern zurückgekehrt ist, nachdem er im Großen und Ganzen sein Leben verbockt hatte, und das hat er, egal, was sie auch sagt:

»Aber nein doch, du versteht es nicht, er war ein großartiger Künstler! Er hat nichts verbockt! Sein Vater war nur ein alter, frömmelnder Alkoholiker, der aber auch nichts verstanden hat.«

Zumindest hat mir meine Tochter das erspart: die Drogen. Soweit ich weiß, war sie immer vollkommen clean. Und Régis ebenso: Diese beiden waren sich stets darin einig, dass der Körper ein Tempel sei, den es nicht zu schänden gilt, und dass der Einzelne das sei, was er isst, trinkt, inhaliert. Ich glaube sogar, dass einige Ideen dieses Schlages ihnen bis heute als Religion dienen. Man muss sagen, dass sie keinen Weitblick besitzen und einen engstirnigen Geist haben: Alles, was spirituell ist, entgeht ihnen vollkommen.

Was nicht verhindert, dass ich ein- oder zweimal meine Tochter hätte umbringen können, genau wie der Vater von diesem Marvin. Sie hat es nie gewusst. Ich selbst, ich gestehe mir dies erst heute ein, da ich Charonne zuhöre, wie sie in den Einzelheiten aus dem Leben dieses armen Marvin schwelgt. Ich möchte dringend präzisieren, dass ich es aus Altruismus und nicht aus Erbitterung getan hätte. Selbst wenn sie mich rasend gemacht hat, ich wäre doch nie auf die Idee gekommen, sie aus dem Weg zu räumen. Es geschah vielmehr, als ich spürte, dass es zu viel Traurigkeit auf ihrer Seite gab, zu viel Ekel, zu viel Hoffnungslosigkeit, und ich nicht wenig Lust bekam, ihrem Leiden ein Ende zu setzen. Aber selbst die karitative Vorstellung eines begleiteten Suizids war mir damals nur in den Sinn gekommen, bis zum eigentlichen Akt wäre ich nicht gegangen.

Die Dinge heute liegen anders, da es sich um Charlie und mich handelt. Angesichts unserer schwachen Lebenshoffnung würde ich doch nichts anderes tun, als unverhofften Verordnungen zuvorzukommen und der ganzen Welt einen Dienst zu erweisen, angefangen bei uns selbst.

Als wollte er meinen tödlichen Überlegungen förderlich sein und sie förmlich illustrieren, platzt, na bitte, mein alter Narr in Charonnes Zimmer, was ihm gut zehnmal täglich passiert, ohne dass er auch nur die geringste Achtung vor ihrem Schamgefühl und ihrer Intimität eines jungen Mädchens bezeugte – und was soll's, wenn er sie dabei überrascht, wie sie gerade ihre Unterhose auszieht, ihn kann doch nichts von seiner akuten nutzlosen Absicht abhalten.

»Habt ihr das Dings von der Hündin gesehen?«

»Welches Dings?«

»Das Dingsbums, da, das Dingsda, für die Hündin.«

Er wird uns noch auf die Palme bringen mit seinen Dings und Dingsbums. Ich habe manchmal den Eindruck, dass ihm nur noch zehn Worte seines Vokabulars geblieben sind, und natürlich verärgert es ihn, nicht verstanden zu werden. Nur, dass Charonne und ich seine Funktionsweise ausreichend gut kennen, um seinen Wünschen zuvorzukommen und seine sybillinischen Ansinnen zu entschlüsseln.

»Suchst du die Leine?«

Was die aktuelle Situation betrifft, so ist es einfach, da er sie ja die ganze Zeit über sucht, auch wenn er sie in der Hand hält, wie es gerade der Fall ist.

»Ja, die Leine.«

Charonne muss sie ihm nur abnehmen, um sie ihm mit derselben Bewegung wieder zurückzugeben: Er steht derart neben sich, dass er überhaupt nichts mehr mitbekommt und ihr warmherzig dankt. Nur, dass sich das gleiche Lied in fünf

Minuten wiederholen wird. Wozu, bitte, sagen Sie mir, soll es gut sein, unter diesen Bedingungen zu leben? Wo ist noch Freude bei diesem alten Mann, wenn er keine dreißig Sekunden Kurzzeitgedächtnis mehr besitzt? Gewiss, er ist dazu fähig, bis ins Detail die Garderobe zu beschreiben, die seine Mutter zu seinem siebten Geburtstag getragen hat, aber um sich an das zu erinnern, was er noch am selben Morgen getan hat, ist niemand mehr da: Wo ist Charlie?

Charonne als Kind war eines Tages zu mir gekommen mit einem Comic-Band, den ich ihr selbst ganz ohne Hintergedanken geschenkt hatte.

»Schau mal, Nelly: Man muss Charlie finden.«

Und tatsächlich, jede Bildtafel des besagten Bandes bestand aus einem Agglomerat von kleinen Männlein, zwischen denen irgendwo der berühmte Charlie steckte, den man an seinem gestreiften Pullover, seiner Brille und seiner Mütze wiedererkennen konnte. Charlie zu finden, das hatte uns, Charonne und mich, intensiv beschäftigt: Man musste ihn aus dieser quirligen Masse herausfiltern, in deren Mitte viele Figuren vorkamen, die nicht er waren, obgleich sie ihm stark ähnelten:

»Schau, hier ist er!«

»Stimmt, du hast ihn gefunden.«

Wenn die Dinge im Eheleben nur annähernd so einfach lägen! Wenn es nur gereicht hätte, das kleinen Männlein mit dem gestreiften Pullover von den anderen zu unterscheiden! Aber nein. Charlie war nie, wo ich ihn vermutet habe, und vielleicht habe ich mein Leben damit zugebracht, auf ihn zu warten, darauf zu warten, dass er leibhaftig werde, anstatt dieser Operettengatte zu sein, dieser harmlose Liebhaber, dieser inkonsequente Vater und Schwiegervater.

Wo ist Charlie? Niemand hat es je gewusst, er ebenso wenig wie ich. Was mich nicht daran gehindert hat, ihn zu lieben. Ich habe ihn geliebt. Wie sehr ich ihn doch geliebt habe! Bis zum Krankwerden. So sehr, dass ich in seinem Schädelinneren hausen wollte. So sehr, dass ich keinen anderen Wunsch verspürte, als in ihm zu sein und mit ihm zu sein. So ist das nun mal. Und, werde ich ihn jetzt verlassen, unter dem Vorwand, dass er Unsinn redet und weniger denn je bei uns ist? Nein. Natürlich nicht. Man muss im Leben einige Prinzipien haben. Und etwas Beständigkeit. Etwas, das hält, das sich der Spaltung widersetzt, der Entäußerung, dem herrschenden Wahnsinn, dem Chaos, das uns überkommt, der Hoffnungslosigkeit, die eine Todsünde ist. Herr, ich bin nicht würdig, dass du eingehst unter mein Dach. Aber sprich nur ein Wort ...

Gott hat nie zu mir gesprochen. Er hat mich niemals für würdig empfunden, sein Gesprächspartner zu sein. Schade. Meine Religion, ich habe sie mir selbst geschaffen – im vorgerückten Alter. Und sie hat nichts gemein mit dem schlecht ausgeführten buddhistischen Quark meiner Tochter; und ebenso wenig etwas gemein mit dem Gott meiner Kindheit, den ich weiterhin respektiere und aus Gewohnheit und moralischer Bequemlichkeit beweihräuchere. Es gibt nichts als die Liebe. Na bitte, es ist gesagt, und es ist dumm. Da kann man nichts machen. Ich hätte Fernand lieben sollen, als es noch Zeit dazu war. Stattdessen liebe ich Charlie und das ist besser als nichts.

»Weißt du, Charonne, ich möchte sterben.«

Sie ist an meine Gedankensprünge gewohnt und dieser überrascht sie nicht mehr als alle anderen. Sie begnügt sich damit, mich ruhig zu tadeln, weshalb ich es noch einmal versuche:

»Doch, glaube mir. Ich habe die Schnauze voll. Und Charlie auch. Das ist nicht grade fröhlich, was uns erwartet. Wir täten besser daran, sofort zu krepieren.«

Dieses Mal scheint sie von meiner Ernsthaftigkeit und meiner Bestimmtheit Kenntnis zu nehmen. Sie lässt ihren Computer liegen, ihre Videos, ihren Marvin Gaye im weißen oder roten Smoking, und sie nimmt meine Schultern in ihre runden Arme. Ich merke, dass sie gut riecht, ein zugleich blumiger und pfeffriger Duft:

»Hast du dein Parfum gewechselt?«

Sie lächelt, ohne zu antworten, und bekräftigt ihre schweigsame Umarmung. Sie muss sich denken, dass ich ein Vögelchen sei und dass sich unter meinem kleinen glänzenden Schädel die Ideen einander jagen. Sie liegt nicht falsch, aber die Oberflächlichkeit wird mich nicht vor der Hoffnungslosigkeit retten.

Durch das geöffnete Fenster dringt das Gezwitscher meiner kleinen Freunde, den Spatzen, zu uns herein und ein heftiger Windstoß schüttelt die Kastanienbäume auf dem Boulevard. Ohne ihr großartiges Lächeln abzulegen, erhebt sich Charonne und stützt sich über das schmiedeeiserne Gitter, das die Straße von ihrem winzigen Balkon trennt.

»Komm mal schauen, Nelly.«

Sie hat mich nie Großmutter genannt oder Oma – und schon gar nicht Omi, was ich auch auf keinen Fall ertragen hätte. Ich gehorche ihrer ruhigen Autorität und folge ihr zum Balkon. Seite an Seite stehen wir für einen Augenblick da und betrachten die Bewegung der Bäume in den Böen des Mistrals. Charonne unterbricht die Stille schließlich, indem sie mich auf den unten liegenden Boulevard verweist:

»Ich auch, ich wollte auch einmal sterben. Ich wollte mich aus dem Fenster werfen. Selbst, wenn es nur eine Etage war.«

»Ach ja: wann war das?«

»Ich weiß nicht. Ich war klein.«

Mein Herz zieht sich zusammen. Ich sehe sehr genau, was sie in den Suizid hätte treiben können, damals, als sie klein war, auch wenn ich lieber nicht daran zurückdenke, heute, wo sie ihre anfänglichen Enttäuschungen überwunden hat. Charonne ergreift meine Hand und streichelt verträumt ihre Altersflecken und knorrigen, mäandernden Venen.

»Aber du siehst, ich bin hier. Ich habe mich nicht umgebracht.«

»Kinder bringen sich nicht um.«

»Da irrst du dich gewaltig. Sie tun es umso häufiger, als sie meinen, dass sie zu neuem Leben erwachen können. Ich jedenfalls habe das geglaubt.«

»Bist du so traurig gewesen?«

»Niemand liebte mich. Meine biologische Mutter hatte mich bei meiner Geburt verlassen und meine Adoptiveltern wollten mich ins Heim der Kindersozialhilfe zurückbringen. Hättest du da Lust gehabt, zu leben?«

In der Sonne spiegelt sich der Flaum auf ihren Schläfen, bevor er in der dunklen Masse ihrer Dreadlocks verschwindet. Tränen steigen mir bei der Vorstellung in die Augen, dass so viel Glanz hätte verschwinden können, und auch noch meiner Schuld wegen.

»Ich hätte noch mehr Acht geben sollen auf dich. Mir war überhaupt nicht klar, dass es dir so schlecht ging.«

»Wenn du sieben oder acht Jahre alt bist, möchtest du sterben, und fünf Minuten später hüpfst du wieder Seilchen.«

»Aber dennoch.«

»Zum Glück gab es dich, weißt du. Zum Glück hast du dich um mich gekümmert, mir Brote geschmiert und Geschichten vorgelesen. Erinnerst du dich daran, wie du mir *Die Ziege von Monsieur Seguin* vorgelesen hast?«

»Was? Ich habe dir diese Geschichte vorgelesen?«

»Aber ja klar, mehrmals sogar. Ich habe dich immer darum gebeten.«

Die Erinnerung an meine Hochzeitsnacht in Amalfi gesellt sich zu uns, auch wenn Charonne nichts von ihr weiß und sie es auch nichts angeht, dass ich zu anderen Zeiten diese kleine Ziege war, die bis zum Morgengrauen darum kämpfte, nicht vom Wolf besiegt zu werden.

»Fernand fehlt mir.«

Sie reißt ihre dunklen Augen weit auf:

»Denkst du noch immer an ihn?«

»Aber ja, jeden Tag. Was denkst du denn? Nur weil er seit vierzig Jahren tot ist ...«

»Willst du deshalb sterben? Willst du ihm folgen?«

»Aber nein, was für eine Vorstellung! Und wer sagt mir denn, dass wir uns wiedertreffen werden?«

»Na, ich weiß nicht. Du glaubst an Gott, oder?«

»Ja, ich glaube an Gott, aber ich sehe nicht, dass ich meinen sechsundsechzigjährigen Mann wiedertreffen werde, wo ich doch achtundachtzig bin. Das wäre ja lustig. Ich habe ihn immer als zu alt für mich empfunden, jetzt aber könnte er ohne weiteres den Angeekelten mimen, schaut man sich an, was aus mir geworden ist.«

»Du bist schön.«

Sie denkt es wirklich – ich weiß es. Dieses Kind sieht weder das Böse noch das Hässliche.

Sie streichelt noch immer meine alte Hand voller Hingabe. Wer, außer ihr, wird mich weiterhin berühren? Charlie und ich schlafen nicht einmal mehr gemeinsam. Vor zehn Jahren haben wir unser großes Bett durch zwei Einzelbetten ersetzt.

Ich glaube, er war darüber ebenso erleichtert wie ich. Solange wir die gleiche Bettdecke teilten, hatte sich der Schatten unseres Sexuallebens über unsere Nächte gelegt: Wir waren uns auf grausame Weise dessen bewusst, was wir hätten tun können, welche Intimität wir miteinander hätten teilen können, über all das, was sich nicht mehr plötzlich ereignete, sicherlich mangels Begierde, ja, aber nicht nur. Begehren für meinen Mann, das hatte ich, ich habe es noch immer, aber für mich selbst empfinde ich keines mehr und ich sehe nicht, wie jemand meine unbelebten Brüste begehren kann, mein spärliches Haar und meine schwabbelnde Wamme. Was nur aus uns wird, mein Gott, was nur aus uns wird – und niemand, der uns warnt.

»Ich war einst schön. Und jetzt, schau!«

Meine Hand aus der ihren ziehend, zeichne ich das erbärmliche Bild, das ich inzwischen dem Auge biete. Habe ich erwähnt, dass ich in zwanzig Jahren beinahe zehn Zentimeter verloren habe, als hätten sich meine schiefen Hüften zu meinen unteren Rippen gesellt, und so meine Taille zum Verschwinden gebracht, auf die ich so stolz war und die Fernand mit zwei Händen hatte umschließen können? Ganz abgesehen davon, dass bei mir zwischen Nacken und Schulterblatt eine Art Fettmasse aufgetaucht ist, dem Höcker eines Bisons gleich, die das ihre tut, um mich zu beugen und schrumpfen zu lassen. Es ist ganz einfach, würde Fernand von den Toten wiederauferstehen, er würde mich nicht wiedererkennen; er würde das blonde Mädchen nicht wiedererkennen, dessen Erscheinung in der Tiefe eines Hinterzimmers ausgereicht hatte, ihn durcheinanderzubringen – zu anderen Zeiten, die mir wie gestern erscheinen.

Ich war hinter meinem Ladentisch hervorgetreten, da ich die Klingel hörte, die das Eintreten eines Kunden verkündete. Ich hatte ihn herbeigewinkt, obgleich er in der Betrachtung unserer Strandartikel versunken zu sein schien.

»Monsieur, guten Tag, womit kann ich Ihnen dienlich sein?«

Ich hatte seinem Blick abgelesen, dass er mich sehr nach seinem Geschmack fand, aber ich war daran gewöhnt, Entzücken auszulösen, und so war ich nicht von meiner unpersönlichen Höflichkeit abgewichen, während ich ihm bis ins Detail die Vorzüge von dieser oder jener Taucherbrille beschrieb. Mit Freunden in der Region auf Urlaub, wollte er Flossen, Schnorchel, eine Luftmatratze, Schwimmreifen für die Kinder, Bälle, Boule-Kugeln aus Plastik, und es traf sich gut, wir hatten all das und hatten noch mehr: Pflegemittel, kleinere Eisenwaren, Spielzeuge … Er tätigte seine Einkäufe und ist am nächsten Tag wiedergekommen, um Spielkarten zu kaufen, dann, am darauffolgenden Tag, für L'eau de Javel. Er hätte das ganze Geschäft leergekauft aus der einzigen Freude, mir im Halbschatten der familiären Drogerie schönzutun – ja, wir hatten dazu Drogerie gesagt, was mir heute merkwürdig klingt. Wir sprachen zwischen den Regalen für Putzmittel und den Schneidwaren miteinander. Von der Decke hingen große Strandbälle herab, die mein Vater in jeder Sommersaison wieder hervorholte. Ich trug eine Bluse, unser Vater hatte uns dazu verpflichtet, Fernands Augen jedoch setzten sich über den gestärkten Baumwollstoff hinweg, um meine Brüste einzuschätzen, meine Taille, meine Hüften, all das, was heute verduftet ist, damals aber Sitz und Form hatte.

Niemand hatte mich vorgewarnt, was aus meinen Brüsten, meiner Taille und meinen Hüften werden würde, was am Ende auch gut so war, denn ich hätte es ja doch nicht geglaubt. Welches achtzehnjährige und von der Natur reich beschenkte Mädchen ist bereit sich anzuhören, dass seine Schönheit ihm nicht gehört und dass sie ihm auf grausame Weise wieder genommen werden wird? Als ich Fernand traf, war der Krieg gerade zu Ende gegangen, und mein Leben begann. Die Tage waren gar nicht lang genug, um mein Glück ausschöpfen zu können, am Leben zu sein und ich zu sein, anstelle einer anderen.

Nachts, da schlichen sich meine Schwestern und ich heimlich raus. Wir warteten, bis unsere Eltern gemeinsam schnarchten oben auf ihrer Etage, und hopp, schon waren wir still und leise draußen. Wir schlenderten lachend wie die Irren den Cours Lafayette hinunter, und waren wir erst einmal am Hafen, aßen wir dort Eis oder tranken ein Gläschen, so waren wir rasend schnell umgeben von einem Schwarm Matrosen auf Kneipentour, sofern eine Bande hübscher Touloner Herzen nicht schneller war als sie. Vier Schwestern, entzückend, wie wir waren, das ließ keinen Jungen gleichgültig. Aber was mich betrifft, so hatte Fernand das Rennen gemacht, vor den Jungen meines Alters und vor den sich rumtreibenden Matrosen.

All dies, um zu sagen, dass ich, nach reiflicher Überlegung, keinen Grund sehe, warum Charonne mitgeteilt werden sollte, dass sie ihre königliche Haltung, ihre Brüste und ihren gutsitzenden Hintern, ihre glatten Wangen und ihr großartiges Lachen nicht sehr lange behalten wird. Möge sie Nutzen aus ihnen ziehen, solange sie sie hat, und mehr ist dazu nicht zu sagen. Und möge sie ihr Glück im Chanson versuchen, wenn es das ist, was ihr Freude bereitet. Ich will sie schon mit jeder Menge Ermutigungen überhäufen, da klopft Marguerite an die Tür und tritt noch mit derselben Bewegung ein, den Staubsauger hinter sich herziehend.

»Ich komme, um das Zimmer zu reinigen.«

Sie kommt, um das Zimmer zu reinigen und uns deutlich spüren zu lassen, dass wir sie stören. Marguerite ist eine Perle, aber mir entgeht nicht, dass sie uns heimtückisch tyrannisiert.

Da sie nun mal hier ist, ihr Gesicht verschlossener als gewöhnlich, kommt mir die Unterhaltung von zuvor wieder in den Sinn und ich hole trocken aus:

»Also Marguerite, ich muss Ihnen sagen, ich bin mit Ihrem Sohn nicht wirklich glücklich.«

Umgehend wirft sie Charonne einen vernichtenden Blick zu. In ihren Augen und aus Gründen, die sich mir nicht erschließen, ist meine Enkeltochter für alles verantwortlich, was einem in diesem Hause nicht passt.

»Was hat er angestellt?«

»Es ist ein wenig heikel, darüber mit Ihnen zu sprechen, aber ich wünsche ihn in Zukunft weniger häufig zu sehen.«

»Er hilft meinem Mann, wissen Sie. Er ist alt geworden: Es ist für ihn zu schwer geworden, der Garten, die Einkäufe, all das.«

»Wenn Homobono in den Ruhestand treten möchte, verstehe ich das sehr gut und werde mir jemand anderen suchen.«

»Aber Liberato ...«

»Liberato erfüllt meine Zwecke nicht, Marguerite.«

»Was hat er angestellt?«

»Mir wäre es lieber, Sie würden ihm diese Frage stellen.«

»Ist es wegen der da, die schlecht über meinem Sohn zu Ihnen gesprochen hat?«

»›Die da‹ nennt sich Charonne.«

Charonne nutzt die Gelegenheit, um sich leise davonzustehlen. Sie hat recht: Marguerite ist weitaus weniger trotzig, wenn wir zu zweit sind. Ich mache auf der nämlichen Linie weiter: Liberato muss verschwinden, ein für alle Mal. Marguerite ist auf diesem Ohr taub, und verteidigt ihren Jungen mit Zähnen und Klauen.

»Er ist sehr aufopferungsvoll. Und außerdem kennt er das Haus. Was genau werfen Sie ihm vor?«

»Ich habe doch wohl noch immer das Recht, zu entscheiden, wen ich einstelle und wen nicht, nicht wahr?«

»Ich bin mir sicher, Ihr Mann wäre sehr traurig, wenn er ihn fortgehen sähe. Er hat sich sehr an ihn gewöhnt.«

»Ich wüsste nicht, wer Ihnen erlaubt, für meinen Mann zu sprechen.«

»Es ist die Kleine, ich bin mir sicher: Sie hat Ihnen gegenüber schlecht von meinem Sohn gesprochen, und Sie glauben ihr.«

»Marguerite, die Sache ist geregelt: Von morgen an möchte ich Liberato nicht mehr im Hause sehen.«

Wider alle Erwartung bricht sie in Schluchzen aus, sie, die sie in den dreißig Jahren, die ich sie nun kenne, niemals etwas anderes gezeigt hat als Verachtung und Gereiztheit. Ich hatte schon geglaubt, dass sie kaum etwas anderes empfinde, und da zeigt sie sich jetzt weit über jedes nachvollziehbare Maß hinaus von der Drohung meiner Kündigung erschüttert.

»Aber bitte, das ist doch nun wirklich nicht das Ende der Welt: Er ist Elektriker, nicht wahr? Es fehlt in dieser Branche nun wirklich nicht an Arbeit.«

Marguerite schnäuzt sich ausführlich in ein unbeflecktes Schnupftuch, das ich deutlich wiederzuerkennen meine, ein Viereck aus feinem Leinengewebe mit den Initialen von Charlies Mutter, Mitzi Meuriant-Kürenberg. Aber nein, es ist dies nicht der Augenblick, die Frage nach all den verschwundenen Gegenständen zu klären, es sei denn, es gelte unverblümt die sibayanische Familie überhaupt und Liberato insbesondere anzuklagen.

In einem Französisch, das plötzlich mit philippinischen Einsprengseln vermischt ist, unternimmt es Marguerite, mir die Vorzüge ihres Sohnes anzupreisen. Sinngemäß sei er der beste aller Männer, er bringe uns eine wahrhafte Bewunderung entgegen, und er würde darüber verzweifeln, sollte er wegen eines Nichts entlassen werden, aufgrund perfiderweise von Charonne gesäter Unterstellungen, vor der ich mich besser in Acht nehmen sollte, da ihre Seele doch ebenso schwarz sei wie ihre Haut, da sie uns alle in den Untergang führen werde und der Höllenqualen Feuerglut verdiene. Mir fällt auf, dass in dem Moment, da es darum geht, über diese arme Charonne Schande zu bringen, meiner Hausgehilfin wie meinem Ehemann ein biblischer Geifer über die Lippen dringt, der sie schäumen und Orakelsprüche verkünden lässt.

Habe ich bereits gesagt, dass die ganze sibayanische Familie einen rigorosen Katholizismus praktiziert, mit dem sich Charlies Frömmelei kaum vergleichen lässt? Vor einigen Jahren musste ich Marguerite sogar davon abhalten, im großen Salon einen Marienaltar aufzubauen – und sie war mir sehr böse, dass ich sie an ihrem Marienkult behindert habe.

»Wenn Sie nur wüssten, wie unglücklich er war!«

»Wer denn?«

»Na, Liberato!«

Na so was, das ist ja mal etwas anderes. Glaubt man seiner Mutter, war Liberato von der Existenz aufs Schlimmste gebeutelt worden und verdiene heute besondere Rücksicht – ein geruhsames Pöstchen und eine Lebensrente zum Beispiel. Widerwillig und aus reiner Höflichkeit erkundige ich mich nach dem, was ihm wohl widerfahren sein mochte, und Marguerite beeilt sich, eine unverständliche Aussetzungs- und Adoptionsgeschichte über mich zu ergießen. Ich glaube zunächst, dass sie von Charonne spricht, aber nein, es ist Liberato, um den es geht. Seine Eltern, russische Touristen, waren wohl in ihr Land zurückgekehrt und hatten ihren kleinen Jungen an einem Traumstrand zurückgelassen, wohl mit der legendären Güte der Philippinen rechnend, dass er aufgefunden werde und eine Ersatzfamilie finden mochte. Aber was nur habe ich damit zu tun, ich, mit der Genealogie dieses ruhigen, dicken Jungen, der sich mir heute doch ganz und gar von seinen unheilvollen Anfängen erholt zu haben scheint? Da ich nicht so wirke, als würde ich auch nur im Geringsten Anteil nehmen, lässt Marguerite eine weitere Tränensalve und schluchzende Seufzer aufsteigen, die mich mehr als alles andere in Verlegenheit bringen. Aus dem fadenscheinigen Portemonnaie, das sie immer bei sich trägt, zieht sie einige vergilbte Fotografien. Man sieht darauf eine zwanzigjährige Marguerite, in Festkleidung und strahlend lächelnd, die mit ausgestrecktem Arm ein gewindeltes und in Spitze gehülltes Neugeborenes zur Schau stellt:

»Das ist Liberato: bei seiner Taufe.«

Jetzt, das gebe ich zu, kann ich kaum mehr folgen, und mir ist Liberatos Taufe vollkommen egal. Alles, was ich will, ist, dass man ihn mir vom Hals schafft, wo er doch versucht hat, meine Enkeltochter an einen seiner Freunde zu verschachern. Sollte Marguerite versuchen, mich mit Säuglingsbildern zu erweichen, dann ist das vergebliche Liebesmüh. Hopp, na bitte, schon hält sie mir ein weiteres unter die Nase. Dieses Mal ruht das Baby leblos und blass auf seinem kleinen Bettchen. Es trägt noch immer sein prächtiges Kleidchen, drei Millimeter hornhautartiger Blässe zwischen seinen Augenlidern aber und ein zwischen seine Hände geglittener Rosenkranz bilden den Eindruck einer widrigen Trauerstimmung. Das Foto ignorierend, stoße ich Marguerite zurück, bemühe mich, zur Tür zu gelangen, um dergestalt diesem Sturzbach an Jeremiaden und Protesten zu entkommen. Schön und gut, ja, sie hat ihren Erstgeborenen verloren, das ist sehr traurig und ich nehme Anteil daran. Aber schließlich hat sie ja wieder einen Sohn gefunden mit diesen vom Himmel gefallenen russischen Touristen, alles hat sich zum Guten entwickelt, Happy End, kein Grund also, dass sie wie eine Wahnsinnige rumheult. Um so weniger, als dass dieses wundersame Kind, gekommen, um jenes zu ersetzen, das gestorben war, heute ein Dieb und Zuhälter ist. Ein Glück, dass ich mich damit begnügt habe, ihn zu entlassen, ohne eine Klage gegen ihn erhoben zu haben.

Ich verlasse würdevoll das Zimmer und finde Charonne in der Küche, wo sie sich ihren x-ten Imbiss des Tages gönnt.

»Und, hast du ihn gefeuert?«

»Genau das. Aber Marguerite ist stinksauer. Sie hat mir ich weiß nicht was alles erzählt, dass er gar nicht ihr richtiger Sohn sei, dass sie ihn adoptiert habe, dass er sehr unglücklich gewesen sei, und dass ich unbedingt gut zu ihm sein müsse.«

»Tja, er ist kein schlechter Kerl auf jeden Fall.«

»Aber was du mir vorhin erzählt hast ...«

»Stimmt. Er ist ein Arschloch. Aber er ist trotzdem sympathisch. Ich mag ihn wirklich.«

»Wusstest du, dass er adoptiert worden ist?«

»Ja.«

»Wie du.«

»Jo. Nur ihn, ihn bewundern seine Eltern.«

Ich sage nichts, aber ich denke nichts anderes. Meiner Tochter ist es niemals in den Sinn gekommen, die ihre zu lieben. Und das Gleiche gilt für Régis. Warum zum Teufel sie Charonne adoptiert haben, ist mir ein Rätsel und Geheimnis. Die Liebe, sie ist und bleibt jedenfalls Rätsel und Geheimnis. Charonne lächelt und hält mir ein großes gebundenes Buch hin.

»Schau mal, was ich in der Bibliothek gefunden haben: Gehört das dir?«

»Oh, Laurence Pernoud! Ja, das gehört mir.«

Ich erwarte ein Kind, das war neun Monate lang meine Bibel. Man möchte heute nicht glauben, dass ich für meine einzige

Tochter kaum ausreichend harte Worte finde, aber schon mit meinen ersten Empfängnisanwandlungen lief ich damals los und kaufte mir dieses Buch, an dem sich all meine Freundinnen in großen Worten berauschten. Nun gut, ich hatte über einer gewissen Anzahl an Windeiern und abgestoßenen Embryonen die Spülung ziehen müssen, bevor ich dann schließlich eine Schwangerschaft austrug, aber in der Zwischenzeit hatte ich die Muße, all diese Sagittalschnitte von gewölbten und bewohnten Bäuchen zu studieren; die Muße, mich an mir unbekannten Begriffen zu weiden, Oozyten, Gelbkörper, Gebärmutterschleimhaut, Plazenta; die Muße auch, den Ratschlägen von Laurence Pernoud in Hinsicht auf Ernährungshinweise und Schminkgewohnheiten peinlich genau zu folgen. Ich erwartete ein Kind, niemand konnte das Gegenteil behaupten.

Umso mehr, als ich gar nichts anderes zu tun hatte, da ich mir im dritten Schwangerschaftsmonat eine Cerclage hatte legen lassen müssen. Eigenartigerweise war ich noch nie in meinem Leben so einsam. Fernand war da, gewiss, um mir die Hand zu streicheln und von Zeit zu Zeit den Bauch, aber er war vollem hier und dort, sehr beschäftigt mit seinen Geschäften, und vielleicht auch weniger beflissen, weniger glühend als für gewöhnlich. Ich habe das auf meinen dicken Bauch bezogen und auf meine Chloasma gravidarum, ein weiterer Ausdruck, den ich bei Laurence Pernoud gelernt habe, der aber nichts anderes beschrieb als die furchtbare braune Maske, die mich verunstaltete. Kurz, ich drücke das Buch Charonne wieder melancholisch in die Hände.

»Hast du es gelesen? Ich glaube, es ist völlig veraltet.«

»Da irrst du dich gewaltig: Es wird immer noch aufgelegt.«

»Ich erwarte ein Kind …«

»Hat es dir gefallen? Schwanger zu sein, und all das …«

»Nein. Ich fand es furchtbar. Aber ich mochte es, ein Baby zu haben, es in meinen Armen zu halten, es zu wiegen, ihm das Fläschchen zu geben ...«

»Weißt du, dass Gladys und Régis morgen zurückkommen?«

Ja, ich weiß es. Aber was für eine Verbindung besteht zwischen meinem hübschen Baby vor dreiundfünfzig Jahren und der Frau, die morgen wieder zurück nach Hause kommt, völlig übermüdet und völlig erschöpft? Wenn alles wie immer abläuft, wird sie nicht die geringste Freude an den Tag legen, uns wiederzusehen, uns nicht einmal die kleinste Kleinigkeit mitgebracht und nur eines im Sinn haben: Abzuzischen und sich duschen zu gehen und ihre Koffer auszupacken, gemeinsam mit ihrem kleinen Ehemann, der zugleich ihr Bruder ist.

Anfangs noch kamen sie zumindest mit einem Geschenk für jeden von uns zurück: eine Gebetsmühle, ein Sparschwein, eine Maske, ein Wandteppich ... Heute, rein gar nichts. Es muss erwähnt werden, dass Régis und sie inzwischen sechs Monate des Jahres im Land der großen Glückseligkeit verbringen und dass sie mehr oder weniger alle Souvenirs durch haben, die man aus Bhutan mitbringen kann. Sie kehren von dort vor allem mit immer nebulöseren Ideen und einer immer obskureren Sicht auf die Dinge zurück, selbst wenn sie behaupten, erleuchtet zu sein.

Am nächsten Tag läuft alles ab, wie ich es vorhergesehen hatte: Gladys und Régis kommen beladen wie die Esel und völlig abgemagert an, da sie mühsam von Dzong zu Dzong gekraxelt waren, ohne je irgendwo gelandet zu sein. Erleuchtet, das sind sie mehr denn je: Meine Tochter hat den Schädel genauso rasiert wie ein Himalaya-Mönch, und Régis trägt das nämliche Lächeln zu Schau wie der Gemeindepfarrer, dieses Lächeln, das besagt, dass er Gott getroffen habe und dass das nicht allen auf dieser Welt vergönnt sei; dieses Lächeln, das ich Katholiken echter Färbung vorbehalten glaubte, aber man muss wohl annehmen, dass dem nicht so ist und dass egal welcher neu zum Buddhismus Konvertierte das Anrecht besitzt, es sich ins Gesicht zu drücken, um dergestalt seine persönliche Glückseligkeit öffentlich bekannt zu geben.

Charonne begrüßt sie freudig, aber sie haben nur genau einen Blick und ein Wort für sie. Wahrscheinlich lautet ihr Urteil, dass sie auf ihrem spirituellen Weg noch nicht weit genug fortgeschritten sei – was besonders possenhaft wirkt, wenn man bedenkt, dass sie die beiden nüchternsten und in der materiellen Welt am stärksten verhafteten Individuen abgeben, dir mir jemals begegnet sind. Aber nun gut, man irrt sich nie mehr als in seiner eigenen Person.

Régis mag noch so sehr erleuchtet sein, die unerwartet eingetretenen Veränderungen bei seinem Vater entgehen ihm nicht, und er findet eine Möglichkeit, mir zwischen zwei Bemerkungen über die Vorteile der Meditation zuzuraunen:

»Was ist mit Papa los? Ist er betrunken?«

Nein, armer Trottel, dein Vater ist nicht betrunken. Auch wenn er sich seit deiner Rückkehr schon zwei oder drei Pastis hinter die Binde gezogen hat – aber um betrunken zu sein, braucht es bei ihm mehr, ist er doch seit den 70er Jahren Alkoholiker durch und durch, etwa seit der Zeit unserer Heirat, und dass man darin bloß keinen Zusammenhang erkenne, denn bei allem war ich doch immer eine gute Ehefrau und es lag nur an ihm, glücklich und enthaltsam zu sein. Nein, dein Vater hat die Krankheit der Alten, und es wäre an der Zeit, dass jemand anderes als ich dies bemerkt – du, zum Beispiel: Das würde dir ermöglichen, ganz konkrete Vorkehrungen zu treffen, um ihm das elende Ende seines Lebens zu erleichtern.

Ich habe meine eigene Vorstellung hinsichtlich dieser Frage, aber ich bin mir nicht sicher, ob die aktive Euthanasie mit der kürzlich erfolgten Konvertierung meines Schwiegersohns in Einklang steht. Ich möchte sterben und diesen Ehemann mit mir in den Tod nehmen, der mich nicht mehr erkennt und der an nichts mehr seine Freude hat, aber ich spüre genau, dass ich Schwierigkeiten haben würde, Zustimmung für ein solches Vorhaben zu erhalten.

Auf dem Küchentisch, auf dem Marguerite uns ein frugales Abendessen serviert hat, denn eine Rückkehr aus Bhutan verpflichtet, liegt noch immer mein Exemplar von *Ich erwarte ein Kind*. Ich lasse es geschickt verschwinden, damit Gladys sich nicht auf das rutschige Terrain der Mutter-Tochter-Liebe wagt, die niemand hier je für irgendwen gezeigt hat, weder ich für sie, noch sie für mich – ganz zu schweigen von den Gefühlen, die sie für ihre Adoptivtochter hätte ersinnen können, dieser erstrahlenden Kreatur, die sich im Augenblick in die Ecke verzieht und diskret gibt, da sie sich sehr genau darüber im Klaren ist, dass nach dreimonatiger Abwesenheit ihre Eltern ihr nichts zu sagen haben und nur eines wollen: dass man sie in Frieden lasse und man ihnen vor allem nicht mit irgendwelchen Alzheimergeschichten oder Studienplänen auf die Nerven gehe.

Ich erwartete ein Kind, früher einmal, und das ist lange her. Ich glaubte, dass das mein Leben umwälzen und aus mir eine andere Frau machen würde, aber keine Umwälzung fand statt. Ich lauerte nach Anzeichen in mir, nach einer neuen Ernsthaftigkeit, nach dem Gefühl einer Erfüllung oder Vollkommenheit, etwas, das meine zwanghafte Sorge nur um mich selbst auf den zweiten Platz verdrängt hätte. Aber nichts. Äußerstenfalls war Gladys eine Ausdehnung meiner eigenen Schönheit: Ihr Blond schmeichelte dem meinen, ihre hellen Augen brachten mir Komplimente ein, die Leute beugten sich über ihren Kinderwagen und stießen Ausrufe des Entzückens hervor, die mir direkt ins Herz gingen. Das erstarb dann, wie man weiß, in der Folge, als sie diesen üblen Ausdruck, dieses sich kräuselnde Haar und diese Schulterbreite eines Mannweibs entwickelte. Ich will gerne glauben, dass sie nichts dafür kann, dass die Schuld bei den Hormonen liegt, aber trotzdem will mir doch scheinen, dass man nicht so garstig wird, ohne selbst etwas dazu beizutragen. Auf jeden Fall hat sie nicht das Mindeste versucht, der Verwandlung Einhalt zu gebieten oder ihr durch gutsitzende Kleidung, Schminke oder eine angemessene Frisur entgegenzutreten. Nein, sie ließ sich willfährig versinken, sie verfiel mit abgefeimter Freude der Hässlichkeit, da sie wusste, dass mich dies traf, dass mein Mutterhochmut und mein Stolz der Besitzenden dabei einen ernsten Schlag bekommen sollten. Und wenn der Schlag sie als Erste traf, nun, um so schlimmer.

Ich sehe sie wieder vor mir, mit sechs oder sieben Jahren, auf der Wiese, die an das Chalet in Combloux angrenzte. Es war Sommer, Fernand hatte eine Reisedecke über das Gras geworfen und mich spielerisch geneckt, mich zwischen den Rippen gekitzelt, mir einen Grashalm ins Ohr gesteckt oder durch den gesteppten Baumwollstoff meiner Bluse hindurch die Brüste geknetet. Gladys spielte zwei Meter weiter im Gras, als sie uns plötzlich bei unseren gegenseitigen Neckereien unterbrach – denn ich versagte mir nicht, meine Finger über den Oberkörper meines Mannes laufen zu lassen, oder ihm zärtlich ins Ohr zu beißen, benommen vom Surren der Hummeln und der Brise, die den Flughafer beugte wie auch die Bauernrosen.

Sie kam auf uns zu, trunken vor Freude, um uns den Schmetterling zu zeigen, der sich auf ihrem Unterarm niedergelassen hatte.

»Schaut nur: Er möchte nicht mehr fort! Er ist zahm!«

Auf ihrer goldenen Haut schlug ein Tagpfauenauge träge mit seinen Flügeln, verbarg und zeigte abwechselnd vier bläuliche Augenflecken auf schillernd hellrotem Grund, während unser kleine Tochter uns dazu einlud, ihren Zauber mit Ausrufen und Seufzern der Verzückung zu teilen:

»Schaut nur, er hat Augen auf den Flügeln! Ist er nicht schön? Er gehört mir! Er liebt mich!«

Sie war ebenso schön und ebenso schillernd wie ihr Schmetterling, in ihrem neuen Kleid, das zwei Gelbtöne in der Art einer Narzisse miteinander verwebte, und das Fernand derart begeisterte, dass er trotz meiner Einwände gleich zwei gekauft hatte:

»Man weiß ja nie, wenn sie es einreißt.«

»Aber bitte, ein Sommerkleid, das trägt man zwei- oder dreimal in einer Saison, nicht häufiger! Sie wird gar nicht die Zeit dazu haben, es einzureißen. Und nächstes Jahr, da wird sie größer sein und es gar nicht mehr anziehen können.«

Nichts zu machen. So war er, mein erster Mann, von einer unglaublichen Verschwendungssucht – wohingegen Charlie eine erbärmliche Knausrigkeit an den Tag legen kann.

Das Tagpfauenauge flog davon und Gladys war seinem Flug mit den Blicken gefolgt, ihre Augen zitterten unter einer aufgestauten Schicht Tränen, doch bevor diese losbrechen konnten, entsandte Fernand sie eiligst ans andere Ende der Wiese mit der Aufgabe, einen Strauß Blumen zusammenzusammeln. Und während ihr Selbstgespräch in Fetzen zu uns herüberdrang, Freudenausrufe und Betrachtungen über den entflogenen Schmetterling, begann mein Mann ernsthaft mit mir zu schäkern, sein steifes Glied gegen meine Schenkel pressend, seinen heißen Atem mir ins Ohr hauchend. Als Gladys zurückkam und triumphierend einige Kleeblüten und Dilldolden in die Höhe reckte, hatte er bereits meinen Rock hochgeschoben und zwei Finger in mein Höschen geführt, und ich gab mich träge der Lust hin. Sie stellte zwischen uns und das strahlende

Blau des Himmels ihre geröteten Wangen und ihr aschblondes Haar, das an ihren Schläfen von der Sommersonne nur noch stärker erstrahlte, ein lebendiges Bild der Unschuld:

»Was macht ihr denn da?«

Fernand zog rasch meinen Rock über meine offenen Schenkel zurück und wir richteten uns auf, hin- und hergerissen zwischen Scham und irrem Lachen. Gladys ließ sich aufs Gras fallen, die Blumen über ihr gelbes Kleid verstreuend, eine Blume sie selbst, eine vor Frische erstrahlende Narzisse im Grasland der Alpen, ein kleines Liedchen der Zufriedenheit zwischen ihren geschlossenen Lippen summend, und uns mit dem perplexen Ernst ihrer zehn Jahre anblickend.

Fernand nahm mich fester in seinen Arm, lud mich mit einer Kinnbewegung dazu ein, das Schauspiel unserer einzigen Tochter zu betrachten: Aufgeschürfte und grün befleckte Knie, kaum wahrnehmbar feuchte Nase, in der Sonne tanzende Locken und eine vor lauter Anstrengung in Falten gelegte Stirn, doch verstehen zu wollen, was ihre Eltern da wohl gerade treiben mochten. In mein von seinen Küssen noch immer feuchtes und angenehm empfindliches Ohr, flüsterte er:

»Als die kleine Ziege in die Bergwelt ankam, war dies ein umfassendes Entzücken …«

Und da ich seit unserer Hochzeit nicht mehr von der Ziege des Monsieur Seguin sprechen hören konnte, ohne mich bewegt zu fühlen, lachte ich offenherzig laut auf und wurde dabei sofort von Gladys imitiert. Eine Hand Gräser ausreißend, warf Fernand diese in ihre Richtung:

»*Splendor in the grass!*«

»Hä? Was hast du gesagt?«

»Ich sagte: *splendor in the grass*.«

Von Überreiztheit überwältigt, lachte sie, sprang auf, und schrie:

»Aber was heißt das denn, Papa, was heißt das denn?«

»Das ist dein Name: *splendor in the grass.*«

»Nein, das ist nicht mein Name! Du redest Blödsinn!«

Sie begann mit dieser nasalen Stimme zu zetern, die Kinder manchmal einsetzen, wenn sie von Erwachsenen beachtet werden wollen. Meine Mutter hätte zu ihr gesagt, sie solle sich nicht interessant machen, aber meine Mutter hatte kaum Zeit, sie kennen zu lernen: Sie war zwei Jahre zuvor ertrunken, von den Wellen erfasst, die sie von einer Mole in Saint-Malo aus bewunderte. Frühzeitig von einem Dreh zurückgekehrt, nahm ich an ihrer Beisetzung teil, ohne weder ihr Verschwinden zu begreifen noch zu verstehen, wie sie nur einen so romantischen Tod hatte finden können, sie, die sie die Rührseligkeit eines irdenen Ölkrugs besaß.

Meine Tochter drehte sich jetzt um sich selbst, laut dabei skandierend, ihr Name laute Gladys, Gla-dys, Gla-dys! Fernand schaute sie an, mit diesem harten und bitteren Ausdruck, den er manchmal aufweisen konnte, meilenweit entfernt von der gerührten Freude, die er kurz zuvor noch gezeigt hatte – und er murmelte wie zu sich selbst: Gladys ... Dann erhob er sich, fasste sie um die Taille und wirbelte sie herum, bis sie schließlich hicksend vor Glück flehentlich um Gnade bat.

Mein Gott, mein Gott, ich habe diesen Augenblick verpasst. Ich rufe ihn mir in Erinnerung, mehr nicht, aber ich habe aus ihm nicht all die Freude geschöpft, die er mir hätte gewähren können. Ich glaubte, es würde sie haufenweise geben, diese Momente familiären Glücks und Jubels der Sinne – und tatsächlich, es hatte ihrer weitere gegeben, aber niemals mehr in dieser Reinheit und Perfektion: Drei Jahre später starb Fernand und Gladys verstummte zu dieser in Ungnade gefallenen und rachsüchtigen Kreatur, die zu sein sie nie mehr aufhörte.

Noch heute, obgleich sie sich ihrem Sechzigsten nähert und die alten Klagegründe sich aufgelöst haben müssten, erkenne ich an ihrem üblen Blick und ihrem seltenen Wort, dass ihr unerklärlicher Groll noch immer ungebrochen ist. Dass wir uns nicht falsch verstehen: Ich war eine Operettenmutter, eine abwesende und zerstreute Mutter, mehr um ihre Karriere und ihre Liebschaften besorgt als um ihr einziges Kind, aber dies ist noch hundertmal besser als all die Misshandlungen, die ich nicht wenige Kindern meines Bekanntenkreises habe erfahren sehen. Um es klar zu sagen, meine Freundinnen waren keine besseren Mütter als ich. Bei Maryse, die ihre Zwillinge öffentlich erniedrigte, bei Antoinette, die ihren Sohn über Tage bei ihrer Kinderfrau vergaß, bei Renée, die auf ihr Nesthäkchen einschlug, aber Bett und Badewanne mit ihrem Ältesten teilte, da denke ich, muss ich über mein eigenes Verhalten nicht erröten.

Gladys hat es nie an irgendwas gefehlt, und wenn ich nicht da war, hatte eine Tagesmutter oder jemand anders meine Aufgaben übernommen. Im Übrigen beklagt sich meine Tochter heute nicht über meine Abwesenheiten, sondern über ein Zuviel an künstlerischer und sportlicher Ausbildung, über all jene Kurse, in die ich sie schleppte, damit sie eine vollendete Frau werde, zu tanzen versteht, zu reiten, zu malen und Englisch zu sprechen.

Ach nein, ich vergaß, dass sie mir auch vorwirft, während meiner gesamten Schwangerschaft liegen geblieben zu sein und ihrer Säuglingsgefräßigkeit nicht meine Brust geopfert zu haben. Angesichts dessen, was aus meinen Brüsten geworden ist, diesen flatternden Faltenwürfen zwischen Rippen und Achselhöhle, ich hätte sie besser doch gestillt. Am Ende des Tages, ob Kindchen sich nun an sie dranhängen oder nicht, die Brüste, sie fallen ja doch: Dies ist ihr heimliches Bestreben von

Anfang an, nur welches zwanzigjährige Mädchen sollte dies schon ahnen, sieht es sie doch permanent und in allen Situationen ihr sanftes Mäulchen sich erheben?

Nach Fernand Tod bin ich nicht mehr ins Chalet in Combloux zurückgekehrt. Combloux, das war er, weitaus mehr als die Villa in Cassis, in der wir beide dennoch viel Zeit verbrachten, er und ich. Um Cassis kennenzulernen, hatte ich nicht erst bis zu meiner Heirat gewartet, wohingegen Combloux, die Berge, ja, da war es Fernand, der mir das angeboten und es mich hat entdecken lassen.

Ich habe das Chalet verkauft, und auch das hat Gladys mir schroff vorgeworfen, angeblich hätte ich sie zu Rate ziehen sollen, obwohl sie doch beim Tod ihres Vaters erst neun Jahre alt war und niemanden mehr an sich heranließ, vermauert in ihre Wut und sicherlich auch ihren Kummer, einen Kummer allerdings, der sich nicht zeigte und der sie eher beißen ließ als weinen.

Hätte ich geahnt, dass alles so schnell gehen sollte, hätte ich geahnt, dass ich mit zweiundvierzig die Witwe des einzigen Mannes werden sollte, der mich wirklich liebte, und sich mein Kind von mir abwenden würde, ich hätte mich mit ihnen zusammen im Gras getollt, ich hätte, auch ich, trunken vor Freude geschrien, im Wind der Gipfel und Pusteblumen, und wir hätten den Sonnenuntergang abgewartet, bevor wir ins Chalet zurückgekehrt wären, wir hätten Gladys ins Schottenplaid gehüllt und uns an ihren Rücken gekuschelt wie die Liebenden, die wir bis zum Ende geblieben sind.

Aber in diesem Sommer verließ ich Tochter und Mann schon Mitte Juli, um im Limousin einen Film zu drehen. Ich hatte mich dazu überreden lassen, das Dornröschen in einem Film eines vollkommen Unbekannten zu spielen, und ich glaube wohl, dass ich seit Combloux an nichts anderes mehr gedacht habe als an diese Aussicht, die mich ebenso sehr erregte wie sie mich beunruhigte, diese Märchenerzählung, die plötzlich in einem Filmverzeichnis auftauchte, das bislang Liebeskomödien gewidmet war sowie Mantel-und-Degen-Filmen.

Fernand hatte mich dazu gedrängt, zuzustimmen, und ich verließ mich auf sein Gespür. Aber es war die Begegnung mit dem Regisseur, die den Ausschlag gegeben hat. Er wollte mich, der Film wäre nicht ohne mich gedreht worden, ich war sein Dornröschen, trotz meiner neununddreißig Jahre – von denen klar gesagt werden muss, dass ich sie keineswegs ausstrahlte. Und dann hatte er lauter Ideen. Ich, die ich an sechzigjährige Regisseure gewöhnt war, die mehr Berufserfahrung als Feuer hatten, mehr Alkoholika als Talent, ich war verführt von der gezügelten Glut dieses jungen Mannes und seiner ruhigen Art, wie er über dieses Zauberreich gebot, wie er es seiner Welt eingliederte und zugleich der meinen eines eröffnete, wie ihr's nicht schaut im Traume. Denn ja, schon bei der ersten Begegnung zitierte er mir Rimbaud und sprach über Méliès, dem zu Ehren er diesen Film drehen wollte, diesen Film, der zugleich auch eine Tragödie aus dem fünften Jahrhundert vor unserer Zeitrechnung werden sollte, wo Hinden junge Mädchen auf den Opferaltären ersetzten, Mütter ihre Kinder aus Kesseln verschlangen, in denen krötenartige Wesen sich drängten ... Ich riss die Augen auf, stand offenen Mundes da vor lauter Bewunderung, hatte doch noch nie jemand so zu mir gesprochen, hatte doch noch nie jemand zu mir gesagt, dass ein Film einem Gedicht ähneln, und ich auch noch dessen inspirierende Muse sein könnte. Ich habe, erobert und innerlich bebend, sofort Ja gesagt.

Es ist mir schlecht bekommen, denn der Dreh war ein einziges Martyrium. Nach einer Woche rief ich weinend Fernand an, damit er mich abholen käme, oder, falls das nicht gehen sollte, er diesem Jacques Delmas die Fresse poliere, dessen Sadismus sich entfesselte ohne Rücksicht auf meinen Status als Star. Fernand kam nicht: Seine Geschäften banden ihn an Paris, und ich musste meinen Albtraum in den dunklen Wäldern des Limousin ganz allein durchleben.

Was soll ich sagen? Jacques sah mich nur noch mit Widerwillen an, ließ mich Einstellungen wiederholen, bis ich heulte, und konnte kaum ausreichend harte Worte finden, um mein Spiel zu verurteilen. Ich war darüber krank geworden, ich konnte weder essen noch schlafen. Er hingegen, er fraß für vier, fettes Zeugs, Wild, Saucengerichte, bei denen er sich seine scharlachroten Lippen leckte.

In drei Drehmonaten hatte er zwanzig Kilo zugenommen und glich schließlich einer Art Elvis Presley am Ende seines Lebens, während ich unerbittlich abmagerte, Tag um Tag ausgemergelter unter meinem Haupthaar, das ich auf seine Anordnung hin hatte wachsen lassen müssen und weder kämmen noch waschen durfte, was derart der Routine, wie ich es mit meinem Haar hielt, und meinen Drehgewohnheiten samt zugehöriger Friseurin und Maskenbildnerin zuwider lief, dass ich allein schon deswegen hätte verrückt werden müssen. Wagte ich scheue Einwende, meine Kopfhaut juckte mich, unlösbare Knoten bildeten sich an meinen Haarspitzen, und allem voran war ich hässlich, dass es einem Angst machte, zeigte Jacques sein hämisches Lächeln und legte mit seinen nicht endenden Reden los, stand auf fünf Zentimeter Abstand vor meiner bedrängten Brust und hauchte mir seinen nach Wein riechenden Atem und seine Worte einer Viper ins Gesicht:

»Du hast hundert Jahre geschlafen! Meinst du im Ernst, du würdest mit sauberem und glänzendem Haar erwachen? Und warum nicht gleich eine Föhnfrisur, wenn du schon dabei bist! Künstlerisches Vorgehen zu verstehen, das ist bei dir wohl zu viel verlangt? Ganz offensichtlich, denn du bist ja daran nicht gewöhnt. Man muss keine Künstlerin sein, um Schundfilme zu drehen wie *Sturm im Liebesglas* oder *Meine Freundin Becky!*«

Das Schlimmste, er hatte recht. Bislang hatte man mich nur gebeten, schön zu sein und die Klappe zu halten, Dinge, die von mir leicht zu haben waren. Die Anforderungen von Jacques schienen mir ebenso beschwerlich wie unzumutbar zu sein, aber ich gehorchte ihm bedingungslos, auf die Gefahr hin, den bitteren Strom meiner Klagegründe während unserer Telefonate auf Fernand umzuleiten, die er diplomatisch kurz zu halten versuchte:

»Mein Liebling, einige Regisseure sind so: Sie müssen Schreckensherrschaft ausüben, ihre Schauspieler leiden lassen, sie an ihr Äußerstes treiben. Was zählt, ist das Ergebnis, dass dieser Film dank deiner zum Erfolg wird. Und das wird so sein, ich spüre es.«

»Aber was weißt du denn schon? Du bist ja nicht mal hier! Und was überhaupt machst du in Paris? Ich brauche dich hier, Fernand!«

»Gib mir noch einige Tage, ich werde kommen.«

Er kam ganz am Ende des Drehs, obgleich das, was noch gefilmt werden musste, meine Anwesenheit nicht verlangte – Jagd- und Kriegsszenen in den dunklen Wäldern. In der Zwischenzeit war ich merkwürdig kaputtgegangen: Ich, die ich nie krank war, ich hatte alle möglichen Beschwerden, Bauchweh und unstillbare Kopfschmerzen. Mein für gewöhnlich diaphaner Teint war puterrot, unterstrichen noch von dunklen Augenringen und rötlichem Ausschlag. Und vor allem schlief ich die ganze Zeit über, als wäre ich vom nämlichen Schicksal erfasst wie meine Figur. Und wenn ich nicht schlief, war ich groggy, ich taumelte von einem Ort zum andern und stammelte meine wenigen Repliken, ohne dass es mir gelingen wollte, den Zustand einer leicht halluzinierenden Benommenheit abzulegen. Als hätte Jacques mir Drogen verabreicht, und man wird mich nicht von der Idee abbringen, dass er mir was in den Tee oder Kaffee getan hat.

Ich träumte jede Nacht, dass ich von einer öligen Welle erwischt worden sei, ähnlich jener, die meine Mutter davongetragen hat, und endlich beweinte ich ihren Tod, mit Tränen, die derart heftig ausfielen, dass sie mir den Atmen raubten und ich wach wurde, allein im schrecklichen Gasthof, in dem uns die Produktion untergebracht hatte. Am nächsten Morgen dann stieg ich mit zitternden Beinen die Treppe hinab und schloss mich der Truppe am Frühstückstisch an, ein Augenblick puren Wahnsinns, da Jacques derart besessen wirkte, dass man ihn sofort hätte exorzieren müssen, während wir jämmerlich über unsern Kaffeeschalen einnickten und darauf warteten, dass er damit fertig sein würde, diesen oder jenen runterzumachen, oder uns den Misserfolg des Film vorherzusagen und das jeweilige Ende unserer Karrieren.

Der dunkle Wald umgab mich, schloss sich über mir mit seinem dornigen Brombeergestrüpp und seinem kriechenden Efeu. Meine Mutter trieb in all meinen Träumen zwischen zwei Strömungen dahin, und die Spiegel zeigten mir Bilder, noch grausiger als meine nächtlichen Visionen. Ich war entsetzt, aber in den wenigen Augenblicken seiner lichten Stimmung hob Jacques mir das Kinn und sagte, dass ich großartig sei, sublim, perfekt für die Rolle.

Als er endlich gekommen war, um sich mir im Limousin anzuschließen, schien Fernand nicht besonders überrascht zu sein, mich so verändert zu sehen. Es muss gesagt werden, dass ich mich in Hinblick auf sein Kommen gewaschen, mir das Haar geflochten hatte, womit ich eine weitere Salve an Sarkasmen bei meinem Folterer hervorgerufen hatte:

»Na bitte, Nelly Chastaing wird wieder zu einer duftigen Blondine, um den Gimpeln Rehaugen zu machen!«

Ach ja, man sagte das so, ›Rehaugen‹, aber in diesem Munde mit wulstigen Lippen, der die Worte mal ausspuckte, sie mal wie Bonbons zu lutschen schien, beschwor dieses Wort bei mir das Tier im Märchen herauf, jenes, das an meiner statt als Ragout endete, und das die Königin *à la sauce Robert* verspeist hatte, ein Rezept, dessen Zutaten Jacques vergeblich in den Kochbüchern suchte, da ja das Internet noch nicht existierte. Wutentbrannt hatte er es schließlich selbst erfunden und Blut vermengt mit Alkohol, Lorbeer und dunklen Wurzeln, um so die Szene des Verschlingens nur noch grauenvoller erscheinen zu lassen.

Marie-Jeanne Sèze, die meine menschenfressende Schwiegermutter spielte, hatte ebenfalls ihre Aufnahmen Hunderte Male neu beginnen müssen. Und je übler die Sauce auf dem Steingut erstarrte, je heftiger Marie-Jeanne von Brechreiz geschüttelt wurde, wann immer sie den Löffel an ihren Mund führte, um so stärker begeisterte sich Jacques hinter seiner Kamera und brummte irgendwelche Äußerungen der Zufriedenheit, die genauso beunruhigend waren wie seine Verwünschungen.

Auf meine Bitte hin fuhr Fernand mich zurück nach Paris, ohne das Ende des Drehs abzuwarten. Und während die Route Nationale 20 durch die Fenster seines brandneuen Jaguars E-Type dahinzog, fühlte ich, wie die Verhexung sich löste und meine Kräfte zurückkehrten. Wie ich meinem Mann zuhörte, der mir die Vorzüge seines neuen Wagens anpries, vergaß ich Jacques, den unheilverkündenden Gasthof, die schlafenden Wälder des Limousin, was mir nur recht war, denn ich verspürte keinerlei Lust, mich daran zu erinnern und wollte so schnell wie möglich wieder den Verlauf meiner goldenen Existenz aufnehmen.

Und genau das war geschehen, weshalb ich mich auch ein Jahr später ohne Furcht zu einer privaten Vorführung dieses *Dornröschens* begeben konnte, das mich so viele Tränen gekostet hat. Mein Haar hatte seine Farbe und luftige Fülle wiedergewonnen, ich trug ein perlgraues Damenkostüm, das meilenweit entfernt war von dem mittelalterlichen Kleid, mit dem mich Jacques monatelang ausstaffiert hatte, und ich war in Begleitung meines alten Mannes und meiner kleiner Tochter, sie beide gleichfalls sehr elegant.

Gladys kannte das Märchen sehr genau, und sie hatte mit mir gemeinsam den Zeichentrickfilm gleichen Namens gesehen. Da wir sie gewarnt hatten, dass es sich um eine weitaus dunklere Version handeln würde als die harmlose Liebesgeschichte der Disney Studios, plusterte sie sich schon in der Welt der Erwachsenen im Vorfeld dieser Promotion auf – ganz abgesehen davon, dass es das erste Mal war, dass sie ihre Mutter auf der großen Leinwand sah.

Die ersten Szenen, die verspätete Ankunft eines Kindes an den Herd des Königs und der Königin, gefolgt von der Zauberwelt der Taufe, haben sie Ausrufe einer Freude ausstoßen lassen, die von der Verwünschung durch die Hexe kaum gedämpft wurden. Getragen von der unbekümmerten Kindheit Dornröschens in den Gärten und Prunkgemächern des Schlosses, richtete sie sich in ihrem Sitz auf, und wurde sofort von ihrem weich gestimmten Vater umfasst:

»Sachte, Gladys, setz dich hin!«

Erst dann geschah es, dass es verdarb, der Film folgte dem unvermeidlichen Abhang, auf den es der Regisseur abgesehen hatte. Ich trat zum ersten Mal in der Szene mit dem Spinnrad auf, aus der Jacques einen Moment reinen Horrors gemacht hat, und in welcher der Stich zu einer offenen Wunde umschlug, aus der das Blut in großen Wallungen drang, bevor ich dann in Schlaf versunken auf dem Boden des Bergfrieds niedersank.

Ich muss anerkennen, dass mein hundertjähriger Schlaf in filmischer Hinsicht ein Erfolg war. Sich vorsätzlich von der Textgrundlage Perraults abhebend, in welchem Dornröschen seine hellrote Wange behält und rosige Lippen, hatte Jacques es so eingerichtet, dass ich in einem äußerst üblen Zustand erschien, indem er mein Haar über das Kissen gebreitet, meine ausgehöhlten Wangen, meine Augenringe und ungesund aufgedunsenen Wangenknochen unterstrichen hatte.

Er hatte mich hingebungsvoll, sehnsuchtsvoll gefilmt, während er die Kamera um den Katafalk bewegte, und mir mittels Spezialeffekten, auf die er außerordentlich stolz war, die Kleider langsam in Fetzen zerfielen und die Nägel wuchsen, bis sie sich eindrehten. Bei meinem Erwachen war der Kontrast mit der Jugend und Frische des Prinzen beinahe überspitzt. Ich sagte meinen Text wie abwesend auf, während er meine klamme Stirn streichelte und dabei meine alles überwuchernden Strähnen entfernte und versuchte, mir die Spitzenhaube wieder zu richten.

An dieser Stelle angekommen, schien Gladys weitaus weniger enthusiastisch zu sein. Zusammengerollt auf ihrem Sitz, hatte sie angefangen, wie verrückt ihren Daumen zu lutschen, was sie nur noch in Momenten größter Verstörtheit oder Müdigkeit tat. Auf der Leinwand stieß Dornröschen die keuschen Hände des Prinzen zurück und zerriss den jahrhundertealten Stoff ihrer Korsage, gab so eine schwere und weiße Brust frei, die umso atemberaubender war, als Dornröschen, der schaurige Dreh hatte das Seine getan, so mager war, dass es einem Angst machte. Will man es glauben? Ich hatte diese Szene vollkommen vergessen. Hätte ich mich an sie erinnert, ich hätte niemals meine siebenjährige Tochter in diese Vorpremiere geschleppt.

Ich war von nun an vollkommen nackt vor dem vor Ergriffenheit verstummten Prinzen. Jacques, daran zweifelte ich nicht, hatte gewollt, dass ich wie eine entfesselte Messalina wirkte vor diesem Tollpatsch Philippe, steifbeinig und geziert in seiner neuen Kleidung. Meine fiebrige Geilheit stach in jeder Einstellung aus meinen feuchten Schenkeln, meinen schwingenden Brüsten, meinem verwirrten Blick, dem Geschlecht, das ich verdeckte, bei dem aber jeder Zuschauer den Eindruck gewann, seinen goldbraunen Glanz zu erblicken.

Ich vergrub mein Gesicht in den Händen, und Fernand versteifte sich auf seinem Sitz. Den Nacken von Gladys packend, hat er sie auf seinen Schoß gedrückt, ihr so das Schauspiel ihrer Mutter ersparend, die sich jetzt auf ihre Lust konzentrierte, geschlossenen Auges, als wäre sie im Gebet, während Philippe es ihr besorgte, unmittelbar auf dem Katafalk mit seinen hauchzarten Umhüllungen.

Zwischen Zeige- und Ringfinger, zu Tode verwirrt und trunken vor Zorn, habe ich dennoch unserem morbiden Treiben beigewohnt und beiläufig bemerkt, dass diese Szene einem Wunder an Fremdartigkeit und Sinnlichkeit glich, und dass ich in ihr besser war denn je, hundertmal sexyer als in welcher der vielen Komödien auch immer, in denen ich ja eigentlich das Objekt der Begierde darstellen sollte. Und der Rest des Films war dementsprechend: großartig, verstörend, der tiefen Grausamkeit des Märchens treu und sich doch von diesem merklich absetzend.

Jacques' Talent strahlte aus jeder einzelnen Einstellung, aus allen Dialogen, ob es sich nun darum handelte, den Prinzen Philippe jagend oder kriegsführend in den finsteren Wäldern zu zeigen, oder aber darum, bei der Menschenfresserin zu verharren, die von Marie-Jeanne gespielt wurde, überwältigend in ihrem Wahnsinn und ihrer dunklen Traurigkeit, während sie löffelweise menschliches Fleisch an ihren schaurigen Mund führte. Am Ende der Vorführung erhoben sich alle und applaudierten, die merkliche Ausnahme bildete meine kleine Familie. Gladys schluchzte auf ihrem Sitz und Fernand suchte nach dem Blick, den ich ihm, gekränkt und nicht wissend, wie ich ihm die Liebesszene zwischen Philippe und mir erklären sollte, verweigerte – Philippe, der übrigens François hieß und nicht weniger verschämt darüber wirkte, aller Welt seinen Prinzenhintern gezeigt zu haben.

Ich darf sagen, dass Fernand nach dem Film keinen Streit mit mir gesucht hat. Allein am selben Abend noch, nachdem Gladys zu Bett gebracht worden war, hatte er mich gefragt:

»Habt ihr simuliert?«

Ich brach augenblicklich in Tränen aus und schwor ihm auf Stein und Bein, dass ja, dass das simuliert wurde, dass ich mich aber an nichts erinnern konnte, dass Jacques mich unter Drogen gesetzt hatte, dass er mir Schlafmittel in meine Tasse Tee gegeben hatte, dass ich die Drehtage in einer Art Trancezustand verbracht habe, mir gerade noch darüber im Klaren, dass ich von Jacques, diesem Schwein, malträtiert, erniedrigt, gedemütigt worden war.

»Wenn du dich an nichts erinnerst, wie kannst du dir da sicher sein, dass es keine Penetration gab?«

Und ohne überhaupt noch eine weitere Welle des Protests und der Tränen abzuwarten, verließ er das Zimmer und ließ mich allein, auf dem Teppich kniend zurück. In dieser Zeit war er mir gegenüber häufig ausweichend, um nicht zu sagen schroff, er, der für gewöhnlich so zart und aufmerksam war. Obgleich er der Produzent des Filmes war, schien ihn der Erfolg von

Dornröschen nicht übermäßig erfreut zu haben. Er gab sich damit zufrieden, seine wie meine Gewinne einzustreichen und sie sinnvoll zu investieren. Dieser sowohl kommerzielle als auch von den Kritikern anerkannte Erfolg hatte übrigens keinerlei Auswirkung auf meine weitere Karriere. Ich erhielt weiterhin Angebote zu faden und konventionellen Rollen, und nie mehr hat mich jemand aufgesucht, um mit mir über Méliès, Rimbaud oder Euripides zu sprechen. Was Jacques Delmas betrifft, so war er von der Bildfläche verschwunden und es kursierten Gerüchte aller Art über ihn: Dass er als Einsiedler in einem Hotelzimmer lebte, dass er Drogen konsumieren würde, dass er sich aus dem Fenster geworfen hätte oder an einer Überdosis gestorben sei. Ich war also sehr überrascht, als wir uns Ende der 80er Jahre auf dem Boulevard Montparnasse über den Weg liefen. Schlank geworden und gebräunt, hatte er seinen rußigen Strubbelkopf verloren, wirkte aber dennoch jünger, als er war. Er war es, der mich wiedererkannt und herzlich umarmt hatte, als hätten wir uns erst gestern und unter besten Vorzeichen gesehen. Er hatte überhaupt kein Kino mehr gemacht und sich der Informatik zugewandt, worin auch das Geheimnis seiner olympischen Form und seiner zweiten Jugend gelegen haben mochte – ganz abgesehen davon, dass er zwei Kinder mit sich führte, die mit diversen Paketen bepackt waren und die er mir als die seinen vorstellte.

»Und deine, was ist aus ihr geworden? Du hattest doch ein kleines Mädchen?«

Über Gladys, damals bereits fast dreißig und auf Kriegsfuß mit der ganzen Welt und insbesondere mit mir, wusste ich nicht viel zu sagen. Es ging ihr gut, sie hatte sich mit ihrem Bruder verheiratet und war dabei, die Heimat des Glücks zu erkunden, namentlich Bhutan. Und so hatte ich den Knirpsen von Jacques die Haare zerzaust, bevor ich mich dann wieder

Charlie anschloss, um unsere eigene Shoppingtour durch Paris zu machen.

Es versteht sich von selbst, dass mir meine Tochter diese Vorführung des *Dornröschens* aufs Bitterste vorgeworfen hat:

»Du hast mich in einen Horrorfilm mitgeschleppt! Ich war noch nicht einmal sieben! Und dann war das auch noch ein Porno! Kannst du dir ausmalen, was das bei einem siebenjährigen Kind für ein Trauma bedeutet, seine eigene Mutter nackt auf der Leinwand zu sehen?«

Ich malte mir das umso weniger aus, als meine eigene Mutter sich mir gegenüber niemals anders als in ihren Berufskitteln und Nonnenröcken gezeigt hat. Selbst am Strand blieb sie angezogen und strickte auf ihrem Klappstuhl wie die Alte, die zu sein ihr nicht die Zeit geblieben war.

Auch ihre Nähe hätte ich genießen sollen, anstatt den Castings und Drehs hinterherzulaufen, anstatt mich gesenkten Kopfes in mein neues Leben einer Pariser Bürgerlichen zu stürzen, ich, die ich dies so wenig war, ich, die ich nur eine kleine Toulonerin bin, die Tochter eines Kaufmanns, die, im besten Falle, dessen kleines Modegeschäft hätte übernehmen sollen.

Aber bitte, ich habe damals nicht gewusst, was wirklich kostbar ist: ein liebender Ehemann, ein Kind, das in den Bergen Blumen pflückt, eine am Strand strickende Mutter, ein Auge auf die Maschen gerichtet, das andere auf ihre Töchter, erstklassigen Schwimmerinnen, die jedoch stets der Willkür einer verräterischen Welle ausgesetzt waren. Und sie hatte mit Fug und Recht den Wellen misstraut, die arme Frau.

Es ist zu spät für jegliches Bedauern, aber ich habe nicht besonders viel zu beißen und zu brechen, jetzt, da meine Tochter mich hasst und ich mit einem Mann verheiratet bin, der noch nie wusste, dass es die Liebe gibt, und heute das Wenige an Verstand verliert, das er überhaupt besessen haben mochte.

Die Tage gleichen einander inzwischen so sehr, dass ich ihr Ende nicht mehr sehen kann und mich bereits um sieben zu Bett begebe, um sie abzukürzen. Charonne bedauert es und versucht mit allen Mitteln, mein Interesse zu wecken mit ihren Plänen zur Castingshow oder ihren Hirngespinsten bezüglich des Monsieurs im Büro.

»Geh wieder hin, um ihn zu sehen!«

»Um was zu tun?«

»Glaub meiner Erfahrung: Er ist für dich da.«

»Welcher Erfahrung?«

»Ich glaube, dass der Meine mir geholfen hat, groß zu werden.«

»Und der Meine wird mir bei was helfen? Ich bin bereits groß. Auch, wenn ich einschrumpfe.«

»Keine Ahnung. Genau deshalb muss man ja hingehen.«

Ich entscheide mich, ihren Ratschlag zu befolgen, und eines Morgens dann klopfe ich schüchtern an die Tür meines eigenen Büros. Überraschung, er ist da, in der nämlichen Position und der nämlichen Aufmachung wie das letzte Mal, und er begrüßt mich aufs Herzlichste:

»Ah, Sie haben sich aber Zeit gelassen!«

»Das stimmt.«

»Und, was gibt's Neues?«

»Nichts. In meinem Alter, wissen Sie …«

Er scheint mir vor lauter Jugend und Gesundheit nur so zu strahlen, doch na bitte, er beginnt über die Schmerzen zu klagen, die ihm seine Zähne, sein Magen, sein Kopf bereiten. Wenn man ihm Glauben schenken will, hat er unerträgliche Gesichtsneuralgien.

»Hätten Sie nicht ein kleines Irgendwas, um die Schmerzen vergehen zu lassen?«

»Aspirin vielleicht?«

»Aspirin? Kenne ich nicht. Aber wenn Sie Kokain hätten, ich wäre ein Abnehmer.«

Aber was haben die nur alle mit ihren Drogen? Charonne hat mir erzählt, dass der Ihre sich Heroin gespritzt hat, und jetzt fordert der hier Kokain. Ist es dieser Ort, dieses ja doch harmlose Büro, das einen zur Drogensucht bringt? Aber dann wäre fraglich, warum diese Verhexung uns ausgespart hat, meinen Mann und mich – ganz zu schweigen von Charonne, die sich genau in jenem Alter befindet, da man alle möglichen Rauschgifte zu sich nimmt?

Wie ein Spatz über die Effekte plappernd, die dem Kokain im Vergleich zum Morphium eigen sind, Produkte beide, über die er anscheinend sehr gut Bescheid weiß, hört mein neuer Freund nicht damit auf, sich durch den Schnurrbart zu fahren, ihn mit zwei Fingern zu zwirbeln oder bis zu den Ohren zu ziehen. Ich weiß nicht, wer er ist, aber für die Lieferung einer spirituellen Botschaft würde ich noch einmal vorbeischauen. Und gleichzeitig, was merkwürdig ist, kann er noch so sehr ins Blaue hinein plappern, seinen leeren Blick auf mich schleudern und seinen hübschen Bart bauschen, er beruhigt mich doch. Es muss zudem erwähnt werden, dass dieses Büro, in das ich immer seltener den Fuß setze, eines der schönsten Zimmer des ganzen Hauses ist. Neben der Ottomane, einem Erbstück von Mitzi Meuriant, finden sich hier ein indigoblauer und ockerfarbener Perserteppich, eine Blumenschale aus gehämmertem Kupfer und venezianische Rollvorhänge aus Naturholz, die nur gedämpfte Lichtstrahlen eindringen lassen. Wenn ich mir selbst zuhörte, ich würde mich umgehend auf der Ottomane niederlassen und dort für hundert Jahre einschlafen, wie das Dornröschen, das ich dargestellt habe, indem ich unter der Herrschaft der Droge ich selbst geblieben bin.

»Machen Sie mir etwas Platz, ich bin müde.«

Weit davon entfernt, sich von meiner ungehörigen Bitte stören zu lassen, zieht sich mein rätselhafter Gast freudig ans äußerste Ende der Ottomane zurück und schlägt sogar mit aufmunternder Miene die Kissen auf:

»Kommen Sie nur, kommen Sie nur, je mehr Narren beieinander, desto mehr wird gelacht!«

Es ist nur ein Narr zugegen, aber ich belasse es dabei und lege mich trotz meiner arthritischen Hüfte mit angezogenen Beinen hin. Während ich in einen angenehmen Dämmerschlaf sinke, spricht er weiter und springt in seinen Gedanken hin und her – falls ich nicht zu müde bin, um die Logik seiner merkwürdigen Schlüsse zu erfassen.

»Ich habe ein Stück geschrieben, das den Titel *Schlafe, ich will es!* trägt. Wussten Sie das? Na, was Kleines nur, eigentlich kaum ein Einakter, aber immerhin, es war recht amüsant: Es ging darin um Hypnose, einen Gegenstand, der mich immer schon fasziniert hat. War Ihnen bewusst, dass man mit Hypnose heilen kann?«

Wenn ich nicht zu schläfrig gewesen wäre, ich hätte ihm gern vorgeschlagen, einige magnetische Streichungen an meinen vom Alter bröckelig gewordenen Gelenken zu vollziehen, aber da hatte er schon von etwas anderem gesprochen, von seinen literarischen Erfolgen und ehelichen Enttäuschungen, wenn es nicht umgekehrt war, was schwer zu wissen ist, da er in seiner Erregung das eine mit dem anderen verwechselte:

»Ehebruch, das war meine Sache! Ich war darin sogar unangefochtener Spezialist! Ich sperrte die Geliebten in die Wandschränke, ich ließ sie durchs Fenster abhauen und durch die Tür wieder eintreten, damit sie den Ehemann antrafen, ohne eine Spur zu hinterlassen, und hops, heißa, hopsassa!«

Die Sonne dringt träge durch die Lamellen des Rollvorhangs ein, und die Stimme meines schnurrbärtigen Freundes erzittert plötzlich vor Bitterkeit:

»Heißa hopsassa, ach was! Es gibt nichts weniger Lustiges, nichts Erbärmlicheres als den Ehebruch, und ich weiß, wovon ich rede, habe ich doch meine Frau die ganze Zeit über betrogen, die unsere Ehe währte, während sie mir Gleiches mit Gleichem vergalt! Das Ende vom Lied, ich habe mein Leben im Hotel Grand Terminus beendet.«

Diese Information reißt mich aus meinem Halbschlaf:

»Sie sind tot?«

»Aber ja doch, meine Liebe: Was würd' ich hier sonst suchen?«

»Sie sind im Hotel gestorben?«

»Denken Sie sich nur, ich weiß es nicht genau. Kann gut sein, dass ich im Altersheim geendet bin.«

Es steht außer Frage, dass ich mich in der Gesellschaft eines Toten aufhalte, der mir zugleich ein vollkommen Fremder ist. Ich habe schon genug mit den Toten zu tun, die ich zu ihren Lebzeiten kannte und die zahlreich sind – neben Fernand und meinen Eltern. Wenn man gesund ist, und unglücklicherweise bin ich das, dezimieren sich die Zeitgenossen in hohem Maße, ganz zu schweigen von den Verwandten in aufsteigender Linie, was zur Folge hat, dass ich inmitten des Schwarms meiner persönlichen Geister lebe und es nicht nötig habe, mich auch noch mit einem Schreckgespenst zu plagen, das ebenso zungenfertig wie offensichtlich auch im Kopf nicht ganz richtig ist.

So mehr oder weniger das, was ich Charonne gegenüber sage, während sie uns unsere rituelle Tasse Tee bereitet, ihre zwangsweise von Stullen begleitet, als wäre sie noch immer zehn Jahre alt.

»Ich ahnte, dass sie tot sein mussten. Der Meine wusste nicht einmal, was ein Smartphone ist. Ich glaube, er ist 1907 zur Welt gekommen.«

»Ach ja? Das hättest du mir vorher sagen können! Nimm zur Kenntnis, mich hätte es nicht verwundert: Der Meine trägt einen Schnurrbart aus dem 19. Jahrhundert!«

»Übrigens hast du gemeint, er wäre schwul.«

»Ja, aber das, das hat mit Charlie zu tun.«

»Welche Rolle spielt Charlie dabei?«

»Weißt du, ich habe mich immer gefragt, ob dein Großvater nicht gewissen Neigungen ...«

»Neigungen?«

»Ja, ob er nicht etwa vom anderen Ufer ist!«

»Von was?«

»Also Charonne, mach dich nicht dümmer, als du bist! Ich habe immer gedacht, dass Charlie Männer mag, dass er aber nie intelligent genug war, von allein auf diesen Schluss zu kommen.«

Sie lacht, sie lacht, sie lacht, sie hört gar nicht auf zu lachen:

»Na so was: schamhafter Schwuler und zu dumm, sich selbst klar zu sehen. Fragt sich nur, warum du ihn geheiratet hast!«

Ich lache ebenfalls, aber gezwungen, zwischen zwei Schlucken fadem Tee:

»Was der Fall ist, ist der Fall. Und außerdem war er unglaublich schön, wenn du nur wüsstest!«

»Weiß ich doch: Ich habe die Fotos gesehen. Stimmt, er sah nicht übel aus.«

»Das erste Mal, als du mir gegenüber von dem Monsieur im Büro gesprochen hast, damals, als du klein warst, da glaubte ich, er wäre ein Gigolo von Charlie, einen, den er unter unser Dach gepackt hätte.«

»Wie? Meinst du, er hat dich betrogen?«

»Nein, bei aller Besonnenheit, ich glaube, er ist mir immer treu geblieben, er hatte niemanden außer mir, weder Mann noch Frau. Aber das, das sage ich mir heute. Vor zehn Jahren, da fühlte ich noch Zweifel, Argwohn, Zagen und Zaudern. Das ist vorbei, seltsamerweise.«

»Also kann man sich lieben, ohne sich zu betrügen.«

»Aber ja doch, dein Großvater und ich sind der lebende Beweis dafür, nun gut, lebend, das sagt sich so.«

»Ich mag es nicht, wenn du so sprichst.«

»Du wirst dich wohl daran gewöhnen müssen. Und tja, mein Monsieur vom Büro schien mir von der ehelichen Untreue wie besessen zu sein. Er hat sogar darüber geschrieben: Theaterstücke.«

»Ach ja? Das ist komisch: Der Meine, der war auch Schriftsteller. Aber nicht fürs Theater, eher Gedichte. Na ja, soweit ich es verstanden habe.«

»Fernand, der hat mich betrogen.«

»Du sagtest immer, dass er es nicht getan habe. Dass er zwar ein Schürzenjäger war, du ihn aber gebändigt hättest.«

»Er hat mich betrogen, aber die anderen, die zählten nicht, das waren Liebeleien. Nicht einmal das. Er schlief mit ihnen, aber er liebte sie nicht. Na so was, der Tee hat überhaupt keinen Geschmack: Welche Sorte ist das?«

»Dieselbe wie immer.«

Ich kann noch so sehr an meiner Tasse schnuppern und meinen Lieblingstee im Mund gurgeln, ich kann diese Note von Bergamotte, die ich beim Earl Grey so liebte, nicht mehr schmecken. Als wären selbst meine Geschmackspapillen alt geworden, und zu was ist das Leben noch gut, wenn nichts mehr seine Würze hat? Während ich beginne, mit Charonne über dieses Thema zu sprechen, nehme ich hinter mir ein unangenehmes Keuchen wahr. Meine Tochter tritt in mein Sichtfeld, den Schädel frisch rasiert. Ich hoffte, sie würde sich das Haar wieder wachsen lassen, aber bei meiner Tochter ist alle Hoffnung vergebliche Liebesmüh. Wahrscheinlich ist sie sich nicht ganz darüber im Klaren, dass dieser neue Schnitt, da er ihren sehnigen und knittrigen Nacken freigibt, ihr Ähnlichkeit mit diesen Schildkröten verleiht, für die sich Charonne als Kind wegen deren Fähigkeit zum Winterschlaf so interessiert hat; oder eher noch mit diesen Komodowaranen, deren Bisse giftig sind. Ihr Gift ausfauchen, das genau ist es, was sie im Begriffe ist zu tun, und zwar mit einer Heftigkeit, die ihr ohnehin schon von den Härten des Himalayas geräuchertes Gesicht puterrot werden lässt:

»Ich habe dir etwas in Bezug auf Fernand zu sagen.«

Als besäße sie Antennen – es sei denn, sie hat unsere vorherige Unterhaltung mitangehört, zählt Bespitzelung doch zu den zahlreichen ihrer schlechten Angewohnheiten. Ich seufze:

»Ich weiß über Fernand alles, was es über ihn zu wissen gibt, danke.«

»Das glaubst du.«

»Innerhalb von dreiundzwanzig Jahren Ehe lernt man einen Mann kennen.«

»Du hattest keine Lust, ihn zu kennen! Alles, was du wolltest, war von oben auf ihn herabzuschauen und dir zu sagen, dass er ganz schön Glück hatte, dich geehelicht zu haben!«

»Ich habe auf deinen Vater doch nie von oben herabgeschaut, also bitte! Im Gegenteil, ich habe ihn bewundert!«

Ich weiß nicht, was dieses Kind verstanden oder gesehen zu haben vermeint, aber es irrt sich: Fernand imponierte mir mit seiner Kultur, seiner Erfahrung, seinem Humor, seiner Gewandtheit, seinen gesellschaftlichen Talenten und seinem Geschäftssinn. Ich habe ihn vielleicht nicht ausreichend geliebt und begehrt, aber das betrifft mich, und was im Übrigen kann sie wohl schon von Liebe und Begehren verstehen, sie, die sich beeilte, ihren Bruder zu heiraten, da sie so schreckliche Angst vor dem Leben hatte?

Meine Tasse von mir stoßend, erhebe ich mich, wobei mir der Kopf wackelt, wie er es immer tut, wenn ich ergriffen bin: Ich kann mich noch so sehr anstrengen, meinen Kopf gerade zu halten, er beginnt ganz von allein mit seinen kleinen Schwankungen, dagegen ist einfach nichts zu machen. Ich sehe nicht, warum ich hier bleiben und mir den Irrsinn eines Kindes anhören sollte, das schon lange keines mehr ist, und das mit seinem ergrauten Schädel und seinen von der bhutanesischen Sonne verbrannten Wangenknochen doppelt so alt wirkt wie es ist – ungerechnet all der üblen Falten, deren Auftreten sie mit dem klugen Einsatz von Feuchtigkeitscreme und UV-Schutz hätte hinauszögern können. Aber eben, jedes Mal, wenn ich ihr vorgeschlagen hatte, ihre Haut zu schützen und zu pflegen, sah sie mich an, als ob ich spinnen würde oder unerträglich frivol wäre.

Ein Glück, dass ich selbst Cremes und Pflegemittel angewendet habe: Ich wüsste nicht, an was ich erinnern würde, hätte ich es nicht getan. An einen noch knittrigeren, noch faltigeren, noch schuppigeren Komododrachen als derjenige, der mir gegenüber sitzt und mir seine vergifteten Sätze ins Gesicht faucht, ohne jegliche Achtung vor meinem hohen Alter – und erwarten wir von ihm erst gar nicht auch nur die geringste Rücksicht für seine Adoptivtochter: Charonne ist den Tränen nahe, aber Charonne hat für Gladys noch nie existiert.

Ich bemühe mich, die Treppe so schnell ich kann hinabzusteigen, aber meine Beine sind nicht mehr das, was sie einmal waren: Meine Hüften, meine Knie, meine Knöchel zittern gemeinsam mit meinem armen Kopf, und mein mühsames Vorankommen lässt Gladys ausreichend Zeit, mich mit ihren

Enthüllungen an den Pranger zu stellen. Ich kann noch so sehr mit letzter Energie protestieren, ihr sagen, dass ich kein Wort glaube von dem, was sie erzählt, ich weiß, dass ich der wahren Wahrheit ins Gesicht blicke und dass es keinen Sinn macht, sich was vorzugaukeln. Der Flucht entsagend, mache ich auf halbem Wege kehrt und gelange wieder in den Hafen meines Zimmer, dieses meiner Freude und meinem Ruhm gewidmeten Zimmers mit seinem von Krimskrams überfrachteten Frisiertisch, seinen mit Fotografien beflaggten Wänden, die mich jung, glücklich und schön zeigen; Ankleideraum und Badezimmer gleich angrenzend – es ist zu spät, das Böse ist geschehen.

Gladys hätte weiterhin schweigen, sie hätte ihr Geheimnis mit ins Grab nehmen oder warten können, bis ich in dem meinen wäre, um es unter die Leute zu bringen, aber nein, sie wollte, dass ich es mit mir nehme, sie wollte mir die wenige Zeit, die mir noch bleibt, verderben, und jetzt triumphiert sie, freut sich diebisch darüber, mir diesen schrecklichen Kummer auferlegt zu haben.

Charonne gegenüber, die mir mit mitfühlender Klage gefolgt ist, sage ich nichts, aber ich lasse sie mir helfen, meinen Morgenrock überzuziehen, mich sorgsam abzuschminken und die Routine meines Abends vorzunehmen – und ganz egal, ob es nun elf Uhr morgens ist oder nicht, es muss ein Ende gemacht werden mit diesem Tag, ein Ende auch mit dem Rest.

»Hast du gehört, was sie gesagt hat?«

Charonne ist untröstlich, die Augen treten ihr aus dem Kopf, und in ihrer Hoffnungslosigkeit krümmt sie ihre hübschen Finger, die so fein und spindelförmig geblieben sind, trotz ihrer Korpulenz:

»Aber was die sagt, ist vollkommener Unsinn: Du wirst es nicht glauben, nicht wahr, Nelly?«

Zu meinem Unglück glaube ich es. Meine Tochter ist die, die sie ist, aber sie besäße nicht die Findigkeit, eine Lüge solcher Kohärenz zu erfinden, noch die Perversität, sie mir an den Kopf zu werfen. Meine Entscheidung ist gefällt. Sie war es bereits, aber plötzlich ist sie die einzige, die zählt.

»Charonne, Liebling, alles ist wahr. Oder besser, nichts ist wahr und ist es nie gewesen. Du wirst mir helfen, sag?«

»Helfen, wobei?«

»Zu sterben.«

»Kommt nicht in Frage.«

»Schau mich an, ich bin für nichts mehr gut, der Tee hat keinen Geschmack mehr, meine Tochter und mein Schwiegersohn hassen mich, und in ein oder zwei Monaten wird mein Mann nicht einmal mehr wissen, wer ich bin. Für was soll man unter diesen Bedingungen noch leben? Und ich rede noch nicht einmal von dem, was ich gerade erfahren habe!«

»Aber warum glaubst du es? Du weißt ganz genau, dass das Schwachsinn ist!«

»Gladys lügt nicht.«

»Was du nicht sagst! Erinnerst du dich, als sie mich zurück ins Heim bringen wollte? Sie hatte der Direktorin erzählt, dass ich Pyromanin sei! War das etwa keine Lüge, wie?«

»Ja, aber das ist was anderes. Und frage mich nicht, warum ich es weiß, ich weiß es einfach, das ist alles, und ich möchte nie mehr darüber reden. Ich bitte dich nur, mir zu helfen, es zu einem Ende zu bringen. Und ich versichere dir, du wirst nicht besonders viel tun müssen: Ich habe alles, was es braucht: Schlafmittel und Beruhigungsmittel; ich könnte damit alle umbringen.«

Alle umbringen, das ist's, was ich tun sollte. Von Zimmer zu Zimmer schreiten mit meinen Phiolen, hopp, zehn Tropfen in den grünen Tee von Gladys und Régis, zehn Tropfen in den

Pastis von Charlie, und ebenso viel in die Cola von Charonne. Ich würde das ganze Haus in Schlaf versetzen, genau wie in dem Märchen. Wir würden hundert Jahre später erwachen in unseren unzeitgemäßen, verbüßten, gebesserten Kleidern, endlich bereit, zusammen zu leben ohne uns gegenseitig anzulügen und wehzutun. Und wo wir gerade dabei sind, wir würden auch die Toten erwecken, angefangen mit Fernand, natürlich, aber ebenso meine Eltern und die von Charlie – die kennenzulernen mir nicht die Zeit blieb. Um die Atmosphäre zu entspannen, sage ich zu Charonne:

»Erinnerst du dich, als du Winterschlaf halten wolltest, wie die Schildkröten?«

»Und die Igel. Ja, ich erinnere mich. Ich war sehr unglücklich, aber wie du siehst, habe ich das überstanden.«

»Aber bei mir, bei mir ist es zu spät, als dass ich es überstehen könnte. Hör mir gut zu, mein Herz: Ich bitte dich nur, da zu sein bis zum Ende, mir die Hand zu halten und mir die Augen zu schließen. Ich werde mich um Charlie kümmern.«

»Wir müssen nur ihn töten, ihn, aber nicht dich! Er ist derjenige, der krank ist: Dir, dir geht es sehr gut!«

»Ich bin achtundachtzig Jahre alt, mein Zicklein.«

»Man wird heutzutage sehr alt, Nelly, kann sein, dass du hundert werden wirst!«

»Ich habe keine große Lust dazu.«

»Kannst du es nicht mir zuliebe tun? Deinen natürlichen Tod abwarten? Denkst du auch mal an mich? An das, was aus mir wird, ohne dich? Niemand liebt mich außer dir.«

Das ist eine unanfechtbare Wahrheit: Ich bin in diesem Hause die Einzige, die Charonne liebt, die Einzige, die sieht, wie unglaublich schön sie ist, gut und kostbar. Für sie, nun, für sie möchte ich gern eine Anstrengung machen, aber dass man mich nicht um das Unmögliche bittet.

»Hör zu, mein Zicklein, ich werde versuchen, noch ein wenig auszuhalten. Aber wenn das wirklich unzumutbar wird, und vertrau mir, dass ich es einzuschätzen weiß, versprich mir, dass du es mich tun lassen wirst. Ich werde Charlie geben, was es braucht, und wenn ich mir sicher sein werde, dass er eingeschlafen ist, werde ich meine Medikamente nehmen und dich rufen.«

»Aber was lässt dich glauben, dass ihr einfach so friedlich einschlaft? Gut möglich, dass ihr Schmerzen haben werdet! Du bist vielleicht bereit, Charlie in grauenvollem Leiden dahingehen zu sehen, aber ich, das sage ich dir gleich, wenn ich den Eindruck habe, dass du leidest, ich werde den medizinischen Notdienst rufen und man wird dich retten!«

»Ich habe mich erkundigt, mach dir also keine Sorgen. Du wirst nur da sein müssen und mir die Hand halten.«

Sie sitzt auf dem Crapau-Sessel, den meine Tochter und mein Schwiegersohn kürzlich erst restauriert haben, indem sie ihn mit einer flockigen Füllung neu aufgepolstert haben, bevor sie ihn dann mit einem rosenfarbenen Chintz von allerhübschestem Effekt bespannten. Gladys und Régis waren mit ihren Händen immer schon geschickt, und ich zähle die Möbel schon gar nicht mehr, die sie im Hause wieder aufgepäppelt haben, wenn sie nicht selbst gerade ein rundes Tischlein oder ein Schränkchen hergestellt haben. Aber im Augenblick habe ich keine Lust, an das kleine, geschickte und giftige Pärchen zu denken, das in der Etage darüber wohnt, verkrochen in seiner Höhle. Die Liebe existiert, schade für sie, die sie es nicht verstanden haben oder aber doch verstanden haben, nur eben auf ihre Weise, indem sie sich in ihre Liebe einsperrten wie in ein undurchdringliches Gesträuch. Die Liebe existiert, selbst wenn sie schlecht verteilt ist, und allein diese Vorstellung ist schon ein Trost.

DAS KUNSTGEWERBE

(GLADYS)

Die Welt funktioniert nur als Missverständnis.

CHARLES BAUDELAIRE,
Mon cœur mis à nu

»PSST, GLADYS!«

Régis winkt mir von der Treppe aus zu. Er ist zwölf, und ich bin elf, aber Anfang der 70er Jahre macht mein Alter aus mir ein kleines Mädchen und keinen Teenager – und noch weniger eine kleine Frau mit Brüsten, Lipgloss, Wimperntusche.

Charonne hatte ihre Regel mit Zehn bekommen, was ich äußerst widerlich fand. Ich dachte zunächst, dass dies mit ihren ethnischen Wurzeln zu tun hatte, mit der Frühreife von Schwarzen auf dem Gebiet des Sexuellen, aber als ich mich ein wenig mit dieser Frage auseinandersetzte, wurde mir schließlich bewusst, dass das Phänomen allgemeingültig war und dass es keine Kinder mehr gab.

Normal, man stopft sie ja schon von früh an mit tierischen Proteinen voll, mit ungesättigten Fettsäuren, mit leeren Kalorien. Resultat: Sie alle sind fettleibig und pubertieren bereits mit neun Jahren. Wir produzieren diese kleinen Monster mit vollen Bäuchen und leeren Augen.

Was Charonne betrifft, so hatte ich mich dem Kampf gestellt, aber da war nichts zu machen: Sie war immer schon hyperphagisch und unseren Warnungen gegenüber achtlos, sei es von ihres Vaters Seite oder eben von meiner. Schade, aber ich habe schon mit meiner eigenen Diät genug zu tun und muss nicht auch noch zusätzlich die Kalorien für Charonne registrieren und auf ihre Einnahme von Vitaminen oder Omega-3 achten.

1970, da wirke ich wie die, die ich bin, ein junges Mädchen eben; und Régis seinerseits, er ist ein kleiner athletischer Junge, dessen Haut ebenso glatt ist wie meine. Vor wenigen Wochen erst habe ich Paris verlassen, um in Marseille zu leben, bei Charlie und Régis. Mein Vater ist tot, meine Mutter wird sich mit Charlie neu verheiraten, was aus Régis meinen Bruder machen wird, ohne dass ich ein Wort mitzureden hätte.

Régis ist recht nett, Charlie behandelt mich gut, und das Haus auf dem Boulevard Zoologique ist großartig, alt, wunderlich, voller zum Spielen geeigneter Winkel, und mit einem vor Sonne nur so protzenden Garten beschenkt, der mir eine angenehme Abwechslung zum Pariser Duplex bietet, in dem ich aufgewachsen bin. Was nichts daran ändert, dass ich mich eben nicht beruhige, und ich bin klar entschlossen, mich nicht vom Sohn, vom Vater, vom Heiligen Geist beschwichtigen zu lassen, ganz zu schweigen von meiner Mutter, die sich ohnehin in Casablanca auf einem Festival aufhält und der es ziemlich gleichgültig ist, ob ich mich akklimatisiere, ob ich in dieser neuen Umgebung meinen Weg finde und wie es mir mit meiner Stieffamilie geht. Sie ruft allabendlich an, die Stimme fern, mondän:

»Ist alles in Ordnung, mein Herz? Spielst du mit Régis? Und in der Schule, wie läuft es da?«

Da läuft es schlecht und ich hasse meine neuen Mitschüler, ihren lächerlichen Akzent und ihre südliche Hitzigkeit, aber meine Mutter zieht aus mir nur Einsilber, was ihr zupass kommt und ihr erlaubt, voller Erleichterung aufzulegen, da ihre Fronarbeit erfüllt ist. Tatsächlich wird sie nicht lange zögern, um ihre Karriere aus ebenso dunklen Beweggründen zu beenden, wie jene es waren, die sie dazu gedrängt hatten, sich in dieselbe zu stürzen, aber das, das weiß ich noch nicht, und sie nicht minder.

»Psst, Gladys!«

Er fängt wieder an, und selbst, wenn ich Lust habe, ihm die kalte Schulter zu zeigen, ärgere ich mich doch und dieser Scheinangriff kommt wie gerufen. Ich folge ihm hinauf zur obersten Stufe der Treppe mit den wackligen Terrakottafliesen und werfe ihm einen argwöhnischen Blick zu:

»Was?«

»Möchtest du ein Geheimnis wissen?«

Es ist das erste Mal, dass er mir derart ausdrücklich etwas anträgt: Bisher war er freundlich und höflich, er zeigte mir seine Bücher, seine Spiele und seine Briefmarkensammlung, die er unter der Aufsicht seines Vaters begonnen hatte; aber wir haben uns in unsere jeweiligen Zimmer zurückgezogen und unseren Austausch auf das strikte Minimum reduziert. Indessen war mir manchmal bei ihm eine heimliche Verstimmung aufgefallen, eine Gereiztheit, wenn unsere Eltern sich zu ostentativ zeigten, ihre Küsse und Neckereien sich häuften, oder sie sich gar zu lange über das große Ding ihrer Hochzeitsfeier besprachen. Ich war zu Tisch, ihm gegenüber, und fühlte ihn beben und die Knie unter der Tischdecke zusammenpressen, während er oberhalb derselben ruhig seine Kräfte damit schonte, zu trinken, und meiner Prüfung nur ein offenes und entspanntes Gesicht bot. Ich schrieb diese flüchtigen Eindrücke meiner eigenen Wut zu, aber dennoch, ich hätte mich doch gern mit ihm in Groll und Empörung vereint.

Er greift nach meinem Handgelenk, und auch dies ist das erste Mal, dass er mich berührt.

»Komm mal schauen.«

Wir stehen vor der Tür zum Büro, ein Zimmer, in das ich nur einmal den Fuß gesetzt habe, im Zuge der feierlichen und von Charlie gutgeheißenen Besichtigung anlässlich meiner Ankunft.

»Da, siehst du, das ist mein Schreibtisch, und das wird auch der deiner Mutter sein.«

Und tatsächlich, ein großes Möbelstück mit Schubladen und Aufsatz thront in einer Ecke des Raumes, die zugleich von einer mit grüner Seide bespannten Polsterbank eingenommen wird. Deutlich entschieden, mein völliges Desinteresse an dieser Führung durch den Eigentümer zu zeigen, hatte ich das Büro so bald ich konnte wieder verlassen, schlurfenden Schritts und mir eine blonde Strähne aus dem Gesicht pustend.

Aber an diesem Tag mit Régis ähnelt dieser Raum mitnichten dem flüchtigen Eindruck, den ich beim ersten Mal von ihm hatte. Mit abgesenkter Jalousie schwebt er in einem vertraulichen Halbschatten und scheint von blauen Rauschwaden durchzogen zu sein, als ob hier jemand kürzlich erst geraucht hätte, obgleich nicht der geringste Geruch von Tabak wahrnehmbar ist. Ich bemerke die Anwesenheit eines Perserteppichs, von dem Charlie mir bereits erzählt hatte, ohne dass ich ihm besondere Aufmerksamkeit geschenkt hätte, der mir aber nun mit seiner hochherrschaftlichen zentralen Rosette und seinen floral gemusterten Flechtwerken, die auf subtile Weise mit den Damastlilien der Ottomane in Einklang stehen, ins Augen springt. Unter anderen unnützen Informationen musste ich auch den Namen dieses Möbelstücks lernen, dieses und weiterer, die in diesem Hause aufgrund eines ebenso eitlen wie lächerlichen Ausstellungswillens verteilt stehen: Causeuse, Sekretär, Vertiko, Savonnerie-Teppich, Cabriolet-Sessel, Crapaud-Sessel, Baluster-Vasen: Es wirkt beinahe so, als wolle Charlie ein Antiquitätengeschäft eröffnen. Aber nein, es handelt sich um sein Erbe, ein Vermögen, das man sich bei den Meuriants und den Kürenbergs von Generation zu Generation weitergereicht hat, letzterer der Name seiner österreichischen Mutter, die er, so scheint es, verehrt haben muss.

Ich kenne niemanden, der mehr in Objekte vernarrt ist als mein zukünftiger Stiefvater. Er, den wenige Dinge interessieren, er ist bei japanischem Steingut, Jugendstil-Leuchttischchen und Kristallleuchtern nicht zu bremsen. Ich bin mir nicht sicher, ob er noch Platz für etwas anderes unter seinem begrenzten Schädel haben mag, und meine Mutter macht sich darüber Sorgen, aber was mich betrifft, so kann Charlie gerne weiterhin zu Versteigerungen laufen und Briefmarken sammeln, oder chinesische Keramik oder Elfenbeinstempel.

Merkwürdigerweise scheint Régis diese Schwärmerei zu teilen, und so zeigte er mir den alten Bridgetisch, den er kürzlich erst zu seinem Geburtstag erhalten hat.

»Spielst du Bridge?«

»Nein, aber mein Vater.«

»Was hast du von einem Bridgetisch, wenn du es gar nicht spielst?«

»Erstens werde ich es vielleicht einmal spielen, wenn ich groß bin, und dann, schau doch, er ist hübsch, oder nicht?«

Für meine Augen handelte es sich um einen ganz banalen Tisch, der in seiner Mitte unsinnigerweise mit einer Spielwiese versehen war, aber ich wollte ihn nicht beleidigen, wo wir doch gerade erst dabei waren, Bekanntschaft zu schließen, weshalb ich also mit den Schultern zuckte und meine Fresse hielt.

Aber siehe, heute hat Régis mir etwas anders zu zeigen, etwas weitaus Interessanteres als einen dummen Bridgetisch, handelt es sich doch um einen Jemand. Vollkommen darin versunken, die Rollläden und den Teppich zu betrachten, habe ich nicht sofort gesehen, dass auf der Ottomane ein Mann saß, schweigend, in Gedanken versunken, den Kopf zwischen den Händen. Ich sage Mann, aber im Grunde bin ich mir nicht sicher, denn die blauen Rauchschwaden haben sich seit unserer Ankunft in diesem Raum verdichtet, und mir will scheinen, als nähme ich zwei muskulöse und dunkelfleckige Schenkel war, ähnlich dem Fell gefleckter Kühe, ganz abgesehen davon, dass er auch noch, aber bei diesem Nebel kann ich mich irren, zwei Hörner hat oder aber zwei für ein menschliches Wesen unerklärliche Auswüchse.

Ohne gewaltsam zu sein, stößt Régis mich schon aus dem Büro und schließt triumphierend die Tür hinter dieser rätselhaften Erscheinung. Seine Augen glänzen, während er mich mit Fragen bedrängt:

»Und? Hast du ihn gesehen? Das hättest du nicht vermutet, was, dass er hier wäre?«

»Aber wer ist das? Ist das wer?«

»Aber ganz offensichtlich ist das wer: Das ist ein Monsieur.«

»Ich weiß nicht so recht: Man würde eher sagen ein Vieh.«

»Ach das, das ist sein Tänzerkostüm. Manchmal hat er ein Hemd und eine Hose an, normal eben.«

»Ist das ein Freund deines Vaters?«

»Machst du Scherze, oder was? Mein Vater weiß nicht einmal, dass er hier ist! Er hat ihn noch nie gesehen!«

»Ach ja? Und doch geht er recht häufig ins Büro, dein Vater.«

»Ich weiß. Aber es sieht so aus, als wäre der Monsieur niemals da, wenn mein Vater da ist. Meine Mutter hat ihn auch nie gesehen. Auch Amanda nicht.«

Amanda, das ist sein Kindermädchen. Sie hat als junge Frau bei den Meuriants als Au-pair angefangen, danach war sie geblieben, hatte einen Marseiller geheiratet und sich um Régis gekümmert, ihn seine Hausaufgaben machen lassen, ihn zu seinem Querflötenunterricht begleitet oder zum Judo. Und natürlich ist es ihr verboten, in einer anderen Sprache als Englisch mit ihm zu reden, wo sie ja aus Stoke-on-Trent stammt, und Charlie sie angestellt hat, damit sein Sohn perfekt zweisprachig werde. Seit meiner Ankunft gilt das gleiche auch für mich, und ich bin mir nicht sicher, ob Amanda eine Gehaltserhöhung bekommen hat, was wahrscheinlich auch erklärt, warum sie mir gegenüber andauernd verstockt ist. Kurz, will man meinem Bruder Glauben schenken, so hat noch nie ein Erwachsener den Monsieur mit Kuhschenkeln gesehen, und als er mich ins Büro führte, hegte er ernsthaften Zweifel an meiner Fähigkeit, ihn ebenfalls wahrnehmen zu können. Dessen versichert, jubelt er:

»Kapierst du, wir sind die einzigen, die es wissen! Schwörst du, dass du niemandem was davon sagst?«

Mit Geheimnissen kenne ich mich aus, aber ich will gerne schwören, dieses für mich zu behalten, so unendlich weniger gewichtig als jenes andere, jenes, das dafür sorgt, dass ich niemals mehr wem auch immer vertrauen werde.

»Hast du mit ihm gesprochen, mit dem Monsieur?«

»Ja, mehrmals. Aber er versteht nichts von dem, was sich sage. Und ich auch nicht, ich verstehe nichts, wenn er spricht. Ich glaube, er ist kein Franzose. Manchmal weint er.«

Ich denke einen Augenblick lang über diese Information nach. Vielleicht könnte ich, wenn ich selbst Lust zu weinen habe, was mir ziemlich häufig passiert, in dieses Büro gehen und meine Tränen zu jenen dieses Fremden gesellen. Die Sprache würde kein Hindernis darstellen, ganz im Gegenteil: Er wäre nicht imstande, von mir Erklärungen zu erbitten, noch ich, ihm diese zu geben, und das ist sehr gut so, haben die Worte bislang doch nur dazu beigetragen, mich zu betrügen.

Auf diesen Tag geht meine unerschütterliche Freundschaft mit Régis zurück, eine Freundschaft, die sich später in ein ganz anderes Gefühl verwandeln sollte, was niemand um uns herum verstehen noch akzeptieren wird. Sie können auf Ihre Angehörigen zählen, wenn es darum geht, Sie mit eilfertigen und dumpfen Verurteilungen an den Pranger zu stellen. Die Liebe wird kommen, sie wird uns wundersam überfluten, aber dieses Wunder wird allein uns glücklich machen. Sei’s drum.

Die Liebe wird kommen, aber noch bin ich elf Jahre alt, jegliche Anspielung auf dieses Gefühl macht mich äußerst misstrauisch, und ich bin sehr weit davon entfernt, es diesem

Halbbruder gegenüber zu empfinden, den man mir aufdrängt. Ich lasse ganz einfach in meiner Wachsamkeit nach, und in diesem großen Marseiller Hause voller Verzauberungen werden wir die letzten Jahre unserer Kindheit leben. Ich schulde meinem Stiefvater, diesem egoistischen und oberflächlichen Mann, die beiden unschätzbaren Geschenke, die Régis und dieses Haus für mich waren. Allein darum verzeihe ich ihm den Rest, seine völlige Gleichgültigkeit meiner Person gegenüber, seine kindischen Launen, seine enervierende Manie, meine Mutter vor unseren Augen zu befingern, und hopp, wie ich dir die Wange zwicke, wie ich dich an den Haaren ziehe oder dich an der Hüfte packe – Neckereien, die recht keuscher Natur geblieben waren, das ist mir heute klar, die mich aber in den Wahnsinn trieben, als ich elf, zwölf, dreizehn war.

Régis, ihn brachte es auch auf die Palme, und wir waren uns darin einig, stillschweigend zunächst, nicht anders kommunizierend als über das Verdrehen der Augen oder ein müdes Lächeln; dann offen, nicht mehr länger davor zögernd, uns gemeinsam über diese Unverschämtheit zu beschweren, die mir nur umso frevelhafter erschien, als das Grab meines Vaters noch frisch war.

Ab dem Moment, da die Heirat, die wir für unwürdig erachteten, geschlossen war, haben wir aufgehört, uns mit unseren Eltern zu beschäftigen, haben sie aus unseren Gedanken und unseren Äußerungen ausgeschlossen, um uns in leidenschaftliche Spiele zu stürzen, die ganze Tage dauern konnten. Ich habe mit Régis gespielt wie ich nie mit jemandem gespielt habe, mit keiner anderen Klassenkameradin aus meiner Pariser Privatschule, keinem im Park angetroffenen Kind, keinem Cousin, niemandem.

Es muss erwähnt werden, dass dieses Haus sich dafür besonders eignete, mit seinem Dachboden, seinem

Gewächshaus, seinem Garten, seinem Taubenschlag, seiner Treppe, seinen Balkonen, seinen Fluren und geheimen Kammern – und dies alles einige Kabellängen vom Alten Hafen entfernt. Gewohnt an die beiden gradlinigen und durchsichtigen Ebenen unserer Wohnung auf dem Boulevard Exelmans, freute ich mich mächtig über dieses neue Anwesen, und noch mehr darüber, es mit meinem neuen Bruder teilen zu können. Archäologen, Schneckenzüchter, Spinnendresseure, zukünftige Chemiker, blutrünstige Indianer, Einbrecher, Kräuterhändler, Hüttenkonstrukteure, Seefahrer, wir haben sämtliche Rollen eingenommen, beschmiert mit Ruß oder Lippenstift, eingehüllt in die Kleider meiner Mutter oder für Stunden verschwunden hinter einem Vorhang, in einem Kabuff oder einer Fensterecke.

Mit elf oder zwölf Jahren waren wir schon ein wenig zu groß, um derart frenetisch zu spielen, aber ich glaube, dass unsere Zusammenkunft unsere Kindheit verlängert hat. Sogar die ersten Anzeichen der Pubertät ignorierend, Akne und Brustansatz bei mir, leichter Flaum bei ihm, haben wir weiterhin gespielt. Es haben uns ganz einfach die Piraten- und Indianerspiele Raum für Handarbeiten gelassen, die uns beide bezauberten. Wir machten mit Schwärmereien weiter, die dicht aufeinander folgten: Malen, Stabilbaukasten, Töpfern, Brandmalen, Schweißen, immer ehrgeizigere Versuchsaufbauten, Herstellung von Beuteln oder Schmuck, kleinere Kunsttischlerarbeiten. Ich liebte es, etwas zu schöpfen, etwas zu produzieren – und es fügte sich gut, Régis ebenfalls.

Es gab damit einen Bereich, wo ich mich als qualifiziert empfand, als kompetent, voller Ressourcen und Erfindungen – anders als in der Schule, wo ich mit den ersten Minuten des Unterrichts aufgab, das Hirn erstarrt, die Beine unruhig. Ich war dumm. Oder zumindest war dies die Schlussfolgerung, zu der die Lehrer gelangten, und auch wenn sie nicht ausgesprochen wurde, so las ich sie doch von ihren Augen ab, von ihrem zugleich resignierten und mitleidigen Blick, den sie auf meine Anstrengungen eines kleinen folgsamen Mädchens warfen. Denn folgsam war ich, bevor das Leben es dann übernahm, mich das völlige Desinteresse an Folgsamkeit zu lehren.

Nelly musste zu dem gleichen Schluss gelangt sein wie meine Grundschullehrer, aber auch sie behielt ihn für sich, und ich glaube, dass mein Vater starb, bevor er sich diesbezüglich ein endgültiges Urteil erlaubte. Sie jedenfalls hat für die angenehmen Künste und den Sport keine Kosten gescheut, und mich gezwungen, an allen möglichen Kursen teilzunehmen, Klavier-, Reit-, Tanz-, Zeichen-, Tenniskurse, als wollte sie meine schulischen Lücken ausgleichen. Gut möglich auch, dass sie sich damals gedacht haben mag, dass ich bei meiner spektakulären Schönheit nicht zu studieren bräuchte, dass ich entdeckt und vermarktet werden würde, so wie sie mit siebzehn Jahren.

Aber bitte sehr, ich bin weder eine perfekte Frau noch ein Filmstar geworden. Schade für meine Mutter, die alles auf meine körperlichen Trümpfe gesetzt hat, und umso besser für mich – aber ich sehe schon, dass ich über den Streich reden muss, den die Natur manchmal kleinen hübschen Mädchen spielt. Denn hübsch, das war ich, die Fotos sind verbindlich, und zudem erinnere ich die Erregung, die mein Erscheinen an diesem oder jenem Ort hervorgerufen hat, die Ausrufe des Entzückens, die mein Blond mir einbrachte, meine blauen Augen, meine langen schwarzen Wimpern, die luftige Bündigkeit meiner Brauen, mein leuchtend roter Mund, mein diaphaner Teint, meine Stupsnase, derart viele kanonische Attribute, mit denen ich großzügig ausgestattet war.

Was ist zwischen dem zehnten und fünfzehnten Lebensjahr geschehen, dass so viel wunderbare Anmut verschwinden konnte? Ich habe zu dieser Frage meine eigene Vorstellung, aber ich möchte doch als Hauptverantwortlichen die Pubertät anklagen, und die mit ihr einhergehenden hormonellen Verstörungen.

Da ich nie besonders eitel war oder stolz auf meine Schönheit, habe ich meine Zeit gebraucht, um festzustellen, dass ich nicht mehr vollkommen dieselbe noch eine vollkommen andere war. Ich kann sogar exakt das Datum bezeichnen, da mir das klar wurde. Es war der Sommer meines dreizehnten Lebensjahrs; wir sind in Cassis, in der Villa, die Nelly von meinem Vater überschrieben bekommen und behalten hatte – im Gegensatz zu dem Chalet in Combloux, von dem sie sich mit krimineller Schnelligkeit trennte, obgleich ich so viele glückliche Erinnerungen daran hatte.

Es ist fünfzehn Uhr. Aus Angst vor einem Kälteschock haben Régis und ich besonnen den Moment abgewartet, da wir in diesem Pool schwimmen sollten, von dem mein Vater wollte, dass er mit seinem Beckenrand aus hellen Steinen, seinem Sprungbrett, seinem Lattenrost aus Teakholz und den Stufen, die sanft in das türkise Wasser führten, zweimal länger sein sollte als jene all unserer Nachbarn.

Im gedämpften Licht meines Zimmers ziehe ich zum ersten Mal einen Zweiteiler an, und es geschieht nicht zur Beruhigung meines Gewissens, dass ich einen Blick auf mein Spiegelbild werfe, habe ich doch ohne Schwierigkeiten die Ösen des Oberteils verschließen können, indem ich dessen Träger über meine gebräunten Schultern legte, und mir der hautenge Sitz der Badehose angenehm ist, die meine Mutter eher in Richtung Boxershorts ausgesucht hat, da sie meine Aversion gegen alles, was mädchenhaft wirkt, kennt: Ausschnitte,

Ajour-Textilien, Pailletten. Doch das Bild, das mir der Spiegel zurückwirft, lässt mich jäh in meinem Schwung erstarren: Wer ist diese leicht gedrungene, leicht rötliche Kreatur mit den vom Oberteil geplätteten Brüsten und dem fetten, weißlichen oberhalb der kirschroten Boxer leicht schwabbelnden Bauch?

Wegen der aufkommenden starken Hitze hat mir meine Mutter einen sehr kurzen und meinem Aschblond für gewöhnlich gut stehenden Pagenschnitt schneiden lassen, aber es möchte scheinen, mein Haar habe seine Beschaffenheit verändert und sei nicht mehr länger glatt und aschblond, sondern braun, dunkel und gekräuselt, dergestalt, dass es in unbändigen Strähnen um mein Gesicht wirbelt. Vor Erstarrung setzte ich mich auf das weiß bezogene Bett, ohne den Blick vom Wandspiegel abzuwenden, der immer schon da gewesen ist und dem ich mindestens einmal täglich einen Blick zugestand, wenn ich mich beiläufig zurechtmachte, bevor ich in den Garten zum Spielen sauste.

Die Zeit vergeht, ich entscheide mich nicht, mich zu bewegen, in Staunen versetzt von meiner grotesken Hässlichkeit, vor Befremden und Scham zur Statue erstarrt. Es klopft sanft an der Tür – es ist Régis:

»Hey, was treibst du denn? Ich warte auf dich!«

Er ist ein Jahr älter als ich, und auch er hat mit seiner Verwandlung begonnen. Er ist kräftiger geworden, muskulöser, und ein wenig gewachsen, selbst wenn er schlechte Karten zu haben scheint, will er die Körpergröße seines Vaters erreichen, diesem Chleuh, dem er in nichts ähnelt. So sehr Charlie blond ist, so sehr ist Régis braun, mit Haaren so glatt wie Schnittlauch, die er ebenso lang trägt wie ich in diesen 1970er Jahren, als Jungs und Mädchen mehr oder weniger die gleichen Klamotten und Frisuren trugen. Und dann hat Charlie blonde Augen, während die seines Sohnes braun sind und ein wenig schlitzäugig; Charlie wird nur sehr schwer braun, während Régis unglaublich schnell eine hübsche kupferne Farbe bekommt, die dann immer dunkler wird, bis er einem Indianer ähnelt. Seit langem schon und heimlich für mich nenne ich ihn »den Indianer«, ein Spitzname, der gut zu ihm passt und auf die Spiele verweist, die wir zugunsten des Handwerks, von dem ich bereits gesprochen habe, im Begriff sind aufzugeben.

Was soll ich sagen? Régis ist da, ebenso herzlich und heiter wie gewohnt, als würde er gar nicht sehen, was aus mir geworden ist.

»Aber was ist denn los? Warum ziehst du so ein Gesicht?«

»Is' schon o. k.«

Er folgt mir auf die gesteppte Bettdecke. Bei Régis kann man sicher sein, dass er sich nicht von meinem Schweigen und Schmollen beeindrucken lässt. Er kennt mich dafür zu gut.

»Also, sag schon.«

Da ich Régis gegenüber nichts verheimliche, und da ich die Wahrheit zur Religion erklärt habe, sage ich zu ihm, während ich mich durchstrecke, um nicht zu weinen:

»Ich bin hässlich.«

Dass er aus allen Wolken falle, kann nun wirklich nicht gesagt werden, nur sein Kiefer kippt vor Erstaunen leicht nach unten.

»Sag mal, geht's noch? Bist du verrückt?«

Noch immer gegen die Tränen ankämpfend, greife ich nach seiner nackten Schulter und bohre meine Fingernägel in sie:

»Aber schau doch nur, schau! Ich bin dick, ich habe keine Brüste, und meine Haare sind schrecklich! Und meine Haut erst!«

Ich habe noch nicht von meiner Haut gesprochen, und sie verdiente ein eigenes Kapitel. Wo ist diese seidig glänzende Hautfarbe hin, an der meine Mutter sich mit Worten berauschte, während sie bei jeder Gelegenheit die irischen Vorfahren pries, die uns beiden diesen Teint von Lilien und Rosen bescherten? Ich hatte meine erste Akne vier Tage vor der Wiederverheiratung unserer Eltern, und ich kann mir einfach nicht vorstellen, dass es keinen ursächlichen Zusammenhang zwischen diesen beiden Ereignissen gibt: Akne, das ist etwas Psychologisches, das wird Ihnen jeder sagen. Kurz, meine Wangen, meine Nase, meine Stirn sind von feinem, rosigem Granulat marmoriert, das dazu neigt, bei der geringsten Erregung sich zu entzünden, was momentan der Fall ist, jetzt, da ich mit Régis rede, während ich ihm bis ins Detail meine Schönheitsfehler darlege und ihn an meinem Gefühl der Unwürdigkeit teilhaben lasse. Er hört zu. Das ist eine seiner großen Qualitäten: Régis versteht sich darauf, seinem Gesprächspartner alle Aufmerksamkeit zu schenken. Das ist eine angenehme Abwechslung im Vergleich zu Nelly, die den ganzen Tag über vor sich her zwitschert, ohne etwas zu sagen, und Charlie, diesem unverbesserlichen Plappermaul, der keine anderen Themen kennt als seinen Stammbaum, alte Münzen und mit Wappen versehene Löffel.

Als ich mit meinen Jeremiaden zu Ende bin, löst Régis seine Schulter sanft aus dem Griff meiner kleinen krallenbewehrten Pfote. Er schaut mich an, lange, seine Augen schweifen ohne Selbstgefälligkeit über das Schauspiel, das ich mit meinem zerzausten Harr und eingezwängt in meinen Badeanzug biete. Nach einer Weile, die mir unendlich scheint, streift er eine Strähne über meiner feuchten Stirn zur Seite und spricht mit einer Art inbrünstigem Ernst den Satz aus, der mir das Leben rettet:

»Ich, ich werde dich immer hübsch finden.«

Das war's, mehr sagt er nicht, nicht an diesem Tag, den wir im Schwimmbad beschlossen, wo wir ins Wasser sprangen und uns bespritzten wie die Kinder, die wir noch immer waren, noch irgendwann später. Aber diesen Satz, die ruhige Bestätigung seiner Liebe und seines Begehrens, ich lese ihn noch heute in seinem Blick, obgleich wir schon weit in unseren Fünfzigern sind, und ich das Wenige an jugendlicher Anmut, das ich zwischen zwanzig und vierzig überhaupt hatte haben können, verloren habe.

Wer mag begreifen, was mich an Régis bindet? Ich lasse mir bezüglich der Urteile, die über uns gefällt werden, nichts vormachen, über das jugendliche und beinahe inzestuöse Pärchen, das wir bilden, über die Möglichkeit, uns treffen und verführen zu können, die wir den anderen nicht gewährten. Meine Mutter, sie selbst, sie hat nichts gesagt, aber auch nichts anderes gedacht, als dass ich eine Idiotin ohne Vorstellungsvermögen sei, ein zaghaftes Mädchen, dem das Leben und das Unbekannte Angst machten.

An diesem Tag in Cassis, da wusste ich, was für ein Glück ich hatte, Régis zu lieben und von ihm geliebt zu werden. Ich entschied damals auch, dass ich nie etwas verderben werde; dass es in meinem Leben keinen Platz geben sollte für die Lüge, die Verschleierung, die Irreführung, den Verrat. Und ich habe ihm alles erzählt. Ich habe in seine Hände mein ekelhaftes Geheimnis gelegt, und er hat es mit aller Nachsicht, aller Güte, aller Würde, deren ich bedurfte, entgegengenommen. Er nahm mich in seine Arme und versicherte mir, dass mein Geheimnis bei ihm gut aufgehoben sei. Und nichts war wahrer.

Ende August, als wir nach Marseille zurück fuhren, waren Régis und ich verheiratet. Wir haben unser Ehegelübde unter den Tamarindenbäumen ausgetauscht, die mein Vater im hinteren Teil des Gartens in Cassis gepflanzt hatte. Er wusste alles von mir und ich von ihm. Wer kann von seinem Partner Derartiges sagen? Meine Mutter gewiss nicht, die ihr Leben damit verbracht hat, jeglicher Kenntnis und Wahrheit auszuweichen, die aber weiterhin meint, von uns beiden wäre ich diejenige, die beklagenswerter ist; wie sie auch weiterhin über ihre beiden Ehemänner große Reden schwingt, Fernand, der verrückt war nach ihr, und Charlie, den Augapfel ihres Lebens.

All das ist Unsinn: Die Liebe, das geschieht einmal, nicht zweimal, und sie ist sinnhaft allein in Gegenseitigkeit und Ehrlichkeit, also dem genauen Gegenteil dessen, was Nelly für ihr Liebesleben hält. Wie ich dazu komme? Weil Régis und ich seit fünfundvierzig Jahren die große Liebe vor den Augen der gesamten Hausgemeinschaft leben, die das gar nicht mitbekommt und unsere Verbindung auf immer und ewig für eine Vernunftentscheidung hält, die so lala und wohl oder übel greift. Arme Leute.

Am Ende dieses Sommers des Jahres 1973 finden Régis und ich uns voller Freude in unserem großen Marseiller Haus wieder, nachdem wir zwei Monate mit Schwimmen und Sonnenbaden zwischen Cassis und Arcachon verbracht haben, wo wir ebenfalls eine Villa besitzen, die in diesem Fall von den Meuriants stammt. Um nicht getrennt voneinander zu sein, verweigerten wir uns heftig einem Sprachaufenthalt im Ausland, und da es unseren Eltern ziemlich egal war, wie unsere Ferien abliefen, solange nichts ihre eigene Bewegungsfreiheit einschränkte, waren wir nun auf angenehme Weise frei, überwacht nur von ferne seitens einer Gruppe Hausangestellter: Birke, eine Deutsche, die Nachfolgerin von Amanda, eine Köchin, eine Haushälterin sowie ein Gelegenheitschauffeur.

Nelly und Charlie sind über alle Berge und schauen in Cassis oder Arcachon nur vorbei, um uns mal eben »Kuckuck zu sagen«, eine Redewendung, die ich verabscheue, die aber ihrer Art entspricht, uns zu lieben: leicht, sporadisch, dem Maß ihres Vogelhirns entsprechend.

Umso besser. Und im Übrigen ist der Sommer vorbei, wir ergreifen wieder Besitz von der Treppe mit den wackelnden Terrakotta-Fliesen, von dem im Laub der Kastanienbäume hängenden kleinen Balkon, dem zerfallenen Taubenschlag, dem von den Ausdünstungen der Birkenfeige und Orangenbäume beschlagenen Wintergarten, vom Dachboden, der zu Régis Zimmer werden wird, von der grau-gelb gefliesten Küche, den im großen und kleinen Salon verteilten Vitrinen mit ihren bunt zusammengewürfelten und rätselhaften Inhalten: Lackierte Dosen, Stempel aus Elfenbein, Münzen und Militärorden, Porphyr, Eierbecher, die mit rustikalen Szenen verziert sind: Das Erbe meines Stiefvaters, vermehrt durch all das, was er bei Drouot an sich gerafft oder bei Antiquitätenhändlern aufgestöbert hat.

Und natürlich flitzen wir nach unserer Ankunft ins Büro, um zu erfahren, wie unser unbekannter Freund den Sommer verbracht hat. Er ist da, niedergeschlagen auf der Ottomane, doch beim Lärm, den wir erzeugen, als wir eintreten, richtet er sich auf und wirft sich mühelos in eine leidenschaftliche Tirade, mit zu uns erhobener Faust. Er trägt eine Hose aus braunem Stoff, die von einem großen Gürtel gehalten wird, sowie ein helles Hemd, meilenweit entfernt von seinem hauteng anliegenden Gymnastikanzug mit geflecktem Kuhmuster.

»Das ist Russisch«, flüstert Régis mir zu.

»Woher weißt du das?«

»Oder Polnisch. Auf jeden Fall eine slawische Sprache.«

»Aber woher weißt du das?«

»Ich hab' mal einen Russen im Fernsehen sprechen hören, das klang fast genauso.«

Das ruft mir etwas ins Gedächtnis, eine Kindheitserinnerung, die noch ganz frisch glänzt: Ich hatte es einmal mit Russland zu tun, weshalb ich in mein Zimmer flitze und ein großes gebundenes Buch hole, das ich Régis triumphierend unter die Nase halte:

»Schau mal, das ist *Petruschka!*«

Tatsächlich ist der Titel in Goldbuchstaben auf den Leinenumschlag geprägt.

»Was ist das, *Petruschka?*«

»Ein Märchen, das mir mein Vater vorlas. Ich habe es geliebt.«

Régis schlägt das Buch auf und beginnt darin mit Behutsamkeit zu blättern, die ihm eigen ist, während in mir angesichts der reizenden Illustrationen alte Gefühle erwachen: Petruschka, seine riesigen Augen und sein flachsblondes Pony, der Kater, die Schneeflocken, die Ballerina, der blutrünstige Maure, der Theaterdirektor, die Kuppeln von Sankt Petersburg, erstarrt in ihrer Raureifnacht, das gesamte naive Zauberland, das mir schlagartig wieder vor Augen steht und mich zurück in mein Zimmer auf dem Boulevard Exelmans versetzt, als mir mein Vater diese Geschichte vorlas und dabei sämtliche Stimmen spielte:

»Ah, ah, ah
Der Mensch da,
ist seltsam, mir wird klamm,
schlug dem wer auf dem Kopf,
dem grausen Mann?«

Es ist Régis, der liest, aber ich rezitiere aus der Erinnerung diese Strophe mit ihm mit, die mich wie in Trance versetzte, so sehr sogar, dass ich mich unter der Bettdecke versteckte, woraufhin mich mein Vater aus meinem Bau aufscheuchen musste, den ich nicht mehr verlassen wollte, in Angst und Schrecken versetzt, wie ich war, durch dieses erbarmungslose und scheppernde Skelett, das den Tod in dieser mit Pailletten aus Raureif besetzten und mit den Arabesken einer Rose oder eines zarten Grüns geschmückten Welt verkörperte.

Ich habe dieses Märchen niemals selbst gelesen, es war stets Fernand, der das übernahm, eingekuschelt mit mir auf meinem Kleinmädchenbett, sich seiner Wirkung bewusst, mich abwechselnd vor Begeisterung zur Verzückung, vor Entsetzen und Kummer über den Tod dieses gutherzigen Hampelmanns zum Weinen bringend.

Petruschka ist lange Zeit meine Lieblingsgeschichte geblieben, gemeinsam mit *Dornröschen* und *Die Ziege des Monsieur Seguin*. Diese Geschichte hat Fernand mir auch immer und immer wieder vorgelesen, bis sich das Buch, ein Band der Kinderbuchreihe »Père Castor«, schließlich zwischen unseren Händen auflöste. Auf jeden Fall kannte ich es Zeile für Zeile auswendig, angefangen mit der Anrede an diese für mich unbegreifliche »arme Gringoire«, bis hin zu seinem mir nicht weniger rätselhaften provenzalischen Ende:

»E piei lou matin lou loup la mangé.« – Und dann, am Morgen, fraß es der Wolf.

Mein anderes Lieblingsmärchen war, wie gesagt, *Dornröschen*, von dem ich auch die »Père Castor«-Ausgabe besaß, deren Umschlag, der den Prinz im Säbelkampf mit dem Dornenwald zeigte, mich buchstäblich faszinierte. Fernand hatte mir auch die von Disney illustrierte Version geschenkt, ganz abgesehen davon, dass er mich mit ins Kino genommen hatte, um dort den Zeichentrickfilm zu sehen, eine Vorführung, aus der ich glücklich und aufgedreht wieder heraustrat. Es ist meine Mutter, die alles verdarb, und die dafür sorgte, dass ich keinen Blick mehr auf meine beiden Exemplare dieses grausamen

Märchens werfen konnte. Ich glaube sogar, dass ich sie vor unserem Umzug nach Marseille wegwarf.

Habe ich schon erwähnt, dass sie mich in die Vorpremiere eines Films mitgeschleppt hat, in welchem sie die Rolle des Dornröschens spielte, was lächerlicher nicht mehr sein konnte, war sie doch bereits neununddreißig Jahre alt, wo ja die Heldin bei Perrault wenn überhaupt erst sechzehn ist? Aber meine Mutter war immer schon davon überzeugt und wurde darin auch noch von Idioten bestärkt, dass sie viel jünger wirkte als sie tatsächlich war. An jenem Abend war ich dennoch voller Freude darüber, mit meinen Eltern auszugehen und meine Mutter auf der großen Leinwand als Prinzessin zu sehen. Nur dass sie mich, es sei denn, sie wollten mich endgültig traumatisieren, niemals hätten mit sich nehmen dürfen.

Der Film war ekelhaft, und schaffte es, Horrorszenen mit reiner Pornografie zu verbinden. Welches siebenjährige Kind hat Lust, seine Mutter keuchen und stöhnen zu sehen, während ihr von den Lendenstößen, die ihr Partner ihr zufügt, die Brüste wackeln? Mein Vater hatte noch so sehr mich behutsam an sich ziehen und mich verpflichten können, für den Rest der Vorführung auf seine Knie geschmiegt zu bleiben, ich habe doch genug gesehen, um nachhaltig geprägt und angewidert zu sein.

Da aber nie etwas eintrat, was mich vor *Petruschka* hätte ekeln und mich von ihm hätte abwenden lassen, blättere ich es noch immer mit derselben Freude durch, einer von Régis' Anwesenheit sogar noch gesteigerten Freude, der sich für die technischen Details dieser Illustrationen interessiert:

»Als wären es Collagen. Auf jeden Fall ist dies der Eindruck, den man erzielen wollte, schau mal, als ob man das Auge der Prinzessin erst gemalt und dann ausgeschnitten hätte.«

»Die schöne Holubischka ...«

Bei diesem Vornamen scheint unser unbekannter Freund sein Ohr zu spitzen und nähert sich dem Buch, das ich ja auf jeden Fall für ihn mitgebracht habe. Und hopp, schon legt er aufs Schönste wieder los mit seinem unverständlichen Gebrabbel, zeigt dieses Mal aber ganz eindeutig auf Petruschka, die Marionette mit dem zerzausten Pony und der buntscheckigen Kosakenhose. Er reißt Régis das Buch beinahe aus der Hand, um mit einer Rührung, die der meinen ebenbürtig ist, dessen Seiten durchzublättern, und brüllt erst auf, verfällt dann in flehendes Murmeln und schließlich in ersticktes Schluchzen.

»Siehst du, ich habe dir gesagt, dass er weint.«

Während der zwei Jahre, die ich ihn nun kenne, hatte er nicht eine Träne vergossen, aber in der Tat, Régis hatte mich vor dieser Empfindsamkeit gewarnt, die ich umgehend seiner slawischen Seele zuordne. Und hier nun schlägt er sich schon mit einer Hand auf seine Brust, während die andere hingebungsvoll den kleinen Petruschka auf Glanzpapier streichelt. Er versucht offensichtlich, uns etwas zu verstehen zu geben, und wegen des insistierenden Hin und Her zwischen sich und dem tänzelnden Hampelmann, kommt mir eine Erleuchtung:

»Er sagt, dass er Petruschka ist!«

»Ach ja? Aber er sieht ihm überhaupt nicht ähnlich!«

Mit dem Zeigefinger auf das Sonnengeflecht unseres unbekannten Freundes weisend, wage ich ein »Petruschka?«, woraufhin er entschieden zustimmt:

»Da, da!«

»Siehst du, er sagt, dass er es ist: ›Da‹ bedeutet ›Ja‹ auf Russisch!«

In den Bann geschlagen von der Mühe der Simultanübersetzung, erhebt sich unser Freund voller Begeisterung und beginnt zu tanzen, hier, in diesem engen und allem anderen, nur nicht dem Ballett gewidmeten Büro. Mir fällt plötzlich wieder ein, dass *Petruschka* ja wirklich ein Ballett ist, und dass mein Vater mir dies mitteilte, als er mir das Buch geschenkt hat. Der plötzliche Strom an Erinnerungen hält mich nicht davon ab, vor lauter Bewunderung von dem gepackt zu sein, was sich vor unseren Augen entfaltet, diese glühende Anmut, dieses Port de bras, diese Pliés, dieses ekstatische und wahrscheinlich zum Sankt Petersburger Himmel gerichtete Gesicht. Ich habe ausreichend lange klassischen Tanz gemacht, um Genie zu erkennen, wo es sich zeigt, weswegen ich mich jetzt auch gegen die Tür drücke und mich ganz klein mache, um ihm Platz für seine Sprünge zu lassen, die ausführen zu wollen seinen ganzen Körper beben lässt. Nach einer geraumen Weile, als wäre er davon erschöpft, gegen die Enge des Raums anzukämpfen, sich unaufhörlich an der Ottomane zu stoßen, an dem barocken Sekretär, am marokkanischen Sitzkissen oder an der kleinen Bibliothek, bricht unser Sterntänzer auf dem Teppich zusammen und regt sich nicht mehr.

Régis und ich applaudieren aus Leibeskräften, aber wir können noch so sehr auf eine Wiederauferstehung wie jener in meinem Buch lauern, diesen wilden Luftsprüngen Petruschkas auf dem Dach des Theaters, es geschieht doch nichts, und wir schleichen uns schließlich auf Zehenspitzen davon, Balletttänzer wir selbst. Bei unseren nächsten Besuchen weint er nicht, tanzt er nicht. Kaum, dass er uns überhaupt einen Blick zuwirft, bevor er sich in seine Gedanken vertieft, den Kopf in die Hände versenkt, wie schon bei unserer ersten Begegnung.

Dann verschwindet er, er kehrt zurück in seine Vorhölle, und ich nehme das Buch wieder an mich, das ich zu seiner Verfügung dagelassen hatte; ich lege es zu einigen anderen Erinnerungsstücken aus meiner frühen Pariser Kindheit, einige Fotografien, meine Stoffpuppe, ein Schmuckkoffer, der den ganzen Nippes enthält, mit dem Fernand seine Prinzessin eingedeckt hat – seine Prinzessin, von wegen.

Zu Anfangs haben Régis und ich lange Diskussionen geführt über das Thema des Verschwindens unseres unbekannten Freundes: Es ist ein Rätsel und es ist ein Geheimnis, etwas, über das sich unsere kindliche Allianz gegen die Erwachsenen noch stärker besiegeln lässt, etwas, das mit der Schönheit zu tun hat und mit dem Tod, etwas Wichtiges, das ihnen aber entwischt, beschäftigt wie sie sind, wie bescheuert Gegenstände zu sammeln und ohne Unterlass Albernheiten zum Besten zu geben. Wir unsererseits, wir haben ausdrücklich die Absicht, Gegenstände und Albernheiten zu vermeiden – und wir vervielfachen unsere Schwüre in diesem Sinne. Die Gegenstände werden uns rein zufällig doch wieder einholen, da wir sie häufig herstellen oder wieder aufpolieren, aber nie werden wir sie völlig von uns Besitz ergreifen lassen, im Gegensatz zu diesem armen Charlie, der nur dafür gelebt hat, sie anzuhäufen.

Unter vielen anderen Versprechen geben wir uns jenes, uns bis zum Tod zu lieben, und vielleicht darüber hinaus, denn der Monsieur aus dem Büro hat uns auf glänzende Weise gezeigt, dass es ein Leben nach dem Tod gibt. Und dennoch werden wir ihn vergessen. Er wird zur Erinnerung eines gemeinsam geträumten Traums, dann zur Erinnerung an die Erinnerung eines Traums, kostbar, aber verschwommen bis hin zum völligen Verschwinden. Und so werde ich Jahre später, da ich auf ein Aquarell stoße, das Nijinsky im Kostüm eines Fauns darstellt, zu mir sagen:

»Aber natürlich, ja, das ist er.«

Ich rufe Régis und wir betrachten schweigend unseren Kindheitsfreund, wie er sich vor einem Hintergrund aus blauen Voluten abhebt, der Oberkörper nackt, die Schenkel eines Tieres, und verdrehte Hörner direkt auf dem Schädel, so sehr unserer Erinnerung entsprechend, die, unversehrt, in uns wieder aufsteigt, Reminiszenz an das für uns allein getanzte Ballett in diesem sich dem Ende neigenden Sommer, der zugleich auch das Ende der Kindheit markierte und den Beginn der Liebe.

Neben der ewigen Liebe und der Weigerung materieller Befriedigung haben wir uns versprochen, niemals Kinder zu haben. Unsere eigenen Eltern sind viel zu enttäuschend, als dass wir es mit der Zeugung versucht hätten. Und dennoch, Jahre nach der Geburtenbeschränkung, gestehen wir uns doch ein, dass wir davon träumen, dass wir uns auf jeden Fall fortpflanzen möchten, auch auf die Gefahr hin, unser Kind unter dem Dach großzuziehen, unter dem unsere unwürdigen Eltern in die Jahre kommen.

Es ist Régis, der als erster davon spricht, ich aber schlage meine Pille umgehend in den Wind, um mich ihm mit noch mehr Inbrunst denn je hinzugeben, verklärt von der Aussicht, ihn zum Vater zu machen. Wir sind noch keine Dreißig, aber es geschieht nichts: Innerhalb von zehn Jahren Geschlechtsverkehrs ohne Verhütungsmittel wird es mir kein einziges Mal gelingen, schwanger zu werden, ich werde kein einziges Mal auch nur die geringste Verzögerung bei der Regel haben, hormonelle Stimulation hin oder her, In-vitro-Fertilisation ja oder nein, nichts, rien, niet, nada.

Die Ärztin hatte beschlossen, dass ich diejenige war, die nicht gut war, dass aber Régis völlig befähigt war, ein anderes Weibchen zu befruchten. Es ist das große Unglück meines Lebens, und auch das einzige Mal, dass der Schatten einer Unstimmigkeit zwischen uns schwebt. Denn nach all unseren fruchtlosen Versuchen, nach all den vielen Malen, da die künstliche Befruchtung an der Verengung meines

Gebärmutterhalskanals abprallte, oder auch an der Versperrung meiner Eileiter, oder auch an einer angeblichen Erkrankung der Gebärmutterschleimhaut, wagte Régis mich zu fragen, ob ich die Möglichkeit in Augenschein nehmen wollte, eine Leihmutter zu rufen, die von ihm besamt werden würde:

»Ich würde sie nicht berühren müssen, weißt du. Ich erledige meine kleine Sache in ein steriles Aufnahmegefäß hinein, und hopp, sie führt es sich mit einer Pipette in die Vagina ein. Das scheint sehr gut zu funktionieren.«

Allein schon bei der Vorstellung einer anderen, durch sein Zutun schwangeren Frau gefror mir all mein Blut und ich habe ihn mit solcher Verzweiflung angesehen, dass er nie mehr mit mir darüber sprach und sich wie ich in eine Adoption fügte. Als einige Wochen später eine allerletzte Diagnose meine Allergie gegen Samenflüssigkeit aufführte, habe ich die Ergebnisse der Analyse in tausend Fetzen zerrissen und kehrte zurück nach Hause, indem ich über meinem neuen Geheimnis die Zähne zusammenbiss, ich, die ich für den Mann meines Lebens so sehr transparent sein wollte. Allergisch gegen Régis Spermien? Das war unwahrscheinlich und es gab keinen Raum, mit ihm darüber zu reden.

Wäre das Leben besser eingerichtet, wir hätten Charonne niemals adoptiert. Sie hat die unvorhergesehene und ungerechte Schwäche meiner Organe genutzt, um sich in unsere Leben einzumischen. Diese heimtückische Einflussnahme, das war schon vollkommen sie, und dass man mir nicht mit ihrer Unschuld komme, mit der Unschuld der Kinder, oder mit was weiß ich was, das sie von ihren Verantwortlichkeiten reinwaschen würde: Charonne war nie ein Kind gewesen, und da wiederum, da lasse ich mir gern sagen, dass dies nicht ihr Fehler war, ja, dass sie seit ihrer unerwünschten Geburt Härten erlebt haben muss, aber dies ändert nichts an meinem

Gefühl oder besser an der Abwesenheit meines Gefühls. Denn so lautet die unerträgliche Realität: Ich wollte nichts anderes zu erzählen haben, als eine Liebesgeschichte, aber ich habe Charonne nie geliebt.

In diesem Sommer des Jahres 2000 aber sind Régis und ich voller Hoffnung. Jahre bedrückender und erniedrigender Schritte gelangen an ihr glückliches Ende und wir gehen unverzüglich los, unsere kleine Tochter abzuholen. Gewiss, sie ist bereits über fünf Jahre alt, wohingegen wir ein Baby vorgezogen hätten, aber wie man uns deutlich zu verstehen gegeben hat, konnten wir froh sein, dass man uns die Zustimmung überhaupt erteilt hat, da wir nicht ganz den Vorstellungen von Adoptierenden entsprechen.

»Mit vierzig Jahren leben Sie noch immer bei Ihren Eltern und Sie bieten keine Familiensituation: Das ist doch ein wenig eigenartig, Monsieur und Madame Meuriant. Ich denke, Sie können nachvollziehen, wo unsere Bedenken liegen. Welches Bild, welches Vorbild werden Sie einem Kind liefern können?«

Es scheint, als sei all diesen eingebildeten Funktionären nicht in den Sinn gekommen, dass wir im Idealfall ohne Tätigkeit sind und also vollkommen einsatzbereit, um ein Kind aufzunehmen. Ganz abgesehen davon, dass wir so viel Knete haben, dass wir schon gar nicht mehr wissen, wohin damit, und dass, ob nun adoptiert oder nicht, unser Kind unter optimalen materiellen Bedingungen aufwachsen wird. Oder aber genau anders herum, es ist ihnen in den Sinn gekommen und es macht sie wahnsinnig eifersüchtig, bringt sie dazu, uns ihre Frustration bezahlen zu lassen und ihr erbärmliches Leben. Was haben sie denn ihren Kindern so Beneidenswertes zu bieten, die ihnen anvertraut sind, all diese Handlanger der französischen Administration? Worin sind sie denn beispielhafte Vorbilder?

Wer möchte ihnen schon gleichen, wo sie doch aus all ihren Poren Groll, Überdruss, Versagen ausschwitzen? Charonne zumindest hat sich da nicht geirrt. Wie auch immer unsere Beziehungsprobleme ausgesehen haben mochten, sie hatte es doch niemals in Betracht gezogen, ins Heim der Kindersozialhilfe zurückzukehren, das nur dem Namen nach ein Heim darstellte und niemandem je eine Hilfe war.

Aber überstürzen wir nichts: Charonne ist fünfeinhalb Jahre alt, als wir sie zu uns bringen. Angeschnallt auf dem wegen dieses Anlasses gekauften Kindersitz, die Hände über der hohlen Brust gekreuzt, die Augen in ihrem blutleeren Gesicht beinahe schon übermäßig weit aufgerissen, rührt sie uns das Herz mit jedem Blick, den wir in den Rückspiegel werfen, und zu Hause, da geht dann nichts: kaum angekommen, verkriecht sie sich unter dem Tisch, und wir haben größte Mühe, sie wieder hervorkommen zu lassen.

Starr wie die Gerechtigkeit, mustert Nelly uns ohne Wohlwollen. Sie wird für ihre Enkeltochter keine Geste, kein Wort übrighaben. Was Charlie betrifft, so beruhigt er sich gar nicht mehr, vor allem seit er weiß, dass Charonne *ausländische Wurzeln hat*.

»Sie ist schwarz!«

Charonne ist genau genommen nicht schwarz, sondern eher olivfarben, aber Charlie plagt sich mit Nuancen nicht ab. Régis greift mit seiner ruhigen Stimme ein:

»Sie ist Mestizin, Papa. Tatsächlich ist ihr Vater schwarz. Aber ihre Mutter ist weiß.«

Das ist das wenige, was wir über Charonnes Abstammung wissen. Wir haben es nicht für richtig gehalten, sie darüber zu informieren, und haben das vollkommene Black-out bevorzugt, was zur Folge hat, dass sie sich eine ganz andere Version erzählt, aber nach allem ist das ihr Problem, oder besser, eines ihrer zahlreichen Probleme.

Kurz, in diesen ersten Tagen kann Charonne auf ihre Großeltern zählen, wenn es darum geht, ihr die kalte Schulter zu zeigen. Ich ziehe sie aus der Zuflucht, die sie unter dem Tisch gefunden hat und bringe sie hoch in die erste Etage, wo wir ihr Zimmer in jenem hergerichtet und dekoriert haben, das zuvor Régis Kinderzimmer war, bevor es dann zu meinem wurde und schließlich zu einem Gästezimmer, in dem nie ein Gast geschlafen hat.

»Schau! Gefällt es dir?«

Anstatt zumindest einen Blick auf ihre neue Umgebung zu werfen, zieht sie es vor, unter das Louis-XV-Rocaille-Bett zu kriechen, das wir abgeschliffen und dessen Ornamente wir in Grau und Blau neu hervorgehoben haben. Um des lieben Friedens willen verjagen wir sie erneut und platzieren sie auf einen Cabriolet-Sessel, den ich eigenhändig mit einem geblümten Polsterstoff bespannt habe. Sie verharrt dort, vollkommen stumm und entschieden, uns keine Freude bereiten zu wollen, obwohl wir ihr doch die Spielzeuge hinhalten, die wir für sie vorgesehen hatten, darunter auch meine Lieblingsstoffpuppe, ein Geschenk meines Vaters als ich vier war:

»Schau, die ist für dich, sie heißt Alice.«

Da Charonne keine Andeutung macht, sie nehmen zu wollen, drücke ich sie ihr schließlich gewaltsam in die Arme.

»Möchtest du gern Alice heißen?«

Auf jeden Fall wird ihr keine andere Wahl bleiben, da Charonne sich nach nichts anhört, oder doch, ja, es verweist auf ihre Zugehörigkeit zur Welt der Erbärmlichen, aus der wir sie herausgezogen haben. Sie schaut uns mit ihren finsteren Augen an, bevor sie uns leicht zögerlich antwortet:

»Ich heiße Charonne, ich ...«

»Das, das wissen wir, aber wir, wir möchten gern, dass du Alice heißt.«

Auf die Stoffpuppe verweisend und eine Geste andeutend, mit der sie mir diese zurückgeben will, wendet sie mit ihrer zarten Stimme ein:

»Die da, die ist Alice.«

Tatsächlich wird sie sich nicht davon abbringen lassen, weder an diesem Tag, noch später. Trotz all unserer Anstrengungen wird sie nur auf Charonne reagieren und sich dagegen verwehren, dass wir sie umtaufen, und es liegt an Régis und mir, uns einen Reim darauf zu machen, es liegt an uns, Alice fahren zu lassen, um Charonne diesen kleinen Zipfel ihres vorherigen Lebens zu lassen, diesen für sie aus einer Fernsehserie ausgewählten und von ihrer denaturierten und obendrein analphabetischen Mutter nicht einmal richtig geschriebenen Vornamen.

Für Charonne mag das noch angehen, aber wir hätten verstehen müssen, dass alles dementsprechend ablaufen würde, dass sie sich niemals anstrengen würde – wohingegen wir wiederum die Abstriche und Aufopferungen verdoppelt haben, um ihr entgegenzukommen. Unser Fehler wird es sein, zu spät zu reagieren, den Zeitraum der Unterbringung, die vom Gesetz vorgeschriebenen sechs Monate zur Widerrufung verstreichen zu lassen. Aber eben, wir wollen so sehr, dass es funktioniert, dass wir beinahe ein Jahr brauchen, um uns darüber zu verständigen, dass es nicht der Fall ist und wir einen schüchternen Rückgabeversuch gegenüber den Leuten vom Heim der Kindersozialhilfe wagen.

Wie wir, so wird sich auch mein Stiefvater niemals an dieses Kind gewöhnen, das keines ist. Allein Nelly wird ihr auf den Leim gehen und schließlich finden, dass Charonne liebenswürdig ist, dass sie unsere Liebe verdient und ihren Platz in unserer Familie – ohne dabei zu sehen, dass bei Charonne die Liebenswürdigkeit nie etwas anderes war als eine Strategie. Im Übrigen hört sie auf zu heucheln, sobald die Volladoption anerkannt ist. Zart und folgsam wie sie war, wird sie störrisch, unwirsch, unangenehm. Die Verwandlung ist radikal, und weit davon entfernt, sich auf ihr Verhalten zu beschränken, sie wird von äußerst unangenehmen körperlichen Veränderungen begleitet, einer Art frühzeitiger Pubertät, einer Art Flegeljahre vor den Flegeljahren. So zart und blass wie sie war, als sie bei uns ankam, entscheidet sich Charonne nun dafür, in unannehmbaren Ausmaßen fett zu werden und einen vollkommen unerwarteten kupferfarbenen Teint anzunehmen.

Es muss gesagt werden, dass ich sie, da ich sie schwächlich und kränklich fand, zu meinem Heilpraktiker geschleppt habe, der sie für die Dauer der Wiederherstellung einer aufgrund von jahrelanger Ernährung mit industriell gefertigten, ultra-transformierten, übersalzenen, überzuckerten, überfetteten Produkten aus dem Gleichgewicht gebrachten Darmflora auf eine milch- und glutenfreie Diät gesetzt hat. Und es greift: Innerhalb von zwei Monaten verschwinden sämtliche ihrer Lebensmittelunverträglichkeiten und sie beginnt sich mit allem Möglichen vollzustopfen, so wie es die Kinder von heute eben tun, von Nelly darin noch bestärkt, obwohl sie eine große Spezialistin für alle möglichen Diäten ist, da sie ihre legendäre Linie halten will, die deutlich stärker an Kachexie erinnert als an Schlankheit, aber sei's drum.

Nach Ablauf eines Jahres ist Charonne fettleibig, und ich kann einfach nicht glauben, dass sie daran unschuldig sein soll. Nein, im Gegenteil, sie hat sich absichtlich gemästet, methodisch, und hat dafür die kalorienreichsten Lebensmittel überhaupt ausgewählt. Sie tat dies mit dem Wissen, dass es uns entsetzte, sie wie einen Ballon aufgehen zu sehen, zu sehen, wie ihre Augen im Fett untergingen und ihre Schenkel die für sie eingekauften und kurz darauf schon zu engen Hosen zum Bersten brachten. Sie tat dies in dem Wissen, dass man ist, was man isst – wir hatten es ihr häufig genug wiederholt. Sie war es, die die Entscheidung getroffen hat, den übelriechenden Atem und die Hirnerschlaffung von Fleischfressern zu haben, sie, die die Entscheidung getroffen hat, die abdominale Adipositas der Anhänger des Fastfood-Fraßes mit sich rumzuschleppen – die zudem auch die ersten sind, die von der Depression heimgesucht werden, wie es in zahlreichen medizinischen Studien belegt ist.

Nach Ablauf eines Jahres hat sie nichts mehr gemein mit dem kleinen ivorischen und grazilen Mädchen, das wir zu uns genommen haben, ganz abgesehen davon, dass ihr Wuschelkopf zum Werg ausgeartet ist, und dass ich mitnichten eingeplant hatte, zum Spezialisten für Afro-Haare zu werden, so dass ich mich damit begnüge, ihr zwei wollige Zöpfe zu machen, oder aber und im besten aller Fälle, zwei Haarflechten, die Hörnern gleichen und ihr genau das Aussehen des Dämons verliehen, der sie ist.

Charlie und Marikit irren sich nicht: Sie schlagen ein Kreuz, wenn sie sie sehen, zumindest am Anfang – später gewöhnen sie sich an sie. Mein Stiefvater lässt sogar schließlich in seiner Wachsamkeit nach und sieht in der Begleitung seiner Adoptivenkeltochter eine Annehmlichkeit, auch wenn er sie nicht anerkennt und seine Spenden an den Tierschutz vervielfacht, um sie um ihr Erbe zu bringen, und dabei von dem Prinzip ausgeht, dass ein Schwarzer weniger wert ist als ein Hund – und ich halte daran fest zu sagen, dass ich mit all diesem rassistischen Unsinn nicht einverstanden bin, den er, das Alter trägt dazu bei, sich nicht versagt, herunterzuleiern. Im Gegenteil, ich bin die Erste, wenn es darum geht, die Afrikaner zu lieben, und es wäre mir niemals in den Sinn gekommen, Charonne vorzuwerfen, dass sie innerhalb von sechs Monaten um drei Farbtöne dunkler geworden ist. Nein, das, was mich stört, ist, dass sie es absichtlich getan hat, wohlweislich die Empfindlichkeit ihrer Großeltern auf diesem Gebiet kennend. Sie hat sich stundenlang der Sonne ausgesetzt, indem sie trotz unserer Zurechtweisungen in der prallen Sonne spielte und sich völlig im Klaren darüber war, dass sie, zum großen Entsetzen von Nelly und Charlie, von Tag zu Tag dunkler wurde. Denn meine Mutter kann noch so sehr beteuern, ja Stein und Bein schwören, dass sie Charonne so liebe wie sie ist, und dass sie im Übrigen nichts gegen Ausländer habe, sie ist doch ebenso rassistisch wie ihr Mann und wählt schon immer den Front National.

Aber gut, ich habe keine Lust, lange Kommentare über die politischen Einstellungen meiner Eltern abzugeben und auch nicht über die Inkonsequenz, die sie einerseits den FN wählen lässt und zugleich ihre Gunst einer kleinen, ebenso intriganten wie käuflichen Schwarzen zu gewähren. Man wird mir sagen, ich sei ungerecht und würde deutlich unnachsichtig über meine eigene Tochter das Urteil fällen, da muss man aber wissen, dass ich über niemanden das Urteil fälle und dass Charonne nur dem Gesetz nach meine Tochter ist.

Mit ihrer Ankunft bei uns in diesem unheilvollen Sommer des Jahres 2000 glauben Régis und ich völlig naiv, dass die Liebe sich einstellen und aus uns eine glückliche Familie machen werde – denn immerhin können wir ein Lied darüber singen, wie selten Familien es sind. Charonne rührt uns mit ihren kleinen Händen, die sie verdreht, da sie Angst hat, etwas nicht richtig zu machen oder schlecht zu verstehen; mit ihren klugen Augen, die sie auf uns richtet, als würde sie förmlich unsere Worte aufsaugen, mit der Panik, die sie unter die Möbel oder hinter die Vorhänge jagt, als würde sie im Halbschatten und der Abgeschlossenheit Trost finden. Sie rührt uns, und in der Anfangszeit tut sie alles, um uns zu gefallen.

Heute weiß ich, dass sie sehr schnell den Reichtum ihrer Adoptivfamilie taxiert hat, sehr schnell begriffen hat, dass sie, würde sie nur klug genug spielen, ihr Leben lang im Luxus leben konnte, was ihre Freundlichkeit und ihre Folgsamkeit in den ersten sechs Monaten begründet: Ihre Falschheit wird erst danach zutage treten, zur gleichen Zeit wie sich die beunruhigende Verwandlung, von der ich bereits gesprochen habe, bestätigen wird: die Wangen, die anschwellen, als würden sie von innen heraus aufgeblasen werden; die Wülste, die sich zwischen den Hüften und Achselhöhlen anhäufen; die Schenkel, die sich berühren und für ihr abstoßendes Watscheln sorgen.

Sehr schnell ist sie auch überall. Dieser Raum, der sie bei ihrer Ankunft in Panik versetzt hat, sie nimmt ihn in ihrer arglistigen Manier in Beschlag, wie Wasser in die Rillen einer Fliese dringt und sich darin verzweigt. Wir können keinen Schritt mehr tun, ohne über sie zu stolpern, wie sie entweder auf der Treppe sitzt, sich in Nellys Bett wälzt oder auf der Ottomane im Büro, wenn sie nicht gerade ihre Stirn gegen die Fenster des Wintergartens drückt, als wäre sie in ihren Tagträumen versunken, obgleich sie doch wahrscheinlich dabei ist, ihren nächsten kleinen Diebstahl auszuhecken. Das einzige Innenleben von Charonne ist das Kalkül.

Denn sie bestiehlt uns. Ich habe keine ausdrücklichen Beweise, aber es sind in den letzten Jahren zu viele Gegenstände einfach spurlos verschwunden. Ich könnte das sibayanische Ehepaar anklagen, aber es ist Marikit, die mich als Erste über das Verschwinden von Silberbesteck und einem Kerzenständer aus Pâte de Cristal informierte, der uns ausnahmsweise mal weder von den Meuriants noch von den Kürenbergs zugekommen ist, sondern eines der seltenen Geschenke von

Fernand war, das Nelly aufbewahrt hatte. Zu meiner großen Verärgerung habe ich Charonne mit diesem Gegenstand häufig spielen sehen, als sie die in den gläsernen Blattadern erstarrte Schnecke streichelte, die zitronengelbe und violette Blumenkrone, die eine Kerze mit intaktem Docht trug, und ich habe sie jedes Mal daran erinnern müssen, dass es sich nicht um ein Spielzeug, sondern um einen fragilen Gegenstand von großem Wert handelte, bevor ich ihn wieder zurück an seinen Platz auf einem kleinen aufsatzgekrönten Sekretär mit Intarsien aus kostbarem Holz stellte, den Charonne nicht weniger schonte als den Jugendstil-Kerzenständer.

Dass man sich nicht täuscht, zu Beginn dieses Jahrtausends, der den Traum unserer Elternschaft wahr werden sieht, möchte ich mit aller Kraft meine Tochter lieben, trotz ihres dunklen Erbes, ihrer Neigung zur Fettleibigkeit und ihrer eingefleischten Falschheit. An dem Misserfolg, den ihre Adoption darstellt, tragen Régis und ich nicht die geringste Verantwortung. Ich bin fest davon überzeugt, dass wir ein anderes Kind hätten lieben können, ein aufrichtigeres, ehrlicheres und selbst stärker liebendes. Aber was kann es von der Liebe schon kennen, dieses Mädchen, das von seiner Mutter zweiundsiebzig Stunden nach der Geburt in den Müll geworfen wurde? Ja, es stimmt, ich liebe Charonne nicht, aber ich anerkenne ihre Gründe der Entschuldigungen. Meine eigene Mutter hat immerhin ein wenig länger abgewartet, bevor sie mich spüren ließ, dass ich sie belastet hatte. Was meinen Vater betrifft, so starb er, bevor er mir das Wenige an Interesse hätte bezeugen können, das ich in ihm wachrief, aber wie es der Zufall will, übernahmen es andere, mich in Bezug auf ihn aufzuklären, und waren andere gekommen, mir die Illusionen zu rauben, die ich bewahren konnte bezüglich der Liebe von Vätern zu ihren Töchtern.

Régis und ich waren uns darin einig: Es gab von unseren biologischen Eltern nichts zu erwarten, ob sie nun lebten oder tot waren, ob sie nun mit uns zusammen wohnten oder es vorgezogen hatten, achthundert Kilometer weit weg zu leben, so wie Régis' Mutter, die ich in vierzig Jahren zehn Mal hatte sehen dürfen, und die nicht einmal zu unserer Hochzeit erschienen war – aber im Grunde genommen war mir ihre Abwesenheit lieber als die gestelzte und gallige Anwesenheit von Charlie und Nelly, denen nichts Besseres eingefallen war, als uns Flugtickets auf die Seychellen zu schenken, was eine deutliche Form war, uns klarzumachen, dass sie uns loswerden wollten aber überhaupt keine Vorstellung davon hatten, welche Art Reisen wir bevorzugen: Trekking lieber als das Dolcefarniente, die mongolische Wüstenpiste lieber als der Strand, der bhutanische Dzong lieber als die Vier-Sterne-Pseudostrohhütten.

Heute ist Charonne zwanzig Jahre alt. Gegen alle Erwartung ist sie nicht missraten, ist sie nicht mit dreizehn schwanger geworden, ist sie nicht abgehauen und hat in ihrer Schule kein Feuer gelegt. Sie studiert, aber ich unterstelle ihr, dass sie damit nur begonnen hat, um uns, Régis und mich, zu beschämen, mich vor allem, die ich nicht einmal das Abitur habe. Aber gut, es muss gesagt werden, dass ich davon geträumt habe, Reitlehrerin zu werden, und dazu wäre ein Abitur ohne jeglichen Nutzen gewesen. Ganz abgesehen davon, dass ich im Abschlussjahr krank geworden bin und ich ohne Régis gestorben wäre, da unsere Eltern eine Kreuzfahrt machten, als bei mir Pfeiffersches Drüsenfieber diagnostiziert wurde, das äußerst seltene, aber schwerwiegende Komplikationen bei mir hervorgerufen hat: Eine Milzruptur und eine Ateminsuffizienz, die mich ins Krankenhaus gebracht haben. Als Charlie und Nelly zurückkamen, gebräunt, entspannt, die Arme voll unnützem Tand, hatte ich gerade erst begonnen, mich zu erholen und war nicht in der Lage, mich irgendwelchen Examina zu stellen, was sie aber nicht daran hinderte, mir ihren Unwillen und ihre Enttäuschung zu bezeugen.

Ich weiß nicht, was Charonne studiert und es ist mir auch vollkommen egal. Auf jeden Fall hat sie, soweit ich das verstanden habe, entschieden, ein Star sein zu wollen, und folgt damit den Spuren ihrer Großmutter, die ihre Großmutter nicht ist, und das, das hat mich auch immer schon aufgeregt. Wie nur ist es diesen beiden, die immer nur sich selbst geliebt haben und die den Beweis erbrachten, dass sie weder Mutter noch Tochter haben sein können, gelungen, eine ebenso strikte wie exklusive Verbindung zu knüpfen? Aber auch hier unterstelle ich, dass die Absicht, mich zu schädigen und leiden zu lassen, zu einem ihrer Gründe zählte. Sie wirken heute glücklicher und verständnisinniger denn je, aber ich glaube nicht eine Sekunde an diese widernatürliche Allianz. Es genügt im Übrigen, sie nur anzusehen, um zu verstehen, dass abgesehen von ihrem Alter die beiden aber auch alles trennt: So winzig Nelly ist, so ausgedörrt und pergamentartig, so sehr ist Charonne kolossal, mit festem und glattem Fleisch; so feine und inzwischen schwindende Züge Nelly hat mit ihrem beinahe schon verschluckten Mund und ihren hohlen Wangen, ihrer wie ein Schnabel gebogenen Nase, so sehr trägt Charonne eine bauchige Stirn zur Schau, stark gebogene Wangenknochen und die Lippen von Mursi-Mädchen, groß, blau, erschreckend; so farblos, so bleich hinter ihren Schichten an Rouge und der gekünstelten Irisfarbe ihrer zerknautschten Augenlider Nelly ist, so natürlich glänzend ist Charonne mit ihren Wangen, die zugleich hochrot, honiggelb sind – und wie übersät von großen, dunklen, flächigen Sommersprossen, was noch die Animalität ihres Gesichts unterstreicht.

Und reden wir erst gar nicht von der Unvereinbarkeit ihres Humors und der Gegensätzlichkeit ihrer Meinungen. Nelly ist immerhin hinter ihrem Äußeren einer emanzipierten Frau die konventionellste Person, die es gibt, die ihr Schäflein im Showbiz der Nachkriegszeit ins Trockene gebracht hat. Sie lebt nach den Vorstellungen ihrer Epoche und ihres Milieus, selbst wenn sie diese mit denen ihrer Ehemänner vermengt hat, beide betuchte Großbürgerliche – sie ist schon raffiniert, und darin zeigt sie zumindest eine Übereinstimmung mit Charonne. All dies, um zum Ausdruck zu bringen, dass sie keine Schwarzen mag, auch keine Nutten, keine Armen, keine Drogenabhängigen. Nur war aber Charonnes Mutter, soweit wir das wissen, eine notorische Drogenabhängige, und ihr Vater ein afrokaribischer Typ und ein nicht minder notorischer Dealer.

Was den Kleidungsstil betrifft, so ist der Kontrast ebenso komisch: Nelly ist abonniert auf enganliegende Röcke und Twinsets aus der Jugendabteilung, während Charonne in Shorts aus Kunstleder und vielfarbigen Boubous herumstolziert, eines wie das andere das genaue Gegenteil dessen, was Nelly als guten Geschmack betrachtet, ganz abgesehen davon: Charonne in Shorts – nun, dies würde, wäre es nicht mitleiderregend, von allerhöchster Komik sein. Nelly hatte mir gegenüber immer gesagt, dass man, um Shorts oder Bermudas tragen zu können, keinen Hintern haben dürfte: nur dass der von Charonne gewaltig ist, würdig einer Hottentotten-Venus, um nicht zu sagen furchtbar. Aber eben diese Nelly, die sich niemals versagt hat, meine mangelnde Eleganz zu tadeln, und die mich immer hat spüren lassen, wie sehr es mir doch an Chic und Weiblichkeit fehle, sie hat Charonne gegenüber aber auch niemals nur den Schatten einer kränkenden Bemerkung fallen lassen, abgesehen vielleicht von ihrer Frisur, dieser Anhäufung spröder und an ihren Enden rotbraun gefärbter Zöpfe, die sie entweder offen trägt oder über ihrem Scheitel hochgebunden, wie die Blätter einer Ananas. Und tatsächlich weist Nelly, die in Sachen Haar so unglaublich stolz auf ihres war, nur noch eine Art gelben Schaum auf, den ihr persönlicher Friseur einmal wöchentlich mehr recht als schlecht aufbläst, also ein weiterer ulkiger Unterschied zwischen den beiden.

Sie haben nichts gemeinsam, und genau das ist auch schon die ganze Wahrheit. Ich unterstelle Charonne sogar, auf das Erbe zu schielen. Nur, dass sie da noch so viel tun und intrigieren kann, es wird zunächst doch Régis und mir zufallen, darum aber geht es hierbei nicht, da materieller Besitz uns nicht interessiert. Die Bhutaner, die nichts besitzen, sie sind hundertmal glücklicher als wir.

Bei unserer ersten Reise nach Bhutan war Charonne noch klein, und ich erinnere mich noch daran, wie ich an sie dachte, als wir auf dem Weg zum Kloster Taktsang waren, in einem mit Gebetsfahnen beflaggten Tal. Régis samt Rucksack auf dem Fußpfad lassend, bin ich losgezogen, um mich unter einer dieser bunten und fransigen Girlanden zu sammeln. Ich war mit dem Buddhismus noch nicht sonderlich vertraut, aber ich wusste bereits so viel, dass die Windpferde den Göttern mein persönliches Gebet überbringen würden, und so schloss ich leidenschaftlich die Augen, mehr und mehr überwältigt vom Summen der Insekten, das aus den Rhododendren und den Farnen drang, vom strengen und starken Geruch dieser von der Sonne des Himalaya erwärmten Vegetation. Macht, dass ich Charonne liebe, das war der Wunsch, den ich an all die spirituellen Kräfte aussandte, die ich an diesem Ort strahlen spürte – und wenn ich nicht erhört worden bin, dann, weil Charonne definitiv nicht liebenswert war. Aber zumindest hatte ich es doch versucht, ich habe mein Gewissen reingehalten, und ich bin mir nicht sicher, ob in diesem Hause alle diesbezüglich so viel über sich sagen können.

Charonne sinnt auf jeden Fall über etwas Ungutes nach. Man muss nur sehen, wie sie die Wände entlangstreicht und ihre verschlagene Fresse senkt, wenn sie uns begegnet, Régis und mir. Sie hat weniger von ihren Großeltern zu befürchten, die ihre Großeltern nicht sind. Charlie verliert völlig den Verstand, und Nelly war ihr gegenüber schon immer von einer grenzenlosen Vertrauensseligkeit und Schwäche. Charlie war lange Zeit über sehr viel hellsichtiger gewesen, und hätte er nicht diese Krankheit, die ihm seine Fähigkeiten nimmt, kein Zweifel, dass er noch mehr auf der Hut wäre. Auf jeden Fall erkennt er sie nicht mehr und stellt sich Fragen bezüglich der Anwesenheit dieses Negerkindes unter seinem Dach, und bedrängt uns voller Unruhe:

»Sag mal, Gladys, was macht denn dieser Mohrenkopf hier? Kennst du sie? Ist sie eine Freundin von dir?«

Und ja, merkwürdigerweise kenne ich sie nicht, und wer weiß, ob sie sich selbst kennt? Wer immer heuchelt und verhehlt, vergisst darüber seine eigene Natur, und dies genau muss mit Charonne passiert sein, wenn ich ihren beleidigten Unschuldsbekundungen Glauben schenken soll, die jedes Mal folgen, wenn ich sie über das Verschwinden des Kristallkerzenleuchters befrage, der emaillierten Eierbecher, der Bürsten aus Schildplatt oder der Besteckgarnitur aus Silbergold, Perlmutt und Gold, die Charlie von den Kürenbergs geerbt hat.

Wie ich es immer und immer wieder zu Régis gesagt habe, müssten wir eigentlich ein Inventar erstellt haben, und das schon vor Jahren, aber es ist noch immer nicht zu spät dafür. Und das, was für das Haus in Marseille gilt, gilt ebenso für das in Cassis, das in Arcachon, ganz abgesehen von unserer

Absteige in Paris und der in Saint-Malo, beides wahre Ali-Baba-Höhlen. Gewiss, weder er noch ich hängen an Gegenständen, aber das ist kein Grund, warum man sich zu seinen Lebzeiten von seiner eigenen Tochter bestehlen lassen soll – selbst wenn das einzige, was sie zur Tochter macht, der Name ist, und sie an töchterlicher Liebe alles anders als erstickt.

Eile zu handeln ist aber umso mehr geboten, als mir scheint, sie sei kürzlich eine Verbindung mit dem einzigen Sohn der Sibayaner eingegangen, nämlich Liberato. Lange Zeit über haben sich diese beiden misstrauisch beäugt, und vor ein oder zwei Jahren hat Nelly sogar versucht, ihn zu entlassen, mit der Begründung, dass er sich Charonne gegenüber schlecht verhalten habe. Ich wollte den letzten Stand der Angelegenheit gar nicht erst kennen, und im Übrigen, nachdem er erst einmal dafür gesorgt hat, für einige Zeit in Vergessenheit zu geraten, ist er, na bitte, nun wieder aufgetaucht. Es muss erwähnt werden, dass Homobono inzwischen alt ist und jemanden braucht, der ihm zur Hand geht. Nelly hat versucht, mich für ihre Sache zu gewinnen und die lebenslängliche Verbannung dieses dicken Jungen zu bewirken, mir aber war es klüger erschienen, ihn in unseren Mauern zu behalten: Unsere Eltern werden alt, sie brauchen die Sibayaner, die das Haus gut kennen und auch die Macken von diesem oder jenem. In Hinsicht auf seinen Zustand, würde Charlie eine Veränderung umbringen, und selbst wenn ich mich ihm nicht besonders zugeneigt fühle, so wünsche ich doch nicht unbedingt sein frühzeitiges Hinscheiden.

Liberato also ist zurückgekehrt, und trotz der von Nelly verlauteten sibyllinischen Anklagen, schien Charonne seine Rückkehr nicht übel zu nehmen. Ich habe sie sogar mehrmals in Tuscheleien vertieft gesehen, die sie bei meiner Ankunft sofort unterbrachen, woher auch mein Argwohn und meine Überzeugung herrühren, dass sie etwas Ungutes aushecken.

Ich bezweifle nicht, dass Liberato unsere letzte Reise nach Bhutan genutzt hat, um seine Netze auszubreiten – ganz abgesehen davon, dass seine Schwestern hier herumwimmeln und ich keinen Schritt mehr tun kann, ohne über eine von ihnen zu stolpern, die zudem noch völlig austauschbar sind mit ihren vorstehenden Kiefern, ihren Glubschaugen, ihren schwarzen Zöpfen, ihren hageren und chitinartigen Gliedmaßen. Ich meine zu wissen, dass Nelly Liwayliway und Flordeliza ein Gehalt bezahlt, das erklärt aber nicht, warum eine ganze Gruppe sibayanischer Töchter unseren Treppenlauf bohnert, unsere Pflanzen gießt, unsere Vitrinen entstaubt und sich in der Küche zu schaffen macht, mit einem Liberato als Begutachter der beendeten Arbeiten, der seine massige Gestalt und seine herumschnüffelnden Augen überall hin ein wenig spazieren führt, die ebenso hervorstehend sind wie die seiner Schwestern, aber von einem fast glasartigen Grün.

Wenn Régis und ich uns in Marseille aufhalten, sind wir beinahe die ganze Zeit in unserer Wohnung unter dem Dach. Das ist noch immer der Ort, wo wir uns am wohlsten fühlen, selbst wenn der Rest des Hauses für uns kein Geheimnis ist, wo wir doch nicht wenige der Zimmer neu hergerichtet und dekoriert haben.

In Anbetracht der schwächer werdenden geistigen Gesundheit unserer Eltern wäre es doch geboten, wir mischten uns ein wenig in ihre Angelegenheiten ein. Aus dieser Überlegung heraus und nach einer Unterredung mit Régis, entscheide ich mich, eine Begehung zu machen und ein erstes Inventar dessen aufzustellen, aus dem unser Erbe schließlich besteht. Block und Stift zur Hand, unternehme ich also meine Begutachtung, zunächst das Erdgeschoss, was mich drei Tage kostet, da ich jeden einzelnen Schrank öffne, jede Vitrine, jede Schublade und die Servietten zähle, die Tücher, die Teller, die Tee- und Kaffeeservice, die seltenen Bücher, die Militärabzeichen in ihren Samtbetten, die Glattschnitte von Jade, Bergkristall und Porphyr, dieser gesamte angesammelte und weitergereichte Wahnsinn, all diese Güter, die für uns Übel sind, und die bei Charonne und ihrem Komparsen Begehrlichkeiten erwecken.

Denn am vierten Tage, na bitte, da habe ich den Beweis ihres Zusammenschlusses von Übeltätern unter unserem ja doch gastlichen Dach. Die Hand beißen, die dich nährt, so lautet die Devise der Schlange, die ich an unseren Herd geschleppt habe. Charlie ist derjenige, der recht hatte, damals, als er noch klar im Kopf war. Nach der Küche und den beiden Wohnzimmern im unteren Bereich bereite ich mich darauf vor, den Inhalt des Büros zu verzeichnen, dieses Zimmers, in das ich schon seit Jahren nicht mehr eingedrungen bin, dieses Zimmers, das für immer mit dem *Nachmittag eines Fauns* verbunden ist, mit dem Tod Petruschkas, der zugleich der Anbeginn der Liebe war zwischen Régis und mir. Ich trete ohne zu klopfen ein, mir sicher, niemanden anzutreffen, aber wider alle Erwartung ist dort jemand. Wie immer ist die Jalousie herabgelassen und das Zimmer badet in Strahlen tanzenden Staubes. Auf dem Perserteppich, dessen Schönheit und Wert ich gelernt habe anzuerkennen, ist Liberato dabei, Charonne zu ficken.

Wenn ich daran denke, dass Nelly versucht hat, mich mit der Geschichte einer Vergewaltigung weichzuklopfen, wohl durch Liberato oder einen seiner Freunde, die Sache ist nicht ganz eindeutig, denn wer schon hätte Charonne belästigt! Sie wirkt willig, wie man williger nicht wirken kann, nicht weniger belästigt und nicht weniger vergewaltigt, meine Tochter, die meine Tochter nicht ist – zumindest wenn ich dem

Lustgestöhne glaube, das ihrem blauen Mund entfährt. Ich komme auch nicht einen Moment lang auf die Idee, kehrtzumachen, die Tür zu schließen hinter dieser Vision ihrer Körper, die wie die Körper zweier See-Elefanten auf Packeis einer gegen den anderen schlagen. Denn sie sind beide elefantös, und das Schauspiel dieser von den vereinten Anstürmen ergriffenen Fleischwuchten neigt dazu, wen auch immer unangenehm zu beeindrucken.

Die einzige männliche Anatomie, die mir vertraut ist, ist diejenige meines Mannes, auf natürliche Weise hager und muskulös. Der Bauch von Liberato, seine Schultern eines Ringers, seine kolossalen Schenkel, das Fett, das seinen Nacken überschwemmt, dies alles neigt dazu, mir den Atem zu rauben. Umso eher, als unter dieser leicht schlottrigen Masse sich diejenige meiner Adoptivtochter regt, die ihren Liebhaber hinsichtlich der Körperfülle um nichts beneiden muss. Und da sie nun mit unerwarteter Anmut und Schnelligkeit in Sitzposition wechseln, stelle ich fest, dass ihre Brüste, vom BH befreit, schlicht und einfach außergewöhnlich sind, riesig, beinahe weiß und sternübersät von schwarzen Einsprengseln, wobei der Warzenhof bei ihr wie von konzentrisch zulaufenden winzigen Flecken umschlossen ist. Mit ihren außergewöhnlichen Waden umspannt sie die Hüften ihres Partners, der noch tiefer in sie eindringt.

»Arcadie!«

Was soll das heißen? – Mir ein Rätsel. Das muss eine Art Code zwischen ihnen sein, denn sie wiederholt ihn mehrmals, während sie die Augen schließt, um sich besser auf ihre Lust konzentrieren zu können, und sich auf Liberatos leuchtendem Gesicht ein Triumphlächeln zeigt, der sie wieder unter sich drückt, direkt auf den Teppich, aufgestützt auf seine Fäuste wie ein Sumatra-Orang-Utan, aber dabei röhrend wie ein Hirsch – er allein schon eine Menagerie für sich.

Ich trete den Rückzug an, bevor ich gesehen werde, und steige Hals über Kopf zu Régis hoch, um ihm über diese abstoßenden tierischen Liebesspiele und das, was sie implizieren, in Kenntnis zu setzen.

»Kannst du das begreifen: Sie ficken unter unserem Dach! Und auch noch im Büro! Die beiden ekelerregenden Fetten!«

Ich bin der Meinung, dass die Fetten kein Sexualleben haben sollten. Und wenn sie es sich wirklich nicht verkneifen können, dann mögen sie doch zumindest die Vorhänge vor ihren widernatürlichen Praktiken zuziehen, anstatt sich schamlos zur Schau zu stellen. Jeder hätte da eintreten können, Régis, Nelly, Charlie, Marikit. Kann man im Übrigen denn wissen, ob sie diese Öffentlichkeit nicht gewollt haben? Meine Tochter, die meine Tochter nicht ist, war immer schon unkeusch gewesen, und wenn man die Klamotten bedenkt, in denen Liberato herumläuft, diese Shorts, die seine Kerbe sehen lässt, und diese um zwei Nummern viel zu kleinen T-Shirts, ich habe den Eindruck, dass die da was gemein haben.

Régis grummelt ohne Überzeugung etwas vor sich hin. Er wirkt nicht sonderlich berührt von der Entweihung eines unserer Heiligtümer. Dabei haben Charonne und Liberato mir soeben mir nichts, dir nichts einige Kindheitserinnerungen verwüstet, jene des Monsieur-im-Büro, natürlich; aber auch jene des nahegelegenen Tiergartens, der, als ich nach Marseille kam, noch immer in Betrieb war, so dass die Schreie der Tiere in den Sommernächten durch mein offenstehendes Fenster drangen, Geklapper, Gebrüll und Geröchel, welches tatsächlich jenem ähnelte, das Liberato ausgestoßen hat.

Das erste Mal, als wir uns der Aufsicht der Erwachsenen entzogen hatten, taten wir dies ja doch, um den Boulevard zu überqueren, hin zum zoologischen Garten, wo damals noch Löwen, Elefanten, eine Giraffe und alle möglichen exotischen Vögel vegetierten, die Régis mir hochgelehrt einen nach dem anderen präsentierte: Aras, Tukane, Scharlachtangare ... Und schließlich, da wir mit der Zeit unsere kleinen geheimen Ausflüge immer häufiger unternahmen, haben wir dieses Palais Longchamp vollständig erkundet, das vor unseren Fenstern wie ein Dschungel rauschte, dann aber doch mehr an die Donau erinnerte als an die Tropen mit seinen adretten Rasenflächen, seinen Springbrunnen, seinen Wasserfällen, seiner Rotunde, seinen vergoldeten Gittern, seiner Kuppel und seinen Säulen.

Für Régis und mich, glückliche Eigentümer von drei Gärten in Marseille, Arcachon und Cassis, und im Übrigen vertraut mit jenen der Grands Hôtels, in die uns unsere Eltern geschleppt hatten, hätte derjenige des Palais Longchamp kaum von Interesse sein dürfen, da wir ihn aber heimlich erkundeten, da wir in ihm Clochards antrafen, Drogenabhängige und verwilderte Kinder, war er zu unserem Wunderland geworden, ein Lehen, uns viel stärker eigen als alle unsere anderen Erkundungsgüter.

Eines Tages, der Mistral ist entfesselt, die Dinge fliegen und jagen um uns herum, Blätter, Weggeworfenes, Dachziegel und Blumenbottiche, da stehlen wir uns mit der Idee aus dem Haus, die Katzen zu füttern, von denen es im Dickicht des Parks nur so wimmelt. Unsere gute Tat einmal erledigt, zieht Régis mich unter die Bogengänge, lässt mich ein Geländer übersteigen und schwingt sich selbst auf einen großen Stier aus Stein, um mich schließlich dazu zu ermuntern, es ihm gleichzutun. Vom Wind geschützt, ist der Stein unter meinem Gesäß warm, ähnlich den Flanken der Ponys, auf die ich immer mit so viel Begeisterung stieg, als ich noch ein kleines, von meinem Papa geliebtes Mädchen war. Grünes Wasser steht zwischen den kolossalen Stieren, die mit ihren Vorderhufen ungeduldig ins Leere stampfen, und Régis greift nach meiner Hand. Zu unserer Rechten bläst ein Triton in sein Horn, der sich triumphal vor dem strahlendem Blau des Himmels abzeichnet.

Mein Vater ist seit drei Jahren tot, und bevor er starb, hat er sich mir gegenüber eines solchen Verrats schuldig gemacht, dass ich selbst beinahe gestorben wäre. Wäre da nicht Régis, um mir diese blauweiße Stadt zu bieten, die niemals schöner war denn an diesen Tagen des Mistrals, die sie so bewegen und beleben; wäre da nicht Régis, um mit mir diese Stiere der Camargue zu reiten, um mir dieses Rokokogebäude zu widmen mit seinen künstlichen Grotten, seinen falschen Stalaktiten, seiner aus einer anderen Zeit stammenden Menagerie, seinen Nymphen und seinen Tritonen, ich wäre vielleicht zur gegebenen Stunde schon tot. Er führt meine Hand an seine Lippen, und spricht noch einmal zu mir die inbrünstigen Worte, die mich bis heute am Leben erhalten haben:

»Ich liebe dich, Gladys.«

Nach den Tamarindenbäumen der Villa in Cassis sind es nun die Stiere des Palais Longchamp, die über die Erneuerung unserer Heiratsschwüre wachen, während der Wind einen Vorhang feinster Tropfen zu uns herüber trägt, als wollte er unseren Bund segnen, der ebenso frisch und ebenso unbescholten ist wie dieser vom Mistral reingewaschene Himmel und meilenweit entfernt von den von Erwachsenen gebildeten Pärchen, diesen abstoßenden Gespannen, die nur zwecks Interesse und aus Angst vor Einsamkeit Bestand haben.

Fünfundvierzig Jahr später lieben Régis und ich uns noch stärker als an jenem schönen Tag im Mai, und also hatte ich recht, daran zu glauben, trotz all jener Gründe, aus denen ich hätte misstrauisch sein müssen. Trotz allem ist bei den meisten, um nicht zu sagen bei allen Leuten Misstrauen angebracht, und die widerlichsten Schläge werden uns meist ja doch von unseren Nächsten zugefügt, wie Charonne es soeben ein weiteres Mal bewiesen hat. Denn nicht, dass wir uns missverstehen: Sie kann gern schlafen, mit wem sie will, wobei sie besser daran täte, darauf zu verzichten, das Problem aber liegt nicht hier. Ich hoffe für alle, dass sie ihre empfängnisverhütenden Maßnahmen trifft, und dass es ihr nicht in den Sinn kommt, sich fortpflanzen zu wollen, vor allem nicht mit diesem Dickwanst Liberato, aber auch da habe ich letztendlich nichts zu sagen. Nein, was mich beunruhigt, ist, dass sie beide arglistig und käuflich sind, er wie sie, und dass ihre Paarung wahrscheinlich Teil eines größeren Plans ist, einer Konspiration, die darauf zielt, ihr Reich auszuweiten, die Aneignung des Hauses sicherzustellen, und zwar mit allem, was es beinhaltet, den Gegenständen wie den Menschen, auch wenn es sich von allein versteht, dass die Gegenstände sie deutlich mehr interessieren als die Menschen, die nichts anderes sind als Bauern auf ihrem kleinen persönlichen Schachbrett.

Ich kann es verstehen: Mir ist es nie gelungen, die Menschen zu lieben. Ich bin von ihnen sofort aufs Äußerste gereizt, von ihren Stimmen, ihren Gerüchen, ihren leichten Mundgeräuschen, die sie ununterbrochen produzieren, ohne sich dessen bewusst zu sein. Meine Mutter zum Beispiel hat den Tic, sich einen Zahn zu lutschen, und lässt dabei geräuschvoll zwischen Zunge und Molar Speichel entlanggleiten. Wenn Sie sich aber einmal die Zeit nehmen, es zu beobachten, so werden Sie sehen, dass es alle Welt wie sie macht, man lutscht, man pfeift leise vor sich hin, man züngelt oder knabbert ununterbrochen an irgendetwas herum, was das Zusammenleben unerträglich und die Zusammenkunft mit Menschen furchtbar anstrengend macht. Ich halte mich an diejenige mit Régis und fühle mich dabei wohl, da er kein einziges dieser enervierenden Geräusche von sich gibt und er wie ich auf der Suche nach einer persönlichen Entwicklung ist, die nicht über die Anhäufung irdischer Besitzgüter verläuft.

Würden unsere unwürdigen Eltern uns nicht benötigen, vor allem in Hinsicht auf ihrer beider Gebrechlichkeit und den Missbrauch derselben, wie ich ihn in der Person meiner Tochter und ihres Liebhabers sich abzeichnen sehe, wir wären längst wieder nach Bhutan aufgebrochen, um dort in einem Kloster zwischen Himmel und Erde unsere Tage zu Ende zu bringen. Mit dieser Aussicht geschah es auch, dass ich mich meines Kopfhaars entledigte. Und dies ist nur der Anfang auf dem Weg zur Bettelarmut, den einzuschlagen ich gewillt bin. Nur bin ich eben, bis es so weit ist, verpflichtet, das Inventar unserer materiellen Güter zu erstellen, um ihrer am Ende nicht von Hochstaplern und Gaunern beraubt zu sein. Selbst auf die Gefahr hin, dass wir sie dann weiterverkaufen, um unseren Lebensabend im Königreich der Glückseligkeit finanzieren zu können. Und dass man mir jetzt nicht komme und Widerspruch brüllt: Ich für mich, ich verstehe mich bestens.

Wider alle Erwartung haben unsere Eltern ein zähes Leben. Sie können einer wie der andere noch so sehr Achtzigjährige sein, sie können noch so viel Unsinn reden und befallen werden von so unterschiedlichen Krankheiten wie Alzheimer, Arthritis, Bluthochdruck, Makuladegeneration und was weiß ich, sie sind immer noch am Leben. Dass sie uns zur Last fallen, stört sie nicht im Geringsten. Ist doch die finanzielle Unabhängigkeit die einzige, mit der sie sich noch brüsten können: Ihr geistiges und emotionales Geleichgewicht hängt allein von uns ab. Sollten wir je von der Bildfläche verschwinden, unsere armen Eltern sähen sich umgehend von Aasgeiern zerfetzt, zu denen ich selbstverständlich ihre Pseudoenkeltochter zähle, unterstützt wahrscheinlich von ihrem Liebhaber. Was Marikit und Homobono dabei für eine Rolle spielen, bleibt noch genauer festzustellen, mich aber haben in Bezug auf sie kürzlich erst Verdachtsmomente beschlichen, da mir die Art und Weise doch merkwürdig erscheinen will, mit der es ihnen gelang, uns ihre schlecht benannte Schar hässlicher Entchen aufzudrängen: Divine, die abscheulich ist, Chérie, die ein Gegenmittel zur Liebe ist, und dann auch noch Floredeliza, deren Teint eher einer Quitte gleicht als einer Lilie. Aber gut, Eltern dürfen pränatale Träume haben. Wir selbst, haben wir denn etwa nicht von einer Alice geträumt, die uns das Wunderland erschließen sollte, bevor Charonne dann aufgetaucht war, um uns dessen Eingangstor vor der Nase zuzuknallen?

Letztlich kann ich weder von Eltern noch Kindern im eigentlichen Sinne sprechen, und das ist auch vollkommen in Ordnung so. Ich begann an jenem Tag glücklich zu sein, als ich davon absah, was auch immer von meinen Vor- und Nachfahren zu erwarten. Und gut möglich, dass sich mein Uterus nicht zufällig so heftig gegen Fortpflanzung verwehrte. Er wusste besser als ich, dass ich zur Verwirklichung meiner selbst gar nicht erst gebären musste.

Ich habe Charonne gegenüber anzuerkennen, dass sie von uns nicht eben viel verlangt. Auch sie hatte wohl von einer glücklichen Familienfiktion absehen müssen, selbst wenn ich den genauen Moment ihrer Entsagung nicht benennen kann. Mir scheint, mit neun Jahren war die Sache für sie erledigt. Sie redete kaum mit uns, nannte uns weder Papa noch Mama und hatte die Gewohnheit angenommen, sich ohne uns zu beschäftigen. Abgesehen davon hat sie, deren seelische Not ausnutzend, mit Nelly vorliebgenommen, und ihre heimtückische Arbeit der schleichenden Zersetzung ins Werk gesetzt. Heute schwört meine Mutter auf Charonne und preist uns bei jeder

Gelegenheit die Reize an, die ihr vor noch nicht einmal fünf oder sechs Jahren nicht hatten zusagen wollen, eben jener Zeit, als sie noch klardenkend war und sich zu wehren wusste gegen die klebrigen Netze ihrer Enkeltochter, die eine solche nicht ist.

Charonnes letzte Schrulle hat so in Nelly eine begeisterte Anhängerin gefunden, ein, weil beeinflusst, erobertes Publikum, das wie besessen wirkt – und sollte von dieser Schlange Charonne eine Verhexung ausgehen, es würde mich nicht erstaunen. Habe ich erwähnt, dass sie entschieden hatte, sich einer Fernsehsendung zu präsentieren, die darauf angelegt ist, neue Stars des Chansons zutage treten zu lassen? In Anbetracht ihrer Statur und des Konformismus aufseiten sowohl der Geschworenen wie des Publikums, möchte die Idee unpassend erscheinen: Wer nur würde für eine fettleibige Schwarze votieren, die kaum zu singen versteht? Aber gut, man hat merkwürdigere Dinge erlebt, und im Übrigen darf sie sich ruhig mal vor den Augen ganz Frankreichs lächerlich machen.

Auf jeden Fall nimmt sie die Sache sehr ernst und hat Nelly für ihr nebulöses Vorhaben angeheuert, worüber ich eigentlich froh sein sollte, da es diese arme Greisin doch beschäftigt hält und es ihr erspart, zu viel an ihren Mann zu denken, der vollkommen durchgeknallt ist und die Wände mit seinen Exkrementen beschmiert. Denn auch Charlie hat eine neue Schrulle, und sie droht uns ebenso wahnsinnig zu machen wie er es bereits ist. Kein Tag vergeht, an dem wir nicht auf den Heizkörpern, den Vorhängen, den Sockeln, den Wänden bräunliche Schlieren finden. Und keine Chance, ihn auf frischer Tat zu ertappen: Er macht dies klammheimlich und schwört Stein und Bein, dass er nichts damit zu tun habe. Régis ist niedergeschmettert, Nelly entsetzt, und Marikit weigert sich mit dem Argument sauberzumachen, sie werde dafür nicht bezahlt. Meistens ist es dann Charonne, die sich daran macht, und dies ohne zu murren, das gilt es anzuerkennen, aber das gehört wahrscheinlich auch nur zu ihrer Strategie, jeden einzelnen und insbesondere meine Mutter täuschen zu wollen. Denn Nelly vergießt Tränen der Dankbarkeit und innigen Liebe, wenn sie ihren Liebling sieht, wie sie das Aa ihres Großvaters schrubbt und abscheuert, der nicht wirklich ihrer ist und der sie obendrein noch hasst und als Mohrenkopf beschimpft, sobald er zwei Deut seines Verstands wiedererlangt, was ihm immer seltener widerfährt: Die restliche Zeit schweift er umher und redet Unsinn, angezogen als Spahi oder Gebirgsjäger, wenn er überhaupt daran gedacht haben sollte, sich anzuziehen.

Charonnes Vorhaben kommt also gelegen, falls es sich wirklich um ein ernsthaftes Vorhaben und nicht um die Laune eines Teenagers handelt. Denn ist sie auch bereits einundzwanzig, so glänzt sie doch mitnichten durch ihre Reife. Dabei muss jedoch erwähnt werden, dass sie in ihrem Leben nichts gesehen hat, nichts erlebt, vielleicht auch nichts empfunden hat. Es gibt Menschen, die sind für Gefühle einfach nicht geschaffen. Sie tun so, als würden sie welche empfinden, bilden sich mehr oder weniger genau vor der Folie anderer nach, dahinter aber ist das Nichts, ein Nichts, für das sie sich schämen und das zu verbergen sie sich aller Mittel bedienen.

Ich weiß nicht, worum es sich genau dreht, Charonne jedoch stolziert dieser Tage im roten Smoking herum, in dem sie alles andere als vorteilhaft wirkt: Die Schöße ihrer Jacke schürzen sich an ihrem Hintern wie ein grotesker Bürzel, und die Hose erspart uns keinen einzigen ihrer unschönen Wülste. Wenn sie meint, darin Marvin Gaye zu ähneln, dann hat sie sich geschnitten. Nur, Marvin ähneln zu wollen, zählt genau zu ihren Ambitionen, wenn ich ihren Gesprächen mit Nelly Glauben schenken soll, die sie vollkommen in die Sache verwickelt hat und die inzwischen von Motown spricht, als hätte sie Berry Gordy persönlich kennengelernt.

»Ich finde diesen Smoking sehr viel besser als den anderen.«

»Den von Montreux? Ich, ich mochte ihn zwar, aber ja, das Rot steht mir besser. Und die Mütze, wie findest du die?«

»Zusammen mit dem Smoking? Das wirkt komisch, meinst du nicht?«

»Na, er, Marvin, machte das so: Er trug zum Smoking eine Mütze.«

»Das weißt du besser als ich, mein Liebling.«

Bei Unterhaltungen dieser Art erwische ich sie ständig: Als ob sie nichts anderes täten, als den ganzen Tag lang über Marvin, Steven und Michael zu reden. Meine Mutter ist achtundachtzig Jahre alt: Wenn sie sich je für Diana Ross oder Smokey Robinson hätte interessieren sollen, dann auch schon früher. Ich sitze ja schließlich an der Quelle und weiß nur zu genau, dass sie noch nie ein musikalisches Gehör besessen hat und es vollkommen unmöglich ist, dass sie Schwarze schätzt, die singen, tanzen und mit den Fingern schnalzen. Sie tut nur so, um Charonne zu schmeicheln, aber wenn sie auch nur ein klein wenig ehrlich wäre, mit sich selbst zunächst und schließlich auch mit uns, sie würde zugeben, dass ihr nichts widerlicher ist, als Marvin *Sexual Healing* singen zu hören, selbst wenn sie kein einziges Wort Englisch versteht. Aber bitte, ich treffe sie mit Kopfhörern an, wie sie da im Rhythmus nickend *What's Going on* oder *I Want You* zustimmt, da es sich wohl darum handelt, welchen Song Charonne bei ihrem Casting vorstellen wird. Wenn dies nicht so vollkommen lächerlich wäre, es wäre im wahrsten Sinne haarsträubend, und das in etwa sage ich dann auch zu Régis, als ich wieder in unser Nest hochsteige, um ihm meinen Bericht zu erstatten, wo er doch noch seltener als ich in die unteren Etagen hinabsteigt.

»Ja, aber ist dir das klar? Nelly, die sich dem Soul hingibt?«

»Na ja, das kann ihr nicht schaden.«

»Aber doch, genau das! Du verstehst es einfach nicht! Charonne ist dabei, ihr das Hirn auszublasen. Meinst du nicht, meine Mutter hätte was anderes zu tun, als Marvin Gaye zu hören? Schließlich ist dein Vater vollkommen durchgedreht, er scheißt überall hin und hält dich für seinen Cousin Christian: Sie sollte sich besser mal um ihn kümmern.«

Er schüttelt gelassen seinen angegrauten Pferdeschwanz. Als ich mir den Kopf rasiert habe, war er versucht, es mir gleichzutun, aber ich hatte ihn davon abhalten können. Ein Mann, der sein Haar derart lang trägt, lässt deutlich erkennen, dass er nicht zu gefallen sucht. Was Régis noch nie daran gehindert hat, seine Verführungskünste zu üben: allein, er sieht nach nichts aus. Wie ich, mehr oder weniger. Wir beide fallen gar nicht auf, im Gegensatz zu unseren spektakulären Eltern. Sie sind es heute weitaus weniger, aber ich erinnere mich noch deutlich an das schmeichelhafte Gemurmel, das ihr Erscheinen provozierte, damals, als sie sich gerade kennengelernt hatten und Anfang vierzig waren, der eine so blond wie die andere und beide mit dem gleichen strahlenden Lächeln gesegnet, mit dem gleichen klaren Blick – den Nelly sich nicht versagte, mit einem komplexen Schminksystem zu unterstreichen, an das sie auch mich vergeblich heranzuführen versucht hat, ohne zu verstehen, dass ich das grauenvoll fand.

Bei Charonne hat es besser geklappt. Sie kann noch so schauderhaft sein, sie sträubt sich nicht, Nellys Ratschlägen Folge zu leisten und malt sich manchmal so schreiend grell an, dass sie einer Bamileken-Maske ähnelt. Ich kann mir kaum vorstellen, dass sie für irgendein Casting in Betracht gezogen werden sollte, falls die Jury nicht gerade blind gegenüber ihrer Vulgarität und taub für ihren Mangel an Talent ist. Im Gegensatz zu Nelly bin ich, was sie betrifft, klardenkend und würde nicht einen Cent auf ihre Karriere wetten. Sie beginnt sogar, mich zu ermüden mit ihren alten und neuen Stars, ihren *Ain't No Sunshine When She's Gone, Brother, Brother, Let's Get It On,* Motown und Blaxploitation, all diesem Sammelsurium, mit dem sie uns die ganze Zeit über in den Ohren hängt, wo sie sich ja für Pam Grier hält, mit der sie, sieht man von den fetten Brüsten einmal ab, aber auch nichts gemein hat. Sollte ich wählen müssen, ich wüsste nicht, ob ich sie im roten Smoking à la Marvin besser fände oder in Tergal-Kleider eingewickelt, während eine Halskette aus Muscheln über ihren schwarzen Titten tänzelt. Obgleich sie nicht wirklich schwarz ist, und das ist vielleicht etwas, auf das ich sie hinweisen sollte, wenn sie sich mit ihren Stiefeln und Siebziger-Jahre-Brillen aufspielt:

»Meine arme Tochter, schau dir deine Fresse an, bevor du hier einen auf Foxy Brown machst.«

In dieser Welt, die aus nichts als Lügen besteht, bin ich vielleicht dazu geboren, den Menschen die unangenehmen Wahrheiten ins Gedächtnis zu rufen, die sie lieber ignorieren würden, vor allem, wenn diese sie direkt betreffen. Charonne kann sich noch so sehr als Black Panther empfinden und als solche von mehr oder weniger allen anderen wahrgenommen werden, sie bleibt doch zur Hälfte weiß und diese Hälfte ist nicht die, die sie vermeint zu sein. Aber gut, sie wäre nicht die Erste, die sich was vormacht: Meine Mutter und mein Stiefvater haben das ihr ganzes Leben lang getan und es geht ihnen nicht besonders schlecht deswegen. Na ja, das bleibt zu sehen: Es kann gut sein, dass Charlies Hirnverfaulung keinen anderen Grund hat als das leere Gerede, dem er sich immer schon hingegeben hat, und das ihm langsam, aber sicher sein

Fassungsvermögen infiltriert und infiziert hat. Man beginnt damit, sich selbst zu belügen, und am Ende wird man vollkommen wahnsinnig.

Régis und ich haben einen anderen Weg gewählt: Den der wahren Liebe, der weder gefällige Lügen noch schmeichlerische Hirngespinste zulässt. Sehr schnell, so bald ich es konnte, habe ich ihm alles erzählt. Ich habe ihm von meinem ganzen Leben nur die zweifelhafte Diagnose meiner Spermaallergie verheimlicht, und falls er mir gegenüber seinerseits etwas verhehlt haben sollte, dann kann es sich nur um entschuldbare und keinesfalls mit den Betrügereien und Treuebrüchen vergleichbare Lappalien handeln, derer sich die meisten Leute schuldig machen.

In der Geschichte, die Charonne sich vormacht, ist ihre biologische Mutter eine ruandische Dorfbewohnerin und ihr Vater ein belgischer Soldat. Als Kind erzählte sie mit einer dramatischen Präzision die Vergewaltigung, deren Frucht sie sich wähnte, und ihre Geburt in einem Flüchtlingslager in Burundi, und war gegenüber allen vernünftigen Einwendungen, angefangen bei meinen, gleichgültig:

»Du musst aufhören, Unsinn zu reden, Charonne. Du kannst dich an deine Geburt nicht erinnern, und schon gar nicht an deine Zeugung.«

Sie presste resolut ihre blauen Lippen zusammen, richtete ihre wie ihre Seele so dunklen Augen auf mich, und ließ sich nicht davon abbringen. Diese Geschichte sicherte ihr in der Schule ihren kleinen Erfolg, und ich musste mehrmals ihre Lehrer aufsuchen, um ihre afrikanische Fabel voller Lärm, Tobsucht, Hügel und Macheten für falsch zu erklären.

»Aber nein doch, ich versichere Ihnen, sie ist ganz sicher nicht aus Ruanda. Soweit wir wissen, ist ihr biologischer Vater aus Jamaica. Es ist ihre Mutter, die aus Belgien kommt. Aus Ostende.«

Wie Charonne auch, pressen die Lehrer ihre Lippen zusammen und schauen mich ohne zu antworten an. Es würde ihnen gut passen, meine Tochter als eine Überlebende hinzustellen: Kinder von Drogensüchtigen, die hatten sie schon zu genüge, das interessiert sie nicht mehr.

Ich habe die wenigen Informationen, die ich von ihrer Abstammung hatte, nie an Charonne weitergereicht, ich habe ihr nur den Rüssel in ihre Lügen gesteckt. Heute jedoch, wo ich sie die Soul Sistas spielen sehe, weiß ich nicht wirklich, was mich noch davon abhält, sie über ihre Mischform und das Heroin, das in ihren Adern fließt, aufzuklären. Das wäre übrigens ein Dienst, den es ihr zu erweisen gelte, dass man ihr ihren Atavismus ins Zahnfleisch reibe, bevor ein Schlussstrich unter unsere unheilvolle Verbindung gesetzt wird.

Charlie und Nelly werden sterben, dieses Haus wird unser werden und wir werden Charonne, Marikit, ihren Ehemann, ihren Sohn, ihre Töchter, all diese Parasiten, die es sich auf unsere Kosten jahrelang haben gutgehen lassen, rausschmeißen. Wir werden der gesundheitsschädlichen Fiktion ein Ende bereiten, die uns vereint und uns träge macht, uns, die wir vom Schicksal geschlagen sind, eingeschlossen vom dornigen Märchenwald, unfähig, nach einem Faden unseres Lebens zu greifen, unfähig, uns eines vorzustellen, in dem es weder Eltern gibt noch Kinder noch lästige Gegenstände. Wenn Régis und ich ruhigen Geistes wieder aufbrechen wollen, so fühle ich genau, dass wir zuvor eine vollständige Vakuum-Reinigung vornehmen müssen.

Gelegenheit macht Diebe, und also nutze ich sie, da Charonne im Garten ein Sonnenbad nimmt, um ihr gehörig den Kopf zu waschen:

»Charonne, es ist dein Vater, der schwarz ist, nicht deine Mutter. Dafür waren sie alle beide Drogensüchtige. Es gibt überhaupt keinen Grund anzunehmen, dass du bei einer Vergewaltigung entstanden bist.«

Und weil aller guten Dinge drei sind, füge ich ein Viertes hinzu:

»Deine Mutter kommt aus Ostende.«

Wider alle Erwartung erstrahlt ihr Gesicht:

»Na so was! Marvin hat doch in Ostende gelebt! Da hat er auch *Sexual Healing* geschrieben! Bist du dir sicher? Wegen meiner Mutter?«

Ja, ich bin mir sicher, aber ich hätte nicht gedacht, ihr mit meinen Entdeckungen eine solche Freude zu bereiten. Ich glaubte viel eher, dass sie ihre kleinen rassischen Vorurteile, die sowohl aus der Zeit als auch aus dem Gebrauch gefallen sind, bis aufs Letzte verteidigen würde; dass sie hartnäckig an ihrer Geburtsszene vor dem Hintergrund des ruandischen Völkermords und des Machtmissbrauchs auf Seiten von Blauhelmen festhalten würde; dass sie versuchen würde, ihre persönliche Legende über die unerträgliche Wahrheit triumphieren zu lassen, die aus ihr ein von seiner heroinsüchtigen Mutter in den Müll geworfenes Kind macht. Denn so lautet die Realität: Man hat Charonne in der Mülltonne gefunden. Gewiss, es hatte sich um diejenige einer städtischen Kinderkrippe gehandelt, als hätte ihre Mutter versucht, sie so nah wie möglich an eine normale Existenz heranzuführen, an einen Lebensbeginn, der demjenigen der anderen ähnlich sein sollte, samt Einschreibung ins Säuglingsheim und dem Beginn einer Sozialisation; aber das ändert nichts daran, dass Charonne wenige Stunden nach ihrer Geburt von derjenigen, die sie hätte schützen und lieben sollen, zum Unrat gelegt wurde. Fern aber liegt mir die Idee, den Stein gegen diese Frau zu werfen: Da ich ihre

Tochter aufgezogen habe, weiß ich, dass ihr erster Reflex richtig gewesen, und dass er mir erspart hätte, eine Schlange an meinem Busen zu nähren.

Nicht im Geringsten erschüttert von meiner Klarstellung, reckt sich Charonne gemächlich und mustert mich, grinsend im Sonnenschein, mit geschürzten Lippen, blinzelnden Auges, die Hände zum Visier erhoben, als würde sie darauf warten, dass ich ihre familiäre Herkunft ausführlicher kommentiere – aber unter keinen Umständen werde ich ihr diese Freude bereiten. Ohnehin stürmt Liberato herbei, sie muss nur mit ihm darüber reden: Wenn ich es richtig verstanden habe, weiß er ja schließlich auch etwas über Aussetzung und Adoption.

Ich halte mich noch ein wenig im Garten auf, werfe einen Blick auf die Nishikigoi, die, wir mir doch scheint, unsere Goldfische aufgefressen haben; einen Blick auch auf den eben erst restaurierten Taubenschlag, auf die Oleander und die Schneeballsträucher. Liberato hat sich aufs Gras neben Charonne gesetzt und streichelt geistesabwesend über ihren Schenkel. Wie nur habe ich nicht früher sehen können, dass sie sich wie ein Pärchen verhalten? Nelly, weiß sie wohl, dass Liberato sehr gut mein Schwiegersohn und somit ihr angeheirateter Enkelsohn werden könnte, sie, die ihn vor ein oder zwei Jahren noch wie einen Lump hat rauswerfen wollen?

Ich gehe schnurstracks wieder hoch, um Régis davor zu warnen, dass Gefahr im Anmarsch ist. Er liegt ausgestreckt auf unserem Bett, die Augen zur Decke gerichtet, und ich drücke mich an ihn:

»Stell dir nur vor: Charonne und Liberato sind zusammen! Da muss etwas unternommen werden!«

»Ach was, was soll man denn da machen?«

Régis ist wie sein Vater, er sieht in nichts etwas Böses und alles ist ihm recht, aber was mich bei dem einem reizt, rührt mich beim andern.

»Bist du dir darüber im Klaren, dass sie sich gegen uns verschwören? Sie haben Nelly bereits in der Tasche, und bei dem Tempo, das sie an den Tag legen, gebe ich ihnen keine sechs Monate, bis sie uns rauswerfen.«

»Aber bitte, wie stellst du dir das denn vor? Das Haus gehört uns, oder wird uns mit dem Tod der Eltern gehören.«

»Und mit unserem Tod wird es Charonne und ihrem Mann gehören.«

Er richtet seinen ruhigen Blick auf mich. Er ist meine Hirngespinste gewohnt, gewohnt auch daran, mich wieder zur Vernunft zu bringen, wenn ich unvernünftig werde, aber dieses Mal, da bin ich mir meiner sicher – im Gegensatz zu ihm kenne ich die Menschen, ihre unergründliche Falschheit und ihre nicht weniger unergründliche Käuflichkeit.

»Sie sind, soweit ich weiß, noch nicht verheiratet. Und dann müssen wir ihnen doch nur das Haus überlassen, wenn sie das so sehr wünschen. Bei dem, was uns die Verkäufe von Cassis und Arcachon einbringen werden, können wir in Bhutan tausend Jahre leben.«

Ja, das ist genau seine Vorstellung: Dass wir unsere Tage in einem Dzong zu Ende bringen, versunken in Meditation und aller materiellen Güter und Sorgen enthoben, und ich habe immer gesagt, dass ich einverstanden sei, was aber nicht heißt, dass ich es auch damit bin, dass Charonne und ihr Gigolo unter unseren Decken schlafen, wo Régis und ich doch derart viel Zeit darauf verwendet haben, aus unseren durchforsteten Wandschränken oder bei den Antiquitätenhändlern Steppdecken aus gaufrierter Baumwolle aufzutreiben, Kopfkissenbezüge mit aufgestickten Disteln, indische Überdecken aus dem

19. Jahrhundert, Daunenbetten aus der Provence, wie man sie schöner nicht bekommt, und Laken in Hülle und Fülle, aus Leinengarn, Hanfgarn, Mischgewebe: Es gibt nicht ein Bett im Haus, dem unsere Funde und Stilsicherheit nicht zugutegekommen wäre. Und ja gewiss, es steht seit langem fest, dass wir, wenn der Moment gekommen ist, all diese alte Wäsche hinter uns lassen werden, all die restaurierten Möbel, all diese von uns angehäuften Gegenstände, von uns, oder von anderen vor uns, den Meuriants, den Kürgenbergs, den Chastaings; aber dennoch.

Régis spürt meine Verzweiflung deutlich und legt seine Hand auf meinen rasierten Schädel:

»Gladys, hast du nicht die Schnauze voll von all dem? Spürst du nicht, wie uns das belastet, dass es uns bedrückt, all diese Besitztümer, all diese Verbindungen?«

Das ist eine Unterredung, die wir schon Hunderte Male geführt haben, und natürlich sind wir auf derselben Wellenlänge, was die Notwendigkeit der Entsagung betrifft, nur dass ich, im Gegensatz zu ihm, nicht in die Beraubung einwilligen möchte, vor allem dann nicht, wenn sie die Tat dieses Gaunerpärchens ist. Charonne hat mir bereits die Liebe meiner Mutter genommen, oder genauer, das Wenige an Liebe, das meine Mutter zu geben hatte; es besteht überhaupt kein Grund, dass ich ihr auch noch dieses Haus zum Geschenk mache, dieses unschätzbare und vom Boulevard aus nicht feststellbare Juwel, dem es doch nichts als eine bürgerliche Fassade bietet, die mit der Zeit grau geworden ist und allein von ihren halbrunden Balkons geschmückt erscheint. Régis, von meiner nachdenklichen Ruhe nicht entmutigt, hebt wieder an:

»Und weißt du was, es ist nicht nur das Haus, das mich belastet: Die Familie auch, mich bedrückt das. Alles in mir drängt danach, dass es vorbei ist.«

Ich stelle mir vor, dass er mit diesem vorsichtigen Euphemismus auf den Tod unserer Eltern anspielt, und ich muss sagen, dass ich seine Ungeduld tatsächlich teile, selbst wenn das für diejenigen schrecklich erscheinen muss, die Charlie und Nelly nicht kennen, bei denen man der Meinung sein kann, dass sie sich überlebt haben, und dass sie sich umso mehr überlebt haben, als sie nie an etwas anderes als sich selbst gedacht haben, was eines der Geheimnisse zum Glück ist. Mit fünfundachtzig und achtundachtzig Jahren wäre es an der Zeit, dass sie den Faden fallen lassen, wo sie ja doch nur noch eine Quelle der Sorge und Kosten sind. Wie Régis, so glaube auch ich, dass wir keine Ruhe finden werden, so lange diese beiden Alten ihr irdisches Leben aller Freude und allen Sinns beraubt weiterführen werden. Ich sage dies, aber es ist tatsächlich ihretwegen. Was uns betrifft, so könnten wir in unserer Himalaya-Festung sehr glücklich sein, in diesem Schloss im Himmel, wo uns nichts erreicht, mit Ausnahme des Duftes der von Hand geschnittenen Wiesen und der Dämpfe des Weihrauchs, der fortwährend verbrannt wird, und sich mit jenen von Reis und Jasmin vermengt.

Ich schätze, wir haben uns auf diese Weise reichlich geopfert, auch wenn es nicht so erscheinen mag: Wir galten immer als grässliche Parasiten, als unverantwortliche Individuen, die sich sechs Monate im Jahr ins Himalaya verzogen und dabei ihre alten Eltern sich mit ihrer Adoptivtochter rumschlagen ließen. Niemand kam und sah nah genug hin, um zu verstehen, dass in der ganzen Geschichte wir die Geprellten sind: Unsere Reisen kamen allen zupass, angefangen bei Charonne, die sie immer benutzt hat, um die Verbindungen zu ihren Großeltern enger zu knüpfen und klammheimlich ihre Coups zu planen. Es gelang ihr sogar, sich Charlie anzubiedern, und doch, gewonnen war da noch nichts, bedenkt man die Schichten fremdenfeindlicher Vorurteile, die sich seit Jahrhunderten in seiner

Familie übereinanderlagerten, vor allem auf der österreichischen Seite, aber nicht nur dort: Die gute Marseiller Bourgeoisie hat sich stets deutlich davor verwahrt, mit Fremden Umgang zu hegen, ganz zu schweigen von Mischlingen. Der Vater von Charlie, den ich nicht kennengelernt habe, brachte seinen Hass gegenüber Bimbo und Nigger offen zum Ausdruck, ohne dass irgendwer etwas dagegen gesagt hätte, ja vor allem sein Sohn nicht, der, fünfzig Jahre nach seinem Tod, voller Rührung noch den geringsten seiner tolldreisten Sprachauswüchse über Schlitzaugen, Kameltreiber und Juden zitiert.

All das nur, um zu sagen, dass Régis und ich jeglichen Anschein immer gegen uns gerichtet sahen, obwohl er ja unseren Eltern in die Hände spielte, ganz zu schweigen von unserer Tochter, die aufgrund ihres jungen Alters und ihrer Hautfarbe eines Opfers sicherlich unschuldig ist. Niemandem war es je in den Sinn gekommen, dass auch wir die Opfer sein oder strafmildernde Umstände bei unseren angeblichen Verbrechen haben mochten. Und doch gebe ich mein Ehrenwort, dass Charlie und Nelly stets daran gewirkt haben, uns zu schwächen, um nicht zu sagen zu vertreiben.

Nun, gewiss, sie haben es vielleicht getan, ohne zu wissen, dass sie es taten, aber das Ergebnis liegt vor: Mit mehr als fünfzig Jahren suchen wir für uns noch immer nach Gründen, warum wir überhaupt existieren sollten und nicht etwa verschwinden – entsprechend dem Verdrängungsprogramm unserer Eltern. Bhutan, die Gegenstände, das Kunstgewerbe, all das mag ja hübsch sein, aber es wird niemals das ersetzen, woran es uns gemangelt hat: Liebende und unsere Kindheit respektierende Eltern anstelle dieser Schundväter und -mütter, die immer bei irgendwelchen Filmen waren, auf irgendwelchen Abendgesellschaften, auf Reisen; immer darum bemüht, uns eiligst an Dienstmädchen, Kindermädchen oder junge Au-pair-Mädchen weiterzureichen.

Sie hätten uns umbringen mögen, nur, dass sie es dann eben anders angestellt haben, und wer kann mir denn versichern, dass sie es nicht doch wollten? Anstatt zu sterben, haben wir nicht gelebt, was auf dasselbe hinausläuft. Oder anders, wir schulden uns selbst das Wenige an Existenz, das uns vor dem Nichts zu retten gelang, zu dem man uns bestimmt hat. Wenn ich damit anfangen sollte zu erzählen, wie unsere Eltern es angestellt haben, uns zu töten, so würde ich wahrscheinlich auf allergrößte Skepsis stoßen, aber man möge sich bitte daran erinnern, dass es möglich ist, den Tod zu schenken, ohne ihn schenken zu wollen. Und dass es Verbrechen ohne einen Leichnam gibt, das heißt perfekte Verbrechen.

Ich hatte das Gefühl meiner Nicht-Existenz, bevor mir der Beweis dafür vorlag. Mein Vater war gerade erst krank geworden, und Nellys Reaktion darauf war eine Art zornige Fassungslosigkeit. Sie kehrte wütend vom Krankenhaus zurück, sie verbrachte Stunden damit, sich zu waschen und aufzudonnern, um auf diese Weise üble Ausdünstungen und unangenehme Eindrücke weit von sich zu jagen. Da sie der Ansicht war, ihre Verpflichtungen einer Krankenwächterin ausgleichen zu müssen, warf sie sich in einen Strudel an Festivitäten und gesellschaftlichen Veranstaltungen, während derer meine Anwesenheit erforderlich war.

Nachdem sie mich neun Jahre lang vernachlässigt hatte, zeigte sie mich nun überall ein wenig vor, um dergestalt zugleich einen Handlanger zu haben und eine Anstandsdame. Ohne Rücksicht, weder auf meine Müdigkeit noch die Tatsache, dass ich am nächsten Morgen Schule hatte, schleppte sie mich auf Abendgesellschaften mit, bei denen sich alles traf, was in Paris Rang und Namen hatte, und wo sie mich dann lebhaften Vierzigjährigen vorstellte, die mir höflich über den Kopf wuschelten, ohne mich überhaupt anzublicken. Ich ertrug ihre Gleichgültigkeit nur umso besser, als dass ich die ihre mit meiner eigenen beantwortete und die Zeit damit verbrachte, mich mit Petits Fours vollzustopfen und vergeblich auf die Ankunft anderer Kinder zu lauern. Aber das, was mich umbrachte, war die Gleichgültigkeit, die sie an den Tag legte, die Tatsache, dass sie mich ihrer Kleidung entsprechend ausstattete, mich zu einer entzückenden Miniaturausgabe ihrer selbst ausstaffierte, um mich daraufhin auf den seidenen Kissen ihrer reichen und berühmten Freunde zu vergessen.

An jenem Abend trug sie ein mohnrotes Trapezkleid und eine Handtasche, deren goldenes Kettchen an ihrer nackten Schulter klackerte. Wie es sich gehört, hatte auch ich mein Kleidchen und meine rote Tasche, aber ich drückte die meine gegen meinen Bauch und tastete mich vorsichtigen Schrittes vor, anstatt im Salon herumzuwirbeln, wie es meine Mutter tat, benebelt von ihrer Schönheit und ihrer Wichtigkeit – denn 1969, da war Nelly Chastaing noch immer ein Star.

Hinter einen Vorhang geflohen, der das Fell eines Zebras nachahmte, und darauf hoffend, dass niemand kommen mochte, mich zu verjagen, sah ich ihr zu, wie sie mit den Wimpern klimperte und ihre in Wellen gelegte silberglänzende Haarpracht schüttelte, Gegenstand so vieler kostspieliger Pflegemittel – die sie sich hinlänglich wieder zurückgeholt hat, indem sie die Muse einer Shampoo-Marke wurde, eines perlmuttschimmernden Fluidums, dessen ich mich bei meinen Puppen bediente, ohne dass es mir gelingen sollte, deren buschige Nylonmähne zu verfeinern.

Ich konnte nicht umhin, ihre mondäne Ungezwungenheit und ihre Sonnenschönheit zu bewundern, aber ich ließ mich von nichts täuschen und in meine Bewunderung mischte sich die entsetzliche Furcht, ihr zu ähneln, eines Tages in dieser Komödie der Weiblichkeit zu versinken, deren geheime Abläufe und Kunstgriffe ich so gut kannte, all diese falschen Wimpern, all diese Stunden im Solarium, diese persönlichen Friseure und Farbberater, diese Cremes und Parfums zu horrenden Preisen. Nur eben, dass ich ihr ähnelte, ich war sie, der Spiegel, der einen ganzen Teil der Wand bedeckte, warf mir das Bild eines Kindes zurück, das sich an seinem Zebrafell festkrallte, ebenso unnatürlich jedoch wie seine Mutter, mit demselben Blond, demselben zinnoberroten Kleid, demselben Täschchen mit Goldkettchen. Der Eindruck war umso schwindelerregender, als die wenigen Erwachsenden, die das Wort an mich gerichtet hatten, mir Komplimente gemacht hatten wegen dieser unglaublichen Ähnlichkeit und mich dabei Nelly Junior nannten und mir eine ebenso fabelhafte Karriere voraussagten wie die ihre eine war.

Verstört, unfähig zu jeglicher schlagfertigen Antwort, aber genau fühlend, dass hier eine Bedrohung meiner Integrität vorlag, hatte ich vor mir selbst den Zebravorhang zugezogen, hatte mich den Blicken entzogen, war ein für alle Mal verschwunden, und dieses Verschwinden damals, gewollt wie es war und von meinen Sorgen orchestriert, war besser als die gefährliche Vermischung meines kleinen Wesens mit demjenigen meiner Mutter.

Nach einer Weile habe ich dann den Vorhang zur Seite gezogen, bin ich aus meinem dunklen und wattierten Versteck aufgetaucht, habe ich dem grellen Licht dieses Pariser Salons die Stirn geboten und ihn mit neuem Auge geschaut. Wenige Minuten hatten gereicht, damit das Nichts mich aufsaugen und wieder ausspucken konnte. Ich wusste von nun an, dass ich nichts war, außer einer schmeichelhaften Verlängerung meiner eigenen Mutter, die zur Stunde über ihrem viskosen Cocktail kokettierte, eskortiert von diversen Anbetern, die den Geruch des Blutes gerochen haben – denn das Gerücht hatte die Runde gemacht, dass Fernand Chastaing am Boden lag. Die Beflissenheit der Männer um Nelly herum hätte mich alarmieren müssen, aber weit davon entfernt, anzunehmen, dass mein Vater bald schon sterben sollte, war es sein Bild, das ich einberief, um die Gefahr meiner eigenen Vernichtung, meiner Auflösung im Kielwasser meiner Mutter zu bannen.

Die Augen mit aller Kraft schließend, rief ich ihn zu Hilfe: Dass er kommen möge, dass er sich von seinem Krankenhausbett erhebe, dass er in diesem von synthetischen Pelzen aufgeladenen Salon erscheine, inmitten all dieser Leute, die sonnengebräunt waren, wie man es heute nicht mehr wagen würde; dass er all diese schillernden Augenlider erbeben lasse, all dieses lackierten Münder, dass er einen Wind der Freiheit in diese Kreuzfahrt wehen lasse, die sich nicht einmal amüsierte – denn ich war jung, doch nicht jung genug, um zu glauben, dass diese Leute Freude empfanden: Sie tranken zu viel, sie rauchten zu viel, klammerten sich einer an den anderen mit allzu viel Gier und sprachen mit allzu viel Intensität miteinander. Selbst Nelly, für gewöhnlich so lieblich, warf ihren Gesprächspartnern bissige Unterkiefer entgegen, zog ihre Lippen über ihre glänzenden Eckzähne und legte ihre hübsche Stirn unter der Anstrengung in Falten, die es sie kostete, den Unterhaltungen zu folgen, wobei auch sie immer wieder die gleichen Sarkasmen und die gleichen Gerüchte anstimmte.

Je weiter der Abend vorrückte, desto stärker umschlossen sie die Männer, brachten ihre unter Spannung stehenden Hosenschlitze in ihre Nähe, beugten ihre mächtigen Hälse zu ihr. Und wieder schloss ich die Augen und dachte an meinen Vater: Es hätte gereicht, dass er durch die Tür gekommen wäre, dass er der Runde sein spöttisches Lächeln gezeigt hätte, um so ein Rette-sich-wer-kann auszulösen, eine allgemeine Evakuierung, eine jämmerliche und sofortige Zerstreuung all dieser viel zu unnatürlichen und viel zu gebräunten Freier.

Mit all ihrem Feuer strahlend, machte Nelly ihr Spiel, pickte sich was aus den Canapés-Pyramiden, kreischte vor Begeisterung zu den feinen Scherzen ihrer Anbeter und bewegte manchmal ihre manikürten Finger in meine Richtung, sich vollkommen im Unklaren über meine Verwirrung und meinen Kummer. Denn ein Gedanke zog den nächsten nach sich und ich konnte mich nicht davon abhalten, sie mit dem Blick auszuziehen und sie wieder vor mir zu sehen, so wie ich sie zwei oder drei Jahre zuvor auf der großen Leinwand eines Pariser Kinos entdeckt hatte: Gekrümmt, glänzend unter ihrer Schweißschicht, die Brüste baumelnd, der Blick glasig, allen dargeboten, ganz ihrem geheimen Wunsch entsprechend, dem die Heirat widersprochen hatte, der aber darin bestand, sich von der größtmöglichen Anzahl von Männern vögeln zu lassen.

An jenem Abend, da ihr Ehemann seine langsame Agonie einleitete, sprang die Laszivität meiner Mutter förmlich ins Auge. Sie konnte sich noch so sehr auf einen Divan aus cremeweißer Haifischhaut setzen, sie konnte noch so sehr keusch die Knie zusammenziehen und weise die Hände falten, sie zeigte doch einen feuchten Mund, besiegte Augen und eine ermattete Ausstrahlung, die auf die Männchen ringsum wie ein Signal wirkte.

Ich schloss zum dritten Mal die Augen und murmelte im Stillen einen von mir selbst erfundenen Abzählreim: »Papa, mein Papa, ich wart' auf dich; komm schon, komm schon, hole mich.« Es gab Variationen dieser Beschwörung, aber sie diente mir jedes Mal, wenn ich mich aus der Klemme ziehen wollte:

»Papa, mein Papa, ich wart' auf dich; komm schon, komm schon, hole mich.«

Ich schlug die Augen auf. Einen Meter vor mir schaute mich eine Frau ohne jede Liebenswürdigkeit an. Ich war derart daran gewöhnt, dass die Erwachsenen, wenn sie mich sahen, gerührt waren und sich zu zweideutigen Komplimenten über meine Anmut und meine Ähnlichkeit zu meiner Mutter herabließen, dass mir die Brutalität dieses Blicks nicht hatte entgehen können. Betreten versuchte ich wieder in den Schutz des Zebravorhangs zu gelangen, aber bevor ich noch Zuflucht suchen konnte, hatte sie schon auf meine Schulter eine gnadenlose Hand gedrückt:

»Gladys?«

»Ja?«

»Ich bin Solange, eine Freundin deines Vaters.«

»Ah.«

»Geht es ihm gut? Ich habe gehört, er sei krank.«

»Er ist im Krankenhaus. Aber es ist nichts Schlimmes.«

Eine skeptische Augenbraue hebend, nahm sie wieder ihre Musterung meiner Person auf. Vom Typ her dunkel und fleischig, durfte sie das Alter meiner Mutter haben, aber statt eines zinnoberroten Kleides trug sie einen Rock aus schwarzem Tüll und eine türkisfarbene Bluse, zu der passend sie ihre Schuhe, ihre Ohrringe und ja sogar auch ihren Lidschatten gewählt hat. Meine Mutter hätte gesagt, dass sie vulgär sei, und ich war kurz davor, dasselbe zu denken, aber sie war sehr schön auf ihre wuchtig exotische Weise. Aus der türkisfarbenen Bluse quollen zwei karamellisierte Kugeln hervor, prächtig volle Brüste, aus denen ein Duft nach Meer und Jod hervordrang, dort, wo ich eigentlich ein berauschendes Parfum erwartet hätte – aber diese Unstimmigkeit widerte mich weitaus mehr an als es süßliche Ausdünstungen vermocht hätten.

In dem Augenblick, da ich gerade auf dem Absatz kehrtmachen wollte, tauchte hinter ihr ein kleines Mädchen auf und begann mich mit derselben missbilligenden Miene anzustarren wie seine Mutter. Denn auch wenn die Ähnlichkeit zwischen den beiden nicht so unverhüllt war wie zwischen Nelly und mir, so war doch kein Zweifel über ihre Verwandtschaft erlaubt. Von Haut und Haar her weniger dunkel, bot das Mädchen eine mildere, aber ebenso spektakuläre Version der polynesischen Schönheit ihrer Mutter. Diese allerdings hatte das Laster nicht so weit getrieben, das Kind türkisfarben und schwarz zu kleiden, und so trug es eine Art malvenfarbene Tunika mit kleinen goldenen Einsprengseln. In ähnlicher Farbe besaß ich die gleiche, von Fernand einige Wochen zuvor aus London mitgebracht. Die indische Mode hatte gerade begonnen, und meine Eltern selbst legten Pluderhosen an, Buschhemden, Kaftane, lange, gemusterte Foulards aus Kaschmir und Fußreifen.

»Das ist meine Tochter«, hatte Solange unnötigerweise klargestellt.

Das besagte Mädchen zuckte nicht mit der Wimper, aber etwas in der Art, wie sie den Kopf hielt, eine Art, die ein Balletdutt noch unterstrich, etwas an ihrer kaum wahrnehmbar menschenverachtenden Schnute, in der Kälte ihrer blaugrünen Augen, besagte genug über das Bewusstsein, das sie von ihrer kindlichen Perfektion besaß. Ich war geschlagen, noch bevor ich überhaupt am Wettkampf teilgenommen hatte – aber das traf sich gut, denn ich strebte mitnichten nach einem Schönheitspreis: Im Gegenteil, ich hätte es gern gesehen, dass man mich damit in Ruhe lässt, dass man mich von der Verpflichtung, hübsch zu sein und meiner Mutter alle Ehre zu erweisen, erlöst.

»Sie heißt Gladys, sie auch.«

Die Angelegenheit spitzte sich zu, ich fühlte es deutlich, selbst wenn mir alles entging, was den Grund für dieses vertrauliche Gespräch betraf. Ein weiteres Mal war ich versucht, mich davonzumachen: Rasch, rasch, mein Zebrafell wiedererlangen, oder andernfalls den karminroten Unterrock meiner Mutter. Unglücklicherweise war Solange auf diesem Ohr taub und hielt mir einen Teller mit dreieckig geformten Canapés hin, und drängte mich mit ihrem Blick, mich zu bedienen. Unfähig dazu, abzulehnen, habe ich gleich zwei auf einmal verschlungen, was den Vorzug hatte, mir angesichts ihrer anklagenden Gesichtsausdrücke Gelassenheit zu verleihen. Die Stille dehnte sich aus und ich würgte beinahe an diesen Brotkrusten, als Solange mit gelassenem Ton ausstieß:

»Ihr seid Halbschwestern: Gladys ist die Tochter von Fernand.«

Ich hatte bereits eine Halbschwester: Sie war sechsunddreißig Jahre alt und hieß Roxane. Fernand hatte sie kaum großgezogen, da er diese Sorge seiner ersten Frau überlassen hatte. Weit davon entfernt, ihm diese Vernachlässigung übelzunehmen, verehrte sie ihn abgöttisch und war ins Krankenhaus geeilt, als sich die ersten Symptome seines Kehlkopfkrebses gezeigt hatten. Sie war für mich wie eine junge Tante, die ich ab und zu sah und die sich unabänderlich herzlich und heiter zeigte. Hier aber, das war nun etwas anderes als Roxane, als ihr unveränderlicher Frohsinn und ihr systematischer guter Wille; hier nun hatte ich es mit einer Verwandtschaft zu tun, die sich nur durch Lüge und Verrat erklären ließ.

»Aber Gladys, das bin ich.«

Mein schwacher Protest jagte ihnen einen Schauer der Feindseligkeit über den Rücken, der deutlich wahrnehmbar war. Die Tochter verdrehte die Augen zum Himmel, während die Mutter einen drohenden Fuß in meine Richtung setzte, dunkelbraun, glatt, und gebunden von einem seladongrünen Riemenbündel.

»Du bist neun Jahre alt?«

»Ja.«

»Wie Gladys. Nur, dass du im Mai geboren bist und sie im Oktober: Sie ist fünf Monate jünger als du.«

Zuerst schien es mir gut, die Ältere zu sein, und wenn auch nur um fünf Monate, was ja aus mir die wahre Gladys machte und aus der anderen eine blasse Kopie, nach mir benannt.

Solange sprach weiter in einem einsaitigen und versachlichten Ton, was mit der Gewalt dessen kontrastierte, das sie mir an den Kopf warf:

»Dein Vater und ich, wir haben uns sehr geliebt. Er wollte sogar deine Mutter verlassen: Ich war diejenige, die ihn davon abgehalten hat. Und ich tat recht daran, da wir uns letztes Jahr getrennt haben. Das lief nicht mehr zwischen uns, wir haben uns die ganze Zeit über nur gestritten. Aber es ist doch eine schöne Geschichte gewesen und ich bedauere nichts, da wir ja Gladys bekommen haben. Dein Vater war ganz verrückt darüber. Er ist es im Übrigen heute noch.«

Verkrampft vor mir, erstarrt wie eine Infantin in ihrem indischen Kleid, das Fernand ja zur selben Zeit gekauft haben musste wie das meine, hörte meine Namensschwester ihre Mutter die Freude und den lupenreinen Stolz von Fernand bei der Geburt dieser zweiten Gladys heraufbeschwören. Und am Ende war ich mir nicht mehr so sicher, dass es vorteilhaft war, als erste da gewesen zu sein. Was muss nur in den Schädel meines Vaters gefahren sein, dass er in einem Abstand von fünf Monaten seinen beiden Mädchen den nämlichen Vornamen gab? Ein furchtbarer Verdacht stieg in mir auf, derjenige, schlicht und einfach ersetzt worden zu sein, entwertet in einem Grade, dass Fernand darüber meine Existenz vergessen hat.

Gladys, das war der Vorname seiner Mutter, die im Jahr meiner Geburt gestorben ist. Nelly zufolge hatte dieses ja doch vorhersehbare Hinscheiden meinen Vater niedergeschmettert, und er hatte über Monate Trauer getragen und Abbitte geleistet, sich selbst angeklagt, ein unwürdiger Sohn gewesen zu sein. Noch immer Nelly zufolge war die erste Gladys Chastaing eine Megäre gewesen, eine alte Krake, die einen Stoß Bitterkeit nie schuldig blieb. Was nicht verhinderte, dass ihr einziger Sohn, nicht zufrieden damit, ihr ein hochherrschaftliches Begräbnis zu finanzieren, auch noch gemeint hatte, es wäre gut, ihr Schlag auf Schlag zwei Kinder zu widmen. Da ein einziges Gladys-Baby nicht ausreichend war, hatte er den Nagel fünf Monate später versenkt. Gut möglich, dass es nicht weniger als eben das gebraucht hatte, diese doppelte Hommage, um seine Mutter im unstillbaren Jenseits zu beruhigen, von wo aus sie ihren Sohn belauerte und sein Liefersoll erwartete. Ich konnte diese posthume Manifestation kindlicher Pietät nachvollziehen, wo aber befand ich mich in dieser Geschichte, und warum war der Tribut meines jungen Lebens als ungenügend bewertet worden?

Mir gegenüber stand die Antwort, diese zweite Gladys, die ebenso brünett war wie ich blond, aber mit derselben kurzen Nase gesegnet, derselben Linie der Augenbrauen, demselben Kräuselmund, den Fernand liebevoll als »Hühnerarsch« bezeichnete – und ich konnte mir sicher sein, dass meine Halbschwester ein Anrecht auf dieselben zärtlich ironischen Bezeichnungen gehabt hatte, auf dieselben am Abend vorgelesenen Geschichten, auf dieselben aus London oder Ibiza mitgebrachten Geschenke, auf dieselbe Liebe, summa summarum.

Ich machte drei Schritte rückwärts, in der Hoffnung, so dem unversiegbaren Monolog von Solange entkommen zu können, die gegenwärtig die Möglichkeit heraufbeschwor, Fernand in seinem Krankenhauszimmer einen Besuch abzustatten.

»Wäre es nur an mir gelegen, ich ginge nicht hin: Aber er ruft nach seiner Tochter. Was mich betrifft, so bin ich sehr traurig seinetwegen, natürlich, aber ich bin zu etwas anderem übergegangen: Ich werde mich wieder verheiraten, ja tatsächlich. Einen sehr guten Herrn. Er ist durchweg bereit, Gladys zu adoptieren. Also, für den Fall, dass Fernand sterben sollte, meine ich.«

Sie lachte nervös, als wäre sie von ihrem eigenen Zynismus beeindruckt. Sie war grauenvoll, selbst ich, aus der Höhe meiner neun Jahre, ich konnte mir dessen bewusst werden. Sie war grauenvoll, hart, kalkulierend, und sie ließ mich all die Jahre bezahlen, in denen Fernand sie im Schatten seiner offiziellen Ehe gehalten hatte; all die Jahre, in denen sie die Lobeshymnen über Nelly Chastaing hatte hören, ihre Fotos in *Paris Match* hatte sehen, über ihre Filme hatte reden hören müssen, falls sie den Masochismus nicht sogar so weit getrieben hatte, dass sie die beiden persönlich aufsuchte.

Sie konnte noch so große Reden schwingen, ich wusste sehr genau, dass mein Vater meine Mutter niemals hatte für sie verlassen wollen, dass er andere Geliebte gehabt haben musste und denen vielleicht auch weitere Kinder gemacht hat, weitere kleine Gladys, die mich auslöschten. Ich hatte ihn für meinen Retter gehalten, meinen Festungswall gegen die überschäumende Weiblichkeit meiner Mutter und ihre Annexionsbestrebungen gegenüber meiner kleinen Person; ich hatte ihn geistig zu Hilfe gerufen, um mich von dem Übel zu erlösen, nichts zu sein, und von jenem, ein Accessoire eines Ballabends abzugeben, ein simples Schoßhündchen; ich hatte geglaubt, in naiver

Weise geglaubt, dass zumindest doch eine Person mich kannte und liebte, so wie ich war, ohne dass ich dabei weise zu sein hätte und die Schöne mimen müsste, ohne dass ich ein kleines perfektes Mädchen zu sein hätte, das weiß, wie man auf ein Pferd steigt, das zeichnen kann und sich darauf versteht, Englisch zu sprechen; ich hatte mir gesagt, dass ich, da ich schon nicht meiner Mutter und meinen Lehrern gefallen konnte, ich doch zumindest meinem Vater genehm war, mit meiner Menschenscheu, meiner Unbeholfenheit, meinem verlangsamten Hirn, meinem wenig vorhandenen Sinn für Flitterkram und gute Manieren, aber nun galt es zu glauben, dass dem nicht so war, und der Beweis dazu war mir von dieser vulgären Brünetten geliefert worden, dieser marktschreierischen Schönheit und ihrem hochnäsigen Töchterchen, die mir nun ihr angeschnittenes Profil zukehrte und den gekräuselten Bogenlauf ihrer Oberlippe. Sie waren alle beide hämisch, und ihr ganzes Wesen atmete diese willkürliche, beinahe tierische Häme, die Lust, die sie daraus zogen, an den Enden ihrer polierten und lackierten Krallen ihr Spiel mit mir zu treiben. Denn bei der zweiten Gladys waren die Nägel ebenso mauve wie ihr Kleid, und ich schwor mir umgehend, dass ich mir die meinen niemals anmalen werde; ich schwor mir zudem, dass ich mein aus London mitgebrachtes indisches Kleid niemals mehr tragen würde, das mir mit großem Getue von meinem Vater geschenkt worden war, diesem Verräter und Lügner:

»Und, gefällt es dir? Papa hat an seinen kleinen Liebling gedacht, wie?«

An welchen kleinen Liebling hatte er genau gedacht, diese Frage hätte es verdient, ihm gestellt zu werden, selbst wenn ich bereits wusste, dass ich niemals wagen würde, es zu tun. Ein einziger Vorname für zwei, das hatte den Vorteil, ihm die Dinge zu erleichtern, und ihm Versprecher zu vermeiden, und ihm die Sorgen zu ersparen: statt eines zu kaufen, kaufte er gleich zwei Kleider; statt eine Postkarte zu verschicken, verschickte er gleich zwei mit den nämlichen Küssen von Papa. Wer vermag sogar zu wissen, ob ihm das nicht auch gleich die Gedanken ökonomisiert hat, ob es ihm nicht erlaubt hat, uns nicht im Ganzen zu lieben und ohne Unterschied, indem er nur eine einzige Gladys im Kopf hatte – wenn er dies hatte.

Unter dem verachtenden Blicken meiner Folterinnen, nahm ich so würdig wie möglich einen Rückzug vor und rollte mich ein weiteres Mal in den Zebravorhang ein, wo ich zum letzten Mal für sehr lange Zeit meinen Tränen freien Lauf ließ.

Ich existierte für meinen Vater nicht mehr als für meine Mutter, aber im Grunde war es besser, dies mit neun Jahren zu erfahren als einmal erwachsen; besser war es, dass mir diese grausame Lektion in einem noch zarten Alter zugefügt wurde, denn so lief ich nicht Gefahr, sie zu vergessen, sie gemeinsam mit anderen wichtigen Wahrheiten im Strudel der nichtigen Beschäftigungen untergehen zu sehen, der das Leben der Erwachsenen ausmachte.

Mein Vater hat mich getötet, aber das ist, was alle Väter tun. Mein Vater hat mich getötet, aber meine Mutter hatte damit schon zuvor begonnen, und da ich nicht tot bin, so hat man es wirklich mit dem perfekten Verbrechen zu tun, von dem ich eben schon gesprochen habe. Die Eltern töten die Kinder, und die Kinder entkommen dem nur, um weitere Kinder zu töten. So lautet die Ordnung der Dinge, und die beste Form, sich dem entgegenzustellen, ist noch immer die, sich nicht fortzupflanzen, was mein Uterus lange vor mir begriffen hatte.

Mein Uterus hatte es begriffen, aber nicht mein Kopf, der mir übel mitspielte, indem er mich glauben machte, dass wir mit Charonnes Adoption dieser ununterbrochenen Kette des Kindsmords ein Ende setzen würden. Immerhin war es, da sie nicht von unserem Blute war, unwahrscheinlich, dass sie uns glich; und zudem war bei ihr das Böse bereits geschehen, wir dachten, es nur beheben zu müssen: Bitte, dies sind, im losen Gebinde, die Albernheiten, in denen wir uns wiegten und einschläferten.

Ich weiß nicht, was mich bislang davor zurückgehalten hat, Nelly über ihren ersten Mann aufzuklären; ich weiß nicht, warum ich die Legende habe Einzug halten lassen, er sei ein beispielhafter Ehemann und der beste aller Väter gewesen. Ich war feige, aber heute, wo alles den Bach runtergeht, heute, wo mein Schwiegervater vollkommen durchgeknallt ist, heute, wo ein Gaunerpärchen die Bedrängnis meiner Mutter missbraucht und sich daran macht, Hand an mein Haus zu legen, dieses Marseiller Juwel, dessen Wert Régis und ich durch unaufhörliche Arbeiten an der Einrichtung und Dekoration verzehnfacht haben, ganz abgesehen von den Betten, den Sesseln, den Brunnenschalen, den Teppichen, den Bildern, die wir bei Trödlern aufgestöbert oder von unseren Reisen mitgebracht haben; heute stellt sich dem nichts mehr entgegen, dass ich die Rechte der wahren Wahrheit ins Feld führe, deren Verfechterin ich seit meinem neunten Lebensjahr bin, seit ich entdeckt habe, dass alles Lüge und Verrat war, seit ich entdeckt habe, dass man mit einer Frau verheiratet sein und eine andere lieben, eine Tochter haben und sie durch eine andere ersetzen konnte.

Auf seinem Totenbett, will man Nelly Glauben schenken, hat mein Vater nach mir verlangt, wieder und wieder. Aber wer vermag zu wissen, nach welcher Gladys es ihn verlangte? Im Zweifel gefangen, habe ich nie mehr einen Fuß ins Krankenhaus gesetzt. Ich überließ diese Fürsorglichkeit meiner Namensschwester, die ich nie wiedergesehen habe, von der ich aber keinen Zweifel hege, dass sie zu einem schwarzen und grazilen Schwan geworden ist, während ich mich in ein glanzloses und plumpes Vieh des Scheunenhofes verwandelt habe, nachdem ich selbst zuvor Schwan gewesen bin.

Ich habe Gladys und ihre Mutter nie wiedergesehen, aber ich habe häufig von ihnen geträumt oder mir vorgestellt, dass sie an unserer Türe klingelten, stets durstiger nach Blut und frischem Fleisch, stets blindwütig bereit, ihre Rechte ins Feld zu führen, stets viel schöner auch, umhüllt von ihren dunklen Kopftüchern oder schreiend grell bemalt wie die Mitglieder eines primitiven Stammes.

Eines Tages führe ich schließlich eine Unterhaltung mit Serge Emperaire, der der Buchhalter meines Vaters war und zugleich ein ihm sehr nahestehender Freund:

»Wusstest du, dass mein Vater eine Geliebte hatte? Solange. Und dass er ihr ein Kind gemacht hat?«

Sein Blick weicht dem meinen aus und er sucht nach Haltung:

»Ja, natürlich wusste ich Bescheid.«

»Wie kommt es, dass sie nicht beim Erbe aufgeführt sind?«

»Sie sind nicht aufgeführt, da Fernand seine Vorkehrungen getroffen hatte, damit es ihnen an nichts fehle. Er hatte Kohle für sie investiert. Und kurz vor seinem Tod hat er Antibes verkauft und die Wohnung in der Rue des Tournelles ... Und er gab mir, was man eine Schenkung unter der Bedingung einer Weiterreichung nennt. Nun, ich erspare dir die Details.«

»Hat Nelly nichts gesagt?«

»Nelly hat ihre Nase nie in die Konten deines Vaters gesteckt. Sie hat mir wohl einige Fragen bezüglich der Rue des Tournelles gestellt, aber da ihr außerdem noch Cassis, Combloux, die Maisonettewohnung auf dem Boulevard Exelmans, fondsgebundene Lebensversicherungen, Aktien und

Anteile mehr oder weniger überall blieben, hatte sie überhaupt keinen Grund, sich zu beunruhigen. Ich weiß, dass sie sich bei ihrem zweiten Mann um die Buchhaltung gekümmert hat, aber bis dahin hatte deine Mutter überhaupt keine Vorstellung davon, wie man so beträchtliche Vermögen behandelt. Aber hast du sie, Solange und ihre Tochter, getroffen?«

»Ja, als ich neun war. Sie waren grauenvoll. Und es erstaunt mich, dass das Geld ihnen gereicht hat. Denn ich hatte den Eindruck, dass sie mir vor allem weh tun wollten.«

Er bricht in schallendes Gelächter aus:

»Solange, das Biest! Ich konnte nie verstehen, was dein Vater an ihr fand. Gut, sie war schön, das ja, aber deine Mutter war viel besser. Weißt du was? Ich glaube, dass er Schiss gehabt hat: Sie hatte ihm Angst gemacht.«

»Meine Mutter?«

»Nein, Solange! Deine Mutter hätte keiner Fliege was getan.«

Meine Mutter ist ein Drache, aber da sie klein ist, blond, zierlich, mit einer Kinderstimme spricht und den materiellen Wirklichkeiten gegenüber eine engelhafte Gleichgültigkeit heuchelt, bleibt ihre schonungslose Natur den meisten Leuten verborgen, so auch diesem Serge, der mit psychologischer Kenntnis nicht gerade glänzt, wenn ich mir aufgrund der Aussage, die er bezüglich meiner Namensschwester macht, ein Urteil erlaube:

»Gut, Solange war eine harte Nuss, da stimme ich zu, aber die Kleine war doch eher herzig, eher liebenswert, oder? Nun ja, ich sage dir das so, aber ich habe sie vielleicht zweimal gesehen, wenn überhaupt. Und das ist beinahe fünfzig Jahre her.«

Zweimal, das scheint mir zweimal zu viel für jemanden, der sich einst wie ein Freund der Familie aufgeführt hat, jemand, der an unserem Tisch gegessen, mit meiner Mutter geschäkert und mich auf seine Knie hat springen lassen. Das ist immer nur eine weitere Lüge und ein weiterer Betrug – aber die Stunde der Wahrheit wird schlagen und ich werde wahrlich gerächt sein. Alle werden die Heftigkeit des Verrats und ihre Verantwortung daran einräumen müssen. Denn nie ist man schlimmer verraten als von sich selbst, und mein Vater wäre nicht bigamisch gewesen, wenn meine Mutter sich nicht all die Jahre über freiwillig geblendet hätte; und ebenso hätte er hinter ihrem Rücken kein Kind gemacht, wenn sie für mich eine bessere Mutter gewesen wäre; er hätte sich keine Ersatzfamilie gesucht, wenn die seine befriedigender gewesen wäre. Alles ist miteinander verbunden.

Serge Emperaire kaut an seinem Stift herum, während er mich nachdenklich anschaut:

»Aber bei Solange hast du recht, die war eine wahre Harpyie, und sie hätte euch, deiner Mutter und dir, rastlos im Nacken gesessen, wenn Fernand am Ende nicht die Zähne gefletscht hätte. Er hatte sie im Griff, frag' mich nicht wie.«

»Ja, aber als er starb ...«

»Starben sie auch.«

»Was?«

»Ja. Einige Monate später. Sie hatten einen Unfall im Ausland, im Heimatland von Solange, verrückt, ich kann mich überhaupt nicht erinnern, wo das genau war: Costa Rica? Venezuela? Oder irgendeine dieser Inseln ... Ich war noch nie im Stande, mir zu merken, woher sie kam, diese ...«

Sie ist tot, die andere Witwe meines Vaters; tot auch sie, meine Namensschwester, die mich so sehr an Anmut und Selbstbewusstsein übertraf, dass sie mich schließlich vollkommen in den Schatten gestellt hätte. Ganz abgesehen davon, dass sie mit Sicherheit brillante Studienergebnisse erzielt hätte, wozu ich unfähig war, wirkte Solange doch wie eine jener Frauen, die das Beste aus ihren Kindern ziehen, da sie sich eben keinen Augenblick lang vorstellen, dass diese scheitern könnten. Nelly besaß das entgegengesetzte Talent, das wahrscheinlich ebenso viel Beständigkeit und mütterliche Findigkeit verlangt: Das Schlimmste bei ihrer einzigen Tochter zu bewirken, sie eben dorthin zu führen, wo sie zum Scheitern bestimmt war – um sich daraufhin nur umso besser deswegen zu grämen, aber wer weiß denn schon, ob der Gram nicht ihr vordergründiges Ziel gewesen sein mag, der Gram, die Klage, die Jeremiade, ihre wahren Spezialitäten?

Mein Liebesleben, das den einzigen durchschlagenden Erfolg darstellt, dessen ich mich rühmen kann, ist in den Augen meiner Mutter keines. Es wäre die andere Gladys mitnichten losgezogen, und hätte ihren Bruder geheiratet; nein, sie hätte sich mit Sicherheit einen charmanten Prinzen geangelt, und in ihrer Prinzennacht dann hätte ihre Mutter eine Träne des Stolzes vergossen. Genauso wenig hätte die andere Gladys mitnichten Probleme der Fruchtbarkeit gehabt: Sie hätte wahrscheinlich Schlag auf Schlag zwei oder drei schöne, vor Gesundheit strotzende Kinder fabriziert – wohingegen ich mit einer in jeder Hinsicht undankbaren Adoptivtochter vorlieb nehmen muss, die mir nun auch noch, keineswegs damit zufrieden, mir ihre gesamte Kindheit schwer gemacht zu haben, damit droht, die Butter vom Brot zu nehmen, und die für ihre niedrigen Manöver auch noch beim Sohn der Haushaltshilfe Unterstützung findet.

Heute Morgen aber, auf der soliden Grundlage meines Rachevorhabens zur Wiederherstellung der Gerechtigkeit und Wahrheit, schleiche ich mich in Nellys Damenzimmer und bin fest entschlossen, sie dazu zu bringen, sich endlich einzugestehen, dass sie nicht die große Liebe meines Vaters gewesen ist, ganz im Gegensatz zu dem, was sie seit fünfundvierzig Jahren laut und deutlich und mit Vehemenz beteuert. Genauso wenig, wie sie diejenige von Charlie war, der noch nie jemand anderen als sich selbst geliebt hat, ich wüsste wirklich nicht, wie sie mich noch weiterhin mit ihrer ehelichen Pseudoüberlegenheit niederdrücken sollte.

Unterstützt von der unvermeidlichen Charonne, versucht sie gerade, ihre deformierten Füße in Pantoffeln aus schottischer Wolle gleiten zu lassen. Nicht, dass sie aller Eleganz entsagt hätte, sie kleidet sich weiterhin gut, aber sie lebt in Pantoffeln und geht nur in Ballerinas vor die Tür, die einen Klettverschluss besitzen und mit zusätzlicher Mikrofaser ausgestattet sind, und die sie seit inzwischen zehn Jahren in der Apotheke kauft, sie, die sie einst auf den schwindelerregenden Absätzen ihrer Ferragamo-Pumps gelebt hat.

Eines Tages, sie war damals wohl um die sechzig, war ich in ihr Zimmer getreten und traf sie genauso an wie heute, sie war soeben dabei, sich die Schuhe anzuziehen. Sie besaß noch immer ihre strahlende Schönheit, ihre Taille eines jungen Mädchens, ihre schlanken und gebräunten Beine. Sie hielt in ihren Händen ein Paar eisblauer Sandalen mit italienischen Absätzen, Lasche und Riemchen, wie ich sie immer schon bei ihr kannte. Andere Paare lagen zerstreut auf dem Teppich herum, was bezeugte, dass sie vor meinem Auftreten mehrere Anproben unternommen hatte. Sie richtete ihre traurigen und ermüdeten Augen auf mich:

»Weißt du, woran man erkennt, dass man alt wird?«

Ich antwortete ihr nicht, und zwar aus gutem Grund, was wusste ich denn schon vom Alter? Ich war noch keine dreißig und hatte noch immer mit den Problemen juveniler Akne und dem Einfinden ins Erwachsenenleben zu kämpfen. Mein

Körper und mein Gesicht boten nichts von der Perfektion feil, wie diejenigen meiner Mutter es bezeugten, doch hatten sie bislang noch keinerlei Verunglimpfung erlitten. Missmutig hatte Nelly die blauen Sandalen zurückgelegt und war auf ihre Hausschuhe aus weichem Leder ausgewichen.

»Man weiß, dass man alt wird, wenn die Schuhe zum Problem werden.«

Diese beinahe rührende Erinnerung verdrängend, diesen einen seltenen Moment an Nähe, den ich mit Nelly erlebt habe, schicke ich mich an, meine üble Neuigkeit mit Pauken und Trompeten zu verkünden. Man könnte der Meinung sein, es gäbe ja eine Verjährung, und dass man die Toten sich untereinander begraben lassen sollte, aber es liegt letztlich überhaupt kein Grund vor, warum die Lebenden ausgespart werden sollten, wenn sie sich ungestraft eines Lebens voller glücklicher Ignoranz erfreut haben, vor allem, wenn sie sich an diesem zum Nachteil der anderen erfreut und sie mit ihrer Hoffart und ihrem Erfolg zermalmt haben.

»Ich muss dir etwas in Bezug auf Fernand sagen.«

Nelly richtet ihre verängstigten Augen auf mich und sich unter offensichtlicher Anstrengung wieder auf, um mich dergestalt mitleidsvoll zu stimmen, was bei mir stets verlorene Liebesmüh bedeutet, ist doch das Mitleid dasjenige Gefühl, welches mir am wenigsten vertraut ist. Und hopp, schon beginnt sie mit mir über ihre Füße zu sprechen, die sie schmerzen, und zwar mit einer Detailfülle, die ich mir hier gerne spare, und die sie mir heute vor dreißig Jahren noch nicht geliefert hatte: ihre Hühneraugen, ihre Ballenzehen, ihren *hallux valgus,* und die Schwäche ihres Fußgewölbes.

Ich durchblicke sehr wohl das Täuschungsmanöver, aber in der Zeit, in der ich reagieren könnte, ist sie auf ihren Drosselkrallen abgezwitschert, vor sich hin brummelnd und leicht mit dem Kopf wackelnd. Sie zieht es offensichtlich vor, lieber dumm sterben zu wollen, als im letzten Moment noch über die menschliche Natur im Allgemeinen und insbesondere über die ihres ersten Ehemanns aufgeklärt zu werden. Anstatt die Gelegenheit zu ergreifen, und sich als Mutter zu erweisen, weigert sie sich, mich des schamvollen Geheimnisses zu entheben, das mir die Existenz versaut hat, während sie leichten Herzens und ruhigen Gewissens die ihre verlebte – ohne sich darüber im Klaren zu sein, dass meine Bürde die Bedingung ihrer Leichtigkeit war. Ich war die beste aller Töchter, aber da niemand es verstand, mir dafür dankbar zu sein, werde ich der töchterlichen Pietät ein Ende bereiten.

Ich hole Nelly auf der Treppe ein, die sie vorsichtig hinuntergeht, aber Charonne ist da und stellt sich zwischen ihre Großmutter und mich, als wüsste sie, mit welcher grausamen Entdeckung ich sie bedrohe. Und es ist gut möglich, dass Charonne etwas weiß oder erraten hat, bedenkt man ihren neugierigen Charakter und die Begabung zur Wahrsagerei, die den Hexen ihres Schlages immer schon eigen war. Nicht, dass ich dem Aberglauben von Marikit und meinem Schwiegervater verfalle, aber man kommt nicht umhin anzuerkennen, dass Charonne Intuition und diabolische Durchdringung an den Tag legt – ganz abgesehen davon, dass Spionage in ihrer Natur liegt.

Nun ja, jetzt, wo ich damit angefangen habe, werde ich auch bis ans Ende gehen, und während Nelly sich bemüht, die Tür zu erreichen, lasse ich alles, was ich über den zweiten Haushalt meines Vaters weiß, raus, alles, Solange, Gladys, diese gesamte Niederträchtigkeit.

Ich rechnete mit Tränen und Zähneknirschen, aber Nelly begnügt sich damit, auf halbem Wege umzukehren, ohne mir einen Blick zuzuwerfen. Der von Charonne ist weitaus sprechender, verfinstert von Wut und Groll, aber sie beeilt sich, ihrer Pseudogroßmutter zu folgen. Umso besser. Soll sie sie nur trösten gehen ob des kleinen verspäteten und einzigen Kummers, den ich ihr je bereitet habe; soll sie sie nur moralisch aufrichten und ihr beweisen, dass das Leben lohnt, gelebt zu werden, selbst wenn das ihre damit verbracht wurde, auf dem Holzweg zu sein und anderen Lektionen der Weisheit zu erteilen. Denn ich weiß sehr genau, dass Charonne sich in den Kopf gesetzt hat, meine Mutter von ihrem Vorhaben eines begleiteten Suizids abzubringen, diesem Mayerling mit zwei Schüssen, für das sie eine ganze Schublade voll mit Pillen aller Art zusammengesammelt hat.

Nun ja, nicht nur Charonne ist eine, die es fertigbringt, geheime Unterhaltungen mitanzuhören, ich weiß mir auch zu helfen, um an Information zu kommen, und ich weiß also ganz genau, dass Nelly in Betracht zieht, ihren Tagen und auch denen von Charlie ein Ende zu setzen. Aber anscheinend bin ich die Einzige, die dieses Vorhaben vernünftig findet, denn nicht nur Charonne setzt ihre gesamte Energie daran, dem entgegenzuarbeiten, auch Régis, dem ich mich ungezwungen und nur in Form einer hypothetischen Annahme geöffnet habe, hatte mit unerwarteter Emotionalität reagiert, die meines Erachtens völlig deplatziert war:

»Aber das können wir sie unmöglich tun lassen! Was ist denn bloß in Nelly gefahren?«

»In sie ist gefahren, dass sie deinem Vater ein schauriges Lebensende ersparen will. Weißt du, wie die Alzheimerleute enden?«

»Ich erinnere dich daran, dass er kein Alzheimer hat. Wir wissen nicht einmal, was er wirklich hat.«

»Was nichts daran ändert, dass ihm die Birne vollkommen wegschrumpft, dass er uns nicht mehr wiedererkennt, und dass er abstrakte Kunst mit seiner eigenen Scheiße fabriziert!«

»Du übertreibst: Das ist ein- oder zweimal passiert, diese Geschichte! Und mich, mich erkennt er.«

»Von wegen, er nennt dich Christian! Und er spricht Charonne mit Negerlein an.«

»Mein Vater war schon immer ein beschissener Rassist, das ist aber kein Grund, ihn zu ermorden.«

»Aber das wäre ja kein Mord, sondern ein Doppelsuizid: Nelly ist ebenfalls bereit, zu sterben. Ich glaube, sie hat die Schnauze voll.«

Er warf mir einen traurigen und perplexen Blick zurück, und wandte sich dann wieder seinem Computer zu. Wenn er an diesem nicht gerade unsere kommenden Reisen plant, so zieht er Erkundigungen über die NSA, die Suez Gruppe oder die Eurogendfor ein – je nachdem, was gerade seine jeweilige Marotte ist, aber er lässt sich nicht von der Überzeugung abbringen, dass die Meinung manipuliert und, ja, eingesperrt in eine Fiktion sei, und zwar mit Hilfe von gefälschten Wahlen, getricksten Erhebungen, unter falschen Bannern verübten Attentaten und von Lobbyisten ausgehöhlten Gesetzen, dieser alles in allem ideologischen, propagandistischen Manipulationsmaschinerie, deren Räderwerk er sich anheischig macht, ganz allein auf sich gestellt zu zersetzen, es sei denn, er fände Hilfe bei seinen vielen kleinen Verschwörungsfreunden an allen Ecken und Enden der Welt – aber natürlich hasst er dieses Wort und verbietet mir, es in Bezug auf ihn anzuwenden:

»Siehst du denn nicht, dass man versucht, uns zu diskreditieren, uns als Mitglieder einer Sekte darzustellen?«

Er hat recht, und umso besser, wenn es ihn beschäftigt hält, den Verschwörungen und geheimen Manövern nachzujagen.

Ich habe nicht erst darauf gewartet, dass er ein Spezialist auf diesem Gebiet werde, um zu begreifen, dass die Lüge weltumfassend ist und die Wahrheit schaurig. Es ist die Lüge, die den Fortbestand der Spezies ermöglicht, und glücklicherweise habe ich mich weder mit der einen noch mit der anderen gemein gemacht.

In jenem Sommer, in dem Régis mich inoffiziell heiratete, hatte ich ihm gestanden, welcher grausamen Lüge und schaurigen Wahrheit Kind ich war. Er hatte mir mit tiefem Ernst zugehört, und mich leidenschaftlich an sein Herz gedrückt, bevor er mir dann seine eigene Betrugsgeschichte lieferte. Im stacheligen und harzigen Geruch der Kiefern, des Stechginsters und der Tamarindenbäume haben wir unsere beschämenden Geheimnisse ausgetauscht und einander geschworen, dass die Wahrheit, ob nun schaurig oder nicht, unser eheliches Regime sein möge. Es wollte mir immer so scheinen, als sei Régis' Geheimnis harmlos und beinahe lächerlich im Vergleich zu meinem, aber ich habe sein Vertrauen mit aller erwarteten Ernsthaftigkeit aufgenommen und ihn zum ersten Mal geküsst, während die Zikaden einen glücksverheißenden Hochzeitsmarsch anstimmten.

Für ihn wie für mich fand die Enthüllung im Rahmen eines Festes statt. Seine Mutter hatte sich gerade erst aus dem Staub gemacht, und Charlie hatte seinen Sohn auf einen ebenso unerklärlichen wie prunkvollen Abendempfang mitgeschleppt, bevor er sich dann in Luft auflöste. Régis war eine Zeitlang im Schloss der Gastgeber umhergeirrt, während er Raum um Raum seine Zeit damit vertrödelte, sich höflich von den Freunden seiner Eltern herzen zu lassen und denen mit lakonischen Floskeln zu antworten, die das Wort an ihn richteten, geduldig darauf wartend, dass der Moment der Heimfahrt kommen sollte. Er hatte sich schließlich in den von Dunkelheit umfangenen Park gewagt und war bis an den Saum eines Waldes vorgedrungen, der nur noch dunkler war. Dort dann geschah es, dass er seinen Vater fand, den ein anderer Mann amourös gegen einen Baum drückte.

Régis blieb am Saum dieses Waldes wie gelähmt stehen, panisch bei der Vorstellung, er selbst könne entdeckt werden, und davon überzeugt, dass sich die Nacht, sollte es ihm gelingen, sich geräuschlos zu entfernen, über diesen imaginären Galanen wieder schließen und ihnen nicht mehr Wirklichkeit verleihen würde als einem bösen Traum, der aus ihnen einen unangenehmen, aber mit dem Erwachen leicht zu zerstreuenden Eindruck machte. Aber gerade als er das Schloss wieder erreichte, hatte sich der Inhalt seiner Vision deutlicher abgezeichnet und ließ ihn zwischen die hohen Gräser torkeln, in deren Mitte er sich schließlich niederlegte, um die Unrast seines Herzens zu beruhigen.

Er hatte sich nicht gesagt, dass sein Vater schwul war, und hatte auch keine wirklich genaue Vorstellung diesbezüglich; nein, das, was ihn im Gras klagen ließ unter diesem wie eine Himmelskarte so klaren Sternengewölbe, war, dass er ihn in dieser schwachen Pose erblickt hatte, die Arme träge um den Stamm gelegt, den Kopf leicht nach hinten gebeugt, um sich den Küssen darzubieten; war, dass er ihn mit vor Erregung nervösem Glucksen dem gebieterischen und inbrünstigen Brummen antworten gehört hatte, das über die Lippen des anderen drang.

Wie Régis es vorausgesehen und sich erhofft hatte, nahm diese Erinnerung schließlich doch einen ungewissen Charakter an, und dies umso mehr, als die Heirat unserer Eltern sie unter einem Kippkarren voller Bilder begrub, die beinahe ebenso peinlich waren: Charlie, wie er Nellys Titten knetet, sie ganzen

Mundes abknutscht oder ihr den Rock über ihre goldenen Schenkel hochzieht, das gesamte ekelhafte Aufgebot der Begierde, das unser Schamgefühl und unsere kindliche Bedrängnis schmähte.

Zur ihrer Entlastung muss ich sagen, dass sie ebenso schnell aufhörten, sich zu befummeln, wie sie damit angefangen hatten: Nach einem Jahr Ehe haben sie uns im Normalfall ihre obszöne Scharlatanerie erspart – aber das Böse war geschehen und wir verharrten lange Zeit in der Befürchtung eines Rückfalls und hielten uns die Ohren zu, wenn wir an ihrem Zimmer vorbeigingen, aus Angst, es möge unerträgliches Gewimmer und Geächze aus ihm zu uns vordringen.

In fünfundvierzig Jahren haben Régis und ich es niemals für richtig gehalten, auf unsere schmachvollen Geheimnisse noch einmal zu sprechen zu kommen, aber ich bin mir sicher, dass er das seine als weniger drückend empfand, nachdem er es mit seiner Halbschwester geteilt hatte, die dann zu seiner Geliebten wurde und nicht zögerte, unter den Tamarindenbäumen in Cassis zu seiner Frau zu werden. War es im Übrigen wirklich so bedrückend gewesen, dieses doch immer weiter zurückliegende und immer weniger wahr wirkende Geheimnis? Ich habe stets gedacht, dass Charlie ebenso wenig schwul war wie hetero, und dass es genügte, wenn einer ihm auf leicht inständige Art den Hof machte, damit er sich darbot; ich habe stets gedacht, dass er, nichts empfindend, weder Liebe noch Begehren, immer sehr erstaunt darüber gewesen sein mochte und sich wohl geschmeichelt gefühlt haben musste, dass er bei anderen selbige hervorlocken konnte.

Wäre seine Schönheit weniger einschüchternd gewesen, er hätte sich möglicherweise zu einer richtigen Nutte entwickelt, hätte mit aller Welt geschlafen, ohne je zu verstehen, um was es sich dabei dreht, wohl aber jedes Mal hoffend, eine

Erleuchtung zu erfahren: Er hätte sich in den 1980er Jahren Aids eingefangen und wäre ebenso dumm und unwissend gestorben, wie am ersten Tag seines kleinen, begriffsstutzigen Lebens. Zu seinem Glück führten sein Blond, sein Körperbau, seine blauen Augen und die Perfektion seiner Gesichtszüge dazu, dass es den meisten aller Verführungsanwandlungen an Mut mangelte, was aus ihm schließlich, soweit ich es weiß, den treuen Ehemann meiner Mutter und zuvor jenen von Monique gemacht hat.

Wie auch immer, Menschen wie Charlie genügen sich selbst: Sie lieben sich und lieben es, sich den Großteil der mit Liebe verbundenen Leiden wie Unruhe, Eifersucht und Frustration zu ersparen – sie wissen sehr genau, und dies aus gutem Grund, dass sie niemals betrogen und auch niemals verlassen werden. Ich habe meinen Schwiegervater immer nur zufrieden erlebt, und ich habe keine andere Erklärung für sein Glück, als die bedingungslose und reine Liebe, die er seiner eigenen Person widmet.

Heute, da er völlig übergeschnappt ist, würde es überhaupt nichts nützen, wollte man ihm seine Unzulänglichkeiten vor Augen führen und versuchen, ihn seine Doppelzüngigkeit erkennen zu lassen. Mein großes Vorhaben der Vakuum-Reinigung, Desinfektion und Lüftung aller Heuchelei wird diesen armen Charlie also aussparen, bei dem berücksichtigt werden darf, dass er durch die Beschädigungen, welche die immerwährende Lüge in seinem Hirn angerichtet hat, bereits hinlänglich bestraft ist. Man weiß ausreichend gut um die Auswirkungen des Geistes auf den Körper Bescheid, als dass ich darauf noch einmal zu sprechen kommen müsste, dies wird einen jedoch nicht davon abhalten, bedenken zu müssen, dass Charlie im Laufe der Zeit durch Unmengen an Unwahrheiten, Verleugnungen, und Betrug aller Art die Beschaffenheit seiner

Gehirn-Rückenmarksflüssigkeit verändert hat, und damit seine Hirnhaut zwang, in einer korrosiven und letztlich für sein Urteilsvermögen fatalen Suppe zu schwimmen.

Wenn nun aber Charlie sich nicht mehr in dem Zustand befindet, seine Bestrafung erleiden zu können, so ist Nelly doch vollkommen tauglich, aus einer Offenlegung ihrer Verbrechen gegen die Menschlichkeit Nutzen ziehen zu können. Denn es ist meine Menschlichkeit, die von meiner Geburt, um nicht zu sagen von meiner Zeugung an verspottet wurde; es ist meine Kindheit, die getötet und mit den Füßen getreten wurde, und zwar von Erwachsenen, die sich an meine Existenz nur erinnerten, um mich wie eine Trophäe zur Schau zu stellen, als Teil ihrer Identität, als Tribut an ihre eigene Legende. Mein Vater ist tot, meine Mutter lebt und mein Schwiegervater ist verrückt, doch es ist für mich noch nicht zu spät, um öffentlich bekannt zu machen, dass ich in einer ebenso monströsen und schädlichen Fiktion aufgewachsen bin, wie diese weltumfassende Fabel, die anzuprangern Régis sich einsetzt. Wenn Nelly glaubt, dass sie mit einer einfachen häuslichen Enthüllung davonkommt, einer auf der Treppe hingeworfenen Antwort, dann liegt sie falsch. Für die Eskapaden meines Vaters und die schuldhafte Gefälligkeit meiner Mutter möchte ich Schande, öffentliche Abscheu, Bewusstsein der Schändlichkeit.

Was die Schande betrifft, so fügt es sich gut, denn Familie und Freunde sind heute Abend zur Ausstrahlung des Castings von »New Star« geladen. Zu meiner großen Überraschung hat Nelly einen regelrechten Empfang organisiert, um den Erfolg ihrer Enkeltochter, die ihre Enkeltochter nicht ist, zu feiern – nun ja, Erfolg, das ist schnell dahingesagt, da Charonne den Urteilsspruch der Jury nicht entschleiern und wie immer also die Geheimnisvolle spielen wollte. Obwohl ich aber auch nicht im Geringsten interessiert bin an dieser Art von Sendung, bin ich hinuntergegangen und habe mich zu den anderen gesellt. Man wird nicht behaupten, ich sei eine schlechte Mutter, obgleich ich eine solche effektiv bin – oder besser, ich bin überhaupt keine Mutter, was mir viel einfacher und gesünder erscheint, als sich in grausamen Familienkomödien zu verstricken, wo niemand für seine Rolle geschaffen ist und alle den Umständen entsprechend ihre Repliken austauschen, ohne Überzeugung und ohne Talent. Ich bin nicht die Mutter von Charonne, und es ist mir nie gelungen, es zu sein: Das hätte mit einem anderen kleinen Mädchen klappen können, aber bei ihr hat es nicht funktioniert, und wenn hier auch keine langen Kommentare darüber abzugeben sind, dann doch dieser eine, damit die allgemeine Meinung sich dazu veranlasst sieht, doch einzuräumen, dass es weniger sympathische Kinder gibt als andere, und dass es endlich damit ein Ende haben muss, die Kindheit zu idealisieren, will man nicht länger im Irrtum verharren.

Ich bin gezwungen anzuerkennen, dass ich selbst ein enttäuschendes Kind gewesen bin, glanzlos, ungeschickt und all jener Talente bar, die meinen Eltern erlaubt hatten, in der Gesellschaft zu glänzen. Aber letztlich zwingt niemand die Leute dazu, sich fortzupflanzen, und falls sie sich dazu entscheiden, sich in dieses ja vermeidbare Abenteuer zu stürzen, dann müssen sie auch die Möglichkeit der Enttäuschung einräumen. Aber bitte, alle Welt zieht es vor, mit gesenktem Kopf vorzupreschen, unvernünftige Erwartungen zu nähren und den Mythos der glücklichen Familie fortbestehen zu lassen. Nur, dass es sich mit Familien ebenso verhält wie mit chirurgischen Eingriffen: Es gibt keine guten, nur notwendige, und auch diese Notwendigkeit ist rein biologisch: Ist das Kind einmal aufgetaucht, die genetische Übertragung sichergestellt, steht der Auflösung der Familie nichts mehr entgegen, was die Mutter von Charonne sehr klar verstanden hatte.

Ich dachte, ich würde die Meinen im kleinen Salon antreffen, aber es ist der große mit seiner Home-Cinema-Leinwand, die für diesen Anlass in Beschlag genommen wurde. Es gibt sogar ein Buffet, von Marikit hergerichtet, und Charonne serviert massenhaft Champagner, und zwar als wahre junge Tochter des Hauses, die sie ist oder zu sein vorgibt.

Nelly hat die beiden Schwestern eingeladen, die ihr noch verblieben sind. Die dritte ist vor drei Jahren zerplatzt, sie hat sich allzu sehr mit weißem Zucker und Fetten den Bauch vollgeschlagen – so lautet zwar nicht die offizielle Version, die meine hingegen schon, von der ich gleichfalls glaube, dass sie der Wahrheit sehr nahe kommt. Ich erkenne auch den Patensohn meines Vaters, Richard, ein Siebzigjähriger, der lange Zeit über bei einem Plattenlabel gearbeitet hat. Und Nelly befindet sich in einer Unterhaltung mit ihrem Fan Nummer eins, einem schwulen Regisseur, der ihr seit Jahren im Nacken sitzt, damit sie akzeptiere, ihr Comeback unter seiner Führung zu machen. Er ist in Begleitung gekommen, und wenn ich auch die beiden Kreaturen, die ihn flankieren, nicht einordnen kann, so gehören sie doch ihrer bedachten Art und ihrem unkonventionellen Aussehen nach fraglos der Welt des Schauspiels an. Es möchte scheinen, meine Mutter habe sich entschieden, die Möglichkeit zu nutzen, um die künstlerische Karriere von Charonne in Gang zu bringen. Gewiss, die Leute, die anwesend sind, sind lauter Greise, aber sie muss wohl denken, dass sie doch noch ein wenig Einfluss und ihre Urteilskraft nicht ganz verloren haben – was wiederum zeigt, dass die ihre in hohem Maße geschwächt ist.

Ich lege Wert darauf zu sagen, dass man für mich noch nie so viel getan hat, auch nicht, um meine kleinen Erfolge zu feiern. Immerhin habe ich zwischen meinem achten und zehnten Lebensjahr einige Siege bei Reitwettbewerben nach Hause gebracht, die es gerechtfertigt hätten, ebenfalls mit Alkohol gefeiert zu werden. Ganz abgesehen davon, dass ich in der zweiten Grundschulklasse ohne Mühe einen Preis für Beispielhaftigkeit erhalten habe. Gewiss, es wäre weitaus angemessener gewesen, mich mit einem Preis für Folgsamkeit, Passivität, um nicht zu sagen Unterwürfigkeit auszuzeichnen, aber einem geschenkten Gaul schaut man nicht ins Maul und ich sehe nicht, warum meine Eltern es mitnichten für wert empfunden haben, dieses befriedigende Ereignis bekannt zu geben.

Letztlich bin ich immer in den Schatten gestellt und um alles gebracht worden. Die andere Gladys nahm mir meinen Vater und Charonne las hier und da das Wenige an Liebe, das meine Mutter zu verteilen hatte, auf. Banco. Und ich sollte ohne Widerrede diese ungerechte Behandlung akzeptieren? Das mag für heute Abend noch angehen, aber von morgen an gehe ich auf die Barrikaden, mache ich meine Rechte geltend, erhalte ich den Preis namens Schmerzensgeld, und schmeiße alle raus. Das lasse man sich gesagt sein.

Ordnungsgemäß vollgestopft mit Champagner und in Gläschen servierten Köstlichkeiten, nehmen die Gäste einer nach dem anderen auf den Crapaud-Sesseln, den Chaises-Lyre, dem mit Chintz bezogenen und mit hellem Mahagoniholz eingefassten Kanapee Platz. In dem Augenblick, da die Leinwand herabgelassen wird, platzt Liberato in den großen Salon und beeilt sich, seine Pferdehändlerpranke auf Charonne zu legen. Man hat Charlie in einem toten Winkel untergebracht, aber auch er ist somit zugegen, nippt an seinem Champagner und spuckt in ihn. Es fehlt nur Régis, doch auch er kommt an und hockt sich, zu Füßen seines Vaters, auf den Savonnerie-Teppich, den wir von den Kürenbergs übernommen haben und über den er nun gedankenverloren mit der flachen Hand zu streichen beginnt.

Die Sendung fängt an. Die Kandidaten warten geduldig, bis sie dran sind, erst draußen, in einer Warteschlange, die bereitwillig von der Kamera eingespielt wird; dann drinnen, in einer Art Theater, in Grüppchen, je nach Umständen zusammengeballt: Hier die Gitarre von einem, dort die Stimmversuche oder Prahlereien der andern.

Entsprechend ihrer Ankündigung fällt Charonne mit ihrem Look und ihrem generellen Aussehen ausreichend stark aus dem Rahmen, um die Aufmerksamkeit des Moderators auf sich zu ziehen, einem überreizten und von seiner Wichtigkeit aufgeblähten Schmierenkomödianten. Kolossal, beinahe hieratisch, als spielte sie die afrikanischen Götzen, steht sie still inmitten dieser aufgeregten Schar von Jugendlichen. Der rote Smoking, den sie schließlich der Meinung dritter zuliebe vorgezogen hat und den sie ohne was drunter trägt, lässt den Ansatz ihrer schwarz gesprenkelten goldenen Brüste erkennen, schwarz gesprenkelt und golden, wie es auch ihre Backen sind, ihre Wangenknochen, ja, bis hin zu ihren Lippen, die zu schminken sie nicht für gut befunden hat, was ihr das indignierte Gezeter ihrer falschen Großmutter einbringt:

»Charonne, ich hatte dir gesagt, du sollst Lippenstift auflegen! Du hörst mir nie zu!«

In diesem Fall hat Charonne recht gehabt, da die nicht vorhandene Schminke ihr erlaubt, diesen merkwürdig blauen Mund zur Schau zu tragen, den ich noch nie bei jemandem außer ihr gesehen habe, und den die Fernsehzuschauer Frankreichs und Navarras sicherlich nicht zu bemerken versäumt haben, ganz zu schweigen von dem Moderator, der hysterisch um sie herum hüpft. Sie hält in ihrem Arm nicht die klassische Gitarre, die sie uns vor zehn Jahren abgenötigt hat, sondern ein Banjo, bei dem es mich sehr wundern würde, wenn sie auch nur drei Töne aus ihm herausbrächte. Wahrscheinlich ist es Teil des Waffenarsenals, das mit Nellys Hilfe taktisch entwickelt wurde, und bei dem jedes Detail Gegenstand haarsträubenden Palavers war. Man muss wohl annehmen, dass sich der Narzissmus und die Oberflächlichkeit meiner Mutter, nachdem sie eine Generation übersprungen hatten, unverändert auf ihre Pseudoenkeltochter übertragen haben, was ihnen gestattet, stundenlang über die pechschwarzen Besätze, die den Smoking zieren sollen, Haarspalterei zu betreiben, oder aber auch über ein mögliches Epilieren der Augenbrauen, obwohl Charonnes das gar nicht nötig haben: Anders als meine, die keine definierte Linie aufweisen, wirken ihre wie mit dem Pinsel gezogen und zielen entschlossen auf ihre konkaven und aufregenden Schläfen – denn das Gesicht meiner Tochter, die meine Tochter nicht ist, hat dieses gewisse Etwas, das mit ihrem Körper nicht übereingeht: So fett Charonne auch ist, um nicht zu sagen fettsüchtig, mit einer Fülle, die der rote Smoking nur noch hervorhebt, so zierliche, feine und grazile Züge besitzt sie, als hätte man versehentlich den Kopf einer anderen auf ihre Schultern eines Bodybuilders gesetzt. Was mich betrifft, so finde ich, dass es damit nur noch peinlicher wird, sie anzuschauen, aber bitte, unsere Gäste begeistern sich bereits, und heuchlerische Ausrufe schallen durch den großen Salon:

»Aber nein, Nelly, nicht doch, sie sieht ganz wunderbar aus, Ihre Enkeltochter, so natürlich, so ganz ohne Schminke!«

»Sie ist umwerfend, ganz einfach umwerfend!«

»Sie stellt die anderen völlig in den Schatten: Man sieht nur sie!«

Während ich mich an die Sitzfläche der Chaise-Lyre-Louis-XVI klammere, die ich selbst abgeschliffen habe, während ich mir innerlich auf die Wangen beiße, um nicht lauthals loszulachen, stimmt der Chor der Speichellecker eine weitere Strophe an:

»Was für eine Präsenz! Was für ein Charisma!«

»Sie ist nicht aus der Art geschlagen, trotz allem!«

»Ja, es ist verrückt, Nelly: Ich weiß ja, dass keinerlei Blutsverwandschaft besteht, aber die Ähnlichkeit ist doch frappierend!«

Aber über wen nur macht man sich hier eigentlich lustig, und wie kann man so dumm und unehrlich sein, solch offensichtliche Unwahrheiten auszusprechen? Charonne ist schwarz, sie ist einen Meter sechsundsiebzig groß und wiegt um die hundert Kilo, wohingegen Nelly winzig ist, blond und leichenblass unter ihrer karminroten Schminkfahne – ganz abgesehen davon, dass man ihre Taille mit zwei Händen umfassen kann und ihre Gliedmaßen mit der Zeit ein ausgetrocknetes und verhärtetes Erscheinungsbild angenommen haben, das, ganz eindeutig, mit den ausufernden Armen von Charonne, ihren kolossalen Schenkeln und sensationellen Waden überhaupt nicht zusammengeht. Aber bitte, wenn sie nicht wissen, was sie über ein Kind sagen sollen, bringen die Leute es fertig, ihm Ähnlichkeiten mit seinen Verwandten in aufsteigender Linie anzudichten, um eine Freude zu bereiten – man fragt sich nur, wem.

Auf der Leinwand lächelt Charonne geheimnisvoll und weicht den drängenden Fragen des Moderators aus. Ihre Wangen glänzen wie polierte Äpfel und ihre Wimpern ziehen ihr eine Art winziges, moiriertes Pony vor, das sie mit affektierter Langsamkeit niederschlägt. Sie hat ihre Dreadlocks aufwendiger als sonst verdreht, was ihre abessinischen Wangenknochen und ihre hochmütige Stirn freilegt. Ich bezweifle keinen Augenblick, dass dieser Effekt peinlich genau mit Nelly diskutiert und kalkuliert wurde, denn bei Charonne ist alles kalkuliert, und folglich alles falsch, angefangen bei ihrem billigen Sexappeal bis hin zu ihrem vorgeblichen musikalischen Talent, ganz zu schweigen von der unerschütterlichen Ergebenheit, die sie unseren Eltern gegenüber an den Tag legt, und die nichts anderes zum Ziel hat, als unsere eigene diesbezügliche Schwäche zu unterstreichen.

Die Kandidaten beginnen vor der Jury vorbeizumarschieren, einem Quartett ehemaliger Ruhmesgrößen des französischen Chansons, die hier alle bis auf mich zu kennen scheinen, aber es muss erwähnt werden, dass ich mich weitaus besser auf Soul und Weltmusik verstehe, als aufs Varieté. Angesichts der tatsächlich lächerlichen Darbietungen dieser armen jungen Leute, verdoppeln unsere Gäste ihre Anzüglichkeiten, und Charonne bleibt keinen harten Kommentar schuldig. Im Gegensatz zu dem, was sie uns gern glauben machen möchte, ist Wohlwollen nicht ihre Stärke, doch wer zuletzt lacht, lacht am besten: Sie ist dran. Ungezwungenen Schritts und ohne ihr rätselhaftes Lächeln abzulegen, tritt sie einer albern grinsenden Jury entgegen.

»Also, Charonne. Ist doch richtig so, wie? Charonne?«

»Ja.«

»Wo kommt der her, der Vorname? Eine Mutter, die Sharon-Stone-Fan ist?«

Charonne könnte ihnen sagen, dass sie keine Mutter hat, oder aber auch, dass sie derer zwei hat: Eine, die sie zweiundsiebzig Stunden nach ihrer Geburt in einen Müllcontainer geworfen hat, und eine, die sie nach zehnmonatigem Zusammenleben zurückgeben wollte, aber anstatt diese Gelegenheit zur Rache am Schopf zu packen, von der sie, wie ich weiß, träumt, antwortet sie ohne zu blinzeln:

»Eher eine Hommage an die Toten des 8. Februar 1962.«

Mehr sagt sie nicht dazu, und den Mitgliedern der Jury verschlägt es die Sprache, mundtot gemacht wie sie sind durch ihre historische Unbildung, ihre Furcht, einen Fehler zu begehen, wie auch der, Charonne sich ihres Castings wie eines Rednerpults bedienen zu sehen, anstatt mit ihrer Strophe und ihren drei wichtigsten Akkorden vorzutreten, so wie vorgesehen und wie bei allen anderen auch. Trotz allem, das, was man von nun an deutlich an ihren verschlagenen und ein wenig maroden Gesichtern ablesen kann, das ist die Lust, diese außergewöhnliche Kandidatin möge mit Glanz und Glorie einen Reinfall erleben – denn ich liebe meine Tochter nicht und lasse mich von keiner ihrer Kungeleien täuschen, aber ich muss ihr doch ihre Einzigartigkeit zuerkennen, zumal sie jetzt dem gotteserbärmlichen Parademarsch all dieser Ruhmesanwärter folgt, wie sie da geformt sind aus dem nämlichen blassen Lehm und ausstaffiert mit den nämlichen kläglichen Schildern.

Kaiserlich wie sie ist, positioniert Charonne ihr Banjo unterhalb ihrer opulenten Brüste und erwartet das grüne Licht der Jury, um die ersten Takte von *Sexual Healing* anzustimmen. Nelly versenkt links und rechts wissende und triumphale Blicke, als hätte sie bei dieser finalen Entscheidung mitgewirkt, sie, die immer dafür gekämpft hat, dass ihre Pseudoenkeltochter *Ain't No Mountain High Enough* singen sollte anstelle dieser vor Schamlosigkeit nur so triefenden Hymne.

Nachdem er ein für alle Mal seine Haltung bei derjenigen von Nelly abgepaust hat, lässt der Chor der Speichellecker ein Gemurmel an Billigung und Stolz vernehmen – einen meiner Meinung nach völlig unberechtigten Stolz, aber niemand fragt mich danach. An ihrer Seite umfasst Liberato den Star des Abends und befummelt sie auf eine immer schamlosere Weise, ohne sich andere Beteuerungen einzufangen als Gegluckse und obszönes Gewiege in den Hüften. Auch in puncto Schamlosigkeit ist Charonne nach ihrer Großmutter geraten.

Allein Charlie und Régis geben sich stimmig: Der erste, weil er überaus damit beschäftigt ist, Oliven in seinen Martini zu tauchen, und der zweite, weil er in einem seiner unergründlichen Tagträume versunken ist, die ihn so häufig meiner Liebe und meiner zärtlichen Fürsorge entreißen. Er kann noch so sehr die Leinwand betrachten, ich sehe doch, dass er weit weg ist, und ich bin darüber nicht unzufrieden: Es fehlte nur noch, dass er sich auch noch vereinnahmen ließe von dem Gehabe dieses Kindes, das das unsere nicht ist, trotz der Anstrengungen, die wir unternommen haben, damit es dies werde.

Ooh, now let's get down tonight
Baby, I'm hot just like an oven
I need some lovin'
And baby, I can't hold it much longer
It's getting stronger and stronger
And when I get that feeling
I want Sexual Healing
Sexual Healing, oh baby
Makes me feel so fine
Helps to relieve my mind
Sexual healing baby, is good for me ...

Weiß sie eigentlich, wovon sie spricht, diese fette Kuh – denn man kann nicht verhehlen, dass sie doch wie eine Kuh wirkt mit ihren überdehnten Zitzen und ihrem blasierten Ausdruck, den sie glaubt, zur Schau stellen zu müssen, während sie aus ihrem Banjo unpassende Arpeggien leiert und so den Hilferuf von Marvin in ein fröhliches Lied verwandelt, das dessen Geist vollkommen verrät.

Aber hat sie denn, seit sie geboren wurde, je etwas anderes getan als zu verraten, zu verhöhnen und zu lügen? Selbst ihre Adoption kommt einem Blendwerk gleich, einer gemeinen Zauberei, ausgeführt vor unseren gutgläubigen Augen. Sie war erst fünf Jahre alt, aber sie kannte sich mit Kunstgriffen und Verstellungen bereits aus. Hunderte Male habe ich schon erzählt, wie sie es einrichtete, als jünger durchzugehen, weißer, hübscher und freundlicher als sie es in Wahrheit war – ganz so wie diese Blumensträuße, die genau für die Zeitspanne frisch und adrett bleiben, die man braucht, um sie nach Hause zu tragen, um anschließend auf der Stelle auszubleichen und an ihren grünen Stilen im Vasenwasser zu faulen. Und dass man mir nicht damit komme, ich würde übertreiben: Ich erkenne den Verrat, wenn er sich zeigt, und im Übrigen ist Verrat die bestgeteilte und meistverbreitete Sache der Welt.

Baby I got sick this morning
A sea was storming inside of me
Baby I think I'm capsizing
The waves are rising and rising
And when I get that feeling
I want Sexual Healing ...

Im großen Salon, an dessen Dekoration Régis und ich so viel gearbeitet haben, erreicht der Enthusiasmus seinen Höhepunkt, es fehlt jetzt nur noch, dass diese Greise sich gegenseitig gratulieren. Charlie hat endlich begriffen, dass etwas im Gange ist und mimt sein Verständnis, indem er seinen Kopf hebt und in die Runde lächelt, eine Haltung, die mir am Ende ehrlicher zu sein scheint als diejenige meiner Nachbarin zur Rechten, die ihre Hände zum Zeichen der Bewunderung zusammengeführt hat und förmlich überströmt vor entzücktem und absterbendem Gemurmel:

»Was für ein Talent, unfassbar, was für ein Talent, das ist ja unglaublich ...«

Zum Glück unterbricht die Jury Charonne beim zweiten Drittel des Songs, vermutlich ist sie ebenso aufgebracht von ihrer unstimmigen Darbietung wie ich: Wozu diese Begierde mimenden Atemgeräusche und diese schmerzlich niedergeschlagenen Augenlider, wenn sie dann mit diesen übermütigen Akkorden überlagert werden, die an irische Radaumusik erinnern, und so meilenweit entfernt sind von den emotionalen Verstörungen, von denen erlöst zu werden Marvin doch erfleht? Seinen Knopf im Ohr abziehend und sich weit in seinem Stuhl zurücklehnend, wendet sich eines der Jurymitglieder deutlich vernehmbar an Charonne:

»Man spürt, dass du dich sehr von Ben Harper hast inspirieren lassen: seiner Akustikversion von *Sexual Healing*, was?«

Charonne hebt herablassend eine Augenbraue:

»Inspiriert hat mich allein Marvin.«

Donnerwetter, wenn sie glaubt, dass sie so die Sympathie der Jury und die Gunst des Publikums gewinnt, dann hat sie sich geschnitten. Soll sie ruhig in dieser Spur weitermachen, dann sind wir bald fertig und können auf ihre Niederlage trinken und ihre absehbare Demütigung im Champagner versenken. Der Juror, selbsterklärter Star des Stimmcoachings, schüttelt mit mitleidserweckendem Ausdruck den Kopf, und wird darin umgehend von den drei anderen, seinen Begleitschafen, nachgeahmt:

»Gut, Charonne, du besitzt Qualitäten, aber das, was du uns da gerade vorgemacht hast, ist nicht besonders überzeugend: Wir würden gern noch etwas anderes hören. Aber *a cappella* diesmal: ohne Banjo.«

Im großen Salon erhebt sich Protestgeschrei: Der Chor der Speichellecker findet kaum ausreichend harte Worte, um solchen Mangel musikalischen Geschmacks bei den angeblichen Experten für neue Talente niederzubrüllen:

»Unglaublich! Sind die taub, oder was?«

»Also nein, wenn die damit nicht einverstanden sind, was dann bitte wollen die denn noch, das frage ich euch!«

»Von wegen: Würde Martin Gaye leibhaftig auftreten, sie wären fähig, ihn durchfallen lassen!«

Keiner hört mehr jemandem zu und Nelly ruft alle zur Ordnung, damit nichts von dem, was sich auf der Leinwand abspielt, verpasst werde. Ohne sich aus der Fassung bringen zu lassen, hat Charonne ihr Banjo mit höchster Vorsicht niedergelegt und nähert sich dem Mikro:

Please allow me to introduce myself
I'm a man of wealth and taste
I've been around for a long, long year
Stole many a man's soul and faith ...

Schon mit den ersten Takten zucken die Juroren zurück und registrieren zweifellos die boshafte Absicht, die offensichtlich meiner Mutter und ihren Freunden, die wiederum von Begeisterung getragen werden, entgeht. Ohne selbige zu teilen, muss ich Charonne zugestehen, dass sie ohne Manieriertheit singt, den Song nicht überlädt und die Effekte nicht unterstreicht. Ich muss auch zugeben, dass sie uns das Miauen und verschlissene Fauchen erspart, die bei ihren Konkurrenten groß in Mode zu stehen scheinen. Sie singt mit schalkhafter und gezügelter Freude, die einzelnen Wort voneinander abhebend und dehnend, und dabei den Rhythmus auf immer stärkere Weise betonend, zunächst, als würde sie eine träge Welle ergreifen, mit einem kaum wahrnehmbaren Wiegen in den Hüften, dann mit der Handfläche an Hüfte und Schenkeln, womit es ihr gelingt, das Rollen der Congas zu suggerieren und das machtvolle Anschwellen des Songs der Stones abzubilden. In dem Moment, da sie endlich die Augen hebt und ihr Lächeln weit erstrahlen lässt, *Pleased to meet you, Hope you guess my name, oh yeah, Ah, what's puzzling you, It's the nature of my game, oh yeah,* unterbrechen die Juroren sie in ihrem Schwung:

»O. k., o. k.: Wir haben verstanden, dass du die Stones singen kannst!«

Meiner Meinung nach haben sie die Natur ihres Spiels sehr gut verstanden, und das zurecht. Es fehlt ihnen möglicherweise an Geschmack, aber doch nicht wirklich an Urteilsfähigkeit – ganz abgesehen davon, dass sie ausreichend viele Kandidaten haben aufmarschieren sehen, um eine Perversität zu erkennen, wo sie es mit einer solchen zu tun haben. Der Anführer des Quartetts, jener, der Charonne mit zweimaliger Wiederholung in ihre Schranken gewiesen hat, zerrauft sich fieberhaft seine mahagonibraune Föhnfrisur und mimt die allergrößte Verwirrung:

»Also Charonne, du stellst uns vor ein Problem ...«

Nicht nur er ist es, den sie vor ein solches stellt, ist sie doch geboren, um sie zu bereiten. Aber wieder einmal fragt mich niemand nach meiner Meinung, und abermals entrüstet sich die Zuhörerschaft lautstark, als wäre dieses Eingeständnis an Perplexität eine Majestätsbeleidigung:

»Sie war großartig, zauberhaft!«

»Das ist vollkommen getürkt, diese Geschichte: Die brauchen wohl Quoten!«

Quoten wofür? Mir ein Rätsel. Aber gut, alle wetteifern miteinander im Protestgeschrei und in Ausrufen der Empörung. Selbst die Hündin bellt zornig gen Leinwand und wird darin umgehend von diesem armen Charlie nachgeäfft, dem die ganze Aufregung zu Kopfe steigt und der nicht mehr aus noch ein weiß. Glücklicherweise haben sich alle entschieden, sein Gekläffe für einen geistreichen Witz zu halten, und Nelly sieht sich wieder einmal dazu verpflichtet, den Chor der Speichellecker zu Ruhe und Stille zu gemahnen.

Die anderen Mitglieder der Jury haben ihrerseits entschieden, das Thema auszuschmücken und überbieten mit Leibeskräften ihren naturgemäßen Chef:

»Ja, ja, es ist nicht so, dass du schlecht singen würdest ...«

»Obschon es ab und an Probleme bei der Genauigkeit gibt.«

»Nun gut, Marvin, die Stones, das ist alles hübsch und gut, aber du, wo bist du denn eigentlich darin?«

Dass die vorherigen Kandidaten den weiten Spagat zwischen Gainsbourg und Rihanna gemacht haben, wenn nicht sogar zwischen Whitney Houston und korsischen Ricuccatas, das hat anscheinend niemanden gestört, und selbst Régis lässt ein Gemurre laut werden, das mir verbittert zu sein scheint.

»Und dann, verdammt noch mal, bist du zwanzig Jahre jung: Kannst du uns nichts Aktuelles darstellen? Die Musik, die endet ja nicht in den 1980er Jahren!«

Die Juroren pflichten dem bei – uff, sie haben etwas Gravierendes gefunden, das sie dieser Kandidatin vorwerfen können: Sie wirkt überlebt mit ihrem Vintage-Smoking, mit ihrem Banjo und ihren Rückgriffen auf die Sechziger und Achtziger. Charonne erduldet ihre Kommentare, ohne besondere Rührung zu zeigen, und wartet schlicht und einfach darauf, dass ihnen die Gemeinheiten ausgehen. Und tatsächlich hört der charismatische Anführer, indem er sich aufs Schönste durch sein Künstlerhaar fährt, damit auf, Gutmütigkeit und Nachsicht vorzutäuschen:

»Gut, wir werden ihr eine dritte Chance gewähren, was denkt ihr?«

Nichts denkend, stimmen die anderen zu.

»Charonne, du wirst uns etwas Aktuelles singen. Wir befinden uns im 21. Jahrhundert, verdammt! Und wenn es dir gelingt, uns zu überzeugen, ist die Sache durch!«

Meine Tochter, die meine Tochter nicht ist, ist sich ihrer Sache entschieden sicher, denn anstatt ihn zum Teufel zu jagen, stellt sie sich ein weiteres Mal nah ans Mikro und beginnt ohne Mühe zu intonieren:

Yes, I'm a motherfucking French
Kissing Andy Kissing Jack Kissing Johnny Kissing Mike

Smacking chicks and licking faces
Snugging ladies slapping boys
Smashing tits going hot
Tease your daddy driving wild wild nuts
Yes, I'm a motherfucking French
Kissing Andy Kissing Jack Kissing Johnny Kissing Mike

Smacking chicks and licking faces
Snugging ladies slapping boys
Smashing tits going hot
Tease your daddy driving wild wild nuts
So kill me, kill me

Da keiner der Gäste meiner Mutter wirklich anglophon ist, stört sich niemand an den von Charonne abgespulten Widerlichkeiten: Im Gegenteil, alle scheinen diesen letzten Song reizend zu finden. Zunächst auf ihren Sitzen gelähmt, sprechen sich die Juroren über Blicke miteinander ab und flüstern sich gegenseitig was zu. Ein weiteres Mal zerbricht sich der Star des Stimmcoachings heftig den Kopf mit beiden Händen, und für einen Moment lang hoffe ich, dass er dieser entwürdigenden und jeglicher Musikalität mangelnden Darbietung ein Ende bereitet, aber nein, aller Erwartung zum Trotz erhebt er sich und widmet Charonne Standing Ovations, was die drei anderen natürlich und umgehend imitieren. Schlimmer noch, er hat sich soeben zu ihren Füßen niedergekniet und greift nach ihrer Hand, um sie mit einer gezierten und grotesken Ehrerbietung zu küssen, während er zugleich Reue und Respekt mimt. Ohne sich zu rühren, empfängt Charonne eine Lawine an Komplimenten und Ermutigungen. Was zeigt, dass die Leute keine Scheu haben, sich mit ihren Gesinnungswandeln und Ableugnungen lächerlich zu machen. Und der Chefjuror, gegenwärtig zerzaust wie eine Feder, ist nicht der Letzte, der sich widerspricht, indem er laut zugibt, dass er Charonnes Potenzial sofort erkannt habe und nur ihre geistige Kraft bewiesen sehen wollte:

»Es ist schön und gut, dass einer singen will, Charonne, aber auf diesem Gebiet existiert eine psychologische Dimension, die man nicht ignorieren darf: Wenn du auch nur ein wenig fragil bist, bist du tot.«

Und schon legt er mit einer Aufzählung all derer los, die sich an der harten Realität des Showbusiness die Zähne ausgebissen haben: Von Mike Brandt bis Dalida, über Brian Jones und Kurt Cobain. Für einen Mann, der meine Tochter dazu anstiftete, auf der Höhe unserer Zeit zu sein, sind seine Referenzen ein wenig veraltet, aber man hat ja gesehen, dass Kohärenz und Konstanz die letzten seiner Sorgen waren. Kurz, Charonne hat mühelos das Recht gewonnen, das Abenteuer weiter zu verfolgen, wie sie es alle sagen, da sie überhaupt keine Vorstellung davon haben, was ein Abenteuer bedeutet – und ich könnte ihnen was davon erzählen, ich, die ich mit Régis seit dreißig Jahren die Welt unter zuweilen extremen Bedingungen und Lebensgefahr durchstreife.

Meine Mutter und ihre Gäste lassen ihrerseits Freude und Erleichterung zum Ausdruck kommen, wobei Nelly nicht die Letzte ist, die schrille Schreie der Ekstase von sich gibt. Bei einer Frau, die noch vor zehn Tagen Suizidpläne nährte, darf man sagen, dass ihre Dornen wieder Rosen tragen, aber nicht ich bin es, die sich darüber beschweren wird.

Kaum gewillt, mich dem Chor der Speichellecker anzuschließen, verlasse ich den Raum, sehe aber gerade noch, wie Régis Charonne die Wange zum Zeichen der Zustimmung tätschelt. Wo landen wir, wenn selbst er sich vom allgemeinen Wahnsinn anstecken lässt? Ich gehe hinauf in unser Schloss im Himmel, und da er mir schließlich folgt, versuche ich ihn bezüglich des dornigen Themas unserer Adoptivtochter zu beeinflussen:

»Sag mir jetzt nicht, dass du das gut fandest, diesen gesamten Schwachsinn, das Casting, all das ...«

Er zuckt ausweichend mit den Schultern und begibt sich vor seinen Computer, ohne mir auch nur einen Blick zuzuwenden.

»Ich rede mit dir, Régis.«

»Ja, nun, was soll ich dir sagen? Natürlich ist das alles Schwachsinn. Du weißt genau, was ich von der Fernseh-Realität halte.«

»Ich weiß eben nicht mehr wirklich, was du davon hältst. Du scheinst es ja tatsächlich beinahe zu schätzen.«

Dieses Mal schaut er mich an, aber ich mochte es lieber, als er mir den Rücken zukehrte, denn in seinem Blick ist etwas, das mir das Herz zusammenpresst, eine Art Überdruss, beinahe eine Gereiztheit.

»Möchtest du wissen, was ich geschätzt habe? Ich habe die Art und Weise geschätzt, mit der Charonne ihnen, all diesen Angsthasen, den Rang abgelaufen hat.«

»Wie?«

»Sie hat sie alle verarscht. Der Coup mit dem Vornamen, *Sympathy for the Devil*, all das.«

»Was, all das?«

Er seufzt und wendet sich wieder seinem Computer zu, seinen Blogs mit den Ökofreaks und Verschwörungstheoretikern, seiner endlosen Treibjagd nach dem unwiderlegbaren Beweis des großen Weltkomplotts gegen die Wahrheit und die Unbescholtenheit des Planeten, um dergestalt seine zornige Frau in die Schranken zu weisen. Aber es kommt gar nicht in Frage, dass ich ihn mir in die Cyber-Realität Ausflucht nehmen lasse, bevor er nicht gemeinsam mit mir anerkannt hat, dass Charonne kein anderes Talent besitzt als dasjenige, die Welt zu überlisten.

»Na ja, entschuldige mal, aber ich wüsste nicht, was Charonne da so Außergewöhnliches gemacht haben sollte.«

»Ich sage nicht, dass Charonne etwas Außergewöhnliches gemacht hat, ich sage nur, dass sie sich nicht aus der Fassung hat bringen lassen, dass sie sehr gut gesungen hat, und dass sie sogar die Situation zu ihrem Vorteil umgemünzt hat, wo doch noch lange nichts gewonnen war.«

Er belebt sich: Er, der bei allen Gelegenheiten seinen Stoizismus bewahrt, er gerät nun außer sich vor Wut und spricht in einer ganz neuen Heftigkeit zu mir:

»Verdammte Scheiße, hast du denn nicht bemerkt, wie die sie anfangs von oben herab behandelt haben? Und wie sie die umgehend ruhiggestellt hat mit ihrem Coup vom 8. Februar 1962! Und dann, das mit dem Banjo! War dir klar, dass sie Banjo spielt?«

»Nein, war mir nicht, aber mein Vater spielte es.«

Ich teile ihm diese Präzisierung mit, damit er begreift, dass ich mich mit Banjos auskenne und er nicht anfangen muss, sich auszumalen, dass es sich um ein seltenes Instrument handle und auch noch von besonderer Schwierigkeit:

»Na ja, ich habe deinen Vater nicht gekannt und ich fand, dass Charonne sich sehr gut geschlagen hat. Und dann, mit den Stones weiterzumachen, das war genial. Außerdem liebe ich diesen Song. Gut, das Ding zum Schluss, das habe ich nicht wiedererkannt, aber das war ultraprovokativ und sehr gut gesehen: I'm a motherfucking French, und alles andere.«

»Ich sage nicht, dass es miserabel war, aber gut, da war nichts, wofür man das Genie ausrufen müsste. Aber offensichtlich hat Nelly das zuhauf getan, und die anderen ebenfalls: Das war ein regelrechter Wahn, oder?«

»Gladys, es geschieht nicht mehr besonders viel im Leben deiner Mutter: Sie tun ihr gut, diese Momente, wo sie fröhlicher Stimmung sein kann. Und außerdem bewegt sie sich hier auf einem ihr bekannten Terrain: die Songs, das Showbiz, der Starkult ... Das erinnert sie an ihre Vergangenheit.«

Was ist nur in ihn gefahren, dass Régis plötzlich nicht mehr einer Meinung mit mir ist über diese fundamentalen Punkte, darüber, dass Charonne keinen Deut Wert besitzt und Nelly kaum mehr, ganz zu schweigen von Charlie? Haben sie sich nicht alle dafür eingesetzt, uns nach dem Leben zu trachten, jeder auf seine Weise, aber ohne Unterlass, sodass uns keine andere Lösung blieb, als ans andere Ende der Welt zu fliehen, um ihnen zu entkommen? Seit wann findet Régis Qualitäten bei Charonne und Entschuldigungen für meine Mutter? Ich versuche es mit einer anderen Annäherung:

»Macht dich das nicht rasend, dich, dieses ganze Ding der Jugendlichen heutzutage, diese Vorstellung, um jeden

Preis berühmt sein zu wollen, dieser Narzissmus, dieser Exhibitionismus?«

Damit spiele ich im Prinzip ohne Risiko: Das ist eine Unterhaltung, die wir Hunderte Male geführt haben, und bei der wir uns Hunderte Male darin einig waren, dass die Welt Kopf steht und die einzige Art, sich diese lästige Akrobatik zu ersparen, darin besteht, in die mongolischen Steppen zurückzukehren oder nach Feuerland. Aber bitte, anstatt sich meiner Meinung anzuschließen, kehrt Régis mir wieder den Rücken zu und grummelt dabei dem Sinn nach in etwa, dass Charonne weder narzisstisch noch exhibitionistisch sei.

»Also doch, hat sie dir also auch den Kopf verdreht? Siehst du denn nicht, dass sie uns alle manipuliert? Kennst du sie nicht schon lang genug?«

Wenn es ein Kapitel gibt, auf das Régis äußerst sensibel reagiert, dann ist es genau das der Manipulation des Geistes. Aber so unschlagbar er auch ist bei den Projekten globaler Kontrolle durch die Herren dieser Welt und den neuen Formen, welche die freiwillige Knechtschaft inzwischen angenommen hat, so sehr scheint er sich von dem doppelten Spiel von Charonne täuschen zu lassen. Angesichts dieser Blendung zittere ich vor Zorn, Enttäuschung und Traurigkeit, aber er scheint es nicht zu bemerken und stößt seine Tastatur gereizt zur Seite:

»Hör zu, Gladys, du kannst mich darum bitten, niemanden außer dir zu lieben, aber verlange nicht, dass ich alle hasse.«

Und damit erhebt er sich und lässt mich stehen. Da ich ihn gut kenne, stelle ich mir vor, dass er in den Park laufen gegangen ist, wie er es immer und besonders dann macht, wenn er verstimmt ist, was er meist in Bezug auf sich selbst ist, niemals aber wegen mir. Das ist eine Premiere, und es ist ausschließlich der Fehler von Charonne, bei der ich immer schon gespürt habe, dass sie von unserem Eheglück heimlich irritiert war.

Ich komme mir hier plötzlich dumm vor, hier in dieser Wohnung, die wir uns in aller Ruhe und voller Geduld und Leidenschaft hergerichtet haben, vereint in dem Wunsch, unserer Liebe diesen Hafen des Friedens zu gewähren, diesen Adlerhorst, ebenso friedlich und befestigt wie die bhutanischen Dzongs, um auf diese Weise hoch oben und fern der Menschen zu sein – denn abgesehen von Marikit, dann und wann, steigt hier niemand herauf.

Ich bin zu Eis erstarrt und ich spüre überdeutlich, wie sich meine Kieferhöhlen verstopfen und meine Augen zu tränen beginnen, wie jedes Mal, wenn meine allergische Nasenschleimhautentzündung mich einholt. Obwohl wir peinlich genau darauf geachtet haben, bei unseren Instandsetzungs- und Dekorationsarbeiten ausschließlich ökologische Produkte zu verwenden, so hindert doch nichts die Außenwelt daran, mittels unsichtbarer Dämpfe und todbringender Wellen bis zu uns vorzudringen. Meine Nasenhöhlen sind ein hervorragender Indikator für die Luftqualität, wodurch ich einen guten Teil des Jahres niese und mich schneuze, zumindest wenn wir uns in Marseille aufhalten – im Himalaya legt es sich dann wieder.

Bevor ich in unserem Dzong mich zu Tode langweile, entscheide ich mich doch lieber dafür, hinunterzugehen und nachzusehen, was aus den Festivitäten geworden ist. Ich werde sie nutzen, um Nelly ein paar Worte zuzuraunen, ich werde ihr zu ihrem kleinen Aperitif-Buffet gratulieren, ihren in Gläschen servierten Birnen an Roquefort, ihrem Tomaten-Tatar oder ihren Jakobsmuschel-Häppchen. Ich kenne meine Mutter: Obwohl sie nichts davon selbst gemacht hat, wird sie sich geschmeichelt fühlen, sich wie ein Pfau aufplustern und nicht einmal wahrnehmen, dass ich ihr gegenüber nichts in

Bezug auf Charonne und deren lächerliche Fernsehdarstellung äußere.

Im großen Salon ist die Party noch in vollem Schwung. Der Champagner trägt dazu bei, dass all diese Greise noch in Form zu sein scheinen. Ich vermute, dass angedacht ist, meine Tanten heute Nacht im Gästezimmer im Erdgeschoss schlafen zu lassen, und dass die anderen von Liberato in die Villa in Cassis gebracht werden, wo für den nächsten Morgen ein Brunch vorgesehen ist. Ich bemerke, dass man mich nicht nach meiner Meinung gefragt hat, und dass weder Régis noch ich ausdrücklich zu diesem überlangen Abendempfang eingeladen worden sind.

Régis ist übrigens hier. Nein, er ist nicht laufen gegangen, um unsere Unstimmigkeit zu vergessen und besänftigt und besser gelaunt wiederzukommen; er ist hier, ein Glas in der Hand, er, der niemals Alkohol trinkt; er ist hier, mit einem Gesichtsausdruck, wie ich ihn schon lange nicht mehr bei ihm erlebt habe, er wirkt entspannt und lächelt beinahe kindlich, während er ungeniert in einer Schale mit Schweinernem rumstochert, ein Zeichen dafür, dass er nicht er selbst ist, denn er hat allen Grund zu wissen, dass gezüchtetes Schweinefleisch Methicillin ausdünstet und den Staphylococcus aureus überträgt, da diese beiden nicht ohne Bezug zueinander stehen.

Er sieht mich nicht, und das aus gutem Grunde, hat er doch nur Augen für Charonne, die in ihrem Negligé jubiliert – denn ich finde kein anderes Wort für das, was sie anhat und was noch so eben grade ihre Schamwolle bedeckt, die im Übrigen unter dem mit rosenfarbenen und gelben Dolden verzierten Blümchensatin durchschimmert, ein wahrer Garten für sie ganz allein – ganz abgesehen davon, dass ihre Brüste in diesem leichten Stoff hervorquellen, aber was will man schon erwarten, wenn eine mit diesem Gebrechen geschlagen ist, dieser

Körbchengröße E, bei der Charonne davon abgesehen hat, sie mit Büstenhaltern einzudämmen, was dazu führt, dass alles auf unschöne Weise hinabkullert, und ich gebe ihr keine fünf Jahre, bis sie ihr bis zum Bauchnabel hängen, und dass sie dann bloß nicht komme, um sich an meiner Schulter auszuheulen, denn die Probleme der Mädchen mit großen Möpsen haben mich immer äußerst kalt gelassen.

Aber im Grunde sind es die Probleme der anderen im Allgemeinen, die mich äußerst kalt lassen, und wenn die Leute sich die Mühe machen würden, ihr Bewusstsein unter die Lupe zu nehmen, sie fänden dort die nämliche Kälte und die nämliche Absenz von Empathie, zu denen ich mich bekenne: Der einzige Unterschied zwischen mir und den anderen besteht darin, dass ich nicht heuchle und mich nicht dazu verpflichtet glaube, sämtliche Arten fragwürdiger Tugenden vorzutäuschen.

Und meine Probleme, wer kümmert sich um die, wer hat sich, abgesehen von Régis, je um sie gekümmert? Der nämliche Régis, den ich einem Loch gleich saufen und wie einen Scheunendrescher fressen sehe, unter Missachtung unserer Werte und unserer Lebensprinzipien. Er wird nicht so weit gehen, sich an den Unterhaltungen zu beteiligen, aber er scheint ihnen nicht ungern zu lauschen, ein leichtes Lächeln auf seinen Lippen, seine Wangenknochen eines Indianers zart vom Champagner und dem Missbrauch luxuriösen Essens gerötet. Flankiert von Charonne und Liberato, wirkt er klein, schwächlich, beinahe zerbrechlich, er, den ich ja doch mit betonten und mächtigen Muskeln kenne. Aber wer wirkte nicht wie ein Liliputaner neben diesen beiden Dickhäutern? Vor allem, da sie willfährig ihre Gestalt darbieten, mit diesem Egoismus der Fetten, der stets ihrem bequemen Kleidungsstil ein Vorrecht gegenüber den ästhetischen Betrachtungen einräumt, und, Pech für die, die sie anschauen.

Auf mich aufmerksam geworden, macht mir Régis ein Zeichen mit der Hand, das ich als Einladung verstehen könnte, mich zu ihm zu gesellen, wenn ich Lust dazu hätte. Seinem Blick gefolgt, richtet auch Charonne ein freundschaftliches Grinsen an mich. Selbst Liberato wird meiner Anwesenheit gewahr und unternimmt es, sich bis zu mir herüber zu neigen, um mir eines der auf Zahnstochern aufgespießten Jakobsmuschel-Häppchen anzubieten, das ich mit einem Ekelschauer zurückweise. Was glaubt der denn eigentlich? Dass Charonne hier den Gastgeber spielt, ist allein schon unerträglich, aber dass er sich dieselben Rechte herausnimmt, er, der immer nur der Sohn der Hausangestellten war, das ist nun wirklich indiskutabel. Und gleichzeitig sieht genau das ihm ähnlich und passt zu ihm, diese Ansprüche auf das Eigentum auf das, was ihm nicht gehört, diese Art, sich einzuschmeicheln, überall zugleich zu sein, sein Reich auszuweiten, wie ein Hund sein Gebiet markiert, indem er duckmäuserisch ohne das Wissen seines Herrchens in alle Ecken pisst. Nur, dass der Hund und seine Hündin sich die Zähne an einem harten Knochen werden ausbeißen müssen, wenn ich das wagen darf zu sagen, denn hier sind bis zum Beweis des Gegenteils noch immer wir die Herren, wir, die Meuriants, angefangen bei Régis und mir, die wir noch immer bei vollem Verstand sind und uns wohl davor gehütet haben, unter die Fuchtel dieses kleinen Gaunerpärchens zu geraten.

Nach einer Weile nimmt niemand mehr Notiz von mir, und das trifft sich gut, denn es erlaubt mir, das Gehabe und die wenig appetitlichen Manöver dieser schönen Welt zu beobachten, die dies nicht so sehr ist, wie sie es vermeint zu sein. Nelly hat ihren Hofstaat, wie immer, und ich hoffe für sie, dass sie sich darüber im Klaren ist, dass sie ihn weder ihren Reizen noch dem Interesse an einer Unterhaltung mit ihr zu verdanken hat.

Zwischen Charlie und meiner Tante Fanny sitzend, wendet sich Richard unterschiedslos mal dem einem, mal dem anderen zu, ohne sich dessen gewahr zu werden, dass meine Tante eingeschlafen ist und Charlie vollkommen selbstvergessen diskret die Hündin kitzelt, die mit hervorgetretenen Augen und raushängender Zunge vor Erregung auf seinen Knien vergeht. Solange sie blindlings große Reden schwingen können, müssen die Leute nur dafür sorgen, Gehör zu finden.

Da ich im großen Salon so meine Runden drehe und im Vorbeigehen feststelle, dass die Polsterbank neu bespannt gehört und die Fußleisten vielleicht ein wenig frische Farbe benötigen, da ich bemerke, dass, mit Ausnahme von Régis, all diese Leute sich doch gefunden haben, dass sie alle sehr gut zueinander passen und sich sehr wohl fühlen miteinander, kommt mir die Lust, diesem Ameisenhaufen einen Fußtritt zu versetzen, sie in ihren albernen Unterhaltungen zu stören, die zu nichts anderem dienen, als sich aufzustellen, sich zu positionieren, sich zu verkaufen; richtiggehend Lust, sie daran zu hindern, in Ruhe das zu sein, was sie sind, nämlich durchgeknallte, verfallene alte Knacker oder junges Lumpenpack, das am Verfall dieser alten Idioten gedeiht – abgesehen davon, dass sie unschön anzusehen sind mit ihrer apoplektischen Gesichtsfarbe, ihrem schlaffen Fleisch, ihren falschen Zähnen, ihren über die Schädel gezogenen Toupets, ihren Ohren, die sich mit dem Alter verlängert haben und aus denen Büschel grauer Haare wachsen. Und ich komme erst gar nicht auf die Hässlichkeit von Charonne und ihrem Verlobten zurück: In diesem Ausmaß hat die Fettleibigkeit etwas zu bedeuten, eine Schwellung des Egos oder eine ernsthafte Schwäche des Willens – sofern es sich nicht um eine gerechte Strafe ihrer Verbrechen handelt.

Es ist mir egal: Alle werden bekommen, was sie verdienen, einen auf meine Weise ausgesprochenen Toast, eine kleine vom Zaungast gehaltene Rede, die sie alle auf ihre ungestraften Laster oder ihr schmählich Verdrängtes verweist.

Hopp, wie gedacht, so getan: Ich greife mir ein leeres, aber ins klebrige Rot der Lippen, die sich an es legten, gehülltes Glas, und bringe es mit den Schlägen eines kleinen Löffels zum Erklingen: Ruhe, Ruhe, hört mir zu. Überraschte und zufriedene Gesichter wenden sich mir zu, nur dasjenige von Régis verschließt sich augenblicklich: Er kennt mich ausreichend gut, um zu wissen, dass ich dem Chor der lobhudelnden Heuchler nichts beisteuern werde, der die jämmerliche Leistung meiner Tochter, die meine Tochter nicht ist, gewürdigt hat.

Ich sehe mich das Glas hochhalten in jenem konvexen Spiegel, den Régis und ich bei einem Berliner Antiquitätenhändler gefunden haben und der sich wunderbar macht auf der handgemalten Panoramatapete von Zuber. Niemand in diesem Hause hat es je verstanden, uns für die vielen Verbesserungen, die wir ihm erbracht haben, zu danken, für die vielen kostspieligen Funde, von denen wir jeden einzelnen Raum haben profitieren lassen, miteinbezogen jene, in die wir niemals einen Fuß setzen, wie etwa das Büro in der ersten Etage oder das Zimmer unserer Eltern. Aber dies ist nur einer der vielen Klagegründe, die ich in diesem feierlichen Augenblick vorbringen könnte, fürchtete ich nicht, die Botschaft zu vernebeln. Verkünden wir zunächst einmal vor aller Welt, dass ich nicht das Kind der Liebe bin, sondern das der Lüge, des Verrats und des bürgerlichen Ehebruchs. Enthüllen wir all diesen guten Leuten, dass mein Vater, weit davon entfernt, meine Mutter zu lieben, seine Geliebten vervielfacht hat und mit ihnen seine Kinder und seine Haushalte, und dass eine andere Gladys Meuriant mir sehr gut meine Erbschaftsansprüche hätte streitig machen können, wäre sie nicht genau im richtigen Augenblick auf einer Straße in Costa Rica gestorben.

»Ich wünsche mir, dass wir einen Gedanken an jemanden richten, der nicht mehr unter uns weilt, den aber einige hier doch gekannt haben ...«

Ich werfe einen wissenden Blick zu meiner Tante Fanny und dem Patensohn meines Vaters, obwohl sie beide nicht mehr in der Verfassung zu sein scheinen, meiner Rede folgen zu können: Meine Tante bringt kaum ein Auge auf, und Richard hat es derart mit dem Champagner und den in Gläschen servierten Köstlichkeiten übertrieben, dass er stoßweise atmet, falls er überhaupt noch atmet. Und was Nelly betrifft, auf die mein Augenzwinkern ebenfalls abzielte, so wirkt sie mitnichten so, als sei sie auf der Hut. Wäre ich für Mitleid empfänglich, ich wäre kurz davor, welches zu empfinden, wie ich sie da so sitzen sehe, so glücklich wirkend, so zart, so zutraulich. Sie muss sich wohl gerade denken, dass ihre einzige Tochter sich endlich vom festlichen Geist hat ergreifen lassen, insofern es sich nicht sogar um mütterlichen Stolz handelt, und nun loslegt mit ihrer schmeichlerischen Ansprache, samt kleinem Umweg über eine Leichenrede. Gut möglich, dass ihr hohes Alter sie sogar komplett hat vergessen lassen, was ich ihr vor kurzem erst enthüllt habe.

»Ich möchte von meinem Vater reden, Fernand Chastaing. ›Mein Vater, dieser Held von ach so zartem Lächeln, mit ihm ein einziger Husar, den er von allen liebte ...‹«

Ich hatte gar nicht vor, Victor Hugo zu zitieren, aber ein wenig Dichtung kann nicht schaden, und im Übrigens sehe ich ja, dass es meine Zuhörerschaft in Aufmerksamkeit versetzt: Die Augen werden nass, die Hände fügen sich zusammen in Erwartung eines gefühlvollen Moments. Ich werde ihnen einen solchen liefern, ich, was Gefühlvolles. Nelly ist urplötzlich errötet, und hat sich niedergesetzt, ohne ihre zufriedene Miene zu wechseln. Auch sie hält die Hände beinahe gefaltet, sanft gekreuzt auf Höhe des Sonnengeflechts, aber jäh bereit, falls nötig, zu applaudieren: Diese alten Gäule verlieren wohl niemals ihre Schmierenkomödiantenreflexe und wissen unter jeglichen Umständen Haltung einzunehmen.

Ich stolpere ein wenig bei der Fortführung des Gedichtes, bei *röchelnd, zerschmettert, leichenblass und mehr als nur halbtot,* aber es muss doch erwähnt werden, dass meine Erinnerungen auf die dritte Klasse zurückgehen und dass die Zuhörerschaft ohnehin bereits aufgibt und wieder zu ihren vorherigen Beschäftigungen zurückkehrt, was zur Folge hat, dass ich ein zweites Mal nach dem Löffel greife und das Glas so lange klirren lasse, bis es in tausend Splitter zerbirst. Bingo, ich habe mein Publikum zurückgewonnen: Selbst Fanny und Richard schenken mir ihre ungeteilte Aufmerksamkeit. Regis seinerseits betrachtet finster die Glassplitter zu meinen Füßen, als verkündeten sie sieben Jahre Unglück. Aber mit Unglück, damit kenne ich mich aus, und es kündet sich selten auf solch eklatante Weise an: Es hätte eher die Neigung, euch sang- und klanglos zu überschwemmen, langsam und tückisch, bis hin zu dem Tage, an dem einer aufwacht und spürt, dass er bis zum Hals drinsteckt und wohl auf keinen grünen Ast mehr kommen wird, wenn er nicht schnurstracks verduftet ins Land der ewigen Glückseligkeit.

Ich nehme den Lauf meiner Rede wieder auf, was aber schade ist, hätte doch mein Publikum großen Nutzen aus der Erkenntnis des Gedichtes ziehen können, eine wahrhaftige Lektion an Umsicht ebenso wie ein Ansporn dazu, dass man sich in Acht nehmen solle vor Leuten, denen man einen Dienst erweist und die uns dann die Fresse in den Dreck drücken, sobald sich ihnen nur die Gelegenheit dazu bietet. Das ist bis ins Detail das, was Charonne getan hat und tun wird, so denn niemand kommt und ihrem kleinen häuslichen Komplott ein Ende bereitet. Régis, dieser Spezialist für weltweite Verschwörung, er täte gut daran, vor seiner eigenen Tür zu fegen, bevor er sich weiterhin daran macht, die Herren dieser Welt zu verfolgen.

Über die unterschwelligen Botschaften hinweggehend, die nämlicher Régis an mich richtet, öffne ich meinen Mund voller Enthusiasmus, um mit fünfundvierzigjähriger Verspätung laut zu verkünden, dass mein Vater bigamisch war und dass überall Verrat herrscht, als ein plötzlicher Knall mich in meinem Elan unterbricht: Bang, meine Tante Fanny zerplatzt, wie früher auch schon ihre Schwester und aus demselben Grund. In Wirklichkeit gab es zuvor schon erste Anzeichen, zwei oder drei gurgelnde Geräusche aus der Bauchgegend, eine zur Burst geführte Hand, ein zutiefst schockierter Gesichtsausdruck. Bemerkt habe ich das wohl, es aber all diesen geheuchelten Gefühlen zugerechnet, für die diese Leute hier große Spezialisten sind. Und dann muss ich sagen, dass ich, hätte ich überhaupt mit einem Herz-Kreislauf-Versagen gerechnet, es eher bei Richard mit seiner Atemnot und seiner Gesichtsfarbe einer Hortensie erwartet hätte. Aber nein, etwas war soeben gerissen zwischen den voluminösen Brüsten meiner Tante, die auf diese Weise neunzig Jahre Verfressenheit und Bewegungsmangel bezahlt: Auf der Chaiselongue aus Palisander und goldbraunem Samt, auf die sie ihre massiven Fleischmassen in bedrohlicher Weise gehievt hat, hier nun sackt sie zusammen wie ein Ballon, dem es an Helium mangelt. Meine Sorge gilt eher den gedrechselten Füßen der Chaiselongue, die ich selbst kürzlich erst gewachst habe und deren Fragilität ich kenne, aber ich spüre doch, dass es unangebracht wäre, das zu erwähnen, und so bleibe ich still, den Atem und die Inspiration genommen von diesem Schlag des Schicksals: Der unerwartete Tod meiner Tante Fanny in eben jenem Augenblick, da ich mich anschickte, aller Welt gegenüber das große Geheimnis zu verkünden, das mir das Leben versaut hat. Ich könnte mir sagen, dass aufgeschoben nicht gleich aufgehoben ist, aber ich erkenne eine verpasste Gelegenheit und es gibt Gelegenheiten, die sich kein zweites Mal bieten.

Im großen Salon regen sich alle wahnsinnig auf, machen sich zu schaffen, heulen, Nelly als Erste. Es will mir dennoch scheinen, dass es gar keinen Grund gibt, sich übermäßig zu grämen: Mit neunzig Jahren hat Fanny doch bei weitem ihre Zeit gehabt. Ich könnte sogar so weit gehen zu sagen, dass sie angesichts ihrer Lebenshygiene einen vollkommen unverdienten Aufschub genossen hat. Aber gut, soll einer hingehen und eine in Tränen aufgelöste Schwester zur Vernunft bringen. Ich bemerke nebenbei, dass Charonne mir Blicke zuwirft, die noch bedrohlicher sind als gewöhnlich, als wäre ich für das Verscheiden meiner Tante irgendwie verantwortlich. Ich bemerke zudem, dass sie um die Schulter meiner Mutter einen zärtlich schützenden Arm gelegt hat, auf den Liberato den seinen hat folgen lassen, was dazu führt, dass die arme Greisin buchstäblich unter dem Gewicht ihrer Fürsorge zusammenbricht. Aber warum sollte Nelly es nötig haben, dass man sie beschützt, sie, die es immer verstanden hat, sich um sich zu kümmern, und um sich vor allen anderen? Die Einzige, die hier des Schutzes bedürfte und der Unterstützung, das bin ich, aber Régis, der das weiß und der mir beides immer angeboten hat, schaut mich nun mit einer Art trauriger und leicht angewiderter Perplexität an – als wären wir uns nicht immer darüber einig gewesen, dass meine Mutter ihr Spiel stets gut zu verbergen verstand und alle Welt in die Irre führte mit ihrem engelsgleichen

Blond, ihren Augen einer gebrochenen Blüte, ihrem Federgewicht und ihrer Stimme eines kleinen Mädchens.

Im Übrigen ist er es, der die Sache in die Hand nahm, er, der die Sanitäter rief, er, der meine Tante in eine seitliche Erste-Hilfe-Lage brachte, obgleich ihr Verscheiden keinerlei Zweifel zuließ, er, der seinen Vater unschädlich machte, der im Salon umherirrte und sich vor lauter Angst die Hände verdrehte und aufs Schönste bellte. Ich beobachte ihn, wie er von einem zum anderen läuft, mit einem Wort des Trostes für einen jeden, nur nicht für mich. Ich bemerke zudem, und dies voller Verbitterung, dass er rasch sein Sioux-Haar geflochten, den Kragen seines Fleecepullovers zurechtgerückt und eine Trauermiene aufgesetzt hat, um die Ambulanz zu empfangen, und dass, obwohl er meine Tante Fanny in fünfundvierzig Jahren vielleicht sechs Mal getroffen hat – hier nun gibt er sich also auch der menschlichen Komödie hin, die wir seit unserer Rebellennacht unter den Tamarindenbäumen zu verhöhnen und zu brandmarken niemals aufgehört haben.

Da mich nichts mehr hält, verlasse ich den Raum, und lasse die anderen sich dem Schauspiel hingeben, sich die Haare zerraufen und sich Ohrfeigen geben – denn dies ist exakt das, was Liliane im Begriffe ist zu tun, meine nächste Tante, jene, der eher der Tod durch Entkräftung droht als durch Bluthochdruck und Hirnschlag. Ich gehe fort: Sie müssen sich nur untereinander lieben, alle so, wie sie sind; sich lieben unter alten Narren und jungen Dickwänsten, sich lieben unter Leuten, die der Liebe nicht würdig, ihrer aber doch genossen haben, da das Leben ungerecht ist.

Aus Untätigkeit gehe ich in das Zimmer meiner Mutter, oder eher in das angrenzende Bad, von dem ich weiß, dass ich in ihm verspiegelte Wände und Ganzkörperspiegel vorfinden werde, wie wir sie aus unserem Nest unter dem Dach verbannt haben. Régis rasiert sich in einem achteckigen Zierspiegel, den wir aus Venedig haben, und den er absichtlich zu hoch für mich aufgehängt hat – er hatte genug von meinen unzufriedenen Seufzern bei meiner Morgentoilette, und tatsächlich geht es mir sehr viel besser, seit ich mich nicht mehr sehe. Im äußersten Fall passiert es mir, dass ich mich auf die Zehenspitzen stelle, um sicherzugehen, dass ich keine verklebten Augen habe oder sich nicht etwa ein Stück Salat zwischen meinen Schneidezähnen festgesetzt hat. Heute aber muss ich Gewissheit haben, und Nellys Badezimmer ist hervorragend für eine peinlich genaue Musterung meiner Person geeignet. Einmal vor Ort, schiebe ich den Riegel hinter mir zu und beginne mich auszuziehen, die thailändische Hose, die mit Reißverschluss verschlossene Jacke, die Bluse aus Hanf, die Strümpfe aus merzerisierter Baumwolle: Ich weiß, dass wir Ende August haben, aber ich erkälte mich leicht.

Da, ich bin nackt, was soll ich sagen? Ich treibe ausreichend Sport, sodass meine Brüste noch immer da sind, wo sie hingehören, und mein Bauch nicht erschlafft ist, aber das tröstet doch nicht über den Rest hinweg: Der Wulst, der sich über meinen Hüften entwickelt hat, das graue Stroh, das ungleichmäßig auf meinem Schädel nachwächst, die Falten, die meinen Nacken mit tiefen Doppelkreuzen durchfurchen, die mir die vis-à-vis angebrachten Spiegel zum ersten Mal zu sehen erlauben. In einem Haus dürfen sich niemals zwei Spiegel gegenüber stehen, möchte man einen Energieverlust vermeiden: Ich habe das Nelly immer wieder wiederholt, aber sie hat noch nie anders als ihrem eigenen Kopf nach gehandelt und wundert sich dann aber darüber, dass sie träge und ausgelaugt ist. Nur, dass man Depressionen kennt, die keinen anderen Grund haben als diesen grundlegenden Fehler: Spiegel, die sich das *Chi* unendlich hin und her senden und damit die Bewohner bis zur Erschöpfung treiben.

Ich bin erschöpft, das ist eine Tatsache. Und der Grund dafür ist nicht nur bei all den Verstößen gegen das Feng-Shui zu finden, derer sich Nelly schuldig gemacht hat. Ich bin erschöpft, weil meine Nächsten sich mir niemals auf andere Weise genähert haben, als mit dem Versuch, mir meine Lebensenergie auszupumpen. Ich habe bis heute durchgehalten, da Régis und ich uns vollkommen und wider alle Welt geliebt haben, aber wenn Régis damit beginnt, mit aller Welt einen Pakt zu schließen, dann bin ich kaputt.

Ich ziehe mich wieder an, ohne noch einen weiteren Blick in die Spiegel zu werfen. Und da ich nun mal im Zimmer meiner Mutter bin, die meine Mutter nicht ist, warum dann nicht auch gleich einige ihrer Pillenschachteln entwenden, die sie in Hinsicht auf ihr Mayerling anhäuft? In diesem Hause reden alle von Suizid, aber wer hätte denn den Mut, zur Tat zu schreiten? Ich habe, um es genau zu sagen, keine Lust zu sterben, aber zu schlafen täte mir gut; für hundert Jahre einzuschlafen, wie das Dornröschen, das meine Mutter mir für immer zerstört hat mit der Zurschaustellung ihres Hinterns und ihrer Brüste, der obszönen Überlagerung der rosafarbenen und blauen Bilder des Disneyfilms durch ihren Körper; einzuschlafen für die Zeit einer weißen und trockenen Saison, so wie die Schildkröten, denen ich inzwischen ähnlich bin mit meinem kahlen Kopf, meinem knittrigen Hals und den rautenförmigen Falten in meinem Nacken.

Die Ambulanz fährt davon und führt den Leichnam meiner Tante mit sich, und ich höre ganz deutlich Charlie, der das Sirenengeräusch nachahmt. Seit einiger Zeit hat er die haarsträubende Gewohnheit angenommen, alle Geräusche, die er hört, nachzuahmen, genau wie ein Graupapagei. Aber hat er denn in seinem ganzen Leben je etwas anderes getan, als die Reden, die um ihn herum gehalten wurden, zu wiederholen und die Existenzen der anderen nachzuahmen?

Alte Narren und junge Dickwänste, sie werden nicht zögern, nach oben zu kommen und ich darf nicht zu lange zögern, wieder in meine eigene Höhle zu gelangen. Nur, dass ich mich hier wohl fühle, hier, in diesem Damenzimmer, zwischen den Einzelbetten, die wir für Nelly an jenem Tag ergattert haben, als sie nicht mehr mit Charlie zusammen schlafen wollte. Was auch immer sie sagen mag, Régis und ich haben stets die geringste ihrer Vogellaunen erfüllt: Wir haben keinen Monat gebraucht, um ihr dieses Paar Jugendstil-Betten anzubieten, deren aus kostbarem Holz gefertigten Gestelle Régis restauriert hat, während ich mir die Verzierungen aus mit spanischer Kreide versehener Bronze vornahm.

Hyponovel, Nuctalon, Seroplex, zwischen dem Nachttischchen meiner Mutter und dem meines Schwiegervaters sammle ich reichlich ein, woran gestorben wird, und doch habe ich nur eine winzige Entnahme an ihren Reserven vorgenommen, die mir ebenso unendlich scheinen, wie die kriminelle Verschwendungssucht ihres Allgemeinmediziners, eines Quatschkopfs, der auf nichts anderes schwört als Allopathie und ihnen lieber alles verschreibt, was sie wünschen, statt pausenlos ihr jammerndes Gemecker während der Sprechstunden zu erdulden. Ich verstehe ihn, aber das entschuldigt nichts.

Hopp, schon bin ich im Flur, den ich vor zwei Jahren selbst tapeziert habe, und dabei die veralteten und von Milben befallenen Wandbespannungen mit einer handgemalten Tapete aus dem Hause Cole & Son ersetzt habe, rosafarbene Flamingos auf einem an Chartreux erinnernden schilfgrünen Hintergrund. Aber die bei dieser Gelegenheit an den Tag gelegten übermenschlichen Anstrengungen haben mir auch nicht mehr

Anerkennung eingebracht als die Instandsetzung der beiden Einzelbetten oder jene der Chaise-Lyre. Unsere Eltern waren stets der Ansicht, dass unsere Anstrengungen sich von selbst verstanden und dass uns ebenso sehr wie ihnen daran lag, dass das Haus künstlerisch dekoriert war – obwohl wir doch nur sechs von zwölf Monaten darin verbracht haben.

Aber ja eben, ich habe es satt, wegzugehen, ich habe es satt, einen Ort zu verlassen, in den ich so viel investiert habe, und ich spreche nicht nur von den eingesetzten Summen, bei denen zugegeben werden muss, dass sie meist nicht aus unserer Tasche stammten. Nein, ich spreche von der Zeit, die mit dem Auffinden von Antiquitäten verbracht wurde, mit dem Aufsuchen der entsprechenden Händler weltweit, oder mit der Internetrecherche von Wiederauflagen alter handgemalter Tapeten. Nelly und Charlie sind dieser obligatorischen und einnehmenden Beschäftigung stets mit Hochnäsigkeit begegnet, als hätte es sich hierbei um eine Sinekure gehandelt – obwohl wir doch Körper und Seele für die Wiederherstellung dessen gegeben haben, was immer nur ein bürgerliches Haus unter anderen gewesen war und es inzwischen verdient, auf den Seiten der anspruchsvollsten Magazine für Inneneinrichtung zu erscheinen.

Wozu denn zum x-ten Mal fortgehen, mühsam von einem armseligen Kloster zum nächsten kraxeln, nichts anderes futtern als Reis mit Piment und von Kornkäferlarven befallenes Tsampa, stundenlang mit fünfzehn Kilo Zeugs auf dem Rücken wandern, während die Schultern von den Riemen des Rucksacks eingeschnitten werden, die Füße in den Schuhen drücken, die mir am Ende immer als viel zu schwer und viel zu eng erscheinen? Wozu denn fortgehen, wo es doch im Grunde mein einziger Wunsch ist, hierzubleiben? Der ewigen Glückseligkeit ziehe ich inzwischen den sehr zeitweiligen Genuss meiner materiellen Güter vor. Régis würde dieses Eingeständnis sicherlich als einen Verrat empfinden, aber was hat er denn anderes getan an diesem Abend, als mich zu verraten – und je mehr Zeit vergeht, um so stärker erfasse ich das Maß seines Treuebruchs und seiner Abwesenheit.

Ich stehe vor dem Büro, in das ich keinen Fuß mehr gesetzt habe, seit ich Charonne und ihren Liebhaber mitten bei der Begattung erwischt habe. Es liegt mir daran klarzustellen, dass Régis und ich auch an der Verschönerung dieses Raumes gearbeitet haben: Mit dem Einbau einer kupfernen Brunnenschale in eine Vertiefung, und dem eines Ventilators mit blassbraunen Blättern aus Holz, haben wir ihm eine noch nicht da gewesene Note verliehen, für die uns wirklich niemand dankbar war. Für die handgemalte Tapete habe ich ein Motiv aus Früchtekörben in leicht verblassten Ochsenbluttönen gewählt, um dergestalt die goldbraunen Lilien der Ottomane hervorzuheben. Sind die Jalousien einmal herabgelassen, so schwebt der Raum in einem für Zauberwerke günstigen purpurfarbenen Licht, und ich vergesse nicht, dass die Tänzer des russischen Balletts zu unserer alleinigen Freude hier flüchtig ihren Prunk entfaltet haben, für Régis und mich, an einem Tag im September des Jahres 1973.

Ja, es lag hinter dieser Tür etwas anderes als die prosaische Anordnung eines Zylinderbüros, einer Ottomane und einer orientalischen Brunnenschale – deswegen verüble ich es auch Charonne, diesen Raum entweiht zu haben, als sie herkam, um direkt hier auf dem Teppich zu vögeln. Sie ist umso schuldiger, als sie selbst etwas von der Magie des Ortes erfasst haben musste, wenn ich den langen Stunden trauen soll, die sie hier als Kind mit Märchenbüchern verbracht hat, Märchen, die wir sie schwerfällig und mit Hartnäckigkeit bis spät in die Nacht haben vorlesen hören. *Petrouschka, Coppelia, Die Bremer*

Stadtmusikanten, Die Schneekönigin, Der Fuchs und der Storch, Maschenka und der Bär, auch Die Goldspinnerinnen: Sie verschlang all die slawischen Märchen meiner Kindheit, bevor sie sich dann auf diejenigen von Perrault stürzte, und dabei eine klare Vorliebe für *Dornröschen* zeigte, eine Geschichte, die sie wieder und wieder las, bis sie sie auswendig kannte.

Ich selbst habe diese Geschichte auch geliebt, bevor meine Mutter dann kam, und sie mir vergellte. In meinem Leben haben sich, es ist ganz einfach, immer Leute gefunden, um mir meine Freuden zu verderben und meine Erinnerungen in den Dreck zu ziehen. Aber mit all dem ist es nun vorbei, es kommt nicht mehr in Frage, dass ich mich verrückt machen lasse: Ich werde all die Abscheulichen rausschmeißen, angefangen bei meiner Tochter, die meine Tochter nicht ist. Was Nelly und Charlie betrifft, so mögen sie ihre Existenz in einem ärztlich betreuten Altersheim zu Ende bringen, was für alle Welt, angefangen bei ihnen selbst, besser wäre. Wenn ich sie nicht sogar losschicke, um eine Kreuzfahrt auf der Costa Luminosa zu machen: Einhundertacht Tage zwischen Brasilien und Neuseeland, mit der hohen Wahrscheinlichkeit, dass sie bei ihrer Rückkehr tot sein werden.

Ich zögere einen Augenblick lang, ob ich wieder hinunter ins Erdgeschoss gehen soll, oder in das Büro. Das Schauspiel unten dürfte ebenso interessant wie wenig appetitlich sein: Wie soll man sich nach einem unerwartetem Ableben verhalten, wenn man die Tote nicht kannte und nur gekommen war, um ein kostenloses südländisches Wochenende zu genießen, das sich wahrscheinlich zu einer Woche Vollpension ausgedehnt hätte, da ja Nelly den Schmarotzern gegenüber nie Nein hat sagen können?

Da ich nicht wirklich das Herz habe, um meine kleine Verhaltensforschung durchzuführen, stürze ich mich ins Büro und schließe die Türe hinter mir, um mich lustvoll an sie zu lehnen. Zumindest wird niemand mich hier suchen kommen und stören. Im Übrigen mag sich wohl jeder wundern, wo ich denn stecken möge, angefangen bei Régis, diesem Verräter, der es verdient, seinerseits verraten zu werden. Möge er losziehen, möge er zurück nach Bhutan gehen, ohne mich, möge er mich in meinem Alleinsein belassen. Nur, dass ich nicht allein bin: Es befindet sich jemand auf der Ottomane, ein vom blauen Rauch seiner Zigarette umwobener Mann.

»Gladys, mein Liebling!«

Es ist mein Vater, es ist Fernand, und die Zigarette ist eine seiner kleinen krummen Zigarren, die ich ihn immer habe rauchen sehen. Wie zum Teufel war es ihm gelungen, sein fulminantes blondes kleines Mädchen hinter der glatzköpfigen und mit Couperose überzogenen Fünfzigjährigen wiederzuerkennen, zu der ich geworden bin, ich habe keine Ahnung, aber er tut es und so möge er mich also auch an seine einladende und ebenso wie in der Vergangenheit noch buschige Brust ziehen. Denn er ist unverändert. Er trägt eine Pluderhose aus smaragdgrünem Samt und eine Art granatroter Matrosenbluse, Kleider, die ich vollkommen vergessen hatte, deren Erinnerung aber auf einen Schlag in mir wiederkehrt, gleichzeitig mit jener seines Parfums, einem zugleich hölzernen und pudrigen Saft, dessen mit Bienen geschmückter Flacon mich immer fasziniert hatte. Er ist barfüßig auf dem Perserteppich und hebt das Banjo von Charonne in die Luft.

»Bist du es, die das spielt, mein Zicklein?«

Er hatte mir immer liebevolle Spitznamen aus dem Reich der Tiere gegeben, mein Zicklein, mein Kätzchen, meine Zikade, und Nelly auch, nur dass Nelly ihn darin nachgeahmt hatte, und es mit keiner Gefühlsregung untermauerte.

»Nein, ich spiele es nicht.«

»Was ist aus dir geworden, mein kleines Häschen?«

Er ist es, dem man diese Frage stellen sollte, immerhin ist er es, der tot ist, und der also was zu sagen haben müsste über das Jenseits, aber ich fühle wohl, dass meine Neugier missverstanden werden würde und meine Fragen keine Antwort erhielten, was dazu führt, dass ich mich in ein Resümee dessen stürze, was mein Leben ausmachte, seit mein Vater uns verlassen hat. Er hört mir entspannt zu, und spielt sich dabei die ganze Zeit auf seinem Banjo ein. Es ist allen gleichgültig, mein Leben, angefangen bei mir. Aber ich muss anerkennen, dass ich nichts Aufregendes zu erzählen habe: Ich heiratete meinen Bruder, ich war nicht imstande, ihm ein Kind zu schenken, mangels desselben haben wir ein fettes schwarzes Mädchen adoptiert, an dessen Perversität nur seine Undankbarkeit heranreicht. Ach ja, und dann verbringe ich noch die Hälfte des Jahres in Bhutan, einem Land, das sich anbiedert, das des Glücks zu sein, in dem ich aber immer in Kauf nahm, mir Giftkröten und Montezumas Rache einzuhandeln. Um eine Reaktion seinerseits zu provozieren, sage ich schließlich zu Fernand:

»Ich habe deine Geliebte getroffen.«

Nach allem werde ich ihn nun vielleicht erleben, meinen großen Augenblick der Wahrheit, meine Szene des Eingeständnisses, meine unbequeme Verkündung der Doppelzüngigkeit aller – nur, dass mein Vater, obgleich als Erster davon betroffen, nicht gerade sonderlich ergriffen wirkt. Er legt sein Banjo nieder und schaut mich mit schelmischer Miene an, seine fette wulstige Lippe über seinen schiefen Zähnen geschürzt:

»Komm, setz dich her zu mir, mein Liebling.«

Ich lasse mich widerwillig auf den Kissen der Ottomane nieder. Ich kenne ihn, er wird mich an meinen Gefühlen fassen, mich herzen, mich necken, mich besänftigen, bis ich nicht mehr ich selbst bin, bis ich nicht mehr fähig sein werde, meinen gerechten Zorn gegen ihn zu nähren.

»Von welcher Geliebten sprichst du, Gladys?«

»Warum? Gab es viele?«

Dieses Mal nun gibt er sich ernst. Seinen kleinen braunen Augen verharren an meinen, seine Hand, gespenstisch, aber verblüffend wirklich mit ihren braunen Flecken und grauen Härchen, schlägt schon sanft gegen meine Brust:

»Ja, es gab ihrer zahllose. Aber die einzige, die überhaupt keine Einwende dagegen haben dürfte, dass du sie triffst, das ist Solange. Die anderen verlangten eher nach Diskretion. Liege ich falsch?«

»Nein. Es ist genau sie, Solange.«

Er seufzt, nimmt das Banjo wieder auf, begleitet so seine Äußerungen mit impulsiven Arpeggien, ding-dong-ding, als wollte er die Hässlichkeit dessen, was er erzählt, mildern, sofern es sich nicht darum handelt, meine Aufmerksamkeit abzulenken oder mich zu mehr Wohlwollen ihm und seinen schaurigen Geschichten gegenüber zu bewegen.

»Solange ... Sie hat mich verrückt gemacht. Im wahrsten Sinne des Wortes. Gut, du hast sie gesehen, also kannst du es nachvollziehen. Die war der Hammer, was? Ich kann dir sagen, wenn ich mit der irgendwo ankam, haben die Typen sich gar nicht mehr eingekriegt. Die hatte aber auch Titten! Und erst ihr Hintern ... Ich habe nie einen solchen Hintern gesehen: Eine Blume, hochherrschaftlich, erblüht an der Krone ihres Stängels ...«

In Erinnerung an diesen wunderbaren Hintern schwelgend, träumt er einige Augenblicke lang. Er dürfte dennoch spüren, dass sein Geständnis unangebracht ist. Umso mehr, als der Hintern von Solange seit einer Ewigkeit schon auf dem Grund eines Grabes in Costa Rica zu Staub zerfallen ist. Aber nein, er ist da, selig lächelnd und eine Miene tiefer männlicher Zufriedenheit zur Schau tragend.

Zur Entlastung meines Vaters muss ich sagen, dass ich ihn immer mit dieser vergnügten Miene gesehen habe. Ich glaube, dass allein die Krankheit sie ihm genommen hat, und auch sie nur gegen Ende hin. Aber bis seine Agonie dann begonnen hatte, zeigte er sich unveränderlich heiter, herzlich, für alles zu haben – Abende, Zusammenkünfte, Feste, durchgemachte Nächte, Reisen, Gespräche. Im Übrigen gelingt es ihm, obgleich tot, lebendiger zu wirken als ich.

Die Entmutigung übergehend, die er mir einflößt, unterbreche ich seine pornografische Träumerei:

»Ich kann ja gut nachvollziehen, dass du Nelly mit Solange betrogen hast, aber musstest du ihr unbedingt ein Kind machen und es Gladys nennen?«

»Was erzählst du denn da?«

»Sie habe ich auch getroffen: Wir wurden einander vorgestellt.«

»Die Tochter von Solange?«

»Deine Tochter. Gladys Chastaing Nummer zwei.«

»Ich habe mit Solange eine Tochter, das stimmt. Sie hat sie mir hinter meinen Rücken gemacht, wenn du es wissen willst. Aber sie hieß nicht Gladys. Oder zumindest war dies nicht ihr erster Name. Sie hieß Teodora, Nieves, Gladys. Nieves und Gladys, das waren ihre beiden Großmütter.«

»Solange hat mir erzählt, dass ihre Tochter genauso heißt wie ich.«

»Solange, die ganz abgesehen davon Soledad hieß, war ein echtes Biest und eine Mythomanin erster Güte. Wundert mich nicht, dass sie dir Lügenmärchen erzählt hat. Ich bin doch nicht verrückt: Ich hätte doch nicht zwei Babys in nur wenigen Monaten Abstand denselben Namen gegeben.«

Was will man da sagen? Ich habe mein Leben aufgrund dieser dummen Geschichte eines Vornamens versäumt. Oder halt, nein, machen wir uns nichts vor, ich hätte mein Leben auf jeden Fall versäumt, da ich dazu bestimmt war; da es Lebende gibt und Tote, und ich immer schon der zweiten Kategorie angehört habe, die nur sehr schwer mit einer glücklichen Existenz in Einklang zu bringen ist, um nicht zu sagen überhaupt mit einer Existenz. So ist es nun mal, man hat da nichts zu wählen. Hätte ich es gekonnt, ich, ich hätte auch die Wahl getroffen, liebevoll und fröhlich zu sein. Aber ich habe niemals verstanden, wo die anderen ihre Gründe fanden, um fröhlich zu sein, und auch nicht, woher sie nur all diese Energie schöpften, die sie in ihre Wünsche und Lieben steckten. Und man will es nicht meinen, Leute wie mich gibt es zuhauf: Wenn es so einfach wäre, wäre alle Welt lebendig, nur, dass es reicht, einen Blick auf seine Umgebung zu werfen, um festzustellen, dass die Toten Legion sind. Fernand hat wieder nach dem Banjo gegriffen und sich in ein Lied vertieft:

Schlaf mein liebes Kindelein, Bajuschki Baju,
Silbern steht der Mond am Himmel, lacht dir freundlich zu.
Märchen werd' ich dir erzählen, schlaf in sachter Ruh.
Schließ dein süßes Äugelein, Bajuschki Baju

»Ich kenne dieses Lied.«

»Na klar. Wir haben es dir häufig vorgesungen, deine Mutter und ich. Zum Einschlafen. Es ist ein kosakisches Wiegenlied.«

Man muss wohl glauben, dass trotz seiner marokkanischen Blumenschale, seinem Perserteppich und seiner Ottomane, dieser Raum von einem Zauber heimgesucht ist, einem hartnäckigen Schicksal, das ihn an die slawischen Märchen bindet, an russisches Ballett und an Lieder, die an den gefrorenen

Ufern des Urals und der Wolga geträllert werden. Aber was nützen all diese vor Raureif glitzernden Kuppeln, all diese donnernden Eisschmelzen der Flüsse, all diese Feuervögel und all diese Frühlingsweihen, die zu feiern niemand mehr in der Verfassung ist? Mein Vater ist tot, und ich bin müde. Und da er mir ein Wiegenlied singt, warum nicht auf der Stelle einschlafen? Warum mich nicht von diesem beruhigenden Singsang tragen lassen, wenn auch die Akkorde mit einer Handvoll Hypnovel und Nuctalon begleitet werden?

Der Vorteil eines guten Winterschlafes, eines mindestens hundertjährigen Scheintodes ist der, dass er meinen Zeitgenossen die Zeit lässt, ihres schönen Todes zu sterben, wodurch ich meinerseits dann bei meinem Erwachen von unverdorbenen Grundlagen ausgehen und einen neuen Start ins Leben ohne Eltern und ohne Kinder in Gang setzen könnte. Andererseits wäre Régis dann ebenfalls tot, aber was bin ich heute für Régis anderes als eine Last und Bremse? Ich sehe ja, dass er Lust hat, sich um seinen alten Vater zu kümmern, und die mit Charonne verlorene Zeit nachzuholen, sofern er nicht vorhat, sich endgültig nach Bhutan abzusetzen – aber in sämtlichen Fällen durchkreuze ich seine Pläne mit meinem Hass gegen alle und dem Widerwillen, den ich gegen das Trekking im Himalaya und die verarmten Dzongs entwickelt habe.

Los, der große Schlaf ist definitiv die einzige Sache von Wert, und um das richtige Maß zu treffen, füge ich dem Hypnovel und Nuctalon noch drei Pillen Noctamide und vier Kapseln Stilnox hinzu: Sollte es mir bei all diesen beruhigenden Affixen nicht gelingen zu schlafen, dann kann man jegliche gegenüber der Pharmaindustrie gehegte Hoffnung aufgeben – und ich habe ausreichend Gründe, die Hoffnung aufzugeben, ohne auch noch diesen hinzufügen zu müssen.

Übrigens funktioniert es: Während Fernand sich an weitere leise Lieder macht, fühle ich, wie die Abstumpfung mich erfasst und strecke mich bequemer auf der Ottomane aus. Ich höre meinen Vater deutlich eine Art melodiöses Summen von sich geben:

Es fliegt das kleine Bienelein
Zu dir, zu dir vom Hügelwald
Es flüstert dir ins Ohr hinein
Schlafe süß und schlafe bald …

Auch das erinnert mich an irgendetwas. Als wären meine Eltern doch nicht immer flapsig und nachlässig gewesen. Gut möglich sogar, dass sie sich zwischen zwei Reisen zärtlich erwiesen haben, liebevoll und aufmerksam gegenüber meinen Einschlafschwierigkeiten. Denn Nelly zufolge war ich ein unruhiges und cholerisches Baby, das mehrmals in der Nacht aufwachte und das man stundenlang wiegen musste. Heute, da wird das nicht nötig sein, und gut möglich sogar, dass Hypnovel und Noctamide weit über meine Hoffnungen hinausgreifen und mich fortführen, sämtlichen Toten der Familie zu folgen: meinem Vater, natürlich, aber auch meinen beiden Tanten, meiner Großmutter mütterlicherseits und meiner Halbschwester, was alles in allem drei Gladys Chastaing macht, ach nein, stimmt ja, meine Halbschwester heißt Teodora, das liegt nur daran, dass sich meine Ideen vernebeln unter der Wirkung der Kapseln und Dragées, aber ja, warum eigentlich hat sie diesen kaiserlichen Vornamen geerbt, während ich mich mit einem Namen aus zweiter Hand begnügen musste, der bereits von Hunderten von Vorfahren getragen wurde und den niemand mochte außer ihrem Sohn? Gute Frage, und ich habe weitere von ihnen, die sich gegenseitig beiseite stoßen, um hervortreten zu können, um ihre Antwort zu finden, bevor mein Geist im Nichts zerfällt.

Ich werde sterben, und das ist eine Erleichterung. Außerdem wird das alle nerven, angefangen bei meiner Mutter, die somit verpflichtet ist, ihre Schwester und gleich im Anschluss ihre Tochter zu beerdigen, sie, die sicherlich das Gegenteil vorgesehen hat: Dass es an mir gelegen war, ihr eine nationale Trauerfeier zu organisieren. Tja, nun eben nicht, na bitte, Planänderung, Verkehrung der Ordnung der Dinge: Es ist die Greisin, die die Junge wird bestatten müssen und deren Bestimmungen zur Trauerfeier gewissenhaft umzusetzen haben wird. Sofern Régis sich nicht darum kümmert, aber so wie ich ihn kenne, wird er lieber schnurstracks ins Königreich der ewigen Glückseligkeit verduften, als mein Testamentsvollstrecker zu sein. Der Tod war seine Sache noch nie. Er hat es bis heute geschafft, dessen Existenz aufs Prächtigste zu verdrängen, und ich würde alles andere als willkommen geheißen, wollte ich ihn daran erinnern, dass die Besten als Erste gehen können, gefolgt von den alten Narren und den jungen Lumpen.

Ich werde sterben, und das ist mir recht so: Mein Vater ist da. Ich werde einschlafen, den Kopf auf seinen Knien, während er Wiegenlied um Wiegenlied singt:

Sanft vergeht der Tag im Licht, im roten
So sanft, so sanft auf leisen Pfoten.
Der Laubfrosch singt hie
Seine Nachtmelodie
Und der Hase flieht
Lautlos sein Lied.

Ich werde sterben, und das trifft mich völlig unvorbereitet. Auch ich, ich hatte ja auch eher das Gegenteil vorgehabt, um nicht zu sagen, alle Welt umzubringen, um dergestalt in aller Ruhe mich an meinem Eigentum zu erfreuen, an all diesen materiellen Gütern, die ich nur und allein aus Liebe verachtet habe, denn das ermöglichte mir eine Gemeinsamkeit mit Régis und ein Motiv der Unstimmigkeit mit unseren Eltern, diesen ebenso fetischistischen wie eitlen Wesen.

Ich werde sterben, und vielleicht werde ich im Tod lernen, was mir das Leben nicht beizubringen vermochte. Es sei denn, die Toten wissen darüber auch nicht mehr als die Lebenden, was erklären würde, warum sie dümmlich wiederkehren mit einer verstimmten Mandoline oder einem Bühnenkostüm. Denn Benzodiazepin hin oder her, ich habe noch einen ausreichend klaren Geist, um mich daran zu erinnern, dass Nijinsky selbst hier getanzt hatte, während der Raum sich mit blauen Rauchschwaden füllte und Régis meine Hand in der seinen zerdrückte, er ebenso ergriffen wie ich vom Auftauchen der Magie in unserem Leben armer kleiner Kinder reicher Leute.

Auf der Ottomane verliert der Körper meines Vaters an Konsistenz, und er kann noch so sehr wacker darum kämpfen und die Arpeggien verdoppeln und sich am Hals seines Banjos festklammern, ich sehe ja, dass er mich ein weiteres Mal im Stich lassen wird und dass ich allein sterben werde. Nur Mut, ich hab's fast geschafft, darf ich den Bildern Glauben schenken, die vorbeiziehen, mein Leben oder das, was mir als Ersatz dafür gedient hat, und das sich auf Weniges beschränkt, auf meine seltenen glücklichen Erinnerungen, und nicht einmal in richtiger Reihenfolge: Régis, wie er mich gegen den harzigen Stamm einer Aleppo-Kiefer gedrückt küsst; mein Vater, wie er mich an ausgestreckten Armen in den Wiesen von Combloux durch die Lüfte wirbelt, bis ich schließlich weine, bis ich schließlich um Gnade flehe, und wir dann beide atemlos unter den unendlich glücklichen und liebenden Blicken von Nelly ins hohe Gras fallen.

Ich werde krepieren wie eine Hündin, und es geschieht mir recht. Es wird niemanden geben, mir die Hand zu halten und die Stirn zu wischen. Meine lieben Eltern haben sich verzogen, und ich habe es ohnehin nicht gemocht, ihr Kind zu sein. Ich hätte es vorgezogen, mit Wölfen groß zu werden, wie Victor de l'Aveyron oder Mowgli aus dem Dschungel. Und in gewisser Weise habe ich niemals aufgehört, ein wildes Kind zu sein, das die Tiere lieber mochte, die Bäume und die Blumen, als die Begleitung von Erwachsenen.

Ich werde krepieren, und dabei aber auch gar nichts verstanden haben, was schade ist, aber nun ist's zu spät für jegliches Verständnis. Ich werde mit meinem Hass krepieren, meiner Verachtung, meinem Ekel, und auch das ist schade, aber man kann sich nicht ändern. Was leben zu heißen vermag, ich vermochte nie es zu wissen, und falls andere begriffen haben sollten, worum es sich dabei dreht, nun, umso besser für sie und ich wünsche ihnen reichlich Freude mit ihren kleinen Vorstellungen zur persönlichen Entwicklung.

Draußen ist dunkle Nacht: Ich spüre es und ich höre die Schreie der Tiere, die aus dem nahegelegenen Park zu mir herüberdringen. Die Tiere sind seit langer Zeit tot, aber die Magie, die an diesen Orten herrscht, hat ihnen immer schon erlaubt zu gurren, zu heulen und zu fauchen, aller Wirklichkeit zum Trotz. Und man kann eine gewisse Gerechtigkeit darin sehen, dass ich von allen im Stich gelassen sterbe, jedoch umgeben bin von den pudrigen Gespenstern der Tiger und Pfaue aus dem zoologischen Garten, ich, die ich so sehr die Tiere liebte.

Aber ich wage mich vielleicht ein wenig zu weit vor, wenn ich von meiner Einsamkeit spreche, denn man kratzt an den mit Leder überzogenen Platten der Tür, und obgleich ich nicht mehr die Kraft habe, wen auch immer zu autorisieren, einzutreten, und nur noch gerade ein letztes Mal die Augen öffnen kann, ist Charonne da, dunkel und leuchtend in ihrem hellen Nachthemd. Sie nähert sich der von meinem Vater verlassenen Ottomane und lässt sich schwer auf ihr nieder. Vor wenigen Minuten noch hätten diese beiden sich hier treffen können, und ich bezweifle nicht, dass sie sich sehr gut verstanden hätten, dass sie sich auf dem Gebiet der Freude und des gekünstelten Schwungs ebenso gut gemeinsam wiedergefunden hätten, wie auf dem der universellen Liebe, von der man ja weiß, dass sie nichts anderes darstellt als ein Alibi, um hier und da und überall sexuelle Beziehungen führen zu können und Kinder zu machen, um die man sich nicht kümmern können wird, und deren große, untröstliche Schmerzen man verkennen wird. Ich zweifle auch nicht, dass Fernand Charonne mir vorgezogen hätte: Sie hätten zusammen Banjo gespielt, die beiden, hätten bis zur Unzeit Marvin Gaye gesungen, und mich dabei Trübsal blasen und meinen Ärger zwischen den Baluster-Vasen und Lehnsesseln runterschlucken lassen. Geschieht mir recht: ich hätte doch bloß die Leute lieben müssen statt Gegenstände zu restaurieren.

Sie blickt mich an. Ich fühle genau, dass sie gekommen ist, um zu triumphieren, um sich ihres Sieges über meine verwüsteten Kräfte zu erfreuen. Ich fühle genau, dass sie gekommen ist, um mich meine Gleichgültigkeit und meine Vernachlässigung ihrer Person bezahlen zu lassen, so lange noch Zeit dafür ist, so lange ich noch einen Lebenshauch besitze und ein Minimum an Bewusstsein. Ich hätte auch von ihr nichts Geringeres erwartet, und ich würde an ihrer Stelle ebenso handeln. Nur, dass ich wohl anerkennen muss, dass sie nicht so wirkt, als sei sie von übelwollenden Absichten belebt, und dass sie sich damit begnügt, mich mit einem Ausdruck der Sorge auf ihrem fetten, aufgedunsenen Gesicht anzublicken. Denn sie ist tatsächlich fähig, mein Heil zu planen, diese Aktivistin; tatsächlich fähig, mich in letzter Minute den Klauen der Nacht zu entreißen, um mich der Freude und dem Tag zurückzugeben, nicht ohne mir dabei zuvor noch eine kleine Gebrauchsanweisung des Lebens ausgehändigt zu haben. Aber ich möchte weder ihren Rettungsplan noch ihre Gebrauchsanweisung, und das Leben, nun, ich wüsste jedenfalls nicht, was ich damit anfangen sollte, außer es noch einmal von vorn zu beginnen.

secession